梧桐花开

刘万里 著

中国文史出版社

目录

第一章　衣锦还乡 / 1
第二章　情窦初开 / 8
第三章　捉拿革命党 / 16
第四章　前途迷茫 / 24
第五章　被逼嫁人 / 31
第六章　阴谋诡计 / 40
第七章　计划落空 / 48
第八章　逼　婚 / 55
第九章　风云突变 / 64
第十章　创　业 / 77
第十一章　栽赃陷害 / 84
第十二章　贪赃枉法 / 91

第十三章　绑　架 / 100
第十四章　初次交锋 / 108
第十五章　打击嚣张气焰 / 119
第十六章　宴请牛德益 / 125
第十七章　风云再变 / 135
第十八章　酒坊关门 / 144
第十九章　剿　匪 / 154
第二十章　劫　狱 / 164
第二十一章　变　天 / 172
第二十二章　一山不容二虎 / 182
第二十三章　分道扬镳 / 190
第二十四章　收购药材 / 198
第二十五章　美人计 / 204
第二十六章　红军来了 / 213
第二十七章　说　客 / 223
第二十八章　漩涡街沦陷 / 231
第二十九章　围　困 / 239
第三十章　计划突变 / 252
第三十一章　战死沙场 / 258
第三十二章　新县长 / 264
第三十三章　抓捕共产党 / 271
第三十四章　刺　杀 / 278
第三十五章　县城解放 / 286

第一章　衣锦还乡

下了一场雨，一夜间，凤凰山上的梧桐花开满了山坡，一簇一簇，或是四五朵凑在一起，或是十来朵独占一枝，淡紫色的花儿、白色的花儿、粉色的花儿装饰着树干。蝴蝶和蜜蜂在花朵上飞舞着。微风轻轻刮过，山谷里飘荡着清香，原本是个让人心情爽快的美好时光，埋伏在山谷两边的马家军，却感觉到了死亡气息。

一朵梧桐花瓣落在了马少秋的头上，他的父亲马虎飚捡起来闻了闻，满是忧郁，无尽的愁绪掺杂着花的香气，那是梧桐的香味，涩涩的。他低下头才发现，满地全是梧桐花瓣。

马虎飚似乎预感到了什么，这次清军来势汹汹，他从前线密探得知，这次左宗棠带领湘军的精锐军队正朝这里赶来，左宗棠是什么人物，他的心里比谁都清楚。当年，洪秀全召集两万余人在广西金田村正式宣布起义，建号太平天国，他们一路势如破竹，占领江南重镇江宁（南京），定为都城，改称天京。当时清朝腐败官员很多，一年清知府，十万雪花银，民不聊生，各地农民饥寒交迫，纷纷揭竿而起，比如捻军、回民起义等。兵荒马乱，自然就有很多强盗，为了不被抢劫，商队一般都会请很多保镖保驾护航。马虎飚小时候一直以打猎为生，身材魁梧，在外面长时间地历练，造就了一身好本领。后来又做过脚夫，给商队做事情，他于是渐渐地闯出了一些名堂。后来他想开一家镖局，就去找小时候一块儿长大的好朋友金三和牛四商量，三人相谈甚欢，他们表示愿意加入镖局，于是他们学《三国演义》“刘关张”结拜为生死兄弟，不求同年同月同日生，但求同年同月同日死，苟富贵，无相忘。镖局很快开业，他们又招了一批本家年轻子弟。

镖局生意出奇地好，但在他们负责押运到江宁的一批货时，货被逃窜的清军哄抢了，货丢失，不仅要赔偿雇主一大笔钱，同时也预告他的镖局破产，镖局讲的是诚信。马虎飚无脸回去了，让金三和牛四带领着弟子们回去，所有的责任他来承担。金三和牛四打发走了这帮弟子，说啥要跟着马虎飚“有福同享有难同当”。

三人参加了“太平天国”，因作战勇敢，得到了石达开的赏识，特别是在跟左宗棠带领的湘军作战时，马虎飚面对洋枪洋炮，没有一点胆怯，总是冲在最前面。眼看清朝就要完蛋，没想到东王杨秀清居功自傲，逼洪秀全封他为“万岁”，洪秀全密令韦昌辉、石达开回京相救。北王韦昌辉残杀杨秀清及其部属数万人。石达开痛斥韦昌辉滥杀无辜，韦昌辉又要杀石达开，石达开逃出天京，率数万将士脱离天朝，独立作战，但京中家人与部属全部遇难。不久，韦昌辉又被洪秀全处死。“内讧”让太平天国受到极大损害，武汉、九江相继失守，湖北、江西等地大部丢失……马虎飚见太平天国大势已去，跟随石达开跟清军作战时，他带着金三和牛四跑了，回到了老家漩涡街。

雇主找上门来，让马虎飚赔偿损失，给他三天限期，否则就要报官。当初马虎飚开镖局，跟商家签了协议的，如发生意外如何赔偿都写得清清楚楚。一提到报官，马虎飚心里就来气，这个县衙的县令是个贪官狗官，欺下媚上，鱼肉百姓。马虎飚心里不高兴，但没表露出来，他笑着说，没问题，三天后一分不少地赔你。

债主一走，马虎飚突然冒出一个大胆的想法，他立即召集金三和牛四商量，他说了自己的想法，太平天国、捻军等等都发动暴动，我们何不也发动暴动，攻打县衙，活捉县令，然后推翻清朝，然后也过一把当皇帝的瘾……金三和牛四满口同意，三人商讨了细节，做了分工，马虎飚负责召集原镖局的子弟。

第三天晚上，金三和牛四早已摸清了县令的活动规律，县令在城南有个相好，经常去鬼混。马虎飚跟踪着县令，等县令和相好的在床上欢腾时，他们翻墙跳了进去，活捉了县令，县令很张狂，扬言要灭了马虎飚全家，马虎飚一气之下砍下了县令的脑袋，然后挂在城门上。接着他们冲进县衙，接管了县衙，马虎飚自封为县令，下令开仓放粮，民众顿时喜笑颜开来领粮食，纷纷拥护马虎飚，他趁机壮大队伍，购买枪支大炮，一鼓作气占领了周围附近的几个县城，这时他的队伍已发展成了几万人马。他们杀贪官污吏，杀富济贫，惊动了朝廷，朝廷派左宗棠来消灭他们。

马虎飚得知消息后，带人埋伏在生死谷两侧的茂密树林里，生死谷是清军通往县城的唯一通道。生死谷是个古栈道，传说当年刘邦和项羽就在这个地方发生了一场你死我活的厮杀。马虎飚之所以愁眉不展，他领教过左宗棠的厉害，太平天国大军围攻长沙三个月都没能攻下，只好撤围北去，而守城指挥官就是左宗棠。后来左宗棠奉命率军入江西、福建追击太平军最后残余部队，最终攻灭李世贤等于广东嘉应州，太平天国彻底地以失败告终。马虎飚心里清楚，面对如此强大的对手，此战凶多吉少。

马少秋摸了摸头，四周看了看，说道：“爹，消息是不是不准确，怎么还没见清军的动静？”

“别急，慢慢等吧。”马虎飚掏出随身携带的烟袋抽了起来，他吐了几口，烟雾袅袅升起，缠绕在头上的梧桐花上，梧桐花如梦如幻。

“来了，来了。”马少秋摩拳擦掌。

马虎飚朝山下一望，清军的帽子红压压一片，前面是骑兵，后面是步兵，马车拖着好几门大炮。山谷里很安静，只有潺潺溪水声和鸟叫声，山梁上的树林里点缀着映山红，红绿黄三种颜色搭配在一起，加上山间的沟沟汊汊和天上飘着一朵又一朵白云，就像一幅精美的油画。

走在前面的清军突然停了下来，马虎飚仔细辨认了一下，没有发现左宗棠，估计这是他的先头部队。马虎飚轻轻叹了一口气，他对左宗棠又敬佩又憎恨，他在心里掂量了一下，敬佩多于憎恨，左宗棠是个绝世奇才，难怪当年林则徐、曾国藩大力推荐左宗棠。

一只老鹰在山谷上空盘旋。

走在前面的清军头目抬头四周观望，他的目光在映山红的花簇中停留了片刻，他手一挥，队伍又开始行走，如蛇一样，盘旋在山谷。

转眼队伍来到了生死谷的中间地段，这里悬崖峭壁，怪石林立，马虎飚用枪瞄准了走在最前面的一个头领，他一扣扳机，那人从马上滚了下来。

马少秋迫不及待地娄火。埋伏在两边的马家军，有的用枪，有的用弓箭，有的用标枪，还有的用石头同时朝山谷招呼上去。山谷里惨叫声一片，死伤无数。有的清兵想朝前冲，马虎飚占据有利地势，击退了他们的进攻，前进的路已被封死，他们只好后退，狭窄的谷道顿时拥挤不堪，清军好多人被自己人和马踩死。埋伏在峡谷另一头的金三和牛四趁机切断他们的退路，他们居高临下地射杀清军，清军变成了他们的猎物。这一战，马虎飚没死一兵一卒，把左宗棠的先头部队一千余人全部歼灭。

马少秋打扫战场，得意地说：“左宗棠不过如此！”

马虎飚眉头紧皱，沉思了一会儿说：“左宗棠熟读兵书，下一步他一定会有更大的动作，我们不要掉以轻心。只要我们守住了生死谷，清军就拿我们没有办法。”

马虎飚又重新勘察地形，在生死谷峡谷险要处设了三道关卡，第一道关卡由金三负责。第二道关卡由牛四负责，最后一道关卡他亲自负责。同时派出马少秋去打探敌情。

第二天，马少秋回来报告，清军已在三十里外铁夹沟安营扎寨，士兵很松懈，有的躺在草地上睡觉，有的还裸露着上身，没有一点进攻的架势。马虎飚说了声知道了，然后躺在了床上，这段时间他太累了，他想好好睡一觉。

当天晚上，左宗棠组织了敢死队，他们攀爬悬崖，然后顺着绳索从天而降，迅速占领第一道和第二道关卡，要不是金三和牛四跑得快，就被活捉了。

马虎飚得知消息，气得大骂了一通，最后一道关卡说啥也不能丢了，他心里明白，左宗棠很快就会向他的关卡发起进攻了。果然，清兵又发起了突袭，好在马虎飚提前做好了准备，把突袭的清兵全部杀了。清兵不罢休，在关卡附近埋伏着几个冷枪手，时不时放冷枪，或者半夜时分，战鼓响起。马虎飚披衣起来提着大刀直奔关卡，结果什么事也没有，他心里明白，他们故意这样骚扰，是采用疲劳战术，让马家军时时处于高度紧张中，然后等你松懈那一刻他们就会发起全面进攻。与其被动，还不与主动出击，马虎飚立即召集金三和牛四商量，清军四十余营兵力密布于凤凰山南面三十余里的铁夹沟，而他们对铁夹沟的地形并不熟悉，马虎飚决定亲自带领三百勇士乘暗夜潜入铁夹沟，插入清军心脏。

太阳落入山坳，天边的云彩也慢慢开始消失，夜幕降临，连绵的群山也变得模糊了。近处，那几棵古老而又高大的槐树，也变成了几个高大的黑影，像神话里的金刚。

马虎飚带领勇士乘暗夜潜入铁夹沟，占领山头，修建堡垒。第二天，清军发现马家军的堡垒突然出现在他们阵地中间时，大为震惊。左宗棠立即调派部队去围剿马虎飚，亲自督战。马虎飚占领制高点，专门射杀总兵、副将、参将等将领，二十七名将领全部被射杀，左宗棠大为震惊，抽调驻守在谷口的杨总兵来围剿马虎飚。杨总兵几次进攻都没有攻下山头，他一退兵，马少秋就带领大队人马追击，结果清军丢盔弃甲，狼狈逃窜。左宗棠见马家军气势汹汹，率部倒退三十里，据守漩涡街，这是左宗棠自出兵以来最大的一次失败。

“杀光清军，活捉左宗棠！”马少秋挥舞着马刀想乘胜追击。

“停下！”马虎飚大声喊道。

“为啥不追了？大哥！”金三一脸的莫名其妙，突然拉住了马绳，马扬起高高的前蹄，叫了一声。

“趁热打铁，干脆把他们一锅端了。”牛四说。

“我们三人可是‘桃园结义’生死兄弟，我是大哥，一切听我的。”马虎飚说，“《三国演义》‘空城计’一回里，司马懿尝曰：兵法云‘归师勿掩，穷寇莫追’……”

马虎飚收住缰绳，勒住马，他四周看了看，那美丽的小河，被天上的彩霞映照得金光闪闪，河水不停地流着，潺潺的水声，好像是在那儿低声歌唱。一阵阵清凉的微风，拂面吹来，把水中的倒影都吹皱了，泛起了许多轻微的涟漪。神秘的凤凰山也披上了金色，生死谷两边的映山红和梧桐花就像风情万种的女人化了淡妆，显得更加妖娆多姿。

大家停止了追击，安营扎寨，为了防止清军突袭，在各关口设置关卡，同时加强巡逻。

夜晚来临，明月升起在天空，满天的繁星像宝石一样嵌在夜幕上。蜿蜒数里的火把亮了起来，像粒粒珍珠，闪耀橙黄而又透明的颜色。马虎飚准备好了酒菜，把金三和牛四请来了。

“今天大获全胜，看来是要庆祝一下？！”金三笑哈哈地说。

“两位兄弟请坐，今晚请你们来，就是喝酒的。”马虎飚在他们两人肩膀上拍了一下。

三人坐下，碰了一下酒杯，一口而干。牛四说：“清军不堪一击，干脆我们把皇帝赶走，大哥来做皇帝。”

“就是，就是！”金三也附和道，“官逼民反，我们也是没办法啊。”

马虎飚喝了一口酒说：“我根本没有去想当什么狗屁皇帝，兄弟们也该为自己和家人的前途考虑考虑了。”

“大哥，你这是什么意思？”牛四瞪着眼睛，死死盯着马虎飚的眼睛。

“向左宗棠投降！”马虎飚一字一顿地说，仿佛每个字从他嘴里蹦出来都非常痛苦。

“不行！我们岂能向手下败将投降！”牛四拍了一下桌子，站了起来说。

金三拽了一下牛四的衣服说：“你先坐下，听听大哥的解释，反正我跟定了大哥，大哥让我朝东我绝不朝西。”

马虎飚叹了一口气说：“这几仗虽然我们大获全胜，但总的形势仍然是敌强我弱，太平天国的洪秀全够厉害的吧，还不是失败了。我们光靠凤凰山一地，不足以抗拒清军。即使左宗棠离去，还会有无数个‘左骡子’（左宗棠外号）来，比如曾国藩、李鸿章等等，长此交战下去，我们迟早会被清兵蚕食，而且恐被清军大屠杀或被迫大迁徙，离开家园。”

金三说：“大哥分析得有道理，我们不能被暂时的胜利蒙蔽了眼睛，我们就算不为自己考虑，也得为自己的家人考虑吧！”

牛四鼻子哼了一声不说话。

第二天，马虎飚写了一封向左宗棠示好的书信，希望能面谈。他派人把信送到了左宗棠的军营。很快，左宗棠也派人送来书信，约好了面谈的地点，就在左宗棠的营帐里。

“不能去，这分明就是左骡子摆的鸿门宴。”金三说。

“是啊，他要诚心谈判，就让左骡子这个老东西到我们地盘来。”牛四咬牙切齿地说，“只要他敢来，我就把他脑袋拧下来当夜壶。”

马虎飚用手指戳了一下牛四的头说：“你这个人，怎么还是一根筋？我的话你怎么还没听明白？”

牛四摸着头嘿嘿笑了。

马虎飚说：“就是刀山火海，我也要去。我相信左宗棠是一个光明磊落的人。”

本来马虎飚要独自去拜见左宗棠，金三和牛四不放心，跟了过去。

左宗棠在营帐里接见了马虎飚，两人相谈甚欢。左宗棠说，做人，精明不如厚道，计较不如坦诚，强势不如和善。左宗棠果然是个奇才，他不仅熟知儒家经典，而且涉猎经世致用之学，对那些涉及中国历史、地理、军事、经济、水利等内容的名著视为至宝，这对他后来带兵打仗、施政理财起了很大的作用。左宗棠还说了他的计划，镇压捻军，平定陕甘同治回乱，收复新疆……马虎飚听了心里非常敬佩。

左宗棠对马虎飚投降，非常欢迎，但他心里还是有一些顾虑。双方又多次交涉，左宗棠说，做人不必太精明，太会算计的人，往往会失去很多东西。人不能总想占小便宜，总想自己的利益最大化，当你回归厚道时，反而会比精明得到更多。马虎飚觉得左宗棠说得很有道理，然后详谈细节，各自退让一步才谈拢。马虎飚及其马家军降清后，归于董福祥部，听从董福祥指挥。马虎飚为了好好表现，开始组织自己的手下练习弯弓反射，协助清军镇压甘肃其余地方的回军，由于马虎飚作战勇猛，终于取得了左宗棠的信任。后来又随左宗棠去收复新疆。仅一年多时间，左宗棠就指挥西征军，收复了新疆领土。清廷嘉其功，诏封二等恪靖侯。新疆各地大小村镇建立左公祠，烧香礼拜。

新疆收复后，清廷给了马虎飚六品军功顶戴，金三和牛四也跟着封官了。马虎飚看见左宗棠年事已高，外敌入侵，朝廷腐败，光绪皇帝又年幼，慈禧太后垂帘听政，他仿佛看到了朝廷的末日，马虎飚找金三和牛四一商量，大家都以身体多病为由，想衣锦还乡，养老过余生。左宗棠同意了，光绪皇帝还赏了他们一些金银财宝。马虎飚走了，他的大儿子马天良接替了他的职务，继续为清廷效力，后来因累建功勋，官至提督衔总兵。

马虎飚和金三、牛四回到了老家漩涡街，漩涡街其实是个古镇，但人们不叫漩涡镇，都叫漩涡街，慢慢的大家都习惯了叫漩涡街。马虎飚开始大规模修建房屋，他在马家大院的基础上又扩大了面积，马家大院有大小院落八十八座，房一千余间，主院及他的几个夫人和儿女皆为三进四合院，每院除有高高在上的祭祖堂和两旁的绣楼外，又都有各自的厨院、家塾院，并有共用的书院、花院、长工院、围院。周边堡墙紧围，四门择地而设。大小院落既珠联璧合，上下左右相通的门多达六十五道，又独立成章。马家大院四周围墙高耸，上面有家丁在巡逻，大门更是气势宏伟，一对大大的红灯笼非常醒目，一对大石狮子蹲在门两边，傲视着整个漩涡街，无不显示着马家地位显赫，家产丰裕。

马虎飚希望马家繁荣昌盛，后人兴旺，他给儿子马少秋娶了七房夫人，目的是为了多生几个孙子，继续把马家血脉传承下去。

金三和牛四也不甘落后，也在漩涡街修建了金家大院和牛家大院，但他们的大院寒碜多了，无法跟马家大院比，简直是一个在天上一个在地上，相差太远了。

刚开始马虎飚、金三和牛四经常在一起喝酒，相互走动，后来也不知道为了什么，发生了什么误会，三人互不来往了，关起门来过自己的日子。

一年又一年，三人老了，白发苍苍。

光绪二十六年的一个深秋，三人在街上遇见了，马虎飚说:“你们听说了吗？八国联军以镇压义和团之名行瓜分和掠夺中国之实。八国联军，装备精良，声势浩荡，北京城很快沦陷，慈禧太后和光绪帝都跑了，八国联军所到之处，杀人放火、奸淫抢掠！从紫禁城、中南海、颐和园中偷窃和抢掠的珍宝更是不计其数！其中著名的万园之园‘圆明园’继英法联军之后再遭劫掠，终成废墟。”

金三和牛四气得说不出话来，直跺脚。

“造孽啊！”马虎飚说完吐了一口血，倒在地上死了。

金三和牛四抱着马虎飚号啕大哭，这一刻，三人终于和解了，误会冰消雪释。

奇怪的是，当天晚上金三和牛四也去世了，三人兑现了自己的誓言：不求同年同月同日生，但求同年同月同日死。出殡也是同一天，三人静静地躺在了各自的祖坟里，从此隔河相望。

第二章　情窦初开

梧桐走进马家大院时，正是梧桐花开的季节。

梧桐跟随着马管家穿过一座又一座庭院，庭院深深，曲径通幽，大院设计独特，湖泊小桥流水样样都有，院内的砖、木、石都是精挑细选的，经过工匠精心打磨和雕刻，三雕装饰品，雕艺精湛，题材繁多、内容丰富，集中展示了马氏家族独特的治家理念。

梧桐低着头，目光慌乱，又目不暇接，有种刘姥姥进大观园的感觉，她的内心是惶恐的，她本来就是漩涡街附近山沟里穷人家的孩子，父母得病去世，欠了一笔债务，哥嫂就把她送到马家大院当丫鬟，其实是把她卖给了马家，跟马家签了卖身契，哥嫂得了一笔钱，从此以后她就永远是马家的佣人丫鬟长工，但这一切她还被蒙在鼓里，毕竟她才十四岁。

“夫人，我把这个小姑娘带来了，如果不满意，我再重新给你挑选一个。”马管家毕恭毕敬地弯着腰说。这个被称为“夫人”的女人就是马家的大太太申红羽，马少秋的正室。

躺在躺椅上的申红羽懒洋洋地看了梧桐一眼，梧桐也小心翼翼看了大太太一眼，两人目光碰撞了一下，梧桐红着脸低下了头。

“这个姑娘模样倒不错，是个美人胚子，圆润的鹅蛋脸，双眼皮，细长的柳叶眉……”

“那是我精挑细选的。”马管家得意地说。

“她叫什么名字？”

马管家张嘴正要回答，申红羽说：“没问你，我问这个小姑娘。”

马管家轻轻踢了梧桐一下：“夫人问你话呢！”

“回夫人话，我叫梧桐。”梧桐低着头说完，然后紧紧咬着嘴唇。

“好名字，我喜欢，梧桐茂兮，凤凰来栖。”申红羽揉了揉腿说，“这个女孩懂礼数又聪明，就让她给我当丫鬟吧。”

“好的，夫人！”马管家给梧桐递了一个眼色说，“还不快去给夫人揉揉腿。”

梧桐站了起来，走了过去，然后跪在申红羽面前，用小手轻轻地揉着。

申红羽闭着眼睛说：“其他几位夫人，最近情况如何？”

“回夫人的话，二太太回娘家了，三太太和四太太整天打麻将……”马管家点头哈腰地说。

“老爷什么时候回来？”

“不知道，老爷走时没说。”

申红羽摆了摆手，示意他退下。马管家倒退着身子退了出去。

梧桐的小手柔软，夫人感觉很舒服，竟然慢慢睡着了。梧桐给夫人盖上薄薄的被子，她四周看了看，这间房子装饰得古典高雅，她穿过客厅关上门，来到了庭院里，庭院里石桌石凳，石桌刚好在梧桐树下，白色的梧桐花一簇一簇，在阳光下显得分外妖娆。梧桐坐在了石凳上，院子里很安静，有知了的叫声，她抬头看了看梧桐花，眉头紧锁，阳光穿过花丛的缝隙落在她粉嫩的脸上，她突然想起了死去的父母，心里有种说不出的怅惘，长长地叹了一口气。

梧桐这个无意识的举动，深深地迷住了一个少年，这是她怎么也没有想到的。

这个少年就是马家的大少爷马啸天，他悄悄从书房跑了出来，他父亲希望他好好念书，参加科举考试，混个一官半职，朝廷有人好经商，以便将来好照顾马家，同时还可继承家业，马家现在富甲一方，经营着酒坊粮店，还有自己的商队，在县城还有商铺当铺店铺票号。可偏偏马啸天对四书五经及诸子百家不感兴趣，请的私塾先生常常被他气走。马啸天刚好路过母亲的庭院，无意看见了坐在院子里发呆叹气的梧桐，阳光穿过花丛落在她的脸上，斑驳的阳光在跳跃，她的目光充满忧郁，有点楚楚可怜，尤其是当她拾起地上落下的梧桐花，轻轻将其掩在身后的园林花草丛中时，更有点林黛玉葬花的韵味。她的一举一动在马啸天的眼里都是完美的，梧桐的美让他震撼，那一刻他出现了恍惚，感觉自己是在做梦，像是行走在桃花满地风景如画的草地上，又像是在白云缠绕满眼翠绿的山峦中穿行……

“你是谁？你找谁？”梧桐发现了这个陌生人，她质问道，声音充满稚嫩，充满慌乱。两人目光对视了一下，梧桐显得更加慌乱了，低下了头。

“找你！”马啸天笑嘻嘻地朝她走去。

“你想干吗？”梧桐吓了一跳，惊慌地抬起头朝后退了一步。

马啸天眼睛定定地看着梧桐，忘记了脚下的台阶，一脚踩空，身子一歪，一下趴在离梧桐的脚前只有一尺远的正前方，姿势有点像狗吃屎，她捂住嘴忍住了笑。

马啸天爬起来，拍了拍身上的长褂，把长辫子撂到了后边，尴尬地笑了笑说："我最讨厌这条长辫子，要不是我这个讨厌的爹阻止我，我早就把这长辫子剪掉了。"

"我听说，男人剪了长辫子，朝廷就会给你按一个欺君之罪，要杀头，千万不可。"梧桐微微一笑。

"大清王朝快完蛋了，皇帝也该退位了。"

"千万别乱说话啊，隔墙有耳，万一让别人听见了就麻烦了。"梧桐四周看了看小声说。

"我才不怕呢。"马啸天望着梧桐说，"你是新来的吧？"

"是啊，你怎么跑到这里来了，这可是夫人的庭院，外人是不能随便进来的。你快走吧，等下夫人醒了，会怪罪我的。"梧桐嫣然一笑。

"是吗？"马啸天傻傻一笑，"你笑起来的样子，真好看！再笑一个给我看看。"

梧桐板起脸，一脸严肃地说："你快走吧！"

"梧桐，你在跟谁说话？"里屋传来了大太太的声音。

马啸天伸出手指放在嘴上，示意她不要出声，然后蹑手蹑脚地走了。

梧桐走进里屋，向申红羽行了礼，低着头说："刚才我在自言自语，背诵古诗呢。"

"怎么我感觉好像是天儿的声音，这个不争气的东西，等他爹回来，好好教训他一顿。"申红羽揉了揉眼睛说，"也许是我刚才做了一个梦，迷迷糊糊的好像梦见了天儿。"

梧桐心里明白了，刚才那个少年就是马家的大少爷马啸天。梧桐的心开始怦怦乱跳，这是一个让人捉摸不透的少年，让人讨厌，又让人心里生出几分欢喜。

大太太申红羽每天中午都有午睡的习惯，就算是天塌下来，每天中午都必须要睡一觉，这是从她当姑娘开始就养成的习惯，每天中午都要睡一个时辰。这天，大太太刚入睡，马啸天就在门外向她招手，梧桐小心翼翼左顾右盼地走了过去。

马啸天说："我知道你叫梧桐，新来的。我们逃课出去玩，你敢不敢跟我们一块儿出去？"

梧桐有点犹豫："等下夫人醒了，怪罪我就麻烦了。"

马啸天抓住梧桐的手朝外拖："走吧，出了事我给你担着，再说我娘一睡说不定就睡到明天了。"

梧桐只好勉强地跟着马啸天从后门走了，后门的树林里还等待了几个人，马啸天给梧桐一一做了介绍，那个瘦高个子叫马剑锋，他比马啸天小一个月，是二太太生的。两个胖胖的双胞胎，哥哥叫马富禄，弟弟叫马富祥，他们是三太太生的。还有几个金家和牛家的孩子，梧桐知道自己出身卑微，心里不由得感觉低人一等，低着头不敢言语。

马富禄见梧桐长得漂亮，穿的又是下人的衣服，而自己是马家少爷，穿的是绫罗绸缎，心里充满了优越感。他走了过去，围着梧桐转了三圈："不错，不错。"他伸手想去摸梧桐的脸。

"你想干吗？"马啸天打开马富禄的手，推了马富禄一下。马富禄站立不稳，倒在了草丛里。

马富禄爬起来，指着马啸天的鼻子说："她是你什么人？你竟敢护着她。"

马啸天憋了半天，脸都憋红了，指着梧桐说："她是我未来的媳妇！"

几个少年哈哈笑了。

马富禄不甘示弱，指着梧桐说："她是我未来的小妾。"

梧桐的脸一下红了，转身就走了。

马啸天和马富禄扭打在一起，马啸天人高马大，马富禄不是他的对手，他把马富禄按在地上啪啪几个大嘴巴抽了上去，马富禄被打得鼻青脸肿，要不是马剑锋过来把马啸天拖走，马啸天还要打下去。他早就看不惯马富禄，小小年纪就开始吃喝嫖赌，还抽大烟。

马富祥扶起马富禄，马富禄擦了擦嘴角的血，指着马啸天的鼻子说："我跟你没完。"

马啸天说："我最讨厌有人用手指着我的鼻子，把你的狗爪子挪开，否则我把它折断。"

"哥，我们走吧！好汉不吃眼前亏！"马富祥拖着马富禄走了。

本来大家聚在一起想去河边玩耍，没想到发生了如此一出，金家和牛家的少爷也说有事，走了，大家顿时没了兴趣，各自回家。

马啸天悄悄来到母亲的大院，看见三太太带着马富禄和马富祥在给母亲告状，马啸天转身想走，被申红羽看见了一声大喝："站住！"

马啸天迈出的右腿停在空中，慢慢缩了回来，他转过身来，强装镇定地微微一笑："娘，你叫我？"

"过来！"申红羽招了招手说。

马啸天小心翼翼地走了过去。

"跪下！"申红羽大喊一声。

马啸天跪在了申红羽的面前。

三太太指着马富禄的脸说："你看看你的儿子，把我儿子打成了什么样子？"

"他们为啥打架？"申红羽心不在焉地问，她心里暗自得意自己的儿子没吃亏。

三太太不屑地说："听说为了一个丫鬟。大太太不是我说你，你要管教好自己的丫鬟。"三太太的目光在梧桐的脸上转来转去，梧桐感觉脸发烧，低着头，双手搓在了一起。

"我的丫鬟，怎么了？"申红羽问。

马啸天激动地说："这跟梧桐没有关系，是我跟马富禄两人的恩怨。"

申红羽忍住笑："你们两个乳臭未干的臭小子，还有什么恩怨……"

三太太插嘴说："别扯这些没用的，我儿子被打了，你说该怎么办？"

申红羽叹了一口气说："天儿也大了，整天不落屋，我拿他也没有办法。等老爷回来后，我一定把他交给老爷来处理，只要老爷发了话，我绝不姑息，该怎么处置就怎么处置，你看如何？"

三太太鼻子一哼，拉着马富禄走了。

马啸天见三太太走了，站了起来，嬉皮笑脸地对申红羽说："娘，我可以走了吗？"

"我问你，你实话告诉娘，你跟马富禄之间到底是怎么回事？"

"其实也没啥，马富禄想调戏梧桐，我就教训了他一顿。"

申红羽的目光落在梧桐的脸上："你好大的胆子，趁我午睡的时间竟然跑了出去。"

梧桐跪了下去："夫人，我错了。"

马啸天也跪了下去："娘，都怪我，是我叫她去的。"

"我看你也不是读书的料，整天只知道舞枪弄刀，早知道如此，还不如跟着你爹去跑商道。"申红羽叹了一口气说。

"娘，我对经商也不感兴趣，等爹回来后，你给他说说，让我去军官训练团吧。"

申红羽鼻子哼了一声，脸上露出不悦的神色，挥了挥手说："都起来吧。"

这件事就这样过去了，三太太和马富禄的心里却把仇记下了。刚开始几天，马啸天规规矩矩，时间一长，他的本性就又暴露出来了，他在书房里待不住，趁申红羽每天午睡的时间，他就又偷偷跑了出来，约梧桐出来玩耍。刚开始梧桐不敢，但经不起马啸天的软磨硬泡，不得已又偷偷摸摸出去玩耍了几次，马啸天带她划船、骑马、射箭等等，梧桐每天玩得都很开心，她长这么大还是第一次感受到了人生的快乐，她对马啸天慢慢也充满了好感，甚至有点依恋了。

一天，马啸天带着梧桐去了河岸对面的一个山顶，这个山顶上有一个洞，他从小就听说了，这洞是当年太平军挖的，这洞很长，可以通到四川去。马啸天不信，梧桐也不信，两人不谋而合，就想探险。

两人坐船去了漩涡街对面的骆驼山，这座山远看有点像骆驼。两人顺着骆驼尾巴踩着羊肠小道进入山林，山上开满了梧桐花，一簇一簇，山谷里飘荡着清香。

梧桐走累了，靠在梧桐树下休息，阳光穿过树林，斑驳的阳光旋转着，落在梧桐粉白透亮的脸上和微微出汗的额头上，折射出五颜六色的光芒，衬得梧桐的头上就像戴了一顶皇冠。梧桐静静地看着梧桐花上的一只蝴蝶，生怕一低头，它就飞走了。而梧桐没有注意到的是，一只红蜻蜓落在了她的发髻上。马啸天在旁边静静地看着梧桐头上的红蜻蜓，一动不动，生怕一动，它就飞走了。

梧桐发现了马啸天的目光不停地盯着自己看，心里如小鹿一样扑通扑通直跳，头上的红蜻蜓好像感受到了梧桐内心的不安一样，慌乱地飞到花瓣上，惊得蝴蝶也张开了翅膀，翩翩然地飞走了。

此时，马啸天一步上前，情不自禁地握住了梧桐的小手，梧桐想把手抽出来，但马啸天握得太紧了，她的脸一下红了。

“我喜欢你！”马啸天的嘴唇附在她的耳边，“风有约，花不误，岁岁如此，永不相负！”

梧桐的眼泪落了出来。她自小父母得病去世后，被人欺负打骂，还被嫂子当奴才一样使唤，如今被一个人如此赤裸裸地表白，情窦初开的她有点惊慌失措。

马啸天轻轻地松开手，擦干了她脸上的泪水：“对不起，梧桐，我吓着你了吧！但我是真的喜欢你！”

“风有约，花不误，岁岁如此，永不相负！梧桐，不要害怕，我这一辈子，非你不娶！”马啸天举起手，信誓旦旦地说，“我对天发誓，如果食言，天打雷劈，不得好死。”

盘旋在山谷的老鹰叫了一声，都说老鹰叫不吉利，正好梧桐听到马啸天说的最后一句“不得好死的话”，她脸色顿时煞白得如纸一样，一把捂住马啸天的嘴：“别说了。”马啸天先是一愣，既而拉开梧桐捂在他嘴上的手，哈哈大笑地说：“梧桐，你是在担心我吗？”

梧桐的脸红到了脖子根，她尴尬快速地抽回了自己的手，头垂得更低了。

马啸天更是乐不可支地逗着梧桐：“你不说话，就表示你默认啰！换个思路，我可不可以认为你担心我是因为你也是喜欢我的？！”马啸天没等梧桐回答，他冷不防地将梧桐拖进了怀中，在她脸上亲了一口。晕晕乎乎的梧桐，在一片惊慌失措中，身体也软绵绵地失去了挣扎的力量。马啸天胆子更加大了，他干脆又紧紧地搂住了她，并将双唇压在了她的嘴唇上……

等到梧桐醒悟过来，挣扎着想要捶打马啸天时，马啸天边往山上跑边说：“你来打我吧，反正我现在已亲了你，你是我的人了！你早晚也会是我的媳妇了，你怎么打我，我都乐意的！”梧桐又气又羞，不顾一切地跑着去追打马啸天，但越朝山上跑，树林越茂密，道路陡峭狭窄，追赶也越来越困难了。两个人都停下来喘着气，梧桐似乎也忘记了自己追赶马啸天的目的，她屏住呼吸，静静地看了看四周说：“听说山上有狼，要不我们还是回去吧。”

“有我在，别怕。”马啸天拍着胸脯说，“既然来了，我们就不能半途而废，我倒要看看这个传说到底是不是真的，说不定还是一个宝藏呢。”

两人走到半山腰一块突兀的大石头上，站在石头上朝下一看，远处群山云雾缭绕，汉江河如一条长龙在群山中盘旋，有的地段在阳光下金光闪闪，山下的漩涡街若隐若现。他们休息了一会儿，吃了点干粮，继续上山。

他们拨开树林，看见了一个洞，这就是传说中的洞，洞口杂草丛生，里面很黑暗，洞不长，仅能容十几个人。马啸天突然发现，洞口最里面发出幽蓝的光，很诡异，他感觉不好，拉着梧桐的手朝外走：“我们闯进了狼窝，快走！”

两人刚走到洞口，一头大母狼也正朝这里赶来，两人闪到一边的草丛里，屏住了呼吸，大母狼从他们身边走过，它停住了脚步，它闻到了人的味道，一双发蓝的眼睛警戒地看着四周，梧桐不小心弄出了声音，大母狼发现了他们，嚎叫了一声，做好了要扑的姿势。马啸天推开梧桐，拔出随身携带的匕首说：“你快走，我把它引开。”

马啸天站了起来，右手扬了扬匕首，左手拍了拍胸膛，意思是朝我来。

大母狼被镇住了，犹豫了一会儿，腾空而起扑了过来，马啸天一闪，它扑了一个空。马啸天看见梧桐已走远，他无心恋战，张牙舞爪地做着夸张的动作，一边在寻找逃跑的机会，其实他的心里是胆怯的，能不能战胜这头狼他心里没有把握。他捡起一块石头，狠狠地朝狼扔去，石头砸在狼的身上，他转身就跑。这块石头彻底激怒了狼，它生气地纵身一跃，从他头上飞过，落在了他的前面。这是一段下坡路，大母狼堵住了他的退路，虎视眈眈望着他，伸出长长的舌头左右摆动做出挑衅的样子，仿佛它即将要品尝一顿美食。

马啸天四周看了看，身后是悬崖，已没有退路了。他鼓起了勇气，大喊一声，他要跟它鱼死网破。马啸天占据着地势的优势，大母狼的几次反扑都被他打了下去。大母狼突然闪进树林，在他的上坡出现了，它嚎叫一声，纵身一跃，马啸天举起匕首，一弯腰，匕首利刃从它的肚皮划过，一串串血如雨点般洒了下来，狼撞在一棵树上，死了。

“你没事吧？”梧桐急急赶了过来，抓住马啸天的手说，“你的衣服被抓破了，胳膊上也有血，你受伤了？”

“没事，被狼爪抓了一下，一点皮外伤。”马啸天笑着说。

“我们快点回吧，夫人知道了，会责骂我的。”

“斩草除根，干脆我回去把这些狼崽统统也杀了。”马啸天说。

“它们没有母亲了，已经很可怜了，要不我们把它们带回去圈养吧。”梧桐说。

马啸天叹了一口气说：“狼终究是狼，把他们养大了还是狼，它们还是要伤害人。看在你的面子上，我不杀它们，就让它们自生自灭吧。”

梧桐扶着马啸天，两人默默下山，天空飘起了小雨。

第三章　捉拿革命党

马啸天杀死大灰狼的消息迅速传遍了整个漩涡街，梧桐和马啸天怕引起人们注意，他们趁着天黑一前一后进入马家大院。

申红羽午睡醒来后发现梧桐不见了，接着她也发现马啸天也不见了，她知道他们出去玩了，也没在意，直到天黑时，她开始坐不住了，因为东家马少秋带着商队回来了。马少秋走了一个多月，终于回来了，回来了也不进她的屋，而是去了三太太的房，这让她的心情很失落，她担心的还是这个三太太的嘴，三太太一定会在马少秋面前搬弄是非，挑拨两人的关系不说，还要说一通马啸天的坏话。如果现在马少秋要见马啸天，她不知道该如何来解释，她心里承认自己对马啸天是有些娇惯，马啸天不去上私塾或者偷偷跑出去玩耍，她总是睁一只眼闭一只眼。如今天黑了，马啸天还没回来，万一有了闪失怎么办？她怎么给马少秋交代？她悄悄让马管家派长工去找，可时间过了这么久了，还没有一点消息，她开始忧心忡忡在院子里转来转去，突然她听到了脚步声，急急走出门，一看是梧桐，本来心里都想好了责骂梧桐的话，可见到她时又惊又喜，早已把责骂的话全忘了，急急地问："天儿呢？他是不是跟你一块儿出去玩去了？"

梧桐低下头，心里忐忑不安："是的，夫人，对不起，我错了！"

申红羽说："带我去见天儿。"

"这……这……"梧桐有点犹豫，她怕夫人知道马啸天受伤了，而责怪她。

马管家走了进来，在申红羽的耳边小声说了几句。申红羽径直走了，脸色很难看，梧桐急急跟了过去。

申红羽急急推开马啸天的门，屋里没人，她直奔睡房，掀开被子看见躺在床上的马啸天，她拉起他的胳膊看了看，马啸天痛得叫了一声，申红羽眼睛一红："你没事吧？你的胆子也太大了，竟打死了大灰狼。你知不知道，这多有危险，万一出现意外怎么办？"马啸天嘿嘿一笑："娘，我没事！"申红羽转身对身边的梧桐说：“快让人去请大夫。”

“来了，来了！”马管家在外边应声道。其实马管家知道马啸天受伤后，早就派人去请大夫了，刚好大夫风风火火地赶来了。这是镇上的一位老中医，人们都叫他张郎中，马家上上下下男男女女老老少少生病，几乎都是这位老中医看的。

张郎中给马啸天包扎了一下，开了几服中药，他说：“少爷这是小问题，没事。”

“那就好，菩萨保佑！”申红羽长长松了一口气。

张郎中走后，下人通报，老爷来了。申红羽的心咯噔了一下，她知道马少秋的脾气，这次一定听到了什么谣言，一定会惩罚马啸天的。

马少秋进屋后一直板着脸，他手上拿着一条鞭子。申红羽拦住马少秋说：“老爷，你这是干吗呢？”

马少秋推了申红羽一下：“闪开！今天我要教训一下这个不争气的东西，我让他好好读书，他却整天吊儿郎当，不思进取，气死我了。”

马少秋掀开被子，大喊一声：“起来，到祠堂来，当着列祖列宗的面，我要好好教训你一顿。”

马啸天赖在床上没动，马少秋扬起手中的鞭子抽打在马啸天的身上。申红羽冲过去抓住马少秋的手说：“老爷，我求求你了，天儿身上有伤，等他伤好了再打行不行？”

“好了伤疤忘了痛，我要让他永远记住这个痛。”马少秋说。

梧桐为这事心里一直忐忑不安，她担心的是马啸天这个花花公子对她不是真心的，玩玩而已，何况自己出身卑微，又怎么能配得上身世显赫的马家？同时她又怕大太太责备她，她站得远远的，站在门口，目光落到院子里的梧桐树。天已黑了，院子里的花草黑黝黝一片。突然，她看见一个黑影跳进了院子里，这个人身手敏捷，身材苗条，一看就是个漂亮的女人，她抬起头望着梧桐笑了笑，做了一个不出声的手势，梧桐望着她也笑了笑。梧桐发了一下愣，那个女人转眼就消失了，她怀疑自己刚才眼花了，揉了揉，什么也没看见。

一弯月儿在天边姗姗走了出来，慢悠悠的。

马啸天的喊叫声让梧桐的心如针扎一般，那一鞭鞭仿佛抽打在自己的身上。

“老爷，不好了。”下人慌慌张张地跑进来报告。

马少秋举起的鞭子停了下来，瞪着血红的眼睛说：“什么事，慌慌张张，天塌了下来了？”

“清军包围了马家大院，说是要抓什么革命党。”

马少秋扔了手中的鞭子，整理好了衣服，朝大门走去。

申红羽见马少秋走了，扑在马啸天的身上一口一个天儿叫得很伤心，她把自己的不满和愤怒发泄到梧桐身上，她一会儿让梧桐去打热水过来给马啸天擦身子，一会儿让她去取药。外边嘈杂一片，火光映红了马家大院。

马啸天好奇地坐了起来，笑了笑说："我没事的。"他跳下床跑去看热闹了。申红羽和梧桐追了过去。梧桐看见三太太带着马富禄和马富祥慌慌张张朝后门去。申红羽也看见了，她说："三太太，你们带着行李准备逃跑吗？"

三太太神色慌张地说："不是……清军已包围了马家大院，再不走恐怕就来不及了……"

申红羽冷笑一声："他们抓的是革命党，原来你们就是革命党？"

三太太急急地说："大太太见笑了，我们怎么可能是革命党？你看我们像革命党吗？我们连啥叫革命党都不知道。"

"你们跑啥？"

三太太无语，马富禄和马富祥乖乖地跟着他们的娘回去了。

大门外火光一片，清军官兵的帽子在火光照耀下，红红一片，他们有的端着长枪，有的拿着长矛大刀，而马家护院队是清一色的长枪，他们对峙着，都没有一点让步的姿态。

马少秋用手指着清军头领说："牛德益，你爷爷牛四跟我父亲马虎飚，可是结拜的生死兄弟，我看你是晚辈，不跟你一般见识。实话告诉你吧，就是唐县令见了我也要点头哈腰，你凭啥随随便便就带领官兵私闯民宅？"

"我这是奉命捉拿朝廷要犯——革命党，再说我不归唐县令管，我直接听令于黎总督。"牛德益说。

"拿着鸡毛当令箭。"马少秋鼻子一哼，"你可别乱扣帽子，什么革命党？"

"乖乖把马韵煊大小姐交出来，否则别怪我不客气了。"

马少秋哈哈大笑；"我明白了，你死皮赖脸地缠着我的大女儿煊儿，可惜煊儿看不上你，你就想强抢民女，你也不撒泡尿照照自己，长相丑不说，比武大郎也高不了多少，"

"够了！"牛德益的脸气得红一块紫一块，"信不信，我回去后就禀报给黎总督，你们马家将要遭到灭顶之灾，满门抄斩，寸草不留。"

"你这是公报私仇！卑鄙！"马少秋笑着说，"我大哥马天良为清廷效力，军功累累，官至提督衔总兵，他要是知道了，他会饶了你吗？"

牛德益脸色变了，发愣了半天才说："你们马家才卑鄙，我听我父亲说，我们牛家亲戚原本就住在牛家山，他们蹊跷地失踪或死亡，后来他们就逃离了牛家山，马家趁机就占领了牛家山的丰富资源，成了你们马家的木材厂。如今听说牛家山矿产丰富，看来是你们马家早就计谋好了的，而他们蹊跷地死亡也是你们马家人干的。”

“血口喷人，空口无凭，说话要讲证据！”

站在旁边的马啸天忍不住了，他早就对牛德益有意见，牛德益比他大几岁，他一直把他喊哥，他最讨厌他死皮烂脸地缠着他同父异母的姐姐马韵煊不放，后来马韵煊去了日本留学，牛德益也在漩涡街消失了。如今回来了身穿官服，官服上绣彪，马啸天琢磨牛德益可能是六品蓝翎侍卫，管他是几品，他从护院人手里夺了一把长枪，把枪对准了牛德益：“牛德益，你别太猖狂了，再不滚蛋，我一枪打破你的脑袋！”

“有种你就开枪！”牛德益冷笑一下。

“好，我今天就成全你！”马啸天熟练地滑动枪栓，“去死吧！”

牛德益双腿开始颤抖，额头上开始冒冷汗，就在这紧要关头，马少秋推开枪，枪对着天空响了起来，子弹划过寂静的夜空，最后落在了汉江河里。

牛德益吓软了，他没想到马啸天真敢开枪，他想吓唬和镇住马啸天，没想到反被马啸天镇住了，如果不是马少秋推开枪，自己的脑袋真就开了花。

“撤！”牛德益挥了挥手说。

“牛大人，别走啊！”马少秋说，“你还是进门去搜吧，如果你不搜，回去你禀报给黎总督，说我私藏革命党，我可吃不了兜着走。”

牛德益骑虎难下，他犹豫了一下说：“既然马老这样说，恭敬不如从命。”

“慢，不过我有一个条件。”马少秋说，“想当年，我跟你爷爷还并肩作战过，如今我虽上了年纪，但凭我手中的刀，随随便便一口气杀个十几人还是不成问题的。你们随便搜，如果搜到革命党，要杀要剐悉听尊便。如果搜不到革命党，你就要在漩涡街全镇人的面前，在我胯下爬二十四个来回。”

“这……”牛德益迈出的脚步缩了回来，他跨上马，挥了挥手说，“走吧！”

马少秋望着清军的背影，他双手搓揉着，露出微笑。

申红羽绷着的心终于松懈了下来，她长长叹了一口气。她心里在想，要不是发生了这事，马少秋说不定把马啸天打个半死，现在好了，马啸天暂时是安全的。叹完气，接着又打了几个呵欠，岁月不饶人啊，她感觉有点累了，让梧桐扶她回她的房间。

申红羽躺在床上却没有一点睡意，梧桐就在旁边一边陪她说话，一边在给她揉腿。申红羽突然坐了起来：“你去看看老爷现在在哪里？如果老爷来了，提前通知我一声。”

“好的。”梧桐笑着说。

梧桐刚走出申红羽的庭院，抬头望了望月牙儿，肩膀被人轻轻拍了一下，她回头一看，什么也没有，她吓了一跳，加快了脚步。肩膀又被人轻轻拍了一下，她猛地一回头，看见了马啸天调皮的笑脸。

梧桐打了马啸天几下：“原来是你这个鬼……”

马啸天抱紧了梧桐：“我就是鬼，是个色鬼，专门色你的。”

梧桐推开他说：“正经点，我还有事呢。”

“你能有什么事？”

梧桐张开嘴，却不知道说什么。马啸天拽住梧桐的手说：“跟我走吧。”

“你不在屋里养伤，到处乱跑，你娘知道了会责怪我的。”

“我这点小伤算什么，没事。”马啸天跳了几下。

梧桐跟着马啸天来到一处幽静的四合院，院子里亮着灯，没见一个人，他们轻轻推开门，蹑手蹑脚走了过去，突然一把刀架在了梧桐的脖子上，梧桐停住脚步，不敢吱声。马啸天一偏头，看见了一个黑影，他说：“我是马啸天，你是大姐吗？我猜你可能回来，我们是来看你的。”

“是我，你们怎么知道我回来了。”梧桐感觉脖子上的刀不见了，她一回头，见是一个漂亮的女人，感觉就是在院子里见到的那个身手敏捷的女人。

“牛德益带领官兵抓革命党，我猜大姐一定回来了，大姐走到哪，牛德益这条狗闻着味就来了。”

马韵煊哈哈笑了，三人进屋。进屋后，梧桐仔细打量了马韵煊一眼，她穿着时髦，模样俊俏，齐耳短发，脚上穿着长长的皮鞋，英姿焕发，一看就是女中豪杰。马韵煊也打量着她，她见梧桐的第一眼就有点喜欢上了这个小妹妹。

“这位小妹妹是？”马韵煊望着马啸天说。

马啸天摸着头说：“她是我的媳妇。”

梧桐的脸一下就红了，勾着头。

马韵煊咯咯笑了，拍打了马啸天一下：“你一个小屁孩，懂什么呢？”

“我今年都十七了，已到了成家立业的时候了。我几次都想去投奔大伯，但我爹死活不同意。”马啸天得意扬扬地说，“我这次来找你，就是希望你带我走，我也去参加革命党。”

“谁说我是革命党？我脸上有字吗？”马韵煊一脸严肃地说。

“牛德益带领官兵抓革命党，不就是抓你吗？”马啸天反问道。

“那个癞蛤蟆的话你也信吗？我就是看不上他，他非要死皮赖脸地缠着我不放，还兴师动众地来抓我，他不就是想做给马家看的吗？如今的他已不是往日的牛德益了。”

“你跟我爹说说，他让我读书经商，我对这些没有一点兴趣，一拿到书我就瞌睡，但一看刀枪，我就特别兴奋，我想参加新军。”

“我帮不了你。”马韵煊说。

马啸天说：“去年我在你箱子里发现了《民报》，上面写着以民族、民权、民生为核心内容的三民主义。别以为我不知道，这几年来，你参加了同盟会，一直跟随着孙中山先生，想推翻清政府，驱除鞑虏，恢复中华，创立民国，平均地权。”

马韵煊摆了摆手说：“停停停，我答应你。”

马啸天高兴地跳了一下，手舞足蹈，他碰倒了桌子上的杯子，马韵煊伸手接住了，大发脾气说：“这房间的东西，你们可不要乱动。自我娘走后，我一直保持着原样。”

马啸天和梧桐站在那里一动不动，他们有点手足无措。

“是我大女儿回来了吗？”是马少秋的声音。

马啸天和梧桐想躲避已来不及了，有点惊慌失措。

“别怕，有我在。”马韵煊小声说。

马少秋跌跌撞撞走了进来，显然他是喝了酒，他看了马啸天和梧桐一眼，望着马韵煊说：“你这次回来，差点闯了祸，你知道吗？”

“我走就是。”马韵煊假装要走。

“回来。”马少秋拽着马韵煊的手笑着说，“这次回来有什么事吗？”

“这次我回来是看我娘的，明天是我娘的忌日，难道你都忘了吗？”马韵煊说。

马少秋叹了一口气说：“我怎么会忘呢，你娘走后，这屋里东西原封没动，我还定期派人来打扫。”

马韵煊叫了一声爹，马少秋的眼里滚出一地泪水，自她娘走后，她就再也没喊他一声爹了。马少秋背过身擦了一下泪水说：“香蜡纸炮我已派人买好了，明天我跟你一块儿去吧。”

“谢谢。”马韵煊说，“我这次回来还有重要的事情，为起义筹募经费，希望爹也能伸手慷慨一次。”

“你真的是革命派？”马少秋吃惊地望着马韵煊。

马韵煊点了点头说：“今天我就实话告诉你吧，我参加了兴中会，后来又参加了同盟会，一直跟随着孙中山……”

“就是被清政府通缉的那个孙中山？就是发动了多次武装起义都失败的那个孙中山？”马少秋说。

“是的。起义虽然都失败了，但有力地冲击了清王朝的统治，扩大了革命影响。在慈禧统治的年代，清王朝早就开始变得腐朽不堪，朝中的大臣也都是一些只会阿谀奉承的奸臣。如今机会来了，光绪帝和慈禧太后相继去世，三岁的溥仪继承皇位，一个三岁的孩子懂什么？我们将会有大动作，清朝很快就会完蛋。”

马少秋半信半疑地说：“大清真的很快就会完蛋？”

马韵煊点了点头说：“是的，迟早会完蛋。你看官场腐败，民生困苦，各地暴动不断……”

“大清垮台了，那你大伯马天良怎么办？”马少秋问。

“你就别操心大伯了，你先管好自己的事。”马韵煊说，“这次你该出血了，把银票多捐点，革命成功了，这功劳也有你的一份哦。到时你的生意可以正常做，说不定还会得到保护呢。”

马少秋摆了摆手说：“这功劳就算了吧，明天我会把银票给你的。”

马少秋转身望了梧桐和马啸天一眼，他们慌慌张张走了。

第二天，马韵煊在马少秋的陪同下，来到了马家祖坟给她娘烧了纸，磕了头，她知道牛德益一定会派人监视她的行踪，怕夜长梦多，她准备今天晚上悄悄离开漩涡街。

马韵煊本来不想带马啸天走的，刚走出漩涡街，没想到马啸天追了上来。马韵煊让他回去，他死活不回去，还说大路朝天，各走一边，他去投奔大伯。马韵煊无奈地说：“你可要想好，到时别后悔了，现在后悔还来得及。”

“我早就想好了，早就想逃离马家。”

马韵煊只好带他走。一路上马啸天心事重重，唉声叹气。

“怎么了？后悔了？”马韵煊问。

“我走时忘了告诉我媳妇梧桐一声，她要知道我走了，一定会恨死我的。”

“来日方长！以后有的是机会！”马韵煊摸着他的头笑了。

“姐姐，你有男朋友吗？”马啸天好奇地问。

马韵煊望着天上的星星说：“有啊，我喜欢他，但他还不知道，何况人家也有妻子……”

“能让姐姐喜欢的人，一定是个了不起的人物，他是谁啊？告诉我，我给你做主！难道他就是孙中山，还是……”马啸天想不起还有哪些大人物了，因为只有这些大人物才能配得上他姐姐。

马韵煊叹了一口气，大步流星朝前走。马啸天紧紧跟了上去。

夜，静静的。玉盘似的月亮在云中穿行，淡淡的月光洒满了大地。小河两岸、田野里、山谷里、村庄里都好像镀上了一层银。劳累了一天的人们都睡熟了，正进入梦乡。只有一棵棵黑油油的梧桐树，就好像一把把巨大的伞挺立在那里，满树繁花发出了一阵阵浓郁的清香。

第四章　前途迷茫

马啸天的突然离家出走，让马少秋和申红羽非常生气，特别是申红羽整天发脾气，丫鬟梧桐便成了她的出气筒。

刚开始申红羽对梧桐很好，后来她听到了关于马啸天和梧桐之间的传言，慢慢地她也改变了对梧桐的看法。

这一切都是三太太和她的两个儿子在背后造谣，把梧桐一步步逼向了绝境。

马富禄见马啸天走了，他心里就开始琢磨着如何打梧桐的注意。上次他摸了一下梧桐的脸，结果被马啸天暴打了一顿，这事他一直记恨在心里，寻找机会收拾马啸天和梧桐。如今马啸天不在了，他一下狂傲起来，色胆包天，把目光盯在了梧桐的身上。

马富禄游手好闲，喜欢赌博和抽大烟，他结识了社会上的一些地痞流氓，只要梧桐走出马家大院，她的一举一动都被监视着。

一天，梧桐接到一个下人的转告，说她的哥哥生病快要死了，她哥哥想见她最后一面。自梧桐来到马家后她哥嫂也从没来看过她，她虽然不喜欢哥嫂，毕竟她只有这么一个亲哥哥，她跟大太太请了假，带了一身换洗的衣服就走了。

哥嫂住在汉江河对面很远的一个山村，她踏上渡船时，夕阳映红了江面，半江瑟瑟半江红。一条鱼跃出水面，扑通一声，波光粼粼，水中的夕阳开始支离破碎，一浪一浪开始模糊起来。梧桐下船后，踩着河边的沙子和鹅卵石迅速上坡，穿过钟家院子进入山谷。山谷很静，自她下船后，她感觉跟她一块儿坐船的两个人贼眉鼠眼，不停地瞅她，她感觉这两人不像好人。步入茂密的树林，天色一下暗了下来，身后传来了脚步声，她不由得加快了脚步，几乎是小跑。突然脚下像是被什么东西绊了一下，她身子朝前冲，一下扑在一个男人的怀里，她赶紧地抬起起头一看，一张充满淫笑的脸望着她笑，这是一张她讨厌的脸，此人就是马富禄。梧桐的脸色顿时变了，推开他说：“你怎么在这里？你们想干吗？”

马富禄摸着嘴唇边毛茸茸的胡须说：“你说呢？”

“其实我哥根本没有生病，是你们编造的谎言，故意骗我出来的是不是？”梧桐心里一下明白了，大声质问。

“你很聪明！”马富禄朝梧桐慢悠悠走去，把头上的长辫子拿在手上，晃来晃去。

“你们想干啥？”梧桐一回头，马富祥站在后面，船上见的两个贼眉鼠眼的人也站在后面堵住了她的退路，显然他们是一伙的。

“陪我们玩玩！”马富祥嬉皮笑脸地说。

两个贼眉鼠眼的人拽住梧桐朝树林里拖，梧桐一边挣扎一边大声喊叫，马富禄说：“别喊了，荒郊野外没人的，就算有人，他们见了本少爷敢说半个不字？”马富祥心里很激动，心痒痒得更猫爪一样，梧桐发育很好的身体，早已勾起了他的欲望，他迫不及待地摸了一下梧桐的脸：“自己把衣服脱了，让本少爷亲自动手就没有你好果子吃了。”梧桐一脚踢在马富祥的胯下，他哎哟一声蹲在地上，痛苦地说：“这个不识抬举的小娘们儿，想让老子断子绝孙啊！哥，你先上！等下我要好好收拾她一下。”

梧桐被按在草丛里，马富禄蹲下身子满脸淫笑，一双手迫不及待地去解梧桐衣服的扣子，梧桐穿的这件衣服上布满了布扣子，马富禄显然失去了耐心，一把撕开梧桐的衣服，雪白的身子露了出来，马富禄得意地狂笑起来，笑声在山谷回荡着，夹杂着呜咽的泉水，听起来非常恐怖。

“不要，不要！”梧桐拼命地挣扎，但面对四个兽性大发的男子，显然她的挣扎是苍白无力的，她的泪水唰唰流了出来。

突然，马富禄的身子一歪，滚在一边，梧桐睁开眼，一看是马剑锋，马剑锋扬起手中的刀生气地说:“天哥走时，让我照顾梧桐，你们这帮牲口，还不快滚……”

梧桐双手交错，捂住自己的身子，感激地默默望着马剑锋。

马富祥鼻子一哼：“她一个丫鬟，有啥了不起的？马啸天他算老几？上次的仇我们还没找他报，他倒溜得快。今天我们就想睡她！这里没你的事了，该干吗干吗去，别耽搁我们的好事。”

“今天的事，我管定了，如果你们再胡搅蛮缠，我就告诉爹。”马剑锋说。

马富禄爬起来，挥了挥手说：“兄弟们上，弄死他！”

马剑锋挥舞着手中的刀，做了几个招式说：“我可是习武之人，你们也知道我的厉害，四人一块儿上，今天我把你们打死打残了，是你们自找的，到时外人也不会说什么。”

四人面面相觑，停止了前进的步子。马富禄指了指马剑锋说：“你等着！咱们走着瞧！我们走！”

“呸！”马剑锋望着他们四人的背影吐了一口唾沫，他一转身，看见梧桐也望着，两人目光对视，马剑锋有点不好意思地说，“我们回家吧。”他脱下衣服，披在了梧桐的身上，梧桐又感激地望了他一眼。

两人默默回家，梧桐心里非常忐忑，她一直想问马啸天去了哪里，为什么走时连个告别都没有，话到嘴边忍住了。这些日子她想明白了，她一个丫鬟和马家的大少爷是没有未来没有希望的，而马啸天不过是个花花公子，玩玩而已。如果自己在他心里有分量有位置，起码走时打声招呼啊，悄悄离别，这是什么意思？她想起了那天马啸天在她耳边说的话：“风有约，花不误，岁岁如此，永不相负！我这一辈子，非你不娶！”当时马啸天还信誓旦旦地发誓，如今看来他全是在演戏。梧桐想到伤心处，情不自禁地低声哭泣。

“你哭啥？别怕，今后有我在，这帮兔崽子休想动你一根汗毛！”

“兔子逼急了也会咬人，大不了鱼死网破，我怕他们干啥？”梧桐咬着牙说。

“我知道了，你是在担心马啸天大哥吧，他跟我大姐一块儿走的，估计他们是去投奔大伯马天良去了。我大伯是个大人物，你有啥好担心的。”

“马啸天走时，给你说了啥？”

“他走头天我遇见他，他说如果他走了，让我好好照顾你，当时没在意，后来发现他真的走了，才明白了他的这句话。他走时没给你道别吗？”

“……”梧桐低下头不语。

两人来到江边，月光如水银般洒在江面上，水面上波光粼粼地闪着光，一阵微风吹过，衣衫随风飘荡，梧桐感觉到了一丝寒意，她双手抱得紧紧的。突然如泣如诉的二胡声飘了过来，马剑锋知道那是船艄公在拉二胡。这个船艄公姓汤，漩涡街的人都认识他，他脸上长有麻子，人们都叫他汤麻子。早些年，汤麻子的老婆带着儿子跟人跑了，据说去了四川，他一直孤身一人，后来干脆以船为家了，吃住都在船上。

两人顺江而下，来到了渡口，汤麻子坐在船头忘情地拉着二胡，马剑锋叫了他一声他也没听见。

“船老板，过河了。”马剑锋又大声喊了一声。

“不过了。刚送走了四个小兔崽子，收摊了。”汤麻子手上突然一用力，二胡的声音突然高亢起来，如万马奔腾如江水一泻千里。

马剑锋和梧桐静静地听着，江的对面就是漩涡街，这一段江面悬崖峭壁，水流很急，深不见底，江面上布满了一个又一个漩涡，每年来往的商船经过这里，总会发生一起沉船或渔民葬身鱼腹的事，甚至有传言，太平天国失败，大批巨额珠宝从人间蒸发。当年太平天国石达开载了满满一船金银，船行驶到这里时，天降暴雨，江河暴涨，船被卷进漩涡，沉入江底。后来附近有人下河使用铁锹、锄头等农具只是在江边随便挖挖，更多的人开始学习潜水寻宝，结果一无所获。慢慢地人们就忘了这件事。

汤麻子拉完了二胡，望着天上的月亮发呆。

“汤叔，送我们过河好吗？”梧桐可怜兮兮地说，江边的风让她感到了寒冷。

汤麻子回过头，看了一眼梧桐凌乱的衣服说：“马少爷，上船吧！要不是看在马老爷的面子上，这么晚了，我是不会送你们的。”

马剑锋和梧桐说了一声谢谢，踩着跳板上了船。汤麻子收回跳板，一竹篙把船撑出好远，然后动作熟练地划桨，激起的波纹一浪一浪的，水面上波光粼粼的一片。这个渡口在漩涡街上游开阔一带，水流平稳，加上风平浪静，他们一会儿就被送到了河岸。

马剑锋和梧桐下船后，踩着河边的石子和沙子走了好久，上岸，然后他们踩着小溪上的跳石进入河边的草地和竹林，步行几分钟就踏上了青石条修建的又宽又高又长的台阶，进入了漩涡街。

梧桐衣服被撕破了，外面披着的是马剑锋的衣服，他冻得牙齿直打战，他怕引起别人注意，抄小道走的是后门。

马剑锋和梧桐一踏进马家大院，感觉到了下人异样的目光，一定是马富禄和马富祥恶人先告状，倒打一钉耙。梧桐穿过庭院，来到了大太太的院子，她估计大太太早已睡了，不由得轻手轻脚走了进去。

“你回来了？”

梧桐吓了一跳，心里很慌乱，是大太太申红羽的声音。

“你不是回家看你哥嫂吗，怎么半夜又回来了？”大太太声音咄咄逼人。

“我……我……”梧桐吞吞吐吐。

“你衣服怎么破了？怎么穿的是二少爷的外套？……”大太太的目光在她脸上扫来扫去，“一个女孩子，要注意影响，也要注意安全！”

大太太一连串的问题，让梧桐一时不知从哪里开口，她憋得连脸都急红了。

大太太说：“我也困了，先睡了。”

大太太睡后，梧桐待在自己的屋间里，她趴在床上呜呜哭了，要不是马剑锋及时救了她，说不定她无脸见人就跳河自杀了。她想起了死去的娘，娘要是活到现在多好啊，她可以趴在娘的怀里号啕大哭一场。哭够了，她又想到了马啸天，越想心里越生气，她开始怀疑马啸天对自己的感情了，马啸天真的会是他们所说的花花公子吗？梧桐在迷迷糊糊中睡着了，醒来时她头重脚轻，走路有点发飘，可能是昨晚受了风寒的缘故，她知道这个时间她该起床了，她要给大太太准备洗脸水，准备送早点。以前大太太起床很晚，如今突然变得不睡懒觉了，也许是上了年纪的缘故，睡不着了。

梧桐端着热水，走进了大太太的房间，她看见大太太坐在梳妆台前梳理头发，几根白发特别显眼，梧桐没注意到脚下门槛，她浑身乏力，腿也抬不高，脚被拌了一下，她一个趔趄，手中的盆子扔在了地上，叮当作响，水弄得满屋都是，有几滴水还溅到了大太太的身上。

大太太暴跳如雷，气得扇了梧桐一巴掌："不要脸的东西，滚滚滚，滚远点！"

大太太以前可不是这样啊，她的暴跳如雷和喜怒无常让梧桐无法接受和面对，梧桐捂着脸跑了，她要逃离马家，永远离开马家。

梧桐把自己几件衣服一收拾，朝肩上一挎，然后坐渡船过河，汤麻子好奇地问："昨晚你坐我的船回来，今天怎么又坐船回去？"梧桐心里生着气，没有回答。梧桐下船后开始翻山越岭回家。山上层林尽染，小路边上开满了各种野花，她一人走在寂静的山间小路上，随手摘了一根狗尾巴草拿在手里，她的目光落到路边的小草丛中的几朵黄色蒲公英上，花虽然好看，但一旦成熟结果，放在嘴前轻轻一吹，它们就像棉花一样纷纷扬扬四处飘散，一会儿就消失得无影无踪，她感觉自己就像那渺小没人注意的蒲公英一样，心里突然有种说不出的孤独和寂寞，马啸天发誓说喜欢她，可转眼就不告而别，这分明是在戏弄她，她出身卑微，哥嫂又不待见她，没有亲人可以帮助她，对前途对命运，她很迷茫，不知该何去何从。

她翻越了一座山又一座山，终于看到了半山腰那熟悉的茅草房，这就是她从小出生和成长的地方。

"妹子，你怎么回来了？"梧桐的哥哥梧果正在屋里打草鞋，他望着梧桐吃惊地问道。

"是啊，大小姐回来了。"嫂子不冷不热地说道。

"怎么，不欢迎我回来吗？"梧桐说。

"不是……不是……"梧果呵呵一笑。

梧桐肚子饿了，她自己走到灶房揭开锅，锅里有红苕，她一摸还是热的，捡了几个狼吞虎咽。

"你准备长住啊？把衣服都带了回来。"嫂子已悄悄检查了她的行囊，看看她带有什么好吃的或者什么礼物，毕竟马家是漩涡街的首富，一定出手大方，结果她很失望，除了几件衣服，什么都没有。

“带钱没？”梧果在老婆身边比画着。

“带个狗屁！”

“她回来干啥？”

“鬼知道。多个闲人，白吃白喝，我们家可养不起。”

梧桐在旁边听得清清楚楚的，她感觉心被扎了一下。她来到屋后的坡上，来到父母的坟前——两个土堆，两座坟孤零零的，没有墓碑，上面长满杂草，小虫子小鸟在里面叽叽喳喳地叫着，等她走近，鸟飞走了，杂草里安静了一会儿，接着又开始叽叽喳喳地叫着，她估计是蛐蛐。小时候，她跟着庞光远一同在坟院里捉过蛐蛐，如今她已是好几年没见过他了，也没有他的消息。梧桐静坐了一会儿，想想父母，想想自己，她又伤心地哭了。

梧桐在家待了三天，哥嫂急了，问她啥时回马家大院，马家大院有好吃好喝的，待在家里顿顿吃红薯南瓜，何必呢。梧桐说不回去了，梧果一下急了，把她的行李一收拾，就要赶她走。

“打死我也不去马家大院了。”梧桐说。

“姑奶奶，我求求你了，你走吧！我们可惹不起马家！”梧果急得团团转。

“我又没做亏心事，我有啥好怕马家的？”

梧果犹豫一会儿，跺了跺脚说：“实话告诉你吧，我和你嫂子把你早已卖给了马家。”

“什么？”

“我们可是签了卖身契的。”嫂子说。

“卖了多少钱？”梧桐生气地质问。

“三十个大洋！”梧果有气无力地说，“按照协议，你不能回来了，永远要待在马家，你的命运由马家支配了，如有反悔……”

“够了。”梧桐大喊一声。

“都是这个败家子，拿钱到镇上去赌博，结果输光了。”嫂子呜呜哭了，“这日子没法过了。”

“要不是看在孩子还小的分上，我早就把你休了。”梧果跺了一下脚说。

“好啊，你这个没良心的东西，你长本事了，我打死你！”嫂子拿起扫帚就打梧果，梧果躲闪着跑到门外溜了。

这个家，梧桐一刻都不想待了，她来到山冈上，靠在一棵树上，呜呜哭了。远去群山绵绵，白云悠悠，汉江河如一条长龙在山谷缠绕，远去的漩涡街若隐若现，马家大院她实在不想回去了，可现在她该怎么办呢？哪里才有她的立足之地呢？

梧桐哭够了，睁开眼睛，她看见了一个少年望着她，两人对视了一会儿，她认出了这个少年就是小时候一块儿长大的伙伴庞光远，如今他虽长大长高了，她还是一眼认了出来。

“你回来了？”庞光远也认出了她。

梧桐点了点头，擦干了泪水：“你去哪里？”

庞光远说：“我去漩涡街，金家酒坊缺人，我去当长工。”

“听说你不是跟你亲戚去学铁匠了吗，怎么又回来了？”

“我的铁匠师傅死了，我就回来了，我爹让我去金家当长工挣点钱好成家呢。”庞光远说，“你知道吗，小时候一块儿玩耍的狗子都成亲了，燕子也嫁人了。”

梧桐哦了一声。

山下走来三个人，梧桐认出他们了，他们是马家护院队的，他们身上扛着枪。梧桐想到哥嫂说的把她卖给了马家，如今她走了，一定是马家派人抓她回去的。梧桐转身朝树林走去，马家人发现了她，举起枪喊道：“站住！再跑我就开枪了！”

梧桐站住了。

两个人冲上去押着梧桐，庞光远跑过去帮忙，一把推开一个人说：“光天化日之下，你们想干吗？”

“没你的事，”那人用手指着庞光远，“滚开！”

庞光远一把抓住对方的手指说：“这事我管定了。”

那人痛得号叫起来，另一个人用枪指着庞光远的头说：“放手，再不放我就开枪了。”

梧桐说：“别开枪，这事跟他没关系，我现在就跟你们走。”

庞光远松开手，那人收起枪，推着梧桐走了。

庞光远紧紧跟在后面。

不知不觉来到了漩涡街，庞光远一直跟到马家大院门前，庞光远说：“我在金家，他们要是有人敢欺负你，你告诉我，我来收拾他们！”

梧桐点了点头，她望了一眼马家大院门前的大石狮子和朱红色大门上的大红灯笼，她长长叹了一口气，她不知道今后的命运如何，也许等待自己的将是灭顶之灾。

第五章　被逼嫁人

梧桐被关进了后院的柴房里，大太太让她好好反思一下，这就是私自离开马家大院的后果。

大太太也听说了有关梧桐的一些闲言碎语，说梧桐勾引大少爷和二少爷，还勾引三太太的两个儿子，女人最起码的要守妇道，这些闲言碎语让大太太感到羞耻，梧桐毕竟是她的丫鬟，所以那天她情绪失控打了梧桐一巴掌。当然她也不希望自己的儿子娶一个丫鬟，门不当户不对，特别是她那个讨厌的哥哥经常像个乞丐一样来马家要这要那，有时赶都赶不走。当初梧桐是卖给马家的，那么马家同样可以把她卖给别的人家，在三太太的怂恿下，三太太是有私心的，她也不希望自己的儿子跟一个丫鬟有任何瓜葛，大太太有点心动了，梧桐留在马家，迟早会出事的。

这一年的二月十二日，天下发生了大事，辛亥革命爆发后，湖南、广东等十五个省纷纷宣布脱离清政府宣布独立，清朝发布退位诏书。至此，两千多年的帝制历史宣告终结。

漩涡街的男人们开始纷纷把头上的长辫子剪掉了，长辫子剪掉了，头感觉一下轻松了许多，当然也有一些男人舍不得剪，其实他们在观望，他们也听说了张勋辫子军仍然效忠于清廷，在负隅顽抗。一位算命先生走进了金家大院，金家在漩涡街也是响当当的大户人家，金老爷娶了七个太太，生的都是女儿，好不容易等他快六十岁时，小老婆终于跟他生了一个儿子，金老爷如获至宝，抱着儿子把他的小牛牛亲了又亲，满月时，金老爷大摆筵席，宴请亲朋好友和乡邻，鞭炮的纸屑堆满了整条街。孩子三岁时，发烧生了一场病，病好后孩子就变成了傻子不说，还变成了哑巴。有人说是仇家害的。大夫有口难辩，怕金老爷报复，带领全家悄悄离开了漩涡街，没人知道去了哪里。转眼这个傻子十六岁了，人们都叫他金傻子，而忘了他的大名。金老爷知道自己也活不了几天了，毕竟已是七十三岁的人了。俗话说：七十三、八十四，阎王不请自己去。他不知道自己能不能迈过这道“坎”，所以他就着急地要给儿子物色一个老婆，虽然金家有钱，但大户人家的女儿也有钱，自然没有大户人家的女儿愿意嫁给一个傻子。金老爷正在为儿子的事发愁时，金夫人把算命先生请了进来，关于儿子的未来，他也想听听算命先生是如何说的。

金老爷用上等的好茶招待这位算命先生，金夫人报了儿子的生辰八字，算命先生闭上眼睛掐指算了算，突然站起来“啊”了一声，把金老爷和金夫人吓了一跳，算命先生站来就走。

“请留步！但说无妨！”金老爷说。

“凶多吉少啊！”算命先生说。

“有什么方法可以破吗？”金夫人递上一根金条说。

算命先生露出一丝微笑，毫不客气地收下金条说：“君子爱财，取之有道。”然后闭上眼睛又开始掐指，过了半天，他睁开眼说：“金少爷命里带金，不缺钱，但缺水，需要寻找一位命里带水的姑娘成亲，金水相生，金家才能人丁兴旺，财源滚滚来。”

金老爷跷起拇指说：“算得准！”

金夫人急急地说：“能不能再帮忙算一算，这命里带水的姑娘，她现在在哪里？”

算命先生说：“我可以算，但要折寿的。”

“我们不会亏待你的。”金夫人又递上一根金条，她豁出去了，花钱免灾。

“其实老天早就告诉你们了。”算命先生故意卖着关子说。

“此话怎讲？”金老爷有点莫名其妙。

算命先生装神弄鬼地在金家大院转来转去，他在后花园停了下来，指着前面的一块地对金老爷说：“你派人在此地掘地三尺。”

“你想干吗？”金老爷不解地问。

算命先生用不容置疑的眼光盯了金老爷一眼，用手指指了指，手指充满着霸道，不容辩解。

“挖！”金老爷吩咐长工挖地。

“咣当”一声，长工锄头挖在了石头上，算命先生让长工走开，他亲自把石头刨了出来，擦去上面的泥土，喜笑颜开地指着石头上的一个字说：“金老爷，请看，石头上有‘桐’字，老天爷早就安排好了，金少爷要娶一位带‘桐’字的姑娘成亲，并且这位姑娘命里带水。”其实这位算命先生早就串通好了金家的长工，提前在这里埋下了带“桐”字的石头。

金老爷哈哈大笑：“天意啊！天意啊！”过了一会儿，他眉头紧皱地问道：“如何去寻找这位女孩？”

算命先生摸着胡须笑而不语。

金老爷又吩咐夫人递上一袋大洋。

算命先生接过大洋掂了掂，然后闭上眼睛，嘴里叽里呱啦不知道在说些什么，突然他睁开眼睛，附在金老爷的耳朵边说："东南方，门前有对大石狮子。"算命先生说完就走了。

金老爷半天才回过神，他明白了，这位女孩在东南方，门前有对大石狮子。他在夫人的陪同下决定亲自去考察一下，他们顺着东南方走了一里路，果然看见有对威武的大石狮子盘踞在大门两边，金夫人说："这不就是马家吗？"

金老爷顿时感觉受骗了，马老爷怎么会把闺女嫁给金家呢，何况这些年来两家来往得也比较少了。金老爷转身欲走，金夫人说："别急，说不定马家的丫鬟里就有带'桐'字的，我派人去打听一下。"

恰好三太太从大门走了出来，金夫人喊了三太太一声，两人开始聊家常，一问，果然马家有位带"桐"字的女孩，三太太还把这个带"桐"字的女孩生辰八字告诉给了金夫人。其实这一切都是三太太跟算命先生串通好了的，三太太想趁机发一笔财，也断了自己两个儿子的念想，她打心眼儿里瞧不起梧桐这个丫鬟，不希望自己的儿子娶丫鬟为妻。

金老爷不放心，又请算命先生把两人生辰八字一算，算命先生说他们是天设一对地造一双。金老爷大喜。第二天，金老爷让金夫人带着金银首饰去拜访三太太，这些是送给三太太的见面礼。

三太太拍着自己的胸脯打包票说："这事包在我身上，不过需要银子。"

"这个我知道，需要多少，你尽管开口就是。"金夫人说。

三太太说："你先回去，我去给大太太商量一下，等我消息吧。"

"好，事成之后，有重谢！"金夫人笑着说。

金夫人走后，三太太立即去找大太太申红羽，两人聊了一下家常，三扯四扯扯到了梧桐身上，三太太开始说梧桐不是东西，勾引大少爷二少爷不说，还跟自己的两个儿子勾勾搭搭，这样的女人在马家大院迟早会出事，还不如把她赶出马家大院。

大太太叹了一口气说："这个丫头正让我发愁呢，我已把她关了起来，我也没想到她是这么一个人，当初老爷就不该买这个丫头。如果把她赶出马家大院，马家不是白白丢了银子，马老爷是个商人，利益永远是放在第一位的，他是不会同意的。"

"既然如此，我倒有个好办法。"三太太说。

"什么办法？"

“金老爷想给他儿子娶个老婆，娶位命里带水的女人，金家承诺可以出重金，只要夫人同意，金家就兑现承诺。”

大太太伸出巴掌，左右摇晃了一下，打了一个哈欠说：“这事你看着办吧。我累了。”

三太太以为大太太要五根金条五百大洋，她立即告辞，带着马富禄和马富祥坐马车直奔金家。金家大院虽然比马家大院逊色一点，但设计独特，金家大院是堡，又似城，依山而建。从低到高分四层院落排列，左右对称，中间一条主干道，形成一个很规整的“金”字造型。同时隐含“龙”的造型。院内八十八座院落各具特色，无一雷同。

“通报一下，把你们金老爷喊出来！”马富禄目中无人地对看门的差人喊道。

早有下人通报给了金老爷，金老爷知道他们的来意，亲自到大门口把他们请到会客厅。

三太太神神秘秘地让下人和丫鬟全部退了出去，她让她的两个儿子也在门外等候，然后小声地对金夫人说：“马家同意了，只要金家愿意出十根金条，一千大洋，立马就可以去接人，拜堂成亲。”

“马家这不是明摆着宰人吗？”金老爷生气地说，“想当年，我的爹跟他爹结为生死弟兄，一块儿出生如死，如今却被金钱代替了一切。”

三太太挥了一下手帕说：“你说这些我不懂！我只知道，这个女孩卖给了马家，马家就是她的娘家人，马家有马家的规矩，本来马老爷要你们打造一座跟女孩一样高的金人作为聘礼的，我好说歹说，马老爷才同意了放弃金人。如果你不信，你去问马老爷，他一生气立即改口要一座跟女孩一样高一样重的金人。”

金夫人抓住金老爷的手说：“算了吧！”

金老爷摸了摸胡须说：“好，我答应马家条件！明天我就派人去接亲！不过我也有个条件，我先给一半，算为定金。等我儿子拜堂成亲后，剩下的我一分不少！”

“成交！”三太太说。

金老爷写好五根金条和五百大洋的字据，让三太太按了手印，然后当场把五根金条和五百大洋交给了三太太。三太太让儿子装好后，立即回家。

三太太立即拜见大太太，把五根金条和五百大洋交了出来，大太太大吃一惊：“我的一个丫鬟，竟然这么值钱！这件事最好不要告诉给老爷。”其实她的心里是忐忑不安的，把梧桐就这样卖给了金家，她又有点舍不得，现在既然收了人家的钱，只好作罢，一切就看她的命了。

“老爷现在不在，跑商道去了，等他回来黄花菜都凉了，我觉得这件事最好不要告诉给老爷，这笔钱就当姐姐的私房钱吧。”三太太眉开眼笑地说。

“好吧。”大太太犹豫了一下，拿起一根金条递给三夫人说，“辛苦你了，收下吧！”

三太太连连推辞，说啥不要，大太太硬塞在她怀里，她只好收下了。三太太强压着内心的喜悦，她心里清楚，只要明天梧桐进了金家，那么她就可以私自独吞剩下的五根金条和五百大洋了，这简直是天上掉馅饼的好事！三太太晚上兴奋得睡不着，想想明天就可以拿到五根金条和五百大洋，她几次都忍不住笑了，这桩生意太划算了，老爷动不动说自己是做生意的高手，如今看来自己才是高手，动动嘴皮钱就到手了。她辗转反侧，只盼第二天赶快到来，她怕夜长梦多，免得到手的鸭子飞了。她立即起床，带着丫鬟一起去柴房看看梧桐还在不在。

且说梧桐被关进柴房后，她想不明白，开始跟自己置气，不吃不喝，她想引起马老爷的注意。可马老爷带着马剑锋出门谈生意去了，她的哭喊她的绝食并没有引起人们的注意。大太太没发话，人们不敢轻举妄动，那些下人和长工装作没听见没看见，甚至不敢靠近柴房。梧桐哭够了慢慢想明白了，送进来的饭菜她不再拒绝，而是狼吞虎咽，通通吃光，马家大院就像一个囚房，她想逃离，离开漩涡街。马啸天的突然离去已伤了她的心，马剑锋让她看到的一丝希望又迅速破灭，这些日子也不来看她，她明白了自己不过是个丫鬟，就像路边的小草小花没人会注意到的，她对马家失望了，对所有的马家人都失望了，她不甘命运对自己的捉弄，她要寻找机会反抗和逃离。

夜晚来临，她蜷缩在墙脚，她感到了一丝寒冷。马家大院很寂静，寂静得让她害怕，突然她听到了窸窸窣窣的声音，刚开始她以为是老鼠，没在意，后来仔细一听，这声音有点不对，窸窸窣窣的声音传到门锁上了。

“谁？”梧桐喊道。

“别怕，是我们。”门突然被打开了。

“你们是谁？”梧桐听出来了是马富禄和马富祥的声音，她故意问道。

“马家的禄少爷祥少爷。”

“你们想干啥？别过来。”梧桐拿起一根木棍喊道。

“明天你将嫁给金家那个大傻子，与其便宜那个大傻子，还不如让我们哥俩先尝个鲜。”马富禄嬉皮笑脸地说。

“别急，好事不在于急这一下。”梧桐想用缓兵之计稳住他们，寻找机会逃跑，“你们说什么？我怎么不知道？这是真的吗？”

“千真万确！马家都收了金家的聘礼，明天金家就会来迎亲。”马富祥说。

“这是大太太的主意吗？”

“是的。大太太早就看你不顺眼了。”马富禄犹豫了一下说，她不想出卖自己的母亲。

梧桐蹲在地上呜呜哭了。梧桐一哭，马富禄和马富祥反而不知道该怎么办了。

梧桐哭了一会儿，说：“我不想嫁给那个傻子，我想嫁给禄少爷，哪怕就是做妾我也愿意。你带我走吧，今晚我们就去外边的旅馆，今晚就让你当新郎官。”

马富禄迫不及待地说：“走，我现在就带你走！”

马富祥不高兴了：“我问你，你为啥看上了他，看不上我，我哪点不如他？”

梧桐笑着说：“其实你也不错哦，一女怎能嫁二夫？只要你们谁能带我离开马家大院，我就嫁给谁。”

马富禄和马富祥拽着梧桐的手就朝外走。

“站住！”他们正要朝外走，三太太出现了，她也听见了梧桐的话，她左右开弓扇了马富禄和马富祥两巴掌，“混账东西！这个贱人是想要你们呢，没出息的东西。”

“别听她胡说，我是真心想跟你们走。”梧桐故意喊道。

“闭嘴！不要脸的东西！”三太太吼道。

马富禄和马富祥捂着脸不敢说话。

“来人，把这个丫头给我绑起来。”三太太喊了一声，冲进来两个五大三粗扛枪护院的男人，他们把梧桐绑了起来。三太太对两个男人说，“把她看好，别让她跑了。如果出了意外，老爷不会饶过你们的。”

两个男人点了点头说：“夫人，放心吧！”

三太太对自己的两个儿子喊道：“你们还站在这里干吗？滚回去！如果你们再打这个小贱人的主意，我打断你们的腿。”

马富禄和马富祥依依不舍地走了，有点心不甘。

第二天，金家敲锣打鼓地抬着花轿来迎接梧桐。马家没有声张，毕竟梧桐是一个不起眼的丫鬟。梧桐被强迫换上了新衣，捆绑着塞进了花轿，三太太怕她喊叫，在她的嘴上还塞着红布。梧桐在轿子上挣扎着，嘴里发出嘤嘤的声音，她不明白自己怎么会嫁给一个傻子，她的挣扎她的哭泣被锣鼓声唢呐声鞭炮声掩盖了。她伤心欲绝，泪水已打湿了她的衣襟，甚至她连死了的心情都有了，感觉自己掉进了一个伸手不见五指的万丈深渊，眼前一片漆黑，呼吸窒息，在痛哭和绝望中她看见了马啸天的脸一闪而过，马剑锋的脸也一闪而过，她不明白马剑锋也在她的脑海里出现了，也许是潜意识的缘故。当初马富禄和马富祥想强暴她，是马剑锋突然跳了出来救了她，而这一刻，她是多么希望马剑锋能冲出来，带她远走高飞，离开漩涡街。

花轿停了下来，梧桐知道已到了金家。梧桐像个木偶人一样被牵亲娘子抓着手推进了金家大院，接着被人按着头拜了堂，然后送进了洞房。

三太太把金夫人拉到一边说：“恭喜恭喜！祝你早日抱孙子！”

金夫人知道三太太的意思：“东西早都给你准备好了。”

三太太哈哈笑了，提着沉甸甸的包裹准备朝外走。

“打个收据吧。”金夫人说。

“我不认识字，回头再打吧。”三太太提着包裹匆匆走了，她不想留下字据，以免以后成了把柄。

梧桐坐在洞房里，她的手脚依然被绑着，直到客人都走了，金夫人才让丫鬟给她松了绑，她不用担心梧桐跑了，家丁已包围着洞房，就算梧桐长出翅膀也难逃走。金傻子被他母亲赶进洞房，然后把门反锁了。

金傻子蹦蹦跳跳走进屋里，左看看右看看，像老鼠一样谨慎。梧桐早已把红盖头扔在了地上，本来她心里有一丝胆怯和害怕，如今她望着个子矮矮的金傻子，眼里充满着怒火，目光又像两把刀刺向金傻子，反而是金傻子胆怯了，规规矩矩地站在那里不动。梧桐也听说了，这个金傻子虽然二十岁了，但智商跟三岁的小孩差不多，贪吃贪玩。

“我困了，我想睡觉。”金傻子小声地说。

梧桐四周看了看，这个房间里只有一张床，门外好像有人在偷听，梧桐故意大声说：“好啊，我也困了，我们睡吧。”

金傻子连脚都不洗就钻进了被窝，她对金傻子小声说：“你睡这头，我睡这头，如果不规矩，小心我阉了你。”梧桐伸出手指做了一个剪刀咔嚓的动作。

金傻子点了点头，躺在床上一会儿就睡了，鼾声四起。梧桐失眠了，想逃跑几乎是不可能的了，看来只有等机会了。

第二天，梧桐开始不吃不喝，在床上躺了三天。按照当地的规矩，新娘子是要回娘家的，她根本都没想要回去看哥嫂，也没想到哥嫂会被金家接到金家大院来了。哥嫂被金家好吃好喝伺候着，他们看着宽大阔绰的大院，心里非常羡慕，所以他们见了梧桐，不停地劝说，说梧桐命好，嫁汉嫁汉，穿衣吃饭，好多人都想嫁给金家，过上吃穿不愁无忧无虑阔太太的生活，只要再给金家生个儿子，那么在金家就地位稳固了，可以说是一步登天了。梧桐明白了原来哥嫂是被请来当说客的，哥嫂眼里只有钱，什么亲情全是扯淡，她一气之下把哥嫂赶了出去。

金家的丫鬟们也在潜移默化中给梧桐灌输金家的种种好处，她们也都羡慕梧桐嫁了一个大户人家，梧桐依然不为所动，整天还是以泪洗面。

一天，金夫人亲自登门拜访梧桐，给她带来了各种好看的金银首饰及可口的饭菜。

金夫人说：“金家在漩涡街也是大户人家，要什么有什么，好多姑娘做梦都想嫁入金家呢。”

“我不稀罕。”

金夫人低三下四地说：“我和老爷年纪都大了，说不定哪天都走了，就算我求求你吧，只要你给金家生个胖小子，以后金家的产业都是你的了。我这个傻儿子指望不上了，这以后金家的酒坊、布厂和商铺等等都还要靠你经营呢。”

梧桐无语。

金夫人继续说：“金家不会亏待你的，你好好想想吧。”

金夫人走后，面对丰盛的菜肴，她咽了一下口水，她太饿了，忍不住吃了一口，味道不错，她又吃了一口，不知不觉全部吃完了。在吃饭的空隙里，她的脑子里全是马啸天，既然马家看不起她，马啸天看不起她，她恨马啸天欺骗了她的感情，说什么“风有约，花不误，岁岁如此，永不相负”，“非你不娶”，如今看来只怪自己太天真太傻了，好死不如赖活，她决定要好好活着，要报复马家，要让马啸天这个花花公子后悔一辈子。

梧桐推开门，外边的阳光很好，金家的大院对她来说是陌生的，丫鬟跟了上来，这是一个十四五岁的姑娘，梧桐看到她，情不自禁地想到了自己，她问道：“你叫什么名字？你到金家几年了？”

“回夫人话，我叫阿雅，我到金家两年了。”

她们穿过几个庭院和走廊，风中飘散着酒的香味，顺着酒香，她们来到后院。后院很大，四周有高高的围墙，一群长工在忙碌呢，金老爷在吩咐长工们干活。金老爷看见了梧桐，惊喜地问道：“你怎么来了？”

“随便转转。”梧桐笑着说。

金老爷看梧桐脸上气色很好，他心里也高兴，他叫了一声“光远”，一个小伙子跑了过来，梧桐一看原来是庞光远，两人对视了一下，装作不认识，金老爷说：“我还有别的事，你带少奶奶在酒坊参观一下。”

庞光远点了点头。

庞光远带着梧桐参观酒坊，并介绍酒的制作流程，比喻如何原料粉碎、配料、蒸煮糊化、冷却、拌醅、入窖发酵等等，梧桐认真地听着，走到酒槽出口，他用碗接了一碗酒，递给梧桐说：“你尝尝，刚出槽的酒，味道不错。”

梧桐品尝了一口，开始咳嗽：“我平常不喝酒的。”

“金家的少奶奶，哪有不喝酒的？”

“你这是在讽刺我？”

“不敢，不敢！”

“你不是学打铁的吗，怎么对酒也在行，看来金老爷很赏识你啊！”

“其实我爹以前在家就自己酿酒喝，我自然就学会了……”

两人不知不觉来到了后院靠山的下面，梧桐看见一个门关着，好奇地问：“这里面是啥？”

“这里是个山洞，里面放的全是坛坛罐罐和大缸，不过里面装的全是酒。你要不要进去参观一下？”

“好啊！”

庞光远打开门，点了蜡烛，洞果然很深很大，过道两边摆满了一层又一层密封好了的大坛子。在摇曳的灯光下，坛子闪着黝黑的光，梧桐走了几步，感觉有点冷，她停住了脚步，一回头，看见庞光远的目光闪着光，目光中夹杂着一丝忧伤。

两人对视了一下，庞光远叹了一口气说：“我们从小一块儿长大，但我没想到你竟然嫁给一个傻子，说实话，我有点瞧不起你！”

梧桐不知道该怎么去解释，她的泪水滚了下来。

庞光远说：“你可能还不知道，金家表面风平浪静，其实下面波涛翻滚。金老爷和夫人年纪大了，说不定哪天就走了，金家的财产谁来继承？早就有人打金家主意了，你要担心六太太和金家管家万福。”

“为什么？”

庞光远小声说：“我是无意发现的，你千万不要告诉外人。金家管家万福和六太太两人偷偷摸摸来往，万福想让六太太给他生一个儿子，这样可以名正言顺地让自己的儿子继承金家财产，可六太太肚子不争气，就是怀不上。如今你嫁到了金家，他们肯定不会放过你的。”

梧桐哦了一声，心里对庞光远充满了感激之情：“你为什么要告诉我这些？”

庞光远目光躲躲闪闪，张嘴想要说什么，喉咙里像卡了什么，梧桐听到了他喉咙发出的声音。

“为什么不直接告诉老爷？”

“我能告诉老爷吗，要是他们知道了，我就无法在金家待下去了，睁一只眼闭一只眼算了。”

梧桐默默走了，如果事情真像庞光远说的那样，那么她的一举一动，可能就会被万福和六太太监视着，她感觉背后充满了眼睛，不寒而栗。

第六章　阴谋诡计

春暖花开的季节很快过去，转眼进入了夏季。

梧桐也慢慢想明白了，安心待在了金家，金家真像别的女人所说的那样，不愁吃不愁穿，要啥有啥，身边还有丫鬟伺候，可她的心每天却是空荡荡的，如果离开金家，她又能去哪里呢？回到山里吧，她又不愿意面对哥嫂那冰冷的脸，她不知道自己该怎么办，先过一天是一天，先走一步是一步，骑驴看唱本走着瞧。

金夫人每天都要有意无意地打量着梧桐的肚子，梧桐知道金夫人目光的意思，她是在观察梧桐是否怀孕了，甚至她每天换下的内裤，她都要派丫鬟去查看一下。梧桐有点受不了金夫人的目光，甚至她的问寒问暖絮絮叨叨，都让梧桐浑身不舒服，每天能躲避就尽量躲避着。金傻子依然像个小孩一样疯疯癫癫，跟着小孩屁股后面到处玩耍，梧桐对他依然是不管不问，恨不得他死在外边，永远不要回来。

一天，梧桐吃完饭后，身子发软，四肢无力，回到房间就睡了。

迷迷糊糊中她感觉有人趴在自己身上，她想推开，浑身无力。她睁开眼睛，看见一丝不挂的金傻子趴在自己的身上，自己也是一丝不挂。她记得自己是穿衣睡的，怎么会一丝不挂呢？她头一偏，看见了金夫人就站在床边，金夫人在给金傻子指教如何如何，还骂金傻子是个没出息的东西。梧桐的脸红了，她感觉到了羞辱，她拼命挣扎，四肢依然无力，她下意识告诉自己："推开他，推开他。"迷迷糊糊中感觉被老虎在追赶，老虎一纵身按住了她的脖子，张开血盆大嘴，梧桐使出吃奶的力气，双手猛地一推，坐了起来，金傻子哎哟一声滚在地上。

"你们这是在干吗？"梧桐盯着金夫人，眼里冒着火。

"你千万别生气，我这不是早点想抱上孙子嘛。"金夫人不好意思地说。

梧桐扯了一下被子，盖住自己的身子说："你们是不是对我下了药？我四肢无力，浑身发软。"

金夫人不说话，转身走了。

金傻子从地上爬了起来，想钻进被窝，梧桐抓起他床头的衣服扔在地上："滚，别让我看到你。"

金傻子嘿嘿一笑，抱着衣服走了。

金夫人的所作所为让梧桐很生气，六太太也在背后说梧桐是个不下蛋的母鸡，其实她心里非常高兴，一直在静观其变。梧桐的心情很不好，丫鬟阿雅也不见了，她就在院子里散步，天黑时，她不知不觉来到了后院酒坊。后院酒坊很静，原来长工今天放假了。

"你怎么在这里？"

梧桐吓了一跳，转身一看，原来是庞光远，生气地说："人吓人，会吓死人的。你怎么也在这里？"

"长工今天放假了，我一个人看酒坊。"

"今天是什么日子？"

"端午节啊，汉江河上赛龙舟，还有其他活动，你没有去看看？"

梧桐哦了一声，她把日子过得稀里糊涂的，没人告诉她，并且金家大院的人都跑去看热闹去了。

"我一个人在喝闷酒，刚好你来了，陪我喝一杯。"庞光远拉着梧桐的手走进了屋里。屋里摆得乱七八糟的，阴暗潮湿，感觉比外边凉快多了。

"我不喝酒的。"梧桐左右看了看。

"金家少奶奶，哪有不喝酒的。"庞光远的目光如火一样盯着梧桐，"少喝点，我有话跟你说。"

"你别这样叫我，听到我浑身都不舒服。快说，你有什么话，说完我好走。"

庞光远端起一碗酒喝了，他抹了抹嘴，心跳加快了，他鼓起勇气说："酒壮烬人胆，今天我必须要把我心里话说出来。我早就喜欢你了，暗恋你这么多年，一直不敢告诉你。"

梧桐低下头，胸脯一起一伏的。

庞光远呼吸开始变得急促，他听到了自己的心跳声，他的目光开始变得贪婪，梦中出现无数次拥抱梧桐的场景在他眼前跳跃，那一刻他出现了恍惚，浑身发热，告诉自己别怕，这是在做梦，他突然抱住了梧桐，把她按在床上。

"庞光远，放开我。"梧桐挣扎着。

庞光远身材高大魁梧，就像老虎和狼按住了绵羊，梧桐的挣扎显得苍白无力，他野蛮地扯开了梧桐的衣服，把她按在身下，梧桐的喊叫声被他用手捂住了，她的挣扎也使不出力气，感觉下身很痛，她不再挣扎，任凭泪水恣意。

过了一阵，庞光远从梧桐身上爬了下来，他看到了床单上的血，那一刻他一下清醒了，他跪了下来："原来你还是处女。对不起，我错了！我错了！"

梧桐穿好衣服，扇了他两巴掌，她还不解恨，又踢了他一脚，擦干泪水跑了。

梧桐回到自己屋里，丫鬟和金傻子还没回来，她躺在床上用被子蒙住头，呜呜哭了。

一个月后，梧桐发现自己怀孕了，她心里明白这是庞光远的种，她又惊又喜又惶恐不安。这期间，她远远看到过庞光远几次，他几次都要走过来道歉，她匆匆走了，她不想再见到他。

金夫人知道梧桐怀孕了，喜极而泣，一大早就到庙上烧香许愿去了。梧桐每天的饮食，她都要亲自安排，鸡鸭鱼肉燕窝和各种水果每天轮换着吃，什么鱼汤鳖汤人参汤也是每天轮换着喝，只要梧桐想吃什么，她就想尽各种办法弄来，梧桐仿佛成了皇后，金家老老少少都围着她转。

一天，金夫人和六太太来看她，六太太人年轻，打扮得花枝招展，她见了梧桐，拉住梧桐的手说："恭喜恭喜，金家都指望你了，你一定要给金家生一个胖小子。"

梧桐听庞光远说起过六太太，心里虽然反感，没有表露出来，她笑着说："还没生出来，说不定还是一个女孩呢。"

"我一看你肚子，就知道怀的是个男孩，错不了。"六太太笑着说。

金夫人哈哈笑了。

六太太说："我认识一位县城的大夫，他的保胎药很不错，吃了他的保胎药，生出来的几乎都是男孩，要不我明天派人去请他配几服药，保你生个男孩。"

金夫人说："那就谢谢你了，费用我会给你的。"

六太太摆了摆手说："这是我应该做的，要不了多少钱，我也希望少爷早日当上爹呢。"

金夫人拍了拍六太太的手说："那就谢谢妹妹了。"

"又不是外人，别客气了。"六太太微微一笑。

金夫人还是吩咐丫鬟拿了一大包银圆塞给了六太太，六太太推辞了一番，最后还是收下了。

第二天晚上，金夫人在丫鬟小梅的陪同下来看梧桐，小梅小心翼翼把冒着热气的汤放在了桌子上。金夫人说："这是保胎汤，六太太派人马不停蹄地从县城采购回来了，我立即让六太太和我的丫鬟小梅给你熬制，这不一熬好，我就端了过来。"

"谢谢妈！"梧桐说。

金太太脸上乐开了花:“只要你给金家生一个儿子,那么你就是金家的大功臣,列祖列宗都会感谢你的,就算你死了,你也会被埋在金家祖坟,你的牌位也会放在金家祠堂。”金太太看梧桐脸色变了,连忙纠正说:“我不该说‘死’字,但我说的是大实话,千万不要见怪。”

“没事!我感觉宝宝踢了我一脚!”梧桐摸着肚子小声说。

“让我听听。”金夫人迈着小脚,蹲下身子,想把耳朵放在梧桐的肚皮上听听。

“你这是干吗呢?”梧桐显然有点不高兴。

金太太站起来,不好意思地笑了笑:“趁热,把保胎汤喝了。”

梧桐想到了庞光远曾告诉她要提防六太太和管家万福,如果他们真的是在打金家财产的注意,那么她怀孕这件事对他们来说是个沉重的打击,六太太这么热情主动帮她购买保胎药,这背后会有不可告人的阴谋吗?会不会在保胎药上做手脚,阻止她的孩子出生?如果金老爷和夫人一命呜呼了,金管家万福和六太太就会趁机上位,霸占金家财产,那么自己随时都可能被赶出金家,流落街头。她望了一眼黑洞洞的汤药,感觉就像深不见底的万丈深渊,这里面是否藏着阴谋、欲望、贪婪、自私等等,她不得而知。此刻她也不明白自己怎么突然想到了庞光远的那一番话,心里不停地告诫自己,万事小心为妙。

“你怎么了?”金夫人望着发呆的梧桐问道。

“昨晚没睡好吧。”梧桐端起碗故意说,“有点烫,先放在我这里吧,等下凉了我再喝,我想在床上躺一下。”

金夫人是个明白人,知道梧桐下了辞客令,连忙告辞,对丫鬟阿雅叮嘱说:“一定要让少奶奶喝了,别忘了。”

阿雅毕恭毕敬地说:“夫人请放心,我会照顾好少奶奶的。”

梧桐见金夫人走了,她趁阿雅不注意的空隙,把药倒在天井的水渠里,然后在阿雅面前故意咂巴着嘴巴,让她把碗和汤盆端走了。

后来,金夫人又派小梅送来几次保胎药,梧桐每次都是找各种借口让她放下,然后避开她们趁她们不注意时倒掉了。梧桐相信自己的身体,每天营养过剩,她不在乎这些保胎汤,倒掉就倒掉了吧,小心驶得万年船。

梧桐整天待在屋里,也不出门,有时她也故意问丫鬟阿雅外边的一些情况,特别是六太太的情况,她是想从阿雅嘴里看能套出什么话来。

“六太太见了你,她没有问什么?”梧桐故意问。

“她每次见了我,很热情,以前可没有这么热情,弄得我都不好意思,有时她还给我送胭脂送手镯什么的。”

梧桐哦了一声说：“你们在一起，她都问了一些啥？”

“六太太好像非常关心你，对你问长问短，打听你喝了安胎药后身体状况，有没什么不良反应等等。”

“下次她再问，你就说我的身体很好，我向她表示感谢，喝了她的药后，睡觉吃饭特别香，胃口大开。”梧桐的心里咯噔了一下，心里在想，难道这药真的有问题吗？她想进一步试探六太太一下，看看她的反应如何，再想下一步的对策。她好想有人能帮她，给她出谋划策，这种事又不能告诉丫鬟，她才来金府不久，对里面根盘节错她还不了解，万一丫鬟是金夫人或六太太安排的耳线，岂不就会被她们出卖了。

“好的，我一定把少奶奶的话转告给她。”阿雅说。

“好吧，你去忙你的事吧，我不用人照顾的。”梧桐笑着说。

阿雅找小梅去了，梧桐静坐了一会儿，她想到了庞光远这个王八蛋，是他让自己莫名其妙地怀孕了，恨不得把他碎尸万段，但怀孕的实情已无法改变，已是现实了。她想找庞光远谈谈，毕竟他是孩子的父亲。金夫人也多次提议让梧桐没事时在院子里散散步，活动一下身子，但她就是懒得动，此时此刻她想去院子里散步。

梧桐在院子里悠闲地散步，不知不觉她来到了后院。后院有个小门直通酒坊，当然这个小门是方便金家人出行方便的，长工是不能随随便便走这小门的，要走只能走酒坊的大门，一旦被抓住了，轻则三十大鞭子，重则直接滚蛋。后院很安静，穿过竹林，梧桐看见了庞光远，庞光远也发现了她，装作若无其事地朝山脚下的山洞走去。梧桐见四周没人，跟了过去，进入黑黑的山洞。

“别怕，是我。”庞光远从后面抱住了梧桐。

梧桐没有挣扎没有喊叫，任凭他抱着，此时的她心里很慌乱，心里非常恨他，又茫然无措，她不知道接下来的生活该如何去面对，以后的路该如何去走。庞光远的手放在了她隆起的肚子上：“让我摸摸我的儿子！”

“胡说，他不是你儿子。”梧桐推开他说。

“别以为我不知道，金傻子是个太监，你说肚里的娃不是我的，是谁的？”

“反正不是你的。”

“别骗我了，我求求你了，你就实话告诉我吧！我要为你负责，我要娶你！”

“你怎么为我负责，你拿啥娶我，是你害了我。”梧桐拍打着他说，然后扑在他怀里呜呜哭了起来。

“你哭啥？”庞光远轻轻拍打着梧桐的肩膀。

“上次你说六太太和管家有那个，我怀孕后，六太太非常热情，还给我配制保胎药，她的过于热情让我想起了你告诫我的话，那些保胎汤我全倒了。”

庞光远生气地说：“这保胎药肯定有问题，她想害我的孩子，不行，我要去找他们算账。”

“不行，你没有证据，他们会承认吗？到时他们反咬你一口，你有嘴难辩，今后你就无法在金家待了。”

“那怎么办？”

“我已放出话了，我说喝了保胎汤效果非常好，那么他们肯定又会重新配制保胎汤，加大量，你要留意万福去县城的动向，看他去哪家药铺捡的药。”

“怪不得前些日子，万福老朝县城跑。”

“时候不早了，我该回去了。”梧桐说。

两人一前一后离开了山洞。

接下来的日子，庞光远开始悄悄观察万福的一举一动，有时还偷偷跟踪，头一天他发现万福晚上悄悄去了六太太的房间，屋里的灯随即灭了。第二天一早，万福又进城去，庞光远远远跟在后面，一直尾随着万福进了城。万福进城后东张西望显得非常谨慎，然后直接去了一家药铺，出来后口袋里鼓鼓的，明显的里面装的是药。万福拐入小巷，左拐右拐，进入一家大院，他敲了一下门，一位女人过来给他开了门，还把脸伸出来，庞光远看见这是一张年轻的脸。

门关上后，庞光远顺着院墙旁的一棵大树爬了上去，然后轻轻跳入院子里，顺着他们说话声，他悄悄趴到窗子下。

“你这个死鬼，怎么才来啊？想死我了。”女人的声音很好听。

“我这不是来了吗，小宝贝。”

庞光远听明白了，看上去老实温顺的万福原来在城里包养了一个女人。

“你手里拿的是啥啊？”

“药。我上次给你说过吗，少奶奶怀孕了，我想把她肚子里娃娃弄掉，一旦这个娃娃生了下来，我们的计划就将落空，所以我们要千方百计把她的娃娃打下来。”

“那个金老爷和她的夫人一死，你该不会跟他的六太太私奔了吧？”

“你放心吧，我跟六太太只是逢场作戏而已，我已买通了厨子，在金老爷和她的夫人饭菜里放了慢性毒药，要不了多久他们就会一命呜呼，到时等我把金家的家产弄到手，我就一脚把六太太踹了，光明正大地用八抬大轿来娶你。”

“真的？”

“真的。”

“你对天发誓！”

“我万福对天发誓，我要娶娇娇为妻，如果有失言，今生不得好死！”

女人咯咯笑了。

“想死我了。”两人搂抱在一起，女人开始呻吟。

庞光远听得浑身发冷汗，他没想到万福是个深藏不露的人物，他不得不佩服他的伪装技术。在金家这么多年他兢兢业业，把金家大院打理得井井有条，同时在生意上他也是一把好手，常帮金老爷出谋划策，深得金老爷赏识，可谁能想到就是这么一个老实的人，心肠比毒蛇还毒辣。他不但要金老爷金夫人的命，而且还要金家的财产，可这一切，金老爷还蒙在鼓里。庞光远越想心里越生气，不小心弄出了一点声响。屋里的万福说：“你屋里藏有野男人？”女人生气地说：“我喂的猫，你不信你自己去看，如果找不出野男人，我剥了你的皮。”

庞光远赶紧翻院墙走了，在大门口附近蹲着。

过了好久，万福出来了，他没在城里久留，在街上吃了一口饭，然后赶着马车回漩涡街。庞光远抄山上小道，一路奔跑，抢在万福前面回到了马家大院。

刚好梧桐在院里散步，庞光远从梧桐身边走过时，小声说：“管家进城捡药去了，一会儿就回来了。我在酒坊等你。”

梧桐点了点头。

庞光远转身就走了。

梧桐把丫鬟阿雅叫进屋里，小声说：“等下六太太要煎药，你就不要让她煎熬了，好歹她是一个太太，传出去让人笑话。你跟小梅一块儿帮我熬制吧，好吗？”

“好啊，没问题。”

“我还有一点点小要求，你想办法把那些药材一样给我弄些来，我有用。”梧桐塞给阿雅一个银圆。

阿雅推辞一番，收下银圆走了。

阿雅前脚一走，梧桐跟着走了。梧桐悄悄来到后院的那个藏酒的山洞里，庞光远在里面检查酒缸，其实在等她。庞光远把今天所见所闻全部告诉给了梧桐，梧桐张大嘴巴不停地说：“这怎么可能呢？我该怎么办呢？”

庞光远说：“你想办法把那些药材弄些来，保胎汤也保留下来，你端给金老爷看看，我看他们还有啥话可说。”

“还有别的办法没？”梧桐一脸天真。

“暂时没想好。”

“你把你听到的告诉金老爷啊，让金老爷去收拾他。”

“我也想去，恨不得现在就去告诉金老爷，问题是金老爷是不会相信我的，捉奸捉双，捉贼拿赃，我没有证据啊，一旦万福知道了是我告的密，他就会编造各种理由把罪名嫁祸在我身上。”

梧桐静静地听着，庞光远讲完后，深深叹了一口气。

两人沉默了，一时也想不出更好的办法来。

庞光远说：“你先回吧，别人看到了会说闲话的。”

梧桐说：“到时我跟他们闹翻了脸，我就把他们丑事捅出来，到时你可要跟我做证哦。”

“放心吧。为了我的孩子，搭上我的命，我都愿意。只要谁打我孩子的主意，我就跟他拼命。”庞光远握紧拳头说。

两人一前一后离开了山洞。

第七章　计划落空

梧桐的肚子越来越大了，金家大院有人欢喜，有人忧愁。

原本平静的金家大院一桩桩事一件接一件发生，金家开始变得不平静了，乱成一锅粥，有种鸡飞狗跳鸡犬不宁的感觉了。

梧桐跟庞光远的几次见面，被万福撞见了，万福告诉给了六太太，六太太开始大肆做文章，说梧桐不守妇道。这些话传到了金夫人的耳朵里，金夫人听了非常生气，质问她肚子里的孩子是谁的，梧桐自然不会承认肚子里的孩子是庞光远的，她跪下故意哭着说："娘啊，你要给我做主啊，她们这是成心想要害我，想断了金家的香火。"

"起来说话，小心肚子里的孩子。"金夫人说。

"他们这是嚼舌根子，有人想陷害毁谤我，如果别人都相信了这些谣言，我哪有脸活在世上，还不如让我跳河死了算了。"梧桐站起来朝外走。

"快拖住她！"金夫人喊道。

丫鬟小梅抱住了梧桐的腿。

"我相信你，谁再要嚼舌根子，我听到了撕烂她的嘴。"金夫人说。

梧桐笑了，她心里清楚这些一定是六太太传播出去的，看来他们已提前动手了。梧桐想把六太太和万福害她的事告诉给金夫人，她看了看金夫人身边的丫鬟，话到嘴边忍住了。

这一切，庞光远很快知道了，他不能束手被擒，他要主动出击了。他首先想到的是要挑拨起六太太和万福之间的矛盾，他故意散播小道消息给六太太的丫鬟，说万福在城里买有房子不说还养了一个女人，连住址都透露了，说得有鼻子有眼。丫鬟告诉给了六太太，没想到六太太第二天果然进城去找那个女人了。

庞光远看着六太太冷着脸坐上马车去县城了，他心里暗自得意。

此后几天，庞光远都没看到万福。直到第四天，万福出现了，精神萎靡，脸上还有被抓伤的印子，估计六太太跟他大吵大闹，抓伤了他的脸，庞光远故意问道：“万管家，你的脸怎么了？”

万福不好意思地说：“不小心被猫爪了。”

庞光远呵呵一笑，忙手上的活去了。

过了一会儿，庞光远看见万福又过来了，他问道：“万管家，听说金老爷出门了，他啥时候回来？”

万福打量了庞光远一眼：“你找金老爷有事？”

庞光远摆了摆手说：“没事没事，随便问问而已。”

万福把庞光远拉到一个没人的地方说：“平时我对你不薄，我在金老爷面前说了你不少好话，所以金老爷才重用你，让你负责酒坊生产。要不是我，你能被重用吗？”

庞光远说：“谢谢万管家，这些我都知道。”

“希望你能帮我一个忙。”

“什么忙？”

“现在不管梧桐肚子里的孩子是谁的，你一口咬定这孩子是你的，只要你告诉金老爷梧桐肚子里的孩子是你的，我就给你一大笔钱，然后你离开漩涡街过你想要过的生活……”

“等我想想，我再答复你。”庞光远心里在琢磨，万福这招太毒了，金老爷如果知道了梧桐肚子里的孩子是他的，金老爷岂能放过他？但如果他拒绝，那么就成了万福的敌人，先稳住他，再想下一步对策。

“好吧，我等你消息。”万福笑着说。

庞光远晚上睡不着，他想找梧桐商量一下这事该怎么办，这事如果不早点行动，对他和梧桐都非常不利，一旦万福掌握主动权，他的生死就掌握在别人手中了。金家大院的夜晚很静，他翻过院墙，潜入了梧桐住的庭院。他轻轻推了一下窗户，没想到一下推开了，估计是梧桐或丫鬟白天忘了插上，他左右看了看，没人，然后悄无声息地跳了进去。

“谁啊？”躺在床上的梧桐惊慌地喊了一声。

“是我，庞光远。”

“你怎么进来了？”

“小声点。”庞光远竖起手指说。庞光远就把今天万福的话原原本本告诉给了梧桐，梧桐听了很生气，这时屋外的丫鬟阿雅喊道：“少奶奶，我听到你屋里有响动，你没事吧？”

梧桐一惊，随即回答道：“没事，我晚上睡不着，你别管我了，你安心睡吧。”

“好吧，少奶奶，我太困了，我先睡了。”

为了说话方便，庞光远直接钻进了梧桐的被窝，梧桐想反对，又不敢大声反抗，只好默许了。庞光远附在梧桐的耳边说：“想死我了。”一双手开始不老实起来，在梧桐身上游移。梧桐说：“不行，我怕你压坏了我们的儿子。”庞光远嘿嘿笑了：“对，我有儿子了，我有后了。”梧桐忧心忡忡地说：“别得意早了，好多人都在虎视眈眈盯着我的肚子呢，巴不得我早日流产呢。”庞光远说：“我看这事不能再等了，如果我不答应万福的要求，他可能还会想别的办法。”梧桐说：“昨天金夫人来看我，我就把打胎药和万福的事告诉她了，当时金夫人听完脸都变了，什么也没说就走了。我想金夫人对这件事是不会善罢甘休的，不会无动于衷的。”庞光远说：“万福是金老爷最信任的人，我想他是不会相信的。”梧桐说：“这怎么办？”庞光远说：“别急，狐狸迟早会露出尾巴的，静观其变，我先走了。”

梧桐望着庞光远走了，她心里有种说不出的感觉，心里有种难言的滋味，难道是自己原谅他了吗？她说不清楚，自己在金家大院没有知心的朋友，遇见事情茫然无措，只想能找个人来分忧来想办法。

第二天，万福又找到庞光远听他答复，庞光远无奈之下满口答应。万福高兴地拍着他的肩膀说：“这事只要办成了，我不会亏待你的。”

庞光远嘿嘿笑了。

晚上，庞光远悄悄溜进了金家大院，他来到了梧桐的窗下，他正要翻窗户进去，听见门外的金傻子喊道：“万管家，你这是要去哪里？带我出去玩吧。”

“去去去，我还有事，天都黑了，回头带你出去玩。你让你老婆带你出去玩吧。”万福推开金傻子。

庞光远看见万福走远了，他悄悄跟了过去。万福东张西望小心翼翼地去了六太太的房间，随即屋里的灯灭了。

庞光远返了回来，来到了梧桐的院子外，他在犹豫要不要进去找梧桐，这时他看到了一个熟悉的身影，金老爷悄悄回来了。这不像金老爷做事风格，每次回来都大张旗鼓，就连金家大院的丫鬟都知道，而这次却是悄悄地独自一人，庞光远觉得有点蹊跷，难道他听到了什么？庞光远感到机会来了，他看着金老爷飞快地走进了金夫人的房间，庭院大门也随即关上了。

庞光远走了过去，拍了拍门，里面的丫鬟说道：“谁啊？”

庞光远捏着鼻子说：“六太太有急事，请老爷过去一下。”

“知道了。”

庞光远为了看一出好戏，他爬到树上躲了起来。

过了一会儿，门开了，金老爷整理了一下衣服朝六太太的房间走去。六太太的房间在假山旁的一处偏僻安静的地方，金老爷穿过竹林和小桥来到了六太太门前。

“开门!”金老爷啪啪拍着门喊道。

过了好半天，门才打开，六太太衣服凌乱，金老爷觉得奇怪：“你找我啥事？”

六太太无语，非常惊慌。金老爷直奔卧室，床上很乱，他发现了一件男人的衣服，但不是自己的衣服，这件衣服又非常眼熟，六太太慌慌张张挡住他的视线，一屁股坐在那衣服上。原来万福听到敲门声，他正在跟六太太鬼混，他慌慌张张爬起来翻窗子跑了。金老爷的目光落到窗户上，窗户是开着的，金老爷在屋里东张西望，目光落到六太太的脸上说：“你找我到底啥事？”

“老爷啥时回来的？”六太太答非所问，她的心里很慌乱，她并没有让丫鬟去找金老爷啊，看来是有人已盯上了她。

“没啥事了，我就走了。”

“其实也没啥事，就是想老爷了。”

金老爷鼻子哼了一声，走了几步，突然停住了脚步说：“记着，晚上睡觉要把窗户关好。”

六太太点了点头。

庞光远看见金老爷出来了，里面也没啥动静，他估计万福早已跑了，心里有点失落，等老爷走远了，他从树上溜了下来，然后又像猫子一样翻院墙走了。

金老爷回到房间后觉得这事非常蹊跷，六太太喊他去却慌慌张张，又没说找他有啥事，他把这事告诉给了金夫人，金夫人又把梧桐告诉给她的打胎药和万福的事告诉给了金老爷，金老爷听完面无表情，什么话也没说。

梧桐一晚上都没睡好，肚子里的孩子开始不老实地在动，感觉是用小脚在踢她，她又兴奋又不安，脑子里想些乱七八糟的事，想到了马啸天，也不知道他现在情况如何，现在皇帝早就下台了，他干吗还不回来？她多么希望肚子里的孩子是他的，早知如此，当初就不该拒绝他，说非要等到结婚那天把自己完整地交给他。命运似乎跟自己开了一个玩笑，她做梦都没想到自己竟会嫁给金傻子，更没想到的是肚子里的孩子父亲却是庞光远。一想到庞光远，她心里就来气，她开始在心里骂他诅咒他，恨不得杀了他，就算杀了他，也无法改变一个事实，肚子里的孩子是庞光远的种。有时她真想把打胎药一口喝下去，可每次端起碗又下不了决心，孩子是无辜的。她睁大眼睛望着窗外，盼着天早点亮，天好不容易亮了，她瞌睡却来了，迷迷糊糊睡着了。

她醒来时，窗外的阳光很好，客厅里已坐了几个人在嗑瓜子。

“少奶奶，你醒了！”六太太一脸媚笑。

梧桐揉了揉眼睛：“你们怎么这么早就来看我？”

“我的保胎药效果不错吧？你看你的肚子越来越大了，一看就是一个男孩，恭喜啊！”

“是吗？”

“我今天又重新给你配了养生保胎药，快趁热喝了吧！”六太太笑着说。

六太太的丫鬟把药端了过来。

“趁热喝吧！”六太太热情地笑着说。看来这次她要亲眼看着梧桐把药喝下去。

梧桐有点为难：“你先放下吧，等我洗漱一下。”

六太太说：“好好好，我们在客厅等你。”

梧桐洗漱完毕，六太太的目光一直盯着那碗保胎药，大有你不喝我就不走的意思。六太太的丫鬟把药又端了过去：“少奶奶，你就喝了吧，我们夫人可是亲自给你熬制的。”

梧桐接过药，看了一眼黑黝黝的药，放了下来。

“怎么不喝了？”六太太笑着说。

“这会儿我不想喝了，肚子难受。”

六太太递了一个眼色，她的丫鬟按住了梧桐，六太太掰开她的嘴，端起碗，想要强行给她灌进去。梧桐挣扎着，支支吾吾地说：“你们想干吗？”

“我这是为你好。”六太太嘿嘿一笑。

“慢着，你们这是干吗？简直无法无天了。”金夫人走了进来，大声喊道。

六太太松开手说：“我们在给她喝保胎药，这是为她好呢。”

“哪有这样逼人喝药的？这药是不是有啥问题？”金夫人慢悠悠地说。

“你这说的什么话，我还不是希望她早日生个胖小子，把金家的香火传下去。”六太太鼻子一哼。

“那你把它喝了？”

“我又没怀孕，我喝它干吗？”

“你不敢喝，说明这药里有鬼。”金夫人步步紧逼。

“喝就喝，我喝给你看。”六太太心里在琢磨，难道这个死女人发现了什么蛛丝马迹，事情已僵到如此地步，她只好端起碗，皱着眉头，一口喝了。

“味道不错吧？”金夫人望着六太太的嘴，呵呵笑着说。

六太太瘪着嘴，用手帕擦了擦，有点像哑巴吃黄连，有苦说不出来。

金夫人突然变了脸，她把一包药扔在六太太的面前说："这些到底是怎么回事？你就是用这些药材熬制的保胎汤吗？"

六太太看了一眼药材，她心里什么都明白，却故意装糊涂说："我都不知道你这是啥意思，我们用的都是当归人参等等，可不是这些药材。"

"你还在狡辩!这些都是我派人悄悄从你那里弄出来的。"金夫人加大了声音，"你想断了金家的香火，我已找人验证了，这些药材根本不是什么保胎药，而是堕胎药，你这个女人心肠比毒蛇还毒。"

六太太额头开始冒汗，她头一偏看见了金老爷也来了，金老爷板着脸，很难看。六太太面不改色地说："这不关我的事，我只是好心为少奶奶熬药而已。"

"你老实交代，也许我会饶了你，如果还顽固不化，就别怪我翻脸不认人了，"金老爷说，"你一直希望我早死，还偷偷在我饭菜里下慢性毒药。"他手一挥，"把他带上来。"

一个胖胖的厨子被押了上来，他跪在了金老爷面前。

六太太心里什么都明白了，她突然跪了下来："都怪管家万福，这一切都是他搞的鬼，跟我没有半点关系。"

"你们两人狼狈为奸，别以为我不知道。"金老爷指着六太太说，"平时我对你不薄，你却这样对我，巴不得我早死，然后吞占金家财产……"金老爷气得说不出话来，不停地咳嗽。金夫人立即轻轻地给他拍背："慢点，慢点，别气坏了身子！"

梧桐站在一边默默听着，没说一句话。

管家万福被持枪的家丁押了上来，他的双手被反绑在背上，脸上没有表情，一副不屑的样子，大有要杀要剐随你的便的样子。

"万管家，"金老爷慢悠悠地说，"怪我眼瞎啊，你夹着尾巴做人，蒙蔽了大家和我，现在尾巴终于露了出来，你就不想说点什么吗？"

"我没什么可说的，"万福冷笑一声，"我承认，是我勾引了六太太，打胎药也是我采购的，我想断了金家香火，等你和夫人一死，我就打算独吞金家的财产。"

"把他拖出去枪毙了！"金老爷说完不停地咳嗽和喘气。

两个持枪的家丁走了进来，把万福往外拖。面对死亡，万福胆怯了，他挣脱家丁的手，跪在了金老爷面前，抱住金老爷的腿痛哭流涕："老爷，我错了，你就饶了我吧，今生我愿意当牛当马，伺候你一辈子。"

万福跟了金老爷几十年，没有功劳也有苦劳，何况这些年来他为金家立下了汗马功劳，要不是他出谋划策，金家可能支撑不到现在，早就被马家吞并了。金老爷看着跟随自己多年的万福背叛了他，心里有种说不出的痛苦，他的心软了，叹了一口气说：“我可以饶你一命，但前提是你要滚出金家，离开漩涡街。”

“谢谢老爷不杀之恩！”万福不停磕头，把头磕得咚咚响。

“快滚吧，免得我反悔了。”金老爷挥了挥手。

万福爬起来，望了六太太一眼，转身走了。

六太太说：“金家离不开这个管家，求求老爷不要赶他走，好吗？”

“你还有脸为他求情，你现在是泥菩萨过河，自身难保！”金老爷冷冷地说，“我现在把你休了，三天之内搬出金家大院，从此金家跟你没有半点关系了，你爱去哪就去哪。”

“既然你绝情，我就死给你看。”六太太哭着说。

金老爷说：“大河没有盖子，你想死，我绝不阻拦你。你想上吊，镇上那棵古树就是最好的地方……”

六太太号啕大哭着走了。

金夫人抓住梧桐的手说：“今后谁再敢欺负你，你就告诉我，看我怎么收拾他。你现在主要的任务就是养好身子，给金家早日生下一个胖小子。”

“谢谢。”梧桐担心六太太说，“她真不会去寻短见吧？”

“她要死，早就死了七八百回了。别管她了，走了也好，金家也安宁了。”金夫人说。

天已黑了，飘起了雨，金夫人和梧桐说了一会儿话，然后跟着金老爷一同回自己的房屋了。

雨声淅淅沥沥，金家大院异常安静，安静得有点不正常，她有种不好的预感，可能一场大大的暴风雨即将气势汹汹朝金家大院扑来。

第八章　逼　婚

马啸天回到漩涡街时正是深秋。

天空一碧如洗，好像用清水洗过的蓝宝石一样。碧空下，层林尽染，枫叶红得热烈，没有哪一种颜料能调出如此浓烈的色彩；银杏叶黄得灿烂，黄得有些含蓄，在阳光下金灿灿的一片。坡上开满了菊花，坡上那一树树的柿子挂满了枝头，红彤彤一片。路上的行人很少，一阵微风吹来，树上的叶子在空中翩翩起舞，慢悠悠地落在马啸天的面前，地上已落了厚厚一层，脚踩上去发出沙沙的响声。他伸手从空中抓住了一片落下的银杏叶，他放在鼻子上闻了闻，他闻到了淡淡的清香，这是梧桐身上特有的那种清香。他离开漩涡街后，并没有跟姐姐马韵煊一块儿去投奔孙中山，而是投奔了大伯马天良。马天良刚好新建陆军炮队，需要人手，就让马啸天学习打炮。辛亥革命爆发后南方各省纷纷宣布独立，清帝退位，马天良于是投奔了段祺瑞。在那些枯燥的日子里，他天天都在想梧桐，觉得整天都在学习射击跟他心中所谓的革命相差很远，于是他偷偷跑了回来。

踩在漩涡街的土地上，马啸天心里非常踏实和兴奋，他几乎是一路小跑地冲进马家大院，他最希望见到的人还是梧桐。他冲进母亲的房间，连娘都没来得及喊一声，开口第一句话就是："梧桐呢？"申红羽心里很不高兴，这个孩子走了这么久连娘都不喊一声，倒关心起那个丫鬟来了，她板着脸说："不知道。"

马啸天开始在屋里寻找："娘，你就告诉我吧，梧桐去了哪里？"

申红羽为难地说："她出嫁了！嫁给了金家的那个金傻子。"

"什么？"马啸天以为自己听错了。

"她出嫁了，现在都怀孕了，要不了多久就当妈了。"申红羽不敢看马啸天的脸，梧桐的嫁人，她心里早已充满了自责和后悔，更不该轻信三太太的话。

"她怎么会嫁给那个金傻子？是不是你们见钱眼开，把她卖给了金家？"马啸天的声音都变了，带着哭泣的声音，"我去找她！"

“人家现在都出嫁了，你去找她，你不嫌丢人，我还嫌丢人。”申红羽说，“人家想过阔太太的生活，这是人家的选择，也是好多女人梦寐以求的事。”

“我偏要去找她！”马啸天朝门外跑去。

“回来！”申红羽大声喊道。

马啸天跑出马家大院，直奔金家大院，他喊着“梧桐”的名字，守门的拦住了不让他进，他说：“睁开你们的狗眼，看看我是谁？”

“马家的大少爷，谁不认识？”

“好狗不挡道，快把道让开。”

“对不起，马少爷，没有金老爷同意，外人一概不能入内。”看门的家丁用枪对准了马啸天。

马啸天扇了一个家丁一巴掌：“滚开！”

一个人用枪指着马啸天的头说：“马家有马家的规矩，金家有金家的规矩。如果你胆敢硬闯，我就敢开枪！请马少爷回吧！”这个人就是庞光远，金老爷看他身手不错，让他闲暇时负责金家的安全。

“你谁啊？竟敢跟老子这样说话。”

“我是谁并不重要，重要的是金家少奶奶有孕在身，不方便见任何人，她现在是重点保护对象，不能出现半点闪失。”庞光远冷冷地说。其实他也早就听说了马啸天跟梧桐之间的事，他心里非常嫉妒，他对有钱人家的公子少爷充满着反感。

马啸天指着庞光远的鼻子说：“小子，我记住你了。”他退了几步，站在门外，大声喊道：“梧桐，你给我出来！”马啸天不停地喊，一声比一声大。

金傻子喜欢看热闹，他跑了出来，晃着脑袋问马啸天：“你找梧桐干啥？你陪我去玩吧！”

马啸天看着金傻子，金傻子也看着他，金傻子鼻涕挂在嘴边，一不小心就会流进嘴里，他鼻子一抽动，两条鼻龙又缩了回去，他无法相信梧桐竟然会嫁给这样一个傻子，无法相信梧桐竟然跟这种人睡在一张床上，他掴了金傻子一巴掌：“这没你的事，滚远点！”

庞光远把金傻子带走了，随即关上了大门。

梧桐也听到了喊叫，丫鬟也悄悄告诉给她，她又惊又喜，她想出门去见马啸天，刚走了几步，随即又惶恐起来，感觉背后充满了眼睛。她现在不是以前的那个丫鬟了，她现在是金家的少奶奶，她的一举一动都有人在关注着，她停住了脚步，回到屋里蒙头大睡。

金家大门紧闭，马啸天在外边的喊叫引来了很多人的围观，有人窃窃私语，有人在偷笑。马富禄和马富祥站在人群里鼓动大家起哄，马啸天喊一声“梧桐”，其他人就跟着回应一声“梧桐”。

马少秋得知消息后，气得差点吐血，他在马剑锋搀扶下来到了金家门前。马啸天被押到了他的面前，他扬起巴掌狠狠地抽打在马啸天的脸上：“丢人现眼的东西，不知羞丑的东西……把他押回去，我要好好教训他一顿！”

“你们才不知羞丑，为了几个大洋就把她卖了，卖给一个傻子，你们丧尽天良……”

“还敢顶嘴！”马少秋又抽了一巴掌。

马啸天双手一用力，押他的人被他推开了，他生气地说：“我讨厌马家，我没有你这个爹，我走，我一辈子都不想回来了。”

“滚滚滚，现在就滚！”马少秋生气地说。

马啸天头也不抬地走了，等大太太申红羽赶来时，马啸天早已骑着马跑得无影无踪了。申红羽说：“快派人去追啊！”马富禄和马富祥一听低着头弯着腰悄悄从人群中走了。在气头上的马少秋生气地说：“他竟然不认我这个当爹的，腿长在他身上，爱去哪就去哪，我就不信他不会回来求老子！”

“你们父子俩都是犟驴！”申红羽哭着说。

马管家说：“大家都别围在这里了，都散了吧。”

人群散后，马少秋回到自己屋里不停咳嗽，他现在心里有一丝后悔了，不该打这个孽障这个冤家，现在兵荒马乱的，他有点担心马啸天的安全。他派人去打听，直到收到大哥马天良的来信，他才放心了，马啸天又回到他大伯的身边了，马天良在信中夸赞了马啸天，说他艺高人胆大，将来必成气候。

马少秋把信念给夫人申红羽听，申红羽听完后笑了，双手合十，闭上眼睛，嘴里说道：“我总算可以睡个安稳觉了，菩萨保佑！”

“出去锻炼一下也好，希望他能早日成熟早点长大，早日接管马家。”马少秋品了一口茶说。

这时丫鬟进来通报：“大小姐回来了。”

“她一个人？”申红羽问。

“夫人，是的，她一进门就板着脸，直接回到了自己的房间，谁也不理。”

“这个丫头，回来了也不先拜望父母。”马少秋站起来说，“她如今也不小了，老待在屋里也不是办法，也该出嫁了，上次我给你说的县城张家那个少爷如何？”

“我又没见人，不好说。”申红羽淡淡地说。

“你要是她亲娘，你就不会这样说了。”马少秋叹了一口气说。

“你这话啥意思？”申红羽不高兴了，“我一直把她当亲生女儿一样对待，可她把我当仇人。”

马少秋摆了摆手说：“好了，不说了，陪我去看看她。”

申红羽虽然心里不高兴，但还是陪着马少秋一块儿走了。丫鬟一左一右地扶着他们，他们来到一处幽静的四合院，这就是大太太生前住的地方，丫鬟推开门，看见马韵煊躺在床上，鞋也没脱。

马少秋挥了挥手，丫鬟退到门外去了，他故意咳嗽一声，床上动了一下，看来她在装睡：“女儿，怎么悄悄回来了，也不提前通知爹一声，我好派人去接你。”

“你们都出去，我想好好睡一觉。”马韵煊说。

“革命不是成功了吗？”马少秋说，“你老大不小了，也该回来了，别在外边跑了……”

马韵煊突然从床上坐了起来：“你懂什么，皇帝下台了，就算革命成功了？我告诉你，清帝退位后，大家推举孙中山先生为临时大总统，可孙先生却辞去临时大总统职务，让位于袁世凯。孙先生积极宣传民生主义，号召实行平均地权，提倡兴办实业，还亲自担任了全国铁路督办，力图筹借外资修筑铁路干线，但因政权落在袁世凯手中，孙先生所有的设想都不能成为现实。现在的天下是袁世凯说了算，他是个什么东西，我估计他也想当皇帝，过把皇帝瘾。”

“这么说刚剪去的长辫子又要留起来？女人又要缠小脚？”马少秋说。

“谁知道呢。”

“这次回来就不走了吧，你也不小了，也该出嫁了。”马少秋小心翼翼地说。

“好啊，这事就靠父母操心了。你们看着办吧，我先睡了。”马韵煊又躺在了床上，一副无所谓的样子。

马少秋心里大喜，以前他只要提出嫁人这事她就翻脸，如今她回答得干脆，她这是怎么了？难道在外漂泊累了，想要一个家了？不管她心里是怎么想的，眼前最主要的任务是帮她寻找一个好婆家，其实他心里也有底了，早就物色了几户人家，他们大多有生意上的往来。

马少秋把马管家叫来一商量，让他去安排这事，先去摸摸底。马管家满口答应说没问题。

一天又一天过去了，并没有人来提亲。

马少秋觉得奇怪，就把马管家喊了过来，马管家说我也觉得这事很奇怪，他们一听是马家大院的女儿就当面拒绝了。马少秋说，这事就有点奇怪了，以前他们巴不得能跟马家攀上亲。

马管家叹了一口气说：“你知道吗，听说牛德益回来了，这几天他人在县城，唐县长在请他吃饭看戏，拍他马屁呢！”

“拍他马屁，他算老几？”

“你可能还不知道吧？牛德益现在是大总统袁世凯身边的红人，袁世凯还给了他一支队伍，让他指挥呢！”

马少秋若有所思地说：“自他父亲死后，牛家就败落了，怪不得他大哥牛德元前段时间牛皮哄哄地在翻修和重建牛家大院，看来他们要把牛家威风重新树立起来。”

“牛德益这个短命的一直喜欢大小姐，难道是他在背后捣鬼？”马管家说。

“肯定是他！”

外边传来了锣鼓声和鞭炮声，马少秋头一偏，望了望窗外说：“这是怎么回事？”

一个丫鬟说：“老爷，牛德益坐着八抬大轿回来了，前面锣鼓开道，后面穿着整齐服装的人都扛着枪。听说唐县长像条摇尾巴的狗跟在牛德益后面呢。”

马少秋摆了摆手说：“我知道了，下去吧。”

马管家说：“老爷你先休息一下吧，我先出去打听一下消息。”

马少秋坐在那里闭目养神。过了半个时辰，丫鬟进来通报：“唐县长求见。”

马少秋一怔，心想唐县长怎么会亲自来求见自己呢，他没敢多想，说：“把他请到会客厅去，泡上上等的好茶，我一会儿就到。”

丫鬟答应了一声，退了出去。

马少秋整理了一下自己的衣服，来到了会客厅，他看见唐县长正在品茶，拱了拱手喊了一声：“唐县长，不好意思，有失远迎！怎么有空来寒舍了？唐县长这是无事不登三宝殿吧！”

“没事没事，过来拜访一下！”

两人谈论了一下天下形势，唐县长接着说：“告诉你一个小道消息，袁世凯图像将铸造在钱币上，也就是说今后咱们用的将是‘袁大头银圆’，你现在知道天下是谁的了吧？”

“你怎么知道今后将用‘袁大头银圆’？”马少秋问。

唐县长哈哈一笑，岔开话题说：“听说大小姐回来了？”

“是啊。”

“我觉得牛德益这个人不错，他一直对大小姐一片痴情……”

马少秋摆了摆手说：“停，你是他请来的‘媒婆’？”

唐县长不好意思地笑了笑：“大小姐也不小了，我这不是关心她吗？”

“如果是为这事，谢谢唐县长一片好心！马家的事还轮不到外人插手，请回吧！”

“我话还没说完呢……”

马少秋端起茶杯说：“送客！对不起了唐县长！”

唐县长戴上帽子，灰溜溜地走了。

第二天，身穿统一军装的士兵手持长枪包围了马家大院，甚至在门口把炮都架了起来。马家的护院队也在城堡和屋檐上架起了枪。马家的护院队只有几十条枪，而对方却有几百条枪。马家大院开始出现了慌乱，后门也被堵死了，马富禄和马富祥也偷偷藏了起来。

“把门打开，”马少秋提着一把枪说，“大家别怕别慌，我倒要看看是哪个吃了豹子胆的人敢在马家大院撒野！”

“老爷，先别开门，你更不能出去。”马管家拦住了马少秋。

“开门！开门！”门被拍得咚咚响。

“把门打开！”马少秋命令道。

护院队十几条枪对准着大门，马管家用颤抖的手把门打开，门口站着牛德益，他的身边站着两个人，抬着礼物。

马管家说：“原来是你啊，你这是唱的哪一出呢？”

“带我去见你们老爷！”牛德益笑着说，“别怕，我是来送聘礼的。”他一抬头，看见了马少秋用枪对准着自己的脑袋，他举起手笑着说，“马老爷，别害怕，我不是来寻事的，是来提亲的。”

“滚，马家不欢迎你！”马少秋板着脸说，“你信不信，你再敢踏入马家半步，我打碎你的脑袋。”

“今非昔比了，皇帝都滚蛋了。”牛德益得意扬扬地说，“我告诉你，只要我今天走不出马家大院，外边的大炮就会把马家大院夷为平地，马家上上下下几百口人都会为我陪葬。”

马少秋的心颤抖了一下，牛德益现在是袁世凯身边的红人，好多人都在巴结他，而唐县令摇身一变成为唐县长，这其中一定是牛德益暗中帮了忙的结果，因为好多县令随着清朝的灭亡，县令职务自然就解除了。牛德益今天带兵包围马家大院看来是早有预谋的，如果硬拼，只能是以卵击石，吃苦的只能是自己不说，还要搭上马家上下几百口人的性命，先稳住他再说。马少秋不自然地一笑：“请吧！”

两人一前一后来到会客厅。

牛德益看门见山地说：“我就不绕弯子了，我就直说了，我一直喜欢大小姐，今天我把聘礼都带来了。看在你跟我父亲是多年的好兄弟分上，你就答应了吧。”

“谢谢了，请回吧！我明确地告诉你，就算我答应了，我的女儿也不会答应啊！”马少秋说。

“把她请出来，我当面向她求婚！”牛德益笑着说。

“不必了，他是不会见你的。”

牛德益把桌子一拍，说：“我实话告诉你，我会把大小姐娶到手的，越是得不到的东西我就越想得到。我把结婚的日子都选好了，三天后我派人用花轿来迎接大小姐，你们要敢说半个不字，我就把马家夷为平地，杀光马家所有人。从现在开始，马家大院就戒严了，任何人不准外出，直到我把大小姐娶走。”

马少秋捂着自己的胸口，弯着腰指着牛德益说：“你还有没有王法？岂有此理！”

“我就是王法。”牛德益转身走了几步，回头指着马少秋说，“记住，三天后我就来娶人。如果不答应，新账旧账一块儿算，当年马家占领了我们牛家山的矿产和林场，而牛家人蹊跷地死亡，肯定也是你们马家人干的。到时我将把牛家的矿产和林场收回，还有被你们马家吞并的土地、钱庄、酱园店等等，我也要统统收回来。”

“做梦娶媳妇，想得美！”马韵煊突然走了出来，“我听到屋里疯狗在叫，原来是你啊！”

牛德益嬉皮笑脸地说：“大小姐，我是真心喜欢你，多有得罪，还请多多包涵。你跟着孙中山，还不如跟着我享清福，孙中山现在是丧家之犬……”

“够了。”马韵煊大喊一声，她把牛德益带来的东西朝他身上砸去，“滚！”

牛德益躲闪着，匆匆走了。

申红羽慌慌张张跑来说：“老爷不好了，门外官兵包围了马家大院，不让人出进，这如何是好啊？”

“慌什么慌，这个牛德益也欺人太甚了，竟敢威胁老子。”马少秋生气地说。

外边的官兵把马家大院围了两天，所有人员不能外出，外人也不能进去。申红羽有事几次想出去，都被赶了回来，她气冲冲跑到马少秋面前诉苦说：“他们把马家围得水泄不通，外边的蔬菜和水果也不准运进来，这分明是想困死我们，老爷你得想一个办法啊！”

“这个短命的想娶煊儿，你说我该怎么办？”

“煊儿也老大不小了，这是好事啊！”

“你这是人说的话吗？”

“听说牛德益救过袁世凯的命，是他身边的红人。现在袁世凯是大总统，将来是要当皇帝的，你想想，袁世凯要是当了皇帝，牛德益起码也要封个宰相什么的，到时马家还不是跟着沾光。”

“就他尖嘴猴腮的样子，还想当宰相，羞他先人。”

“人不可貌相，海水不可斗量。我看这浑小子是走了狗屎运。”申红羽叹了一口气说，“女人嘛，迟早都要嫁人的，嫁给谁都还不是一样。”

“你不是她亲娘，说得自然轻巧。”

“要不你派人求救你大哥马天良，他不是手上有兵权吗？”

“我早就想到这个问题了，问题是来不及了。我也派人打听了，天良的日子也不好过，他投奔了段祺瑞，但段祺瑞也要看袁世凯的脸色……”

“什么端起睡、横着睡、躺着睡？”

马少秋急了：“跟你说话，怎么这么费劲？你该干吗干吗去吧。”

“马家到了生死存亡的时候，人家把火都烧到屁股上来了，我哪有心思啊，”申红羽说，“我看干脆答应牛德益算了，咱惹不起躲得起。”

马少秋无语，摸着胡须转来转去。

申红羽接着说：“你不为自己考虑，也要为马家老老小小考虑，如果牛家真的霸占了马家，或者把马家……你忍心让我们流浪街头、衣不遮体、食不果腹吗？”

马少秋挥了挥手说：“别说了，让我静静！”他一屁股坐在椅子上，把水烟袋抽得哗哗响，房间里一会儿就烟雾缭绕。马少秋想来想去，也没想出什么办法来，甚至想到了联合金家，两家里应外合跟他们拼了，但转念就否定了，如今他跟金老爷貌合神离，来往也少了，说不定金家正在翘首以盼幸灾乐祸地等待着看马家的笑话呢。硬拼又不是办法，看来只能委曲求全了，他真担心牛德益这个兔崽子什么事都能做出来，他不希望马家的家业毁在他的手上，让后人指着他的脊梁骨骂他没能守住马家的家业，没能让后人人丁兴旺。

马少秋来到了马家的祠堂，他点燃了三根香鞠了三个躬把烟雾缭绕的香插在香炉上，然后跪在祖先和父亲马虎飚的牌位前磕了三个响头：“各位列祖列宗，我对不住你们，请你们原谅我这个不孝的后人，我对不住你们了！还请你们保佑马家的子孙平平安安，马家永远繁荣昌盛！”

做完这一切，马少秋心事重重来到马韵煊的屋里，马韵煊说：“你怎么又来了？”马少秋突然跪在马韵煊的面前说：“女儿啊，我求求你了，求求你救救我们全家！”马韵煊弯腰去扶马少秋起来，说：“爹，快起来！”马少秋说：“你不答应我，我就不起来。”马韵煊望着马少秋头上的白发，鼻子一酸：“爹，你起来，我答应你！”

马少秋站起来说：“你知道我求你什么事？”

马韵煊说：“不就是让我嫁给牛德益吗，我想通了，女人反正都是要嫁人的，不管嫁给谁都是嫁！”

马少秋老泪纵横，这些年来马韵煊一直奔波在外，以前她可不是这样回答干脆，以前无论干什么事，她总是跟他对着来，而这次她回答干脆，反而让他的心不安。这些年来她在外遭受的苦从来没有对他提起过，这次回来显得消沉，难道是她遭受到了什么打击或者不幸，他几次开口想问，都忍住了：“你别怪爹，我知道你们不配，但我也是没办法，你是看到了的，马家大院现在四周都是重兵把守，他们要灭了马家是一件非常容易的事。我不希望，马家辛辛苦苦弄下的家业毁在我手上。”

“别说了，我知道！”马韵煊眼角有泪。

第二天，牛家敲锣打鼓把花轿放在马家大院门口，士兵们端起了枪，随时做好了冲锋的准备。牛德益身上绑着一朵大红花，骑在高大的马上，他的目光紧紧盯着紧闭的大门。

大门打开了，马韵煊在丫鬟的牵扶下出来了，她身穿一身红，头上盖着红盖头，非常的醒目，就像一朵盛开的红玫瑰，亭亭玉立站在那里。

鞭炮和唢呐响了起来。

牛德益面带微笑。

马韵煊走进了大花轿，震天的锣鼓响了起来。

半个时辰后，花轿停在了牛家大院门前，牛家大院重新翻修和装修，金碧辉煌，门上挂满了红灯笼和彩带，门前和大院里人山人海。

马韵煊被牵着走出花轿，鞭炮噼噼啪啪再次响起。

简单匆匆拜了天地，马韵煊被送进了洞房。

牛德益满面春风、兴高采烈地招呼亲朋好友入席，众人向他敬酒，他来者不拒，一直喝到半夜，他喝高了。

唐县长劝他别喝了，洞房花烛夜，不要让新娘子等久了。牛德益哈哈一笑，东倒西歪朝洞房走去，他推门，门是反锁着的。他生气地踹开门，大吃一惊，酒一下醒了，马韵煊已悬梁自杀了。

马韵煊的死，从此牛家和马家的仇又结上了。

第九章　风云突变

阳春三月，梧桐的孩子终于在半夜呱呱降临了，是个男孩。他的哭声打破了金家大院静静的夜晚。

金家大院上下沸腾了，金老爷和金夫人喜笑颜开，他们仿佛一下年轻了许多，吩咐厨子熬制各种营养汤和便于发奶的补品。梧桐一下成了金家的功臣，她想吃什么尽管开口，她需要什么尽管提，如果她想要天上的月亮，他们也要想办法给她摘下来。这期间，庞光远一直想去看孩子，因梧桐坐月子，金家人看得紧，他一直没有机会。倒是那个金傻子依然疯疯癫癫在金家大院跑来跑去，跟几个丫鬟玩捉迷藏什么的，这是金夫人特意允许了的，丫鬟可以陪金傻子玩耍，只要金傻子玩得高兴，还有奖赏。

金老爷早就放下话了，孩子满月这天他要大办，大摆筵席请亲朋好友吃三天。转眼这天来到了，金家大院张灯结彩，还请了戏班子来唱戏，方圆几十里的叫花子也闻讯赶来了，金老爷破天荒对他们网开一面，也给他们提供可口的美食。

金家大院人山人海，就像赶庙会一样，家家老少全部出动。鞭炮的纸屑地上铺了厚厚一层，红红一片，好多小孩在里面寻找没有响的鞭炮，然后再点燃，砰砰的声音此起彼伏。

牛德益也来了，马少秋也来了，他们互相看了一眼，然后把头扭到一边，装作不认识。金老爷知道他们有过节，让知客师把他们安排在不同的席面。

自马韵煊死后，牛德益在他大哥牛德元的怂恿下，变得更加贪得无厌了。牛德元自父亲死后吃喝嫖赌很快败光了家产，马少秋一直看不起他，把他作为反面教材教育子女，牛德元知道后心里就一直憋着气，想寻找机会收拾马家。如今弟弟成了袁世凯身边的红人，连唐县长都开始巴结他，他认为机会来了，他想成为漩涡街的老大，毕竟牛德益还有其他公务事要办，他就鼓动牛德益把马家的财产分一半给牛家。牛德益就动用手中的权力，让唐县长亲自带人把马少秋抓起来商谈，让他把原牛家山的矿产和林场还给牛家，同时还要把马家的药铺关门，只允许牛家一家可以在镇上收购药材，只有牛家一家可以做药材生意。金州自古以来就盛产中药材，历史上被称为“中药材之乡”。《唐书·地理志》就有金州杜仲、秦椒、黄柏等药材作为“贡品”的记载。漩涡街山上药材不少，不仅有杜仲、秦椒、黄柏，还有黄连、茯苓、山茱萸、党参、天麻、葛根、黄姜、麝香、厚朴、猪苓、白芍、辛夷花、穿山龙、何首乌、栝楼、紫苏等等。每年成群的商人和船队来漩涡街采购药材，这可是一块肥肉，如果马少秋不答应就要被关进大牢。马少秋无奈之下，只好签字画押，让出了独家药材采购权。

牛德益坐在上席，众星捧月，乡绅土豪纷纷开始向他敬酒，他喜笑颜开更是来者不拒。牛德益斜眼看了看马少秋，端起酒杯朝他走去，他想羞辱马少秋一番，因为明天他将要离开漩涡街回到袁世凯身边，他要顺便告诉人们牛家现在才是漩涡街的老大，牛德益现在才是漩涡街坐头把交椅的人物。

“马叔，我敬你一杯！”牛德益皮笑肉不笑地说。

马少秋冷冷地说：“最近身体不好，不能喝酒了。”

“你是不给我面子？”牛德益说，“我明天将要离开漩涡街去大总统身边赴任，我的哥哥牛德元以后还要靠你多多关照呢。”

“祝贺你啊！这酒我真的不能喝。”马少秋不冷不热地说。

“看在你是长辈的分上，我尊重你。”牛德益显然是生气了，“但这酒今日你必须要喝下去，别敬酒不吃吃罚酒。”

“我来替我爹喝。”马剑锋端起马少秋的酒杯，一口倒进嘴里，然后把空酒杯重重放在桌上，把空碗倒满酒，“你不是要喝吗，来，我陪你喝！”马剑锋的心里早就憋了一肚子火，他看不惯牛德益的所作所为，前几次要不是父亲劝阻，他早就找牛德益拼命了。马剑锋端起碗，咕咕咕一口喝完了。

牛德益瘪了瘪嘴，笑了笑，指着马剑锋的鼻子说：“有种，我记住你了。”

马剑锋心情不好，本来就喝到差不多了，这一碗下去明显喝高了，他指着牛德益的鼻子说：“大总统的狗腿子有啥了不起的？狗仗人势，欺人太甚，欺压……”

马少秋一把把马剑锋拽开了，不让他说话，连忙给牛德益赔礼道歉：“这混小子喝高了，不要跟他一般见识，大人有大量，宰相肚子里能撑船……”

“我不跟他一般见识。”牛德益挥了挥手，头一偏，看见一群人围在一起看一个婴儿，婴儿旁边的女人很漂亮，他以为是丫鬟，晃着身子走了过去，搭讪说，“这位姑娘好漂亮……”

“她可是漩涡街的一朵花。”马富祥和马富禄跟着起哄，他们想看笑话。自梧桐嫁给金傻子后他们心里一直很失落。

旁边的金夫人连忙说：“大人，这位就是我家少奶奶梧桐。”

牛德益伸出的手缩了回去，假装摸头说：“原来是少奶奶，怪我眼拙。”他望了望丫鬟手中的婴儿：“给孩子取名字没有？”

梧桐笑着说：“老爷给他起了，大名叫金元宝，小名叫宝宝。”

牛德益哈哈笑了：“好名字。金元宝。”

马富祥小声说：“屁，金元宝银圆宝，我就不信金傻子能生金元宝。”

金老爷过来拉住牛德益的手说：“你原来在这里，我到处找你，是想跟你喝一杯，顺便表示感谢。”

两人手拉手入席了。

负责帮忙和招呼客人的庞光远也一直站在旁边关注着梧桐和那个婴儿，自万福被赶出马家大院后，庞光远就负责酒坊了，今天招待客人的酒全部是他亲自酿造的。庞光远看着那个婴儿，心里暗自乐意，心想你们还不知道吧，那个孩子是我的，是我的种，他的身上流淌的是庞家血液，而不是金家的血液。他望了梧桐一眼，梧桐也望了他一眼，两人相视而笑。

牛德益和金老爷都喝高了，牛德益喝到溜到桌子下面去了，像一条狗盘在桌子下面，金老爷也趴在桌子上抬不起头，在漩涡街招待客人最好的方式就是把客人灌醉，客人喝好了，主人才高兴。

酒席一直延续到晚上，男人们东倒西歪的纷纷离开了，大院里剩下的大多是帮忙的长工在收拾桌子上的残汤剩水。没人理牛德益，好多人都看不惯他耀武扬威的作风，巴不得他永远躺在地上不起来。

庞光远把桌子上的冷茶水倒在了牛德益的身上，他像死猪一样一动不动。庞光远笑了笑，摇醒了金老爷：“老爷，醒醒吧，我送你回房间。”

金老爷揉了揉眼睛：“这是哪里啊？”

“金家大院。”庞光远笑着说。

“今日高兴！”金老爷说，“老了老了，我年轻时喝两三斤不在话下。”

金老爷走了几步，摇晃着身子问道：“那个牛德益呢？”

“那个兔崽子还在桌子底下呢。”

“快把他送回去，这个家伙得罪不起。”金老爷推开庞光远，“快去吧，我没事。”

“我先把你送回屋里吧。”

“不用了，我没事。自家屋里怕啥？”

庞光远只好走了过去，踢了牛德益一脚：“起来，死猪！”他看牛德益没反应，一把把他拽了出来，扛在肩上，走出金家大院进入古老的青石板街道。街上很静，肩上越来越沉重，他四周望了望没有人，他恨不得想把他扔到河里淹死，犹豫了半天下不了决心。脚下被什么软软的东西绊了一下，他一个趔趄把牛德益扔在了地上，他仔细一看，地上原来躺着一个人，他就是牛德元，原来也喝醉了睡在大街上。牛德益被这么一摔，酒一下醒了，他指着庞光远说：“你想干啥？你想害老子。”

“我是送你回家的。”

牛德元的老婆嘴里嘟嘟囔囔赶来了，她一直没见牛德元回来，就一路找了过来。她看见躺在地上的牛德元，狠狠踢了两脚：“这个死鬼，一天就晓得喝酒赌博，每次喝醉了都要老娘来找。”

庞光远说：“嫂子，你来得正好，我一个人把他们弄不回去。”

“这个死鬼，死在外边就好了。”她一边说着一边把牛德元扶了起来，这个胖女人很有力气，背着他就走了。

庞光远只好也扶着牛德益跟在后面，牛德益嘴里不停说：“以后有啥事来找我，没有我办不成的事。”

庞光远频频点头，心里却恨死了牛德益。他把他们平安送回去后，直接回金家大院。现在金老爷对他很赏识，不仅让他负责酒坊，还兼金家的护院和保卫的工作，所以他现在可以在金家随随便便进进出出了。梧桐屋里没有灯光，白天劳累了一天，估计早已睡了，想想屋里的那个婴儿是自己的孩子，心里就有说不出的激动和兴奋，他在门外徘徊了一阵，惆怅地朝回走，他要回自己的房间。

金家大院静悄悄的，天上的星星冷冷地发着光，时光虽然已是三月，但半夜还是充满着寒冷。

突然传来一声惨叫，声音好像是从金老爷那边传过来的，他飞快地跑了过去。金老爷屋里灯火通明，他冲了进去问出了什么事，金夫人说，老爷半夜起来上茅房，没想到一脚踩空，从台阶上摔了下来，不会中风吧？庞光远说，不会的。金夫人说，快去请郎中吧。

庞光远答应了一声，看了一眼躺在床上还在呻吟的金老爷，他飞快地跑了出去。张郎中住在街上西头，人家早就睡了，他把门打得啪啪响，过了好半天，才有不耐烦的声音传了出来：“谁啊，大半夜的也不让人睡觉。”

“张郎中，是金老爷请你。”

“中午还在一起喝酒，他请我干吗？”

“金老爷摔了跤，估计是骨折了。”

过了一会儿，门打开了，庞光远挎着药箱，催着张郎中：“快走吧！”

张郎中来到金家大院给金老爷号了脉搏，看了受伤的腿摇了摇头，金夫人问伤情到底如何，张郎中把金夫人拉到一边小声说，金老爷伤势很重，不仅骨折了，还有可能中风。庞光远听见了，故意用枪抵着张郎中的头说：“你要是不把老爷看好，我一枪崩了你！”

“我擅长风寒杂病，骨科不是我的专长。”张郎中浑身颤抖，“我尽力了，你另请郎中吧。”

张郎中给金老爷做了简单的处理，经过这么一折腾，天就亮了。金夫人对庞光远说：“听说县城有个大夫骨科看得好，辛苦你了，你去把他请来，只要能把老爷的腿看好，花再多钱我们都愿意。”

金夫人让丫鬟拿来一包银圆，她递给了庞光远：“你先拿着，路上用。”

庞光远跟着马夫坐着马车立即就出发了，中午时分来到县城，找到那个大夫，大夫说不出诊，让把病人送来。庞光远说金家愿意出大价钱，他才勉强答应了。庞光远怕大夫变卦，立即催他上马车，然后马不停蹄地一路奔波，他们赶在太阳落山前回到了漩涡街。

大夫把金老爷的腿用夹子固定上了，开了几服药，观察了两天后见没其他症状就回县城了。

三个月后，金老爷腿虽然好了，但却瘫痪了，大夫说是中风了。金夫人请了不少大夫，吃了不少药也不见好转，金老爷反而病情加重了，半身不遂，口舌歪斜，口齿不清，眩晕头痛，面红目赤，口苦咽干，心烦易怒，尿赤便干。就在一天晚上金老爷突然病逝了，金夫人是在第二天中午发现的，她想扶金老爷起来喝药，喊了几声没有反应，她掀开被子发现金老爷身子已僵硬了，她哇的一声哭了。

安葬完金老爷后，金夫人仿佛像变了一个人似的，整天流泪，沉默寡言，身体迅速消瘦，可以说是骨瘦如柴，好像得了什么病似的。

一天，她在丫鬟小梅的搀扶下来到了梧桐的房间，她让小梅把孙子给她抱来，她在孙子脸上亲了又亲，然后让丫鬟小梅和阿雅抱着金元宝到屋外去玩。

金夫人拉着梧桐的手说：“也许我的日子不多了，金家全靠你了。”

“娘，你会没事的。”

金夫人泪水流了出来：“我的那个不争气的傻儿子，我把他交给你了，你以后要好好照顾他。还有孙子，你一定要把他照顾长大，子孙满堂，让他把金家发扬光大……”

梧桐点了点头，两人又说了一些金家的事，说了很久。直到丫鬟抱着睡着的金元宝进屋时，金夫人才离开。

当天晚上电闪雷鸣，瓢泼大雨下了整整一晚上，金家大院已水流集成河了。

天亮时，雨停了，一个噩耗在金家大院传开了，金夫人死了。

人们都在议论，金老爷和金夫人死了，金家完了，金家将会彻底败落。让人们更没想到的是，一个月后，金傻子失踪了。后来人们在汉江河的下游发现了金傻子的尸体，有人说是金傻子醉酒后不小心掉进河里淹死的。

梧桐自然而然地成了金家财产的继承人，成了金家的掌门人。

一天，一个打扮得花枝招展的女人带着一帮人冲进了金家大院，看门的人仿佛对这个女人很熟悉，点头哈腰。她直奔梧桐的房间，梧桐认得此人，她就是金家的大小姐金枝叶，两人见过一面，没有交流，当时金枝叶的目光很冷淡，甚至充满着不屑。

“金家不欢迎你了，你滚吧。”金枝叶进门就扇了梧桐一巴掌，她想给她一个下马威。

“我是金家明媒正娶的，凭什么赶我走？”梧桐捂着脸质问道。

“你一个外人，少管金家的事。”金枝叶指着梧桐的鼻子说。

“我偏不走，有理走遍天下，无理寸步难行。有本事你去告啊，如果你告赢了，我立即离开金家。”

“你——”金枝叶伸手又想打。

“慢着。”庞光远闻声端着枪冲了进来。

“你谁啊？滚远点！少掺和我们金家的事。”金枝叶指着庞光远，非常嚣张。

“我不管你是谁，我现在负责金家的安全，负责大掌柜的安全。”

金枝叶哈哈笑了起来：“原来你就是我爹养的一条狗！”

“我警告你，你只要敢动大掌柜的一根手指，我立即开枪打死你。”庞光远用枪瞄准了金枝叶。

“你小子等着。”金枝叶见占不到什么便宜，外面还站满不少持枪的人。金枝叶带着她的人灰溜溜地走了。

一波未平一波又起，各种债务人拥上门来讨债，甚至有的冒充债务人，真真假假，他们包围了金家大院来讨债。庞光远带领着护院队不让他们进门，有的强行朝里冲，想趁机浑水摸鱼把金家洗劫一空。他们吵吵闹闹，庞光远鸣枪警告，说谁要私闯民宅，当场击毙。他趁机关闭了大门，有的就朝院子里扔石头。

“你现在是金家的掌门人了，你快想想办法吧。”庞光远把外面的情况告诉给了梧桐。

梧桐第一次面对这种突发情况，她一时也六神无主。

“老爷和夫人都死了，金傻子也死了，你现在是金家唯一的继承人，你必须要把金家支撑下去，不能让金家败落了。你快想办法吧，否则金家真完了。”庞光远着急地说，“现在好多人都在虎视眈眈盯着金家，想把你赶出去，想趁机霸占金家大院和金家财产，如果金家完了，你和孩子怎么办，总不能流浪街头吧？”

梧桐心里明白，庞光远说得不无道理，当初被马家卖给金家的傻子，全镇的人都在背后戳她的脊梁，一朵鲜花插在牛粪上了，说她贪图金家的钱财，反正说什么的都有，她的心里就很委屈和难受，尊严被践踏。如今机会来了，她要证明给漩涡街的人看，她要证明给马家看，证明给马啸天看，证明给那个瞧不起自己的嫂子看，梧桐决心要重振金家威风，她说：“金家欠了他们多少钱？”

“不知道啊。”

床上的孩子醒了，哭了，梧桐抱起来哄了哄，孩子不哭了，她交给了丫鬟阿雅，质问庞光远：“你说该怎么办？”

“欠债还钱，天经地义。要不你先出去，稳住他们再商量对策吧。”

梧桐整了整衣服说：“好吧，你跟我一块儿去，给我壮壮胆。”

两人匆匆来到大门前，门外吵闹和骂声一片，还有烂西红柿被扔了进来。梧桐说：“把门打开。”门吱呀一声打开，几个在撞门的人一下倒了进来，其他人准备朝里冲。

“诸位请静一静，我们大掌柜的有话要说。”庞光远大声说。

“还钱，还钱。”有几个人挥着拳头喊道。

“大家别急，你们不就是要钱吗，大掌柜的就是来解决问题的。”庞光远提高了声音。

大家顿时安静了下来。

梧桐站在台阶上，环顾了大家一眼，她清了清嗓子，是想压住自己的紧张慌乱的心情：“诸位乡亲，金家遭遇一连串的不幸，大家是有目共睹的。金家做生意讲的是诚信，如今金老爷不在了，‘诚信’二字依然还在金家，我现在是金家唯一的大掌柜。欠债还钱，天经地义。至于金老爷欠了大家多少钱，我先做个登记，请大家宽裕我几天，我一定把大家的钱还上。”

“我们给你三天时间，如果三天之内不还钱，就不要怪我们不客气了。”有人喊道。

“三天，三天。”人们跟着起哄。

梧桐犹豫了一下说：“好，就三天。请大家排队一一登记吧，这样我心里也有底，好为大家筹钱。”

人们自觉地排队，眼看无法收场的骚乱就这样平息。梧桐还热情招呼大家进屋喝水。登记完后的人也不好意思进屋讨水喝了，直接就走了。

讨债的人走完后，账房先生很快把账目整理了出来，共五万大洋。梧桐把酒坊、酒庄、米行、布行和酱园店的负责人召集起来开会。梧桐对他们还不熟悉，甚至连他们的名字都还不知道。通过介绍，梧桐才知道了负责酒楼的那个胖子，头很大，人们都叫他猪头；负责米行的那个瘦子，骨瘦如柴，人们都叫他猴子；负责酱园店的人很斯文，戴着眼镜，人们都叫他老宋。负责布行的做得一手好衣服，人们都叫他金裁缝。

账房先生是金老爷的远方亲戚，五十出头，人们都叫他算盘，他双手可以把算盘打得噼啪噼啪响，并且算得很准，分毫不差。他先介绍情况说：“自金老爷和夫人以及他们儿子出世后，安葬费就是一笔很大的开支。金老爷的女儿把金夫人金银首饰都拿走了，还支走了一大笔钱。”

梧桐不高兴地说：“你怎么随随便便就支给她们呢？”

“金家当时乱了套，她们是金老爷的女儿，不给她们，她们就威胁我，说要把我赶出金家大院，把我扔到河里喂鱼，我也是没办法啊。”

“我现在是金家的大掌柜，没有我的允许，任何人都不能支走一个银圆。她们再敢来讨要，你让她们直接找我。”

算盘点了点头。

梧桐接着问：“现在账房里还有多少钱？”

算盘低着头，不敢看梧桐的目光：“还有五百大洋。金家每天的开支就是一大笔，现在连长工的工钱都拖着的，有的长工都走了。”

“怎么才这么一点？”以前梧桐对金家的开支漠不关心，外面都在传言金家就是座金山银山，不当家不知柴米油盐贵，没想到接手就是一个烂摊子，金家已到了生死存亡的关键时刻。

算盘把账簿递给梧桐说：“上面每笔开支都记得清清楚楚，安葬完老爷和夫人后本来账面上还有很多钱，他们几个出嫁的女儿不仅把送礼的钱全部卷走了不说，特别是金家大小姐和二小姐还支走了一大笔钱，所以账面就所剩无几了。”

梧桐心里很着急，这五万大洋怎么才能弄到啊，她急得在屋里走来走去，她问大家的意见，没人吱声，他们对梧桐的能力充满了怀疑，更多是在观望。梧桐的目光从大家脸上一一扫过，她说：“既然大家不发言，我就斗胆做个决定吧，我想把酒坊、酒楼、米行和酱园店统统变卖了，你们去张贴布告和寻找买家吧。”

庞光远插话说：“我只是旁听，没资格发言，但我还是把心里的想法说出来。酒坊不能转让，现在我们金家的酒成了一块招牌，喝过的人人人夸赞。只要我们在包装上和营销上做点文章，我想金家的酒很快就会畅销全国各地。”

有人鼻子哼了一声，不以为然地说：“说得轻巧。”

梧桐说：“大家可以畅所欲言。”

他们心里只认金老爷，如今金老爷走了，没人把梧桐这个小姑娘当一回事，有点破罐子破摔的意思。金家现在的处境已是无力回天了，他们心里也在盘算着自己的出路。

梧桐见大家不发言：“大家放心，大家的工钱我不会少一分的，我会想办法的，实在不行，我去借。”

酒楼负责人猪头说：“现在牛家独揽药材生意，牛德元仗着弟弟牛德益的淫威，药材购不应求。我听在我这里住店和吃饭的商人说，他们为抢药材，相互抬高价，牛家可以说是赚得盆满钵满。更可恶的是，牛家还把木耳、香菇、板栗子、核桃等土特产和干货市场也独揽了，牛德元一口就吃成了大胖子……”

梧桐说：“你的意思是让我去跟他借钱？”

“我只是随口一说。”猪头说。

梧桐说：“这个问题我也想到了，但我跟牛家的牛德元不熟悉，几乎没说过话，他怎么会借给我呢？再说马家经过牛德益这么一折腾，马家再也不是当年的马家了。”

“瘦死的骆驼比马大。”米行的负责人猴子插话说。

梧桐说：“所以我决定先把酒楼、米行、布行和酱园店等卖了，你们现在就去找买主，越快越好。”

“把它们买了，我们干啥？我们吃啥？”猪头说。

“你们想继续待在金家，我欢迎；不想待的，我也不勉强，出留自便。当然只要金家渡过这个难关，我以后不会亏待大家的。”梧桐说。

“对不起了，少奶奶，我还有一家老小需要我养活，我不干了。”猴子说。

“没事，你走时去账房上领十个大洋。”梧桐说，“还有没有想走的？”

没人吱声，都低着头。

“那好，大家该干吗就干吗去。”梧桐声音嘶哑。

众人都散了，庞光远走在最后，他回头望了梧桐一眼，停住了脚步说：“我相信你，加油！”

酒楼、米行、布行和酱园店等很快就转让或卖了，而买他们的主家就是牛德元，如今的牛德元可以说是摇身一变，从一个无赖的赌徒，有他弟弟和唐县长罩着，力压马家，成了漩涡街的首富。牛德元出价很低，一副卖不卖无所谓的样子，不卖拉倒，梧桐急要钱，债主只给了她三天期限，她只好咬咬牙贱卖了，酒楼、米行、布行和酱园店卖了近四万大洋，本来她还想卖酒坊，要不是庞光远劝阻，她真就把酒坊给卖了。明天就是最后一天的期限了，还差一万大洋，梧桐想到了马家，可他又不好意思开口问马少秋借钱，她想到了马家二少爷马剑锋，也许他能从他爹那里弄来钱。她立即让庞光远去请马剑锋来金家做客。

马剑锋很快来了，梧桐支走了丫鬟和庞光远，屋里只剩下了他们两人，梧桐打量了马剑锋一眼：“你瘦了不少，最近还好吗？”

“还好，其实我一直都想来看你，但又怕别人说闲话。”

“上次多亏你出手搭救，我一直都还没感谢你呢。”

“这是我应该做的，不足挂齿。”

“你有你哥马啸天的消息没？他还好吧！”

“没有，连一封信都没有。”

两人对视了一眼，梧桐心里有一丝不安，她从马剑锋身上看到了马啸天的影子。她不得不承认，这些年来，她一直把马啸天埋藏在心里，埋在心里最深处不愿提及，也不愿意去触碰。

马剑锋掏出一张银票说：“金家的遭遇我也听说了，我这里有两千大洋，你先拿去用吧。”

“你的私房钱，我不能要。”梧桐推开马剑锋的手，两人的手触碰了一下，她感到了一丝温暖和慌张，脸一下红了。

马剑锋说：“我跟我爹说了，让他帮金家一把，他给我诉说了一肚子的苦，经过牛德益一折腾，马家大伤元气，马家现在也有难处啊。”

“我知道。”梧桐本来想通过马剑锋向马少秋借钱，话到嘴边只好吞了回去。

“我爹还说，你在马家几年，他心里一直充满愧疚，他只能给你两千大洋，希望你能渡过难关。”马剑锋把银票塞在梧桐的手里。

“我给马老爷打个欠条吧。”

“我爹说了，不用打了，到时有了就还，没有就算了。”

“替我谢谢马老爷。”钱虽不多，有总比没有好，梧桐心里充满了感激。

马剑锋从脖子上摘下玉佩塞在梧桐的手上说：“这是天然和田玉‘碧玉平安’，祖传下来的，据说值不少钱，到时实在没有办法时，你可以把它卖了或者当了。”

“这么贵重的东西，我不能要。”

“别客气，就当你替我保管好吗？”

梧桐有点为难，收也不是，不收也不是，她正在犹豫不决的时候，马剑锋说：“对了，我今天来，顺便是跟你告别的。明天我也将离开漩涡街去外地求学。你要多保重！”马剑锋说完这句话就告辞了。梧桐有点依依不舍，感觉有很多话还没来得及说，她追了出去，望着马剑锋的背影叹了一口气。

“钱借到了呢？”一直站在门外的庞光远酸溜溜地问。

梧桐握紧拳头，没有回话，她看了一眼手中的银票，怎么变成了两张，一张是两千，一张是一千，她心里明白了，是马剑锋把两张银票同时一块儿塞给她的。梧桐心想，这一千大洋也许就是马剑锋去外地求学的费用，他却给了我，他真是一个好人，梧桐心里充满了愧疚，目光也发呆了。

“少奶奶，你怎么了？”庞光远跟梧桐约好了，在众人面前，他喊她少奶奶，在没人的地方他才可以直呼她的大名。

梧桐一怔，晃了晃手中的银票说：“明天的限期就到了，到时又将是一场疲劳的战争，你早点休息吧，明天的秩序全靠你了，千万不要出现什么乱子，我更不希望打砸抢的事情发生。”

“少奶奶，放心吧！”庞光远说完就走了。

这一晚上，梧桐失眠了，她一会儿想到了马啸天，又想到了马剑锋，又想到了死去的父母，再想到金家这个烂摊子，她伤心地哭了，直到后半夜她才在迷迷糊糊中睡着了。外边的吵闹声和鸟声把她惊醒，她看了孩子一眼，小脸蛋红扑扑的，她亲了一下，翻身起床。

梧桐洗漱完毕，留下丫鬟和奶妈照顾孩子，她来到了大院门口。大院门口早已排好了队，庞光远和家丁在维持秩序。

大院里支了一张桌子，三个负责管账的在检验借条和各种票据的真假，如果没有问题，当场兑现，然后走人。几个大的供货商就支走了多半钱，眼看所剩钱不多了，这时又一个中年男子走了上来，他递上了票据，算盘用算盘噼噼啪啪算了一下，对梧桐低声说：“少奶奶，是五千大洋。”

梧桐接过账单看了看，皱了皱眉头，望着中年男子笑着说：“大哥，跟你商量一个事，你能不能宽裕我几天，你放心，欠你的钱我一定会还你的。”

“我就等你这句话！做生意讲究的是诚信，我父亲跟金老爷关系不错，他让我帮你一下，谁都有难处的时候，钱我先不要了，下一步我们再谈合作的事。”

“好啊！请问这位好心人怎么称呼？”梧桐激动得语无伦次了。

“我是汉王城刘家大院的，我叫刘三郎。今日一见大掌柜的，我就相信，金家是不会完的，金家还是有前途的。”

“谢谢刘大哥美言。”梧桐拱了拱手，感激地望着他说。

“后会有期!”刘三郎也拱了拱手说。

这时又一个人拿着欠条走了过来，庞光远认识他，是镇上的痞子，他叫狗子。虽然他化了装，穿得阔绰，戴着帽子和墨镜，拄着文明手杖，说话流里流气，他把欠条朝桌子上一放，跷着腿，什么话也不说。

算盘拿过欠条一看，是三千大洋，他仔细辨认了一下笔迹和印章，也没发现什么问题，他准备现场给他兑现时，庞光远走了过来说：“慢着！让我看看。”庞光远觉得此人可疑，他看了看欠条又没发现什么破绽。梧桐说：“让我看看。”她拿过欠条，对比了一下印章，金老爷的印章“金”有一丝瑕疵，估计是金老爷当初故意这么做的，而此人借条上的印章“金”字完美无缺，规规矩矩的。她怀疑这是伪造的借条，她给庞光远递了一个眼色，然后对这人说：“这位客人，现金不够，请跟我来吧，我给你兑现。”

狗子笑呵呵地跟着梧桐走了。

他们走到一个没有人的地方，庞光远从背后一把抓住狗子喊道：“狗子，怎么是你？”

狗子脸色大变，指着庞光远说：“这里没有你的事，少管闲事，小心我灭了你全家。”

庞光远用枪指着狗子说：“你还敢威胁老子，小心老子一枪毙了你。”庞光远押着狗子来到梧桐的屋里。

梧桐说：“你告诉我，这到底是怎么回事？”

“说。”庞光远用枪指着狗子的头说，“不说，我打破你的头。”

狗子吓得一下跪在梧桐面前说:“这不怪我,都是马富禄和马富祥指示我干的,我们伪造了印章和欠条，他们答应我，如果这件事办成了，我们三人一人分一千大洋。”

梧桐把纸和笔扔在他面前说：“你把这一切都写出来，你不写我就报官，你这是敲诈，我把你送进大牢。你写了，咱们这事就两清了。”

“快写！”庞光远打开枪的保险大声喊道。

“我写。”狗子捡起纸和笔趴在桌子上把经过写了出来，然后按了手印。

“滚！”庞光远踢了狗子一脚。

狗子慌慌张张地跑了。

梧桐和庞光远来到大门，人已寥寥无几了。送走最后一个债主，算盘又开始交账，除了还欠刘三郎五千大洋外，账面上还结余了一千大洋。

梧桐长长松了一口气，好在这些债主的钱终于清了，这日子还得继续，马家已是空空如也了，她想东山再起，重振金家威风。

圆圆的月亮升了起来，金家大院异常的安静。

第十章 创 业

梧桐不想金家就这样在她手中败落，经过几天的苦苦思考，她把唯一的希望寄托在酒坊上，本来金家的酒口碑不错，她打算重新改良配制酿造，打造一个新的品牌，甚至她连商标都想好了——金福祥系列金酒。

她把自己的想法告诉给了庞光远，庞光远也大力支持，梧桐让他把那些走了的长工重新召回，并让他负责酒坊，庞光远满口答应。于是他投入前期的准备中，收购存储小麦、玉米、高粱、拐枣、杆杆等。

一切准备就绪，选好了日子，酒坊在鞭炮声中重新开业了。

梧桐跟那些长工一起劳动，传统手工酿酒要经过很多道工序，原料浸泡、蒸煮、摊凉、糖化等，光完成这几样工序就得花上一天时间。酒坊里温度很高，蒸气袅袅，庞光远和那些长工赤裸着上身光着脚，铲出蒸煮后的高粱放在地上进行摊凉，梧桐大汗淋淋地用铁铲对高粱进行翻铲发酵，站在旁边一块儿劳动的庞光远心疼地说："还是我来吧，你回去照看孩子吧。"他一把夺过铲子。

梧桐说："没事的，这点苦算不了啥。孩子由阿雅照看着的，没事。"

梧桐整天待在酒坊里，那些长工干劲十足，热火朝天，没人偷懒。摊凉完毕后，长工们再将一旁糖化培菌好的高粱铲入窖池发酵。忙完这些工序后，庞光远说："一周后再上灶蒸馏取酒。少奶奶你先回吧，这里有我照看着。"

梧桐搓了搓手说："辛苦大家了，我先走了，有啥事就找庞光远吧。"

梧桐一走，长工们就开始嘻嘻哈哈开庞光远玩笑，说少奶奶身材不错，又是寡妇，她非常信任你，晚上何不去陪陪她。庞光远笑着说："别让少奶奶听见了，小心她撕了你们的嘴。"

长工们一阵哄笑，散了。

庞光远为了不辜负梧桐的信任，吃住都在酒坊里，他心里清楚，梧桐现在正处于难关，金家已到了生死存亡的时刻，他没有多余的钱财，只能在技术上帮帮她，一旦她渡过这个难关，那么她心里就会感激他，就会喜欢上他，到时水到渠成地就在一起了。

漫长的一周终于过去了，庞光远将已发酵好的糟醅放入锅内蒸馏取酒。梧桐要烧火，庞光远说：“还是我来吧，烤酒主要是讲究火温，火要稳而大才行。酿出好酒的秘诀，就是控制好温度。”庞光远点燃了柴火，守在酿酒大锅前，寸步不离。

经过数小时蒸馏后，便流出了纯净透明的高粱白酒，酒香飘散开来。庞光远拿起舀子接酒，眯着眼睛抿了一口，高兴地喊道：“好酒，好酒！”他把舀子递给梧桐说：“少奶奶，你也品尝一下。”梧桐接过舀子品了一口，咂巴着嘴巴说：“我不会品酒，但知道酒好不好，首先要一点杂味都没有，还要不打头、不伤身体。”庞光远说：“不错，我烤的酒非常纯，一点杂味都没有，不打头、不伤身体，再放一段时间就更香了。大家都来品尝一下。”

大家品尝完毕都称赞酒好，庞光远得意地说：“牛皮不是吹的，我的手艺是祖传的，在整个汉阴县，我的手艺都是排第一把交椅。”

梧桐说：“别吹牛了，先干正事吧。”

“对对对，我们还要敬酒神。”庞光远点燃香蜡火纸。有人望着神龛上的财神说：“这哪是酒神，是财神。”另一个人说，“一回事，好像这世界上还没有酒神。”庞光远瞪了他们一眼，他们立即闭上嘴巴了，庞光远和梧桐端起酒，长工排好队端着酒站在他们身后，庞光远吼着嗓子唱了几句山歌，然后严肃地说：“金酒，飘飘欲仙梦中走，喝过金家酒，都是好朋友。喝金酒，财神跟着走。饮酒饮金酒，醉心不醉头，常饮金家酒，能活九十九。酒神财神，请保佑金家平平安安，金家财运滚滚来……”

梧桐和庞光远都双手端起一碗酒敬了敬财神，其他人跟着也双手端起酒。

“干了！”庞光远喊了一声。

众人回应了一声：“好嘞！”

庞光远喝完酒，把碗啪的一声扔在地上砸了，其他人也纷纷效仿。梧桐说：“好好的碗，砸了多可惜。”庞光远说：“戏文里不都是这样说的吗？”梧桐说：“这可是现实生活，不是说书的。发家致富不容易，以后不要浪费一分钱。”庞光远点了点头，吩咐长工把接的新酒装入坛子里密封，然后送入屋后的山洞里存放。

因酒坊场地所限，也不知道市场如何，梧桐不敢大投入，还在尝试阶段，计划每天只酿二百多斤酒。她不仅酿高粱酒，还结合本地人的口味酿拐枣酒、杆杆酒和包谷酒，她要推出“金福祥”系列金酒。

第一批酒酿好后，投放市场，反响不错。梧桐又调查走访，听取人们的意见，好坏意见她都认真听取，一一记下，有则改之无则加勉。梧桐不满足酒在本镇的销售，要想发展要想走得更远，必须走出漩涡街，要到县城立住脚跟，要在外地发展。梧桐想到了汉王城的刘三郎，她也听说了，这个刘三郎在汉王城是个大户人家，做茶叶、药材、丝绸、布匹、陶瓷等等生意，客户遍及全国各地，她想去拜访一下，汉王城在漩涡街的下游，但这个汉王城不归汉阴县管辖，所以也免去了不少的麻烦。说走就走，她吩咐庞光远把新酿的高粱酒、拐枣酒、杆杆酒和包谷酒各带一坛搬运到船上，她要送给刘三郎和他的父亲品尝，他们没有像别的债主一样落井下石，所以梧桐对他们充满了感激之情。

庞光远本来要跟随梧桐一块儿去的，梧桐考虑到酒坊离不开他，就带了一个伙计出发了。船顺着汉江河而下，梧桐没有心情欣赏两岸的美景，她心里一直在琢磨，如果见到刘老该说什么，不该说什么，心里乱糟糟的。一个时辰后，船到了汉王城码头。伙计把船上的几坛酒一一搬下船，然后叫了一辆马车，直奔刘家。

刘家果然不是一般人家，大门前的那对大石狮子比马家门前的那对大石狮子还要雄伟和高大，大门的台阶铺的都是汉白玉，就连门上的大红灯笼也非常醒目和不一般。

几坛酒卸货在大门口，看门的拦住他们，问找谁？梧桐说找刘东家或者刘三郎。刚好刘三郎在大门口从马车上下来，他看见了梧桐，走过去问道："妹子，你怎么来了？"

"上次多亏了你们，我亲自酿了点酒，特送您和令尊。"梧桐笑着说。

"你太客气了，请进屋坐吧。"刘三郎说。

"这……这……打扰你们，实在不好意思。"

"客气了，请进吧。"刘三郎做了一个请的手势。

刘府古典高雅，小桥流水，亭台楼阁，波光粼粼，郁郁葱葱，湖面上几只鸭子在戏水。梧桐从花园一角瞥了一眼，仙鹤、工艺雕像、绿植，天然野趣，显得雅致静谧，又极富艺术特色。特别是那匹高大的仿真马造型逼真，马身上长满绿草和开满鲜花，贴近自然又彰显生气。梧桐心里在想，马在中华民族文化中占有重要地位，刘家在院子里树立一匹马，难道是高昂升腾、生生不息的积极意义？或者寓意刘家一马当先，万马奔腾？

刘三郎似看透了梧桐的心思："家父特别喜欢马，年轻时候他被仇家追杀，身上中了箭，他趴在马背上逃了出来，是马救了他的命。后来这匹马一直跟随着家父走南闯北，前年这匹马老死了，家父就请人按照这匹马的造型塑造了这匹马。"

梧桐哦了一声："看来令尊是一位重情重义之人，令人敬佩！"

刘三郎笑了笑："家父一直这样告诫我们：做人，人品大于金钱，善良重于利益。人若不善，心若不正，就算大富大贵，也没人在乎。坐拥豪宅，不如人品端正；手握权势，不及心存善念。善心，是抢不走的优势；人品，是花不完的财富。"

"说得非常有道理。"梧桐说。

"我带你去见我的父亲吧。"

梧桐忐忑不安地跟着刘三郎去了会客厅，她刚坐下，身穿长褂，留着长须满头白发的刘东家走了进来，他的目光炯炯有神，但面色萎黄。刘三郎说："家父最近身体不太好，但他还是乐意来见你。"

梧桐向刘东家鞠躬行了礼，刘东家说："我跟金老爷关系也不错，生意上往来也不少，我们一直是平等互利共赢，没想到他先走一步，更没想到金家会落到这般田地。"

梧桐说："谢谢大东家在金家最困难时出手相助，欠你们的钱，我一定会还上的。"

刘东家说："不急，下一步我们可以继续合作。"

梧桐高兴地说："好啊。"

刘东家说："金家的酒口碑不错，你今后有何打算？"

梧桐说："我这次来就是给您汇报的，我要打算重新改良配制酿造，打造'金福祥'系列金酒。我们可以根据客户不同的需求，量身定制高粱酒、拐枣酒、杆杆酒、苞谷酒等不同的口味。我们甚至连口号都想好了：实实在在，金家金酒；一次品味，一生钟情，品味更精彩！"梧桐停了停，她想到了庞光远敬财神时说的话，脱口而出："喝过金家酒，都是好朋友。喝金酒，财神跟着走。饮酒饮金酒，醉心不醉头，常饮金家酒，能活九十九。"

刘东家哈哈笑了："你还没嫁到金家时，我就喝过金家酒，你我都是好朋友了。"

梧桐跟着不好意思笑了。

刘三郎竖起大拇指说："点子不错！"

梧桐喝了一口茶水说："大东家，我有一个问题想请教您，您说金家酒的品牌叫'金福祥'还是叫'金祥福'好？"

刘东家摸着胡须沉思了一会儿说："如今乱世，老百姓最喜欢过的是太平盛世，金祥福——尽享福，我个人认为'金祥福'好：喝金祥福，口福、心服，大家福。"

梧桐拍手称赞："好，大东家不愧是大东家，一看就是有学问的人。金家的酒以后就叫'金祥福'，回去后我就把您这句话制作成条幅挂在酒坊大门口和大街上。"

“挂不挂无所谓，好酒不怕巷子深，关键是要严把质量关，做生意要讲诚信，要对得起自己的良心。”

“对对对。”梧桐不停点头，“以后还请你们多多关照和指点。”

刘东家说：“刘家的‘义生昌号’以价格公道、货品丰富、诚信经商闻名。我有船队，客户也广，上到汉中，下到安康、武汉都有我的客户和商铺，我们可以代销你们的酒。”

“好啊，我就等你这句话了。”梧桐高兴地说。

“我们先签个协议，至于分成你看几几分合适？”刘三郎插话说。

“利润五五分。”梧桐说。

“我看这样吧，金家也不容易，三七分，我三你七，就这么定了。”刘东家说。

梧桐说：“大东家果然是个爽快之人，佩服。”

刘东家说：“合作的具体细节你直接跟三郎谈，我知道你们资金紧缺，我让三郎先借给你们五千大洋，作为周转资金，你看如何？”

“太感谢了！我都不知道说什么好了。”梧桐高兴得差点要给刘东家跪下了，老天不负有心人，她今天遇到了贵人。

刘三郎说：“我们刘家还有陶瓷厂，我们可以根据你们的要求定制各种大大小小、五花八门的酒坛酒瓶。当年金老爷就是一直在我们这里定制的。”

梧桐说：“没问题，酒坊生意要做大，肯定需要大量酒坛和酒瓶。”

刘三郎起草好了协议，梧桐瞅了一眼就签字按了手印。梧桐把协议和银票揣好后，起身告辞，刘三郎再三挽留，让吃了饭再走。梧桐说，我现在回去就要布置生产，等“金祥福”打开了市场，我要好好宴请你们。刘三郎见梧桐执意要走，就派马车把梧桐和她的伙计送到码头，他还送给了她一点小礼品。

梧桐坐在船上后，心里说不出的激动和高兴，恨不得立即回到漩涡街。

梧桐到达漩涡街后天已黑了，她连孩子都没来得及看一眼，就召集庞光远和伙计商议，梧桐宣布了这一消息，酒坊要扩大规模，每天都要定时生产酒，同时也要给伙计们加工钱，多劳多得。长工们鼓掌欢呼。然后梧桐和庞光远又商量了下一步计划，庞光远负责酒坊生产，她负责销售和推广。

接下来的日子，梧桐又分别找马少秋和牛德元协商，让他们帮忙在他们的商铺代销“金祥福”酒，梧桐为了急于打开市场，给他们的利润很高，他们也乐意接受。新酒出来后，她还亲自给唐县长送了两大坛子白酒，想请唐县长关照，唐县长色眯眯望着她说，没问题。梧桐说还有事，给他撇了一袋银圆，匆匆走了。

同时，梧桐在县城租了一家商铺专门卖金家酒，批发兼零售。县城到处都挂着横幅：喝金祥福，口福、心服，大家福。大街上连几岁的小孩都会唱："喝过金家酒，都是好朋友。饮酒饮金酒，财神跟着走。常饮金家酒，能活九十九。"

有时梧桐还亲自采购高粱、小麦、苞谷，有问题的粮食一概不要，好粮食是酿酒最基本的保证。金家有地，她还让长工种粮食，便于节省一点成本。同时她对酒坛重新做了设计，根据不同的酒，设计不同的仿古带龙头底座，坛子上还雕刻不同的花纹，有龙有凤，坛子上还雕刻有"金祥福"三个字，酒坛有高白、加厚黑釉、加厚土陶等等，分别又分一斤、五斤、十斤、二十斤、五十斤等不同的容量。梧桐的想法是，要让包装新颖上一个档次，同时喝完了酒，酒坛就成了工艺品，甚至让有些人买酒不是为了买酒，而是看上了这个坛子。为了这批酒坛，她跑了几次汉王城，跟着工匠一块儿设计。

金家的酒源源不断地送到了县城，送到了汉王城，又被送到南北二山，远销到汉中和武汉了。一传十，十传百，口口相传，人们喝酒慢慢就认准了金家酒，喝酒就喝金祥福。汉阴人好客，红白喜事等等酒是必需品，谁家没有事呢，所以都要提前预订，甚至还要排队等候。

酒坊门前排起了长队，漩涡街的码头上也停满了船，他们大多是来运输酒的。酒坊开始三班倒，每天夜里酒坊都是灯火通明。这些日子来，梧桐为了供货渠道，带着酒跑遍了整个秦巴大地，而庞光远也是起早贪黑，整天待在酒坊里，他不能让酒坊出现一点点失误。有时两人十天半月都见不上面，他们都在一心一意为酒忙碌着，等下次见面时，才发现彼此都瘦了，而庞光远那句"你要多注意身体"，让她感受到了温暖，这些日子来她心里非常感激他，要不是他当初阻挡她不让卖酒坊，要不是他竭尽全力帮助她，也许金家真的就完了。以前她看不上庞光远，甚至有点讨厌他，鬼使神差的，他现在竟然是孩子的父亲，命运真是捉弄人啊，她心里一直喜欢的是马啸天，可马啸天像影子一样消失得无影无踪，在她困难的时候，她希望马啸天能出现，能陪在自己的身边，哪怕就是说几句安慰的话，可马啸天始终都没有出现，她甚至怀疑他已战死在外。在县城她已听说了，国民党领袖宋教仁被特务暗杀，有人说背后的主谋就是袁世凯，袁世凯为掩盖罪行真相，还装腔作势，要严惩凶手。真相大白，全国舆论哗然。江西都督李烈钧发表讨袁通电，起兵讨袁，孙中山也号召革命者起兵讨袁。结果袁世凯以优势的武力，很快把讨袁军打败。据说死伤无数，南昌和南京城里堆满了尸体。转而她心里在默默祈祷马啸天能平平安安地回来。这些日子以来，庞光远的种种表现，让她心里起了涟漪，他原来也是个非常不错的男人。

转眼间，梧桐的孩子金元宝能到处跑了，酒坊的生意依然红火，她把酒坊规模也扩大了，同时把酒楼、米行、布行和酱园店高价收了回来。娘屋的哥嫂见梧桐发家了，死皮赖脸地要在金家寻事干。以前嫂子瞧不起她，如今见了梧桐全是讨好的话，夸梧桐如何如何能干，如何如何了不起，看在哥哥梧果的分上，把她安排在金家大院负责打扫卫生，她干了几天开始怨声载道，在梧果好言好语地劝说下，梧桐把她安排到酒楼，她这才消停了。酒坊需要人，梧桐把梧果交给庞光远，梧果仗着是梧桐的哥哥，每天新酒出来他就酩酊大醉，躺在酒坊里睡觉。庞光远说了几次，后来懒得说了，他爱干嘛就干嘛，只要不影响别人干活就行。

金元宝喜欢朝酒坊跑，庞光远对他很好，还给他做各种玩具。一天，金元宝又跑到酒坊来玩耍，庞光远正在品尝新酒，他舀了一点给金元宝喝，金元宝喝了一口咂巴着嘴巴，庞光远哈哈笑了，又让他喝："男子汉大丈夫，从小就要学会喝酒。"梧桐刚好路过，夺过庞光远勺子扔在地上："小孩子，喝啥酒！"庞光远尴尬地一笑："喝了一点点，没事。"梧桐抱起金元宝，生气地踢了庞光远一脚："下次再这样，别怪我不客气。"庞光远望着梧桐的背影，梧桐的身材很好，丰满性感，婀娜多姿充满着女人味，他笑了笑，眼里充满了欲望。

晚上收工后，天上布满了星星，庞光远又喝了一碗酒，他想起了梧桐，浑身燥热。这些日子来，他整天待在酒坊里，如今生意蒸蒸日上，他总算松了一口气。他来到了金家大院，大院静悄悄的，梧桐房间还有灯，他看了梧桐房间一眼，浑身更热了，腿不听使唤，他来到了梧桐的房间。他轻轻敲了敲门，门开了，梧桐正要准备睡觉，一看是他，质问道："这么晚了，你来干吗？"

庞光远把门一关，二话不说抱起了梧桐，朝里屋的床上走去。

"你想干吗？别把孩子吵醒了。"

庞光远把梧桐按在床上，她挣扎着，他的力气很大，显然挣扎不起作用。

"每天晚上，把门给我留着。"

"想得美！"

"我是你男人，永远的男人。"

"呸！"

"我是孩子父亲，你就是我的女人。"

她挣扎了几下，不再挣扎了。两人紧紧抱在一起，没有说话。

窗外下起了雨。

第二天，天还没亮，庞光远像做贼一样，悄悄走了。

第十一章　栽赃陷害

金元宝又跑到酒坊来找庞光远，庞光远抱起他，在他脸上亲了一下。金元宝缠着庞光远给他讲故事，庞光远就给他讲武松打虎的故事。一个伙计叫阿六，他一边把蒸煮后铲出的高粱放在地上进行摊凉，一边盯着金元宝和庞光远看，突然他大喊一声："你们看，这个金元宝怎么跟庞光远长得一模一样？"

长工们都停下了手中的活，打量着他们。有人附和说："是啊，一个模子刻出来的。""十有八九，就是酒把式的种。"庞光远被他们看得不好意思了，他生气地说："快去干活，这话要是被少奶奶听见了，小心她剥了你们的皮。"众人哄笑一声散了。说者无意，听者有心，他们私下开始传播，三传四传就变成了金元宝是庞光远的儿子。

庞光远也听到了这些传言，为了避嫌，他晚上再也不敢偷偷摸摸去梧桐的房间了，他知道背后有无数双眼睛在盯着他。白天，他也尽量躲避着梧桐，没有啥事尽量不去找她。他想，梧桐一定也听到了这些传言，他怕梧桐怪罪是他酒后嘴无遮挡把这事说了出来。

牛德益突然又回到了漩涡街，据说带着袁世凯的女儿来游山玩水的。袁世凯有一妻九妾，是几姨太太的女儿没人知道，只知道她长得很漂亮。人们都想一睹口袋里银圆上"袁大头"的女儿容貌，牛家每天贵客盈门。连唐县长都赶来了，一口一口的公主喊得特别亲切，他也听牛德益说过，将来有一天大总统要当皇帝的。牛德益突然回来，庞光远觉得一定没有好事，他派阿六去牛家打听情况，阿六回来说金家大小姐金枝叶已是多次去看望牛德益，两人关系好像不一般。阿六还说，金家原管家万福又回到了漩涡街，给牛家当什么军事家，帮牛家出谋划策。

庞光远心里在琢磨，金枝叶找牛德益一定没有好事，上次为争夺金家财产一定耿耿于怀，这次她一定又会出什么幺蛾子。如今又冒出一个万福，万福这人鬼点子特别多，对金家心里一定也充满了仇恨，两人一定会狼狈为奸，漩涡街一定会发生什么事来，漩涡街很快就会不安宁了。

庞光远去找梧桐，梧桐当面把他臭骂了一顿，质问他是不是把金元宝的事酒后告诉给了别人，庞光远对天发誓说，如果是我说的，我遭天打雷劈，不得好死。梧桐说，这件事弄得我很被动，嘴长在别人嘴上，他们想怎么说，就怎么说吧。庞光远说，既已成事实了，说什么都没用了。梧桐生气地踢了庞光远一脚，说，都怪你。庞光远嘿嘿笑了。

你还笑。梧桐扬起巴掌又要打。

庞光远抓住梧桐的胳膊说，这事先放一会儿，要杀要剐随你的便，如今我有事向你汇报。牛德益回来了，而这个金枝叶跟他走得很近，我想他们一定没有好事。

“这事我知道，”梧桐想了想说，“要不，明天请牛德益和那个公主到我们酒楼聚一聚，顺便探探他们意图。”

“我也是这么想的。”庞光远说。

“那就下请帖！我好安排酒席。”

梧桐找人写好请帖，庞光远亲自去送。庞光远来到牛家，在门口遇见了牛德元，他被万福扶着，万福见了庞光远装作不认识，头一偏，牛德元打着酒嗝说：“好狗不挡道，你找谁？”庞光远小心翼翼地说：“我们少奶奶想请牛都督明天在酒楼聚一聚。”牛德元接过请帖看了看，扔在地上：“回去告诉你们少奶奶，大都督没空。”庞光远弯腰捡起请帖：“少奶奶交代了，让我亲自送给他。”牛德元指着庞光远的鼻子说：“滚！”庞光远正在为难，不知怎么办好时，他看见牛德益和一个姑娘出来了，他猜想那个姑娘就是袁世凯的女儿，他快步跑到牛德益跟前，把请帖呈上说：“我们少奶奶想请您赏光。”牛德益看都没看，鼻子哼了一声说：“回去告诉你们少奶奶，我没空，后天我就要离开漩涡街了。”

牛德益带着那个姑娘去江边划船去了。

庞光远回去把事情经过告诉给了梧桐，梧桐听了什么也没说，摆了摆手，庞光远知道她想静一静，知趣地走了，酒坊还有一堆事等着他。

事情果然像庞光远预料的一样，该来的终究要来，躲都躲不掉。

第二天，县保安团带着几个人冲进金家，抓走了梧桐。

等庞光远知道消息，带着家丁赶过来时，梧桐早已被押走了。

梧桐被关进了大牢，她扶着铁栏喊道：“你们凭什么抓人？”她的嗓子喊哑了，蹲在地上呜呜哭了起来。

这时，铁栏被打开了，梧桐看见唐县长后面跟着保安团几个持枪的人。

“唐县长，你们为什么抓我？”

唐县长狞笑一声说："只要你老实交代，我们就放了你。"

"我交代什么？"

"别跟我装糊涂了，我问你，金傻子是不是你害的？"

"我害他干吗？"

"你为了金家财产。"

"金傻子是我丈夫，我为了金家财产？笑话。"梧桐说，"你去打听打听，自金老爷、夫人和金傻子死后，财产被他的女儿瓜分了，金家账面只剩下五百大洋，是我变卖店铺和四处借钱还的债，是我辛辛苦苦把金家酒业发展了起来。如今我生意好了，有人眼红了，想栽赃陷害我。"

唐县长沉默了一会儿说："说得也有几分道理。我问你，有人还说你偷人，你的儿子根本就不是金傻子的种，所以金家大院的财产跟你没关系，你要么离开金家大院，要么就在牢房里待一辈子。"

梧桐坚定地说："唐县长，你不要听他们胡说，我是金家明媒正娶的妻子，如果金元宝不是金家的种，请他们拿出证据来。"

唐县长一怔，过了一会儿说道："不管你孩子是不是金家的种，咱们先不说这个，金傻子的死反正跟你有关，你就承认了吧。"

"我没干伤天害理的事，打死我都不会承认。"

"别敬酒不吃吃罚酒。"唐县长生气地走了。

梧桐被绑在柱子上，几个保安团的人轮流用鞭子抽打她，让她承认，签字画押。梧桐咬紧牙关，一句话都不说。

第二天，唐县长又来了，带着一个女人。梧桐认识那个女人，她就是金老爷的六太太，被金老爷赶出金家后，梧桐再也没有见过她，没想到今日在这个地方见面了。

唐县长说："我把证人都带来了，你还有什么好说的？"

梧桐吐了吐嘴里的血说："我还是那句话，我没有杀人。"

唐县长挥了挥手，示意六太太开口。

六太太低着头，不敢看梧桐的眼睛："那天晚上，我到河边，看见少奶奶和少爷上了船，两人在船上争论什么，然后我看见少奶奶把少爷推进了河里……"

"你胡说八道，你要遭报应的，你会被天打雷劈的。"梧桐大声喊道。此时她的心里明白了，一定是金枝叶让六太太做伪证的，金枝叶要把她赶出金家，霸占金家财产。就算金家没有一分钱财，但金家大院的房子就值不少钱。

唐县长哈哈笑了："如今证据落实了，你还有什么好说的，如实交代你的罪行吧。"

“我还是那句话，我没有杀人。天理何在？”

“就算你不交代，证据落实了，我们照样可以判处你死刑。”唐县长说完就走了。

且说梧桐被抓走后，庞光远也赶到了县城，他一直在县衙附近徘徊。庞光远有个远方亲戚叫庞小龙，在监狱里面当差，庞光远一直等他出来。终于等到庞小龙出来了，他把庞小龙拉到一家酒楼，点了一桌丰盛的菜，好酒好烟伺候，庞小龙说：“你说，找我什么事，能帮忙的一定帮你。”庞光远塞给他一袋银圆说：“我想见一个女犯人，她叫梧桐，她是被人陷害的。”

庞小龙有点为难地说：“我知道她，人们都叫她‘西北酒王’。明天等我消息吧。”

“拜托了，我在客栈等你。这事办成了，我不会亏待你的，我保证以后金家的酒包你喝个够。”

庞小龙哈哈笑了。

两人一直喝到打烊，才依依不舍地走了，桌子上还剩了不少好菜。

第二天晚上，庞小龙带了一套保安的衣服让庞光远换上，趁着天黑，他顺利地把庞光远带进了牢房。

牢房阴暗潮湿，梧桐蜷缩在一角，地上铺满杂草，连被子都没有。

“梧桐，是我。”

“你怎么来了？”梧桐见是庞光远，惊喜地说。

“他们把你打成了这样，回头有机会我会给你报仇的。”庞光远心痛地说。

梧桐把事情经过告诉了庞光远，说金枝叶她们已找了六太太做伪证，想栽赃陷害她，想把她赶出金家。庞光远说：“我会想办法救你出去的，我会找人把冤案的经过写成状子反映给他的上级，甚至递交给袁世凯。”

庞小龙敲了敲铁栏，示意时间到了。

“你放心，我会想办法救你出来的。”庞光远站了起来说，“有机会我会来看你的，我先走了。”

离开牢房后，庞光远的心情很沉重。

当天晚上，庞光远在城里找了一位写状子的老先生，连夜加班加点写了出来，邮寄给了唐县长的上级和袁世凯。等不是办法，六太太做伪证，他必须想办法要找到她，只要她承认自己做伪证，那么一切都迎刃而解了。这个六太太仿佛消失了一样，庞光远派了几拨人都没有寻找到她的踪迹。

中午时分，庞光远和阿六在饭馆吃饭，看见一个熟悉的背影，好像是六太太，她走路东张西望，很谨慎的样子。庞光远和阿六悄悄跟了进去，他们看见她拐进了小巷子，进入一个院子，然后关上了门。

庞光远和阿六来到门口，两人望了一眼院墙，然后纵身翻了进去。

“谁啊？”

“是我？”庞光远推开门，一看果然是六太太，他用匕首架在了她的脖子上。

“你们想干啥？”六太太神色慌张地说。

“别装糊涂了，难道你不知道我们找你的意图吗？当初你跟万福狼狈为奸，一直想把梧桐赶走，如今又要陷害梧桐，你安的什么心啊？我现在是来取你命的。”

六太太哇哇哭了：“当初我鬼迷心窍，听了万福的话，谁知他是在利用我，他城里早就有相好的。我被金家赶了出来后，这个万福也翻脸不认人，我在镇上也待不下去，只好在县城里租住，以前积攒的银子很快也用完了，刚好金枝叶来找我，让我做伪证，她给我一大包银子，我就答应了。”

“谁信你的鬼话？”阿六呵斥道。以前阿六在金家，六太太从没给他好脸色看过，有时还故意刁难他。

“我说的都是真的。”

“活该！在金家不好好过日子，身在福中不知福，如今看看你，过的什么日子？面黄肌瘦，头发也全白了。”阿六盯着桌子上的馒头和榨菜说。

“我知道我错了，我现在连肠子都悔青了。”

“现在说这些都没用了。”庞光远说，“金枝叶给了你多少‘袁大头’？”

“一百个。”六太太低下头小声说。

“她给你一百，我给你二百，但我有个条件，你要把你做伪证的经过写下来。”庞光远说。

“我不敢，金枝叶不会放过我的。”

“干脆把她杀了，等晚上我们把她扔到河里喂鱼算了。”阿六吓唬她。

“我也是这么想的。”庞光远说。

六太太跪了下来，哭泣着说：“只要你们不杀我，我写。”

“快写！”

六太太面露难色地说：“我不识字，我说你们写。”

庞光远和阿六摸了摸头，他们互相望了一眼，彼此都心知肚明，斗大的字认不了几个，要让他们写这简直比登天还难。

庞光远对阿六说：“把她看好，别让跑了。我去找个先生来。”

过了一阵，庞光远带着老先生来了，这个老先生就是给他写状子的那个老先生，他对梧桐的遭遇非常同情，一听这事，立即就赶来了。

六太太一边说，老先生一边记，写完后，老先生又念了一遍，她频频点头，老先生一字不漏地记了下来。然后，庞光远抓住她的手按了很多手印。

庞光远揣着这份材料去了县衙，他要当面跟唐县长谈谈。

唐县长不是什么人想见都可以见的，庞光远费了一番周折，偷偷塞给了看门的两块大洋，才进了县衙。

庞光远径直来到唐县长办公室,他看见唐县长跟一个女人搂搂抱抱打情骂俏。

庞光远咳嗽一声,唐县长生气地瞪了他一眼:“你谁啊？没看我正在忙着吗？”

庞光远说：“对不起，唐县长，我有急事。”

唐县长挥了挥手，那个女人下去了：“什么事？快说，老子还忙着呢。”

庞光远说：“关于梧桐的事，六太太你认识吧？她承认了是你们逼的，她在万般无奈之下做了伪证。六太太已签字画押了，承认做伪证一事。”庞光远扬了扬手中的证据说，他本来想说是“金枝叶”逼的，改成了“你们”，他心里清楚唐县长一定收了金枝叶的黑钱。

“我看看。”唐县长把手伸了伸。

庞光远把手缩了回去，远远地给唐县长看：“你看清楚，这是证据，不到万不得已，我是不会拿出来的。”

唐县长拍了一下桌子：“这是我的地盘，我说了算，你有证据咋的？”

“我去上边告你。”庞光远说。

“老子就不信邪了，你随便告去。”唐县长摆了摆手。

庞光远见唐县长牛皮哄哄的，两人已无法交流下去了，他只好窝一肚子的火离开了县衙。

庞光远见寄出的信石落大海，也许他们官官相护，他不抱希望了。庞光远不罢休，他带着金家的长工去县衙门口打着条幅静坐。好多人围拢来看热闹，县衙门口人山人海，保安团的人驱赶他们，发生了冲突，一个长工被保安团的人打死了。家属抬着尸体放在县衙门口，金家的长工们继续在门前静坐。这事闹得沸沸扬扬，很快上面也知道这事，国民政府怎么能出现这样的事呢，上面也发话了，尽快要摆平此事，安慰死者的家属。

梧桐继续关在大牢里，庞光远每天都很担心她的安危，其实他不知道的是梧桐现在成了烫手的山芋，唐县长接到了上面质问，让他要把这事处理好，如果继续这样闹下去，越闹越大，到时就不好收场了。唐县长也曾想过要治梧桐死罪，帮金枝叶顺利霸占金家大院，可梧桐死活不承认谋杀亲夫的事，又没有有力的证据来证明梧桐就是凶手，老谋深算的唐县长在等待着庞光远上门来，他不能就这样白白把梧桐放了，他要捞一笔，两头都要捞一笔。庞光远已等不及了，酒坊还有很多订单等待着梧桐来处理，经过高人指点，他知道不能跟唐县长硬碰硬，要学会服软，花点钱就好办了。庞光远就这样迫不及待地来到了县衙，唐县长一直在等他上门来。

“梧桐这次死定了，你来干什么？”唐县长跷着二郎腿，品着手中的茶。

“唐县长，上次是我不对，我给你道歉。”庞光远向唐县长鞠躬。

唐县长眯着眼睛，面带微笑。

庞光远接着说：“我不绕弯子了，开门见山吧，只要你放了梧桐，我们花再多的钱，我们都愿意。”

“我就等你这句话，我就喜欢痛快的人。”唐县长睁开眼四周看了看。

“如果你放了我们少奶奶，我斗胆做一回主，我们可以出五千大洋。”

“一万‘袁大头’。”唐县长伸出一个手指说。

“我这里只有五千大洋，”庞光远掏出银票说，“超过五千大洋我做不了主。实话告诉你吧，少奶奶现在也没有多少钱，好多欠款都还没收回来。”庞光远把银票揣进了口袋里，“那就算了吧。”

“留步！”唐县长喊道，“成交，你现在就可以把人带走。”

庞光远把银票放在了唐县长的桌子上，他跟着保安团的人来到牢房。牢房门被打开，他看见了消瘦的梧桐，想冲上去拥抱梧桐，但当着众人的面，他忍住了，喊了一声：“少奶奶，我们回家吧！”

庞光远扶起梧桐，梧桐感激地看了他一眼，泪水哗哗地流了出来。

第十二章　贪赃枉法

天空飘着小雨。

梧桐坐在回漩涡街的马车上，她一直闭着眼，她靠在庞光远的身上，感觉像在做梦一样，事情的前后经过她又重新梳理了一遍，一个又一个的人在她脑海里出现，生意做大了，别人眼红了，她感觉好多人都想置她于死地，金枝叶、六太太、万福、唐县长、牛家的弟兄、马家的马富禄和马富祥兄弟，特别是马富禄和马富祥自金傻子死后，多次骚扰梧桐，被梧桐痛骂了一顿后，暂时规矩了不少。她看到了他们个个丑陋而阴险的嘴脸，利益的诱惑让他们相互勾结，狼狈为奸，她告诉自己以前太善良太天真了，把这个社会想得太美好了，如今必须要学会面对现实，要坚强，要强大，要像刺猬一样学会保护自己。

梧桐回到了漩涡街，庞光远又让小梅去请张郎中，自金夫人去世后，她的丫鬟小梅就跟了梧桐。酒坊因梧桐被抓而停了一段时间，梧桐从牢房出来后，庞光远立即恢复生产，原先的两班倒，改成了三班倒，积压的订单要抓紧时间生产出来。

经过一段时间的调理，梧桐感觉身体很好了，她独自一人来到酒坊。长工们热火朝天地在干活，梧果躺在那里大睡，每天新酒一出槽他就要品几口，每天都要品几次，所以整天都在醉醺醺的状态下睡觉。

长工们见梧桐来了，表现得都很积极。他们不时斜眼看一下梧果，想看看少奶奶是不是也是睁一只眼闭一只眼。长工们对他虽有意见，但也不敢明说，毕竟他是少奶奶的哥哥。庞光远也曾提出，让梧果离开酒坊，他偷懒耍奸，不仅影响长工们干活，还喜欢吹牛，把牛吹得好像自己是玉皇大帝一样，天下没有他干不成的事。

“起来。”梧桐踢了梧果一脚。

“谁敢踢老子。”梧果揉着眼睛说。

长工们停下手中的活，目光都投向梧果，有的瘪着嘴忍住笑。

“起来！”梧桐加大了声音。

梧果歪歪咧咧站了起来：“妹子，我刚梦见大口喝酒大口吃肉，你把我好梦弄醒了，有啥事？请我去吃饭？”

长工们哈哈笑了。

梧桐气得大声说：“金家遭遇这么大的磨难，你就只晓得整天喝酒，这个月你的工钱扣完不说，我还要开除你，你现在就离开酒坊，离开金家！”

“妹子，你别开玩笑。”梧果酒醒了一半。

“没有规矩，不成方圆。”梧桐坚决地说，“我说的都是真的，你现在就可以滚蛋！”

梧桐说完就走了，梧果拽住站在旁边一直没说话的庞光远说：“你去给我妹子求情，我错了，下次一定改。”

庞光远说：“你把我的话都当成了耳旁风，对不起，我无能为力。”

人们以为梧桐只是随便说说而已，没想到她真的“大义灭亲”，梧果真的离开了酒坊，离开了金家，长工们干活的积极性大大提高了。

要想发展，就要加大投入，梧桐想盘点一下资金情况，梧桐把算盘和庞光远叫来对账，庞光远把所有的开支向梧桐做了详细报告，算盘也做了详细报告，梧桐也一一详细过目核对。核对完毕，梧桐说：“前段时间是特殊时期，如今我回来了，今后所有支出必须要经过我签字同意才行。”

算盘点了点头说：“前段时间，确实浪费了不少钱……”

庞光远说：“我可是都用在点子上，还不是为了救少奶奶？那个唐县长，真他妈不是个好东西。我拼命干活，还不是想把这些损失弥补回来。”

算盘说：“我可没有说你，你别想多了，你对金家的贡献，大家是有目共睹的。”

梧桐说：“我的原则一直就是多劳多得，年底我不会亏待大家的。”

“谢谢少奶奶！”庞光远说。

梧桐把酒楼、米行、布行和酱园店交上来的账目又重新核对了一下，算盘说：“酒楼、米行、布行都在盈利，唯独酱园店一直亏损。”

“前段时间，我不是给酱园店投入一千大洋，让其发展吗？”

算盘说：“我觉得酱园店负责人老宋这个人很精明，自金老爷在世时他就一直负责酱园店，酱园店的生意一直半死不活，最近亏损得很严重。”

梧桐说：“是吗？”

“负责管账的是老宋的侄儿，叫宋小江，他每个月都要到我这里来交一次账。”算盘说。

“我知道了。”梧桐说。

庞光远说：“这里没我的事了，我还要去忙酒坊的事。”

庞光远走了几步，梧桐跟了上来，他回头望着梧桐小声说：“记得今晚上，把门给我留着。”

梧桐严肃地说：“我现在心里急得火烧一样，你还有兴趣在这里开玩笑。”

“我没有开玩笑，我说的都是真的。”庞光远嬉皮笑脸地说。

“等我身体完全康复了再说吧。”梧桐说，“我想请你帮忙办点事。”

“什么事？”庞光远跷起大拇指说，“你尽管开口，上刀山下火海，我二话不说就朝前冲。”

梧桐说：“我想了解一下酱园店，帮我调查一下老宋和宋小江，摸摸他们的情况。”

庞光远说：“没问题，老宋这个人我觉得自金老爷去世后，仿佛像变了一个人似的，私心很重，我跟他的侄儿宋小江在一起喝过酒，看上去人很老实稳重。”

“好吧，你先忙去吧，有啥事随时来汇报。”梧桐说。

庞光远直奔酒坊，看见阿六正在地上均匀晒上糠壳，以便摊凉高粱，他也过去帮忙，问道：“你觉得宋小江这人如何？”

“就是酱园店里那个管钱的宋小江？”阿六问道。

“是的，就是他。”

“我听别人说他刚在县城里买了一栋宅子，包养了一个女人。上次我遇见问他，他坚决否认，说没有这事。”

“哦。”

“你找他有事吗？”

“没事，随便问问。”

酱园店坐落在一个偏僻又安静的山沟里，山沟清泉清澈透明，虽然离酒坊只有几里地，但庞光远很少去。他知道这个酱园店不大，青砖瓦房，十几间房，酿造用缸百余口。这些年来一直生产酱油和醋，金家的酱油和醋味道独特，也许他们一直用的是山泉水，所以一直以来，金家的酱油和醋销售都很不错。

庞光远忙完手头的事，独自一人去了酱园店。酱园店环境不错，山泉潺潺，悦耳动听，果然是个养生的好地方。这里长工不多，只有十多个人，几乎都是本镇人，他们都认得庞光远，开玩笑地喊道：“大掌柜，你来了。”

“大掌柜，你来检查工作。”庞光远嘿嘿一笑：“什么大掌柜，我跟你们都是一样，给金家打工的。”

老宋听见人群的吵闹，他悠闲地迈着步子走了出来，他身穿长褂，头上戴着瓜皮帽子，手上拿着水烟袋，他的目光很锋利："大掌柜，什么风把你吹来了？"

"宋叔，你说这话折我寿啊，我也是个长工。"庞光远心里明白，人们都叫他大掌柜，是因为他跟梧桐走得近，他们一定听到了什么风言风语。

老宋嘿嘿笑了："今天怎么有空到山沟沟里来了？"

"闷得慌，出来透透气，这里空气好。"

"这里整天弥漫着酱油味和醋味，空气还没有你那边的酒香味好闻。改天去你的酒坊好好闻闻。"

庞光远哈哈笑了。

庞光远在酱油店转来转去，一直没有看见宋小江，他也不好意思问宋小江去哪里了，老宋警惕地说："屁大点地方，这有啥好转的？"

"我想做个活动，买金家酒送酱油和醋，顺便调查一下酱油和醋的产量和销量情况。"

"少奶奶派你来的？"

"不是，这只是我的一个想法，我还没有跟她提起。"庞光远说。

"想法不错，金家的酱油和醋一直卖得都很好，我认为不适合这种捆绑式销售。要弄也是'买金家酱油和醋送酒'。"老宋说。

庞光远笑着说："你搞反了，酒钱多，酱油和醋多少钱？再说我酒的产量，你的酱油和醋还不够搭配。"

"你这话我就不爱听了，金家酱油和醋是老字号，在市场上一直遥遥领先，占据主要市场，我担心的是买金家酱油和醋，你的酒供应不上。"

"咱们也别抬杠了，你也别朝心里去，我只是随便一说而已，没别的意思。"庞光远拱了拱手说，"我还有事，告辞了，下次到我那喝酒去。"

"好啊！"老宋也拱了拱手说，"不送了。"

庞光远一走出酱园店，心里就在琢磨，既然金家酱油和醋销售不错，为何每年盘点下来，酱园店一直不见盈利，或者仅仅保住了成本，问题出在哪里？他想了半天，也没有想明白。庞光远不知不觉来到了镇上，漩涡街临河而建，青石板铺成的街道两边布满了米店、布店、香店、秤店、油伞店等，还有油坊、酒坊、皮匠铺、篾匠铺、铁匠铺、中药铺、茶水炉、烧饼炉等等，这些店铺在陈旧街道的两侧铺面相接，隔街相望。而金家的酱园店商铺就在街道的中间，他走了过去，看见买酱油和醋的人不少，好多人都是从南北二山赶来的。

庞光远来到了酱园店商铺，负责铺面的是老宋家的一个亲戚，她见了庞光远热情地打招呼，请进来喝茶。庞光远问：“宋小江没在店铺里？”

“好久都没看见他了，一定是被那个狐狸精迷住了。”一个伙计开玩笑说。

庞光远呵呵笑了，转身去了隔壁卖酒的商铺，这家商铺也是金家开的，主要负责批发和零售金家的酒，庞光远在里面坐了一会儿，伙计热情地给他泡上茶，庞光远问最近销售如何，伙计给他看最近几天预订的情况，因红白喜事很多，订酒的人很多，我这里存酒都没有了。

庞光远呵呵笑了：“好好，我不坐了，得回去加班加点地干活了。”

庞光远回到了酒坊，看见梧桐，梧桐说：“我正要找你呢，我们库房存的粮食不多了，我在县城采购的一批粮食，需要你带人把它们搬运回来。现在天气好，我担心过几天下连夜雨，路就不好走了。”

“马家有商队，何不委托他们运送回来？”庞光远说。

“求人不如求己，再说马家的商队听说现在由马富禄负责，我求他，还不如死了算了。”

“也是。”

“你在金家大院随便可以挑选十几个小伙子，顺便把护院队带上，万一遇见土匪什么的，也不怕被抢劫。”梧桐说。

“老子才不怕土匪呢，他们敢抢老子的，老子把他们的头拧下来当夜壶。”

“听说好多地方军阀都在混战，小心驶得万年船。”

第二天一早，庞光远带着几十个长工拉着十几辆马车，马车上装着酒，他们把酒送到县城自己的铺面，回来时就顺便把粮食捎回来。

从漩涡街去县城要经过一道峡谷生死谷，然后就要走盘山路，这座凤凰山两边悬崖峭壁、万丈深渊，土路从山脚一直盘到山顶，一共十八个盘道。这条路是连接县城到漩涡街的唯一道路，据说这条路还是清朝时修建的官道，距今已有一百多年了。没有这条官道之前，来往的商贩大多是步行肩挑，据说自古以来凤凰山一直就多土匪，他们都是被官府逼迫走投无路才上山当土匪的。

庞光远坐在马车上一路哼着歌，不知不觉来到了凤凰山山脚下，山顶飘着白云，他抬头望了望白云说：“兄弟们，打起精神来，到了县城，我请大伙吃肉！”

伙计阿六说：“听说你的兄弟叫什么过江龙，在凤凰山擂鼓台当了土匪？”

庞光远说：“我只是听说而已，一直还没机会见过他本人。”

金家的锦旗打了起来，在风中哗啦啦地响。庞光远肩上扛着枪，目光四周环顾。山上很静，开满了各种野花，溪声潺潺，各种鸟叫声非常好听，庞光远的目光正对着太阳，阳光很刺目，他看见一只老鹰在空中盘旋。伙计们挥舞着手中的鞭子驱赶着马的声音在山上回荡。翻过凤凰山后，庞光远的心才平静下来，一路上风平浪静。到了县城后他们把酒搬进了店铺后，打算在县城歇一晚上，养足精力，明天一大早拉上粮食回镇上。庞光远带领伙计们吃完后就散了，自由活动时间，大家想干嘛就干嘛。庞光远和阿六绕着县城转了一圈，县城商铺林立，人来人往，熙熙攘攘，他们转了一圈还不过瘾，就朝小巷里钻去。突然他们发现一个人的背影很像酱园店的宋小江，就悄悄跟了过去。走近从侧面一看，果然是宋小江拥着一个女人。宋小江的老婆他们都认识，显然这是一个陌生的女人，难道这就是他们所说的宋小江在县城包养的那个女人？他们尾随了一会儿，宋小江和那个女人进了一处宅子。他们在门口等了半天，也没见他们出来，估计也不会出来，就记下了门牌号准备回去。走了几步，庞光远停住了，他让阿六先回去，他想起了梧桐交给他的任务，帮忙调查一下老宋和宋小江，摸摸他们的情况，毕竟他们是金老爷原先重用的人。庞光远四周看了看，小巷里很安静，院墙又不太高，他纵身一跳，翻了过去。他心里还在惊叹自己原来有一身好功夫，不去当行走江湖的大侠客，真是亏了。

他轻手轻脚来到窗下，屋里传出来女人娇滴滴的声音："你整天腻在我这里，不怕那个寡妇找你麻烦？"

"放心吧，我跟老宋把账目做得滴水不漏，账面上根本查不出什么问题，所以金家的酱园店，其实就是我们宋家的酱园店。"

"给我说说，你是怎么做手脚的？"

"说了你也不懂，我每月给你大把大把银子花就行了，别问这么多了。"

"你好坏，轻点，把人都弄疼了。"接着传来了女人的呻吟声，他们口中所说的那个寡妇就是梧桐，庞光远实在听不下去了，转身悄悄走了。看来，老宋和宋小江确实有问题，他们贪污了酱园店的钱财，账面上不露一丝马迹，根本查不出什么问题来。

第二天天一亮，庞光远装上粮食带领着伙计们就出发了。一路上，庞光远闷闷不乐，中午时分顺利回到了漩涡街。

粮食卸完后，庞光远来到梧桐的房间，他看见了金元宝，心里说不出的高兴，伸手想去抱，梧桐说："你回来了，我正好找你也有事。阿雅，把金元宝带到院子里去玩，不要走远了哦。"阿雅抱着金元宝就走了。

庞光远不好意思地笑了笑，伸出双手做了一个鬼脸。

梧桐说："辛苦你了。"

庞光远嬉皮笑脸地说："晚上把门给我留着。"

“现在多少双眼睛都在盯着金家、盯着我们，金家四面楚歌，你觉得你能高枕无忧吗？”梧桐质问道。

庞光远不语了。

“我知道你一直心甘情愿地帮我，这些我都记在心里的。有些事情，特别是个人事情，希望我们能静静，多为彼此考虑一下。”梧桐叹了一口气说。

庞光远点了点头，然后把在县城遇见宋小江的事告诉给了梧桐，梧桐听了没有一丝惊讶，仿佛这一切都在她的预想中：“我知道了。目前还不能打草惊蛇，我已派人暗中监视老宋和宋小江了，他们交上来的账，我已让算盘认认真真每一笔地去核对，一旦证据落实，我就要亮剑了。”

“算盘是个老手了，我想他一定会有办法的。”庞光远说。

“是啊，我怀疑他们收入不入账、多收少记或少付多记，虚报冒领费用开支，隐瞒收入，侵吞钱款，中饱私囊。算盘已发现他们利用采购、仓库保管和收款便利，有时开票时，提高单价从中吃回扣或报销后占有，有时内外勾结一票两开进行贪污，有时收款后只给交款人开白条不记账，情况比较复杂。”

“我们报官吧，把他们抓起来。”庞光远说。

“与其报官，还不如我们自己查。那个唐县长是个什么东西，你我心里都很清楚。”

“那怎么办？”

“当然把证据坐实，我要他们把吃的全部吐出来。”梧桐说。

“对，全部吐出来，老宋和宋小江都在县城偷偷买了大宅子，他们哪来的钱，还不是侵吞钱款。”

“算盘说他已从五方面下手去核查，一是将酱园店所有已使用过的收据存根联都收集起来，检查号码是否连续，有无缺号、缺页以及作废的收据的正联以及入账联是否粘在存根联上，然后对收据存根联的合计数同入账数进行核对，看是否符合。二是对收款人员和交款人保存的单据相互核对，挤出差额，追去向。三是笔数、金额相核对，挤差额追去向。四是从人与人之间，收集人证与其他资料相核对。五是账实核对，然后进行综合分析，实事求是地加以判断。”

“算盘一个人怎么忙得过来，需要我帮什么忙？”

“我已安排了几个信得过的人帮忙当助手，你的主要任务就是把酒的产量再提高一倍。”

“没问题，我忙去了。”庞光远心里很欣慰，他觉得梧桐已成熟了，不再是以前那个单纯的小姑娘了，想想自己的儿子金元宝，他心里笑了，为了儿子今后的幸福生活，他浑身充满着力量。

转眼半个月过去了，庞光远正在酒坊里忙，梧桐匆匆赶了过来说："老宋和宋小江听到风声跑了，带上几个人，快去追。"

庞光远扔下铲子，穿上外套，带了几个人就追了出去，他们来到码头，老宋和宋小江已坐上船走了。庞光远和几个伙计跳上一条小船，划动双桨追了上去。

追了半个时辰，小船慢慢靠近大船，庞光远喊道："老宋，宋小江，等等我，你们去哪里？大掌柜请你回去有事商量。"

"我去进货。"老宋镇定地说，"后天就回来了，有啥事等我回来再说。"

"大掌柜交代了，有急事，请你回去商量。"

"你们先回吧，我后天就回来了。"

大船突然加大了马力，甩开了小船，庞光远拼命划动双桨追了上去，追了一里路，小船终于靠近大船，宋小江拿着竹篙说："我知道你们今天来的意思，请回吧，不要把我们逼急了。"

阿六想朝大船上爬，宋小江拿着竹篙把小船一戳，小船一摇晃，阿六站立不稳，掉进了河里。阿六朝船尾游去，另一个叫阿毛的伙计抓住船沿想朝上翻，宋小江举起竹篙想打，庞光远举起枪大声喊道："把竹篙扔了，否则我开枪了。"

宋小江望了庞光远一眼："好，我扔了。"

阿毛趁机爬上船，宋小江左手一把揽住阿毛的脖子，右手掏出一把手枪指着阿毛的头对庞光远说："把枪放下，不然我就打破他的头。"

庞光远放下枪："好，我把枪放下。"

老宋站在船头说："希望你们今天放我一马，我给你们一千大洋。以后井水不犯河水，各走各的路。"

庞光远想拖延时间，说："你贪污了金家不少钱，给一千也太少了吧。"

"你想要多少？"

"你贪了多少？"

那个阿毛突然用身子把宋小江一撞，两人同时掉进了汉江河里。老宋一愣，伸长脖子望着江面溅起的水花，已摸上船的阿六从背后一脚把老宋也踹进了河里。

庞光远用渔网把宋小江和老宋拖上了船，同时把他们放在船上的金银财宝一块儿也弄走了。庞光远哼着打渔歌，迎着夕阳逆流而上。

宋小江和老宋被押进了金家大院，梧桐望着他们呵呵一笑："你们为啥要不告而别呢？要走，我可以为你们摆欢送酒啊。"

宋小江和老宋冷得浑身颤抖："快给老子弄身干净衣服来。"

庞光远举起枪托想打：“想得美！”

梧桐说：“你还没交代问题呢。”

“交代什么？”老宋故意问。

“这些年来，你们从金家最少弄走了几万大洋，只要你们老实交代，我可以给你们一条生路。如果死扛到底，我就只能把你们送官了，让你们蹲一辈子大牢算了。”梧桐说。

“我们可不是吓大的。”宋小江一副死猪不怕开水烫的样子，但眼里露出不安和惊恐。

“把他们押进金家地牢，大刑伺候！我把金家杀猪挂肉那套铁钩搬了进去，把他们押进地牢，用铁钩钩住他们锁肩骨，挂在架子上，让老鼠去啃他们的肉。”庞光远故意吓唬他们。所谓金家地牢就是金老爷在世时修建的黑屋子，关押那些不懂事的长工，让他们好好反思和悔过的地方。

宋小江和老宋身子开始颤抖，他们的精神开始慢慢地一点点瓦解。

宋小江和老宋如实交代了贪污金家钱财的事情，求梧桐放过他们，但为了杀鸡给猴看，他还是报了官，把宋小江和老宋送进了大牢。

通过酱园店这件事，梧桐把酒楼、米行、布行以及下面各种商铺人员重新做了调整，每个店面都有她自己的人了，这样梧桐就一人独自掌控了金家。

从此，金家生意走上了正轨，生意也蒸蒸日上，梧桐成了漩涡街的首富。

第十三章　绑　架

立夏一过，山上的梧桐花接踵开放。

午后的阳光硬是从窗格里挤进来，洒在床和地板上。梧桐梦中惊醒后，掀起窗帘，想看清那群叫个不停的鸟，它们抑扬顿挫，此起彼伏，竟能把这个午后叫得如此混乱不堪。这段时间她太累了，她只想好好睡个觉，她开始怀疑，春天和夏天就是被这群鸟儿叫出来的。她拉开窗帘，阳光像纯金一样铺洒过来，散发着一股浓重的生长气息。那棵如撑天巨伞的古树，广阔地遮盖着楼顶，被切割的光线掉在紧挨的叶子间，像覆上了一层晶莹剔透的膜，油亮得分不清彼此。

角落上那盆买来装点年味的杜鹃花，吃力地撑着几朵风干的花萼，在初夏这样的季节里，像一阙美丽繁复的曲子，冷不丁戛然而止。花园里开满了各种鲜花，就在这时，梧桐看到了树杈上那两只腹部长着灰白条纹又眉来眼去在对唱的布谷鸟，突然它们又哧溜一下从这一枝丫飞到那一枝丫，双翅滑翔和停止的动作，像极了上次在河边树林里见到的苍鹰。她心里在想，若是它们知道窗内有双眼睛在紧紧盯着，它们一定不会这般吵闹，仿佛这棵树和夏天都是它们的。

其实，在漩涡街人们管布谷鸟叫“豌豆八哥”，没有渊源，人们都这么叫。那首“八哥叫，杏儿熟，麦儿黄”的童谣，一到春天就被唱起来。那时，窝冬的麦子还未起身，山民们就开始眼巴巴望着豌豆八哥能早点飞来。好不容易熬到五月底，“麦黄风”终于把麦田吹成金色的麦浪，把李子吹红，杏儿吹黄。把大人们吹进田野，把村庄吹成寂寞的模样。“割麦栽禾、割麦栽禾”的声音，像吹响的号角一样，在漩涡街的山岚，在金家大院后院那棵火红的石榴树上翻滚荡漾。

豌豆八哥叫得最厉害的时候，往往也是漩涡街最热闹的时候。漩涡街自古就被称为小武汉，位于四省交界的地方，也是兵家必争之地，这里虽然山大沟深，森林茂密，形成了一道道天然障屏，山路虽然不好，但一条江贯通南北，把四个省紧紧联系在了一起。南北二山的樱桃、李子、杏儿、桃子等等水果就在豌豆八哥叫声中被山民们用背笼背着，箩筐挑着，从方圆几十里的地方汇集到了漩涡街，他们大多都是从附近的上七里、坪溪沟、朝阳、群英、田堰、凤江、塔岭等等村庄赶来的。青石板的街道上充满着各种吆喝声，有卖鸡卖猪卖牛的，有卖蔬菜粮食的，有耍猴卖狗皮膏药的及各种杂七杂八的东西，街上的小孩们围着卖水果的转，趁人不注意就偷偷抓几个塞在口袋里，或者有年龄稍大的少年，学着大人的样子，以酸不酸甜不甜为借口，一路品尝下来，肚儿就圆滚滚了。而金元宝这会儿没在院子里玩耍，一定是被丫鬟阿雅领到街上买水果去了。

梧桐醒来后，睡不着了，她又躺在床上，心里在想乱七乱八的事，没有头绪，东想一点西想一点。马啸天在她脑海中停顿了片刻，她长长叹了一口气，当初他发誓要娶她，如今想来真是好笑，是命运还是其他，她想不明白。她又想到马剑锋，他能在自己最困难时刻竭尽全力帮自己，还把这么贵重的传家宝玉佩送给自己，他这是为了什么？难道他对自己有意思？随即她又否定了。过了一会儿，她想到了牛德元，在漩涡街想要发展，牛德元是个绕不开的人物。

梧桐成了漩涡街的首富，牛德元心里就不乐意了，当然这一切他都没有表露出来，挂在脸上的依然是笑容。他心里明白，凭他弟弟这层关系，他迟早都会成为漩涡街的首富，甚至全县、全省乃至西北五省的首富。

牛德元私下悄悄找过梧桐，他想跟梧桐联手，兼并马家的财产和各种商铺，牛德元独揽药材生意后，大批的药材和蚕桑就是通过马家的船队和马家的马帮运输到全国各地的。每年下来光运输费这一笔就是不小的开支，看着大笔的钱流入马家，他很心疼。那时他就想要成立自己船队和马帮，而吞并马家的船队和马帮才是上上策，这样也就没有竞争对手了，同时可以抬高药材价格，甚至漫天要价了。

梧桐听了牛德元的话后，没说同意也没说反对，梧桐心里明白，牛家一直打压着马家，抢夺了马家不少生意，还把矿产和林场夺了回来，矿产虽然停工了，但一旦挖掘开工，那将是无尽的财产。如今马家剩下的就是船队和马帮，如果船队和马帮再被牛德元吞并，马家就真的完了。梧桐没有表态，事情就这样拖了下来。一拖再拖，而牛德元是个明白人，也没再去找梧桐，他明白了梧桐的意图，心里就暗暗对梧桐充满了恨，咬牙切齿地恨，他也一直在寻找机会报复金家。

梧桐起床后，突然想到了庞光远，金家能发展到今天的地步，多亏了他的帮忙，她的心里充满了感激，甚至他在她的心里分量也越来越重了，多了几分说不清道不明的东西。梧桐梳妆打扮一番后，来到了酒坊，庞光远正在把运回来的荆条编成大酒篓，嘴里哼着歌。梧桐心里知道，这些编成的大酒篓，要用豆腐等物填充缝隙，再将鸡蛋清和成黏合剂，以上等白棉布反复裹糊于酒篓内壁，待白棉布干透，再以麻纸百层裱糊，且每一层的麻纸裱糊均需在上一层麻纸晾干之后方能进行，最后再以菜油、蜂蜡等涂封，放之一处待其自然风干。需时短则一年，更大的“酒海”则需要两到三年时间。

梧桐咳嗽一声，庞光远发现了站在身旁的梧桐，他打量了梧桐一眼说：“少奶奶，你今日好漂亮！”

“是吗？”梧桐咯咯笑了。

“你找我有事吗？”

“没事，随便过来转转。”

“我发觉这大酒篓是金家‘金祥福’酒保持清而不淡、浓而不艳的关键工序之一。每次我把酒封储于酒海之后，时常在夜里能听到酒海中传来咕咚咕咚的声音，这是生灵与生灵的对话，是酒与酒海的交融。酒海为‘金祥福’而生，助它醇化，帮它成熟。”

“辛苦你了。”梧桐说，“你不是说存储是酿酒的关键一步，其他阶段也无比重要，讲究时令、气候、阴阳、温度一一对应，纯古法酿造之物，总是比较挑剔的，它们要吸天地之灵气，万物之精华，便须得于特定的时刻，进行特定的工艺。”

“是啊，储存便是这些酿造出的原浆锦上添花的重要步骤。这批新酒我想把它们储存三年再拿出来勾兑，我把酒交给了会呼吸的酒海，让它们互相融合。它们可都是我这个酿酒师的得意之作，它们自然懂得如何交流。就这样，储存于酒海的原浆吸收了来自大山深处的荆条所携带的山野灵气，吸收了春、夏、秋、冬四季变化所带来的万物精华，它沉淀着，醇化着，直待三年之后，便可勾兑检测，包装出厂，来到千家万户的酒桌上。酒海尚且如此，何况人呢？这些年来，我对你一直忠心耿耿，希望你能明白我的心……”

梧桐的心里忐忑不安，她知道他接下来会说什么，有些问题她还没有想好，她打断他的话说：“对不起，我还有事，我先走一步。”

梧桐匆匆走了，来到了街上，好多人都跟她打招呼，她频频点头笑着回应。街上人来人往，熙熙攘攘，这些日子来她像陀螺一样旋转着，没有仔细打量这个古镇，古镇临河而建，全长二千余米，宽六到八米，街中心全以青石板铺筑，从北到南，随形就势形成“九曲十三弯”，宛如一条腾空欲飞的青龙。乌黑发亮的屋瓦，莲青色的水阁、廊棚、吊楼、河埠头，以及悬挂在长廊下的如火焰般跳动的灯笼，显得古朴幽远。古街两旁分布着十几条纵横交错呈网状的卵石巷道，或长或短，或宽或窄，高墙窄巷也是如此古色古香。梧桐走过马家桥，越过古廊棚，踩着青石板铺成的主街道，街道两边商铺林立，彩旗飘飘，有酒馆、饭馆、铁铺、刨烟、纺织、蓝印花布、根雕、竹编、制笔等等。下街头的财神庙前支了一夜戏台，人头攒动，锣鼓声和叫好声不时飘进她的耳朵里。

“少奶奶，你怎么有空也出来了？”

“原来是马掌柜。”梧桐回头一看，原来是马富禄。马富禄一直想成为马家大掌柜，但马少秋一直没有放权，只是让他暂时接管一下马家的船队和马帮，重大的决定还是马少秋做主，甚至连钱的使用都是马少秋做主，马啸天和马剑锋生死未卜，马少秋年老多病，马富禄就自誉为大掌柜，因为迟早他就是马家的大掌柜。

“你今天打扮好漂亮，该凸的该凸，该翘的该翘，身材好迷人！”马富禄色眯眯地说。

“说话放正经点！”梧桐严肃地说。

“金傻子死后，何必要独守空房呢，要不今晚我过来陪你！”

“狗嘴吐不出象牙。”

马富禄嬉皮笑脸地笑了：“我满嘴都是象牙，不信你看。”他把头伸了过去，想把脸朝梧桐脸上贴去。

梧桐扬起巴掌，一巴掌打了过去。

马富禄左手捂着自己的脸：“你一个寡妇，竟敢打我。我打死你。”他扬起了右手。

“你有种，你打下试试看。”梧桐板着脸说。

马富禄举起的手停在空中，他犹豫不决，有点骑虎难下。

“马掌柜，你在干啥呢？”牛德元走了过来说。

马富禄收回手，摸了摸自己的头，呵呵一笑：“没事，原来是牛掌柜。”

牛德元说：“我的赌场刚开张，去给我捧捧场子，怎么样？”

马富禄瞪了梧桐一眼：“好啊，走！试试我的手气。”

梧桐看见了阿雅和金元宝，她朝他们跑去。梧桐心里在猜想，牛德元和马富禄都好赌，牛德元一定会给马富禄设下套子，让他朝里钻，然后趁机接管马家船队和马帮。

梧桐抱起金元宝在他脸上亲了一下：“我的心肝宝贝！”

阿雅笑着说：“少奶奶，小少爷要去看耍猴的。”

三人来到耍猴的摊位前，梧桐看了一会儿，觉得没意思，她抬头望了望天上的太阳，感觉时间还早，还有很多事等她处理，金元宝嘻嘻哈哈看着舍不得走，梧桐只好先回去了。

天黑了，金元宝还没见回来，梧桐右眼不停地跳，她似乎有种不祥的预感，她来到了大门口等他们回来。

等了一会儿，阿雅慌慌张张跑了过来，上气不接下气地说：“少奶奶，小少爷不见了。他说他要吃冰糖葫芦，我去给他买，转身就不见了。”

梧桐的腿有点发软，她跑了几步说：“快去通知庞光远，让他带上所有的人来寻找。”

“看见我的金元宝没？”梧桐满大街寻找，见人就问。

人们都摇了摇头。

庞光远带人很快赶来了，每个街道小巷、码头、树林、池塘和茅房都寻找了一遍，还是没有结果。天色越来越晚，梧桐蹲在地上号啕大哭：“找不到宝宝，我就不活了。”阿雅站在旁边不停抹眼泪。

“别哭坏了身子，你们先回吧，我带人继续寻找。”庞光远说。

小梅扶着梧桐回去了。

金家大院灯火通明，人们都在等待奇迹发生。时间已到了后半夜了，梧桐坐在床上哭泣，她心里一直在琢磨，难道儿子被人贩子拐走了，小镇上以前也发生过小孩被人贩子拐走的事情，或者被绑架了，如果是绑架了也好，对方要的是钱，只要给钱了，孩子一般就会平安无事。

庞光远从外边回来，看见梧桐屋里亮着灯，他敲了敲门，走了进去。梧桐匆匆走了过来，问道：“找到宝儿没？”庞光远满脸沮丧，摇了摇头，随即苦笑了一下，安慰道：“我想宝儿会没事的，金家现在富甲一方，好多人都眼红，我估计他可能是被绑架了，他们要的是钱财，也许明早我们就会收到消息的。”梧桐说：“但愿如此，你今天辛苦了一天，你回去睡吧。”庞光远说：“我现在睡不着，我留下来陪你吧。”梧桐说：“这不合适吧？”庞光远说：“客厅里有躺椅，我在那里睡一会儿就可以了。”梧桐没说话，算是默许了，此刻她的心理非常脆弱。如果儿子没了，她连活下去的勇气都没有了，她需要有人陪在身边，这样她的心里才踏实，万一有了消息，也有人商量该怎么办。

天还没亮，小梅拿着一封信跑了进来。小梅说：“这封信是塞在门缝里的，看门的一大早发现了，就送了过来。”

梧桐接过信，信封上写着她的名字亲启，她打开一看，信上说让她准备一万现大洋，送到骆驼山那棵大古树的树洞里，他们收到钱后就会放人，如果耍花招就撕票。梧桐看完后，给庞光远重复读了一遍。

“人善被人欺，马善被人骑。这是哪个王八蛋，我抓住了他，把他沉入江底喂鱼，让他知道老子的厉害。”庞光远咬牙切齿地说。

“现在主要任务是想办法救人。”梧桐说。

“万一他们是骗子呢？”

“就算是骗子，我也打算照他们要求去做，我不会放过一丝希望。”

“一万现大洋，估计有几百斤吧，他们为何不要银票？”

“当然是怕拿银票去钱庄提钱时被发现，更怕我们报官，怕官府去查他们。”梧桐说，“我去找算盘让他准备一万大洋，然后你带几个人把大洋给他们送去。”

庞光远带着几个人，跟着梧桐去了金家钱庄，一万大洋用四个麻袋装着，梧桐带了四个伙计扛着麻袋坐船去了河对面的骆驼山，同时庞光远已提前让阿六和阿毛带着护院队的人化装成猎户去骆驼山四周埋伏。

骆驼山很静，他们顺着羊肠小路来到那棵古树下，四周没见一个人影，只有小鸟在鸣叫，古树洞放不下四个麻袋，庞光远用随身携带的刀子砍了些树枝盖住了，然后故意大声说：“我们回去了。”然后给几个伙计打手势，让他们先回去。庞光远走了几十米远，看见旁边一棵大树，他麻利地爬了上去，藏在茂密的树枝间，透过树叶缝隙，刚好可以看见那棵古树。

半个时辰后，他看见几个人鬼鬼祟祟朝古树走去，他们都蒙着脸，他们拨开树枝扛着麻袋就朝山上走去。庞光远见他们走远，溜下树悄悄跟了过去。他们来到了半山腰的破庙，这座破庙早已荒芜，杂草丛生。庞光远学了几声鸟叫，那些化装成猎户藏在树林里的人迅速朝破庙围拢过来。庞光远猫着腰，慢慢靠近破庙。

“大洋带来了？”

“带来了。”

“那个金家少爷怎么办？”

“撕票。挖个坑，把他埋了。”

两个人扛着铁铲在后院山坡上挖坑，庞光远估计金元宝就在破庙里，他摸了进去，果然看见金元宝被捆住手脚，嘴上还塞着破布。院子里几个人蹲在地上，打开麻袋在清点银圆，他们都蒙着脸，有一个人的背影很像马富禄。庞光远捡起一块石头扔在院子里，他们如惊弓之鸟，手上拿着家伙跑了出去，“谁？”庞光远趁机抱住金元宝从后门走。

一个人发现了庞光远，他追了上来，庞光远一手抱着金元宝，一手挥舞着刀子，那人用枪对准庞光远，庞光远用刀拨开枪，一脚把他踹倒，他倒下瞬间扣动扳机，子弹打在了天棚上。庞光远快步跑上去，用刀子砍向他的手，他一翻身，扔下枪，刀子在那人胳膊上划了一个口子，那人爬起来就跑，庞光远捡起枪，扣动扳机，啪的一声，那人应声倒下了。埋伏在外边的伙计叫阿六和阿毛等人也噼噼啪啪开枪了，那几个蒙面人也开枪回击，他们见对方人多，提着麻袋就跑。阿六和阿毛带人追了上去，麻袋沉重，他们最后扔下麻袋跑了。阿六和阿毛想去追，庞光远喊道："穷寇莫追，何况小少爷已被我们救下了。"

蒙面人死了两个，庞光远撤下他们的蒙面，看上去这两个人很陌生，阿六和阿毛说："这两个人好像是马家新招的长工，上次在河边码头好像见过他们，他们在搬运货物。"

"你确定他们是马家的人？"

"我确定。"阿毛说。

"今天的事，大家不要声张，就当什么都没发生，马家更不会找大家麻烦的，只能吃哑巴亏。"庞光远说，"后院他们挖的有坑，把他们埋了。"

"这是马家谁干的？"阿六说。

"十有八九是马富禄干的。"阿毛说。

"马富禄不缺钱，他干吗要绑架？"阿六说。

"马家的钱都是马少秋管着的，他喜欢赌博，估计输了钱，被债主逼得走投无路，才想到绑架。"阿毛说。

庞光远挎着枪，抱着金元宝兴高采烈地回到了金家大院。

梧桐抱着金元宝左亲一口，右亲一口，连对庞光远的一声感谢都顾不上说。过了好半天，她让阿雅带小少爷去吃饭和洗澡。梧桐望着金元宝走远了，目光才落到庞光远身上："谢谢你了，下月发工钱，对参与这次营救的人员多发一个月工钱。"

"我替他们谢谢你了。"

"你知道这是谁干的吗？"

"我估计是马富禄干的。"

"我们报官吧。"

"算了吧。"庞光远说，"我们打死了他们两个人，报官对我们也不利，他们也不敢找我们麻烦，这事我们心里清楚就行了，这事就算过去了吧，以后防着他们就是。"

"我怀疑这事说不定跟牛德元有关系。牛德元和马富禄两人都喜欢赌，牛德元开有赌馆，牛德元这人奸诈阴险，肯定会给马富禄下套子，他早就在打马家船队和马帮的主意了。"梧桐分析说。

果不其然，一个月后，牛德元接管了马家船队和马帮。

这些消息是梧桐听伙计们说的，他们说牛德元对马富禄设套子，马富禄把老本都输完了，他就想赢，结果越输越多，被逼无奈，他就绑架小少爷。偷鸡不成蚀把米，马富禄不甘心，他借高利贷想连本带利赢回来，结果还是输了，在牛德元的诱导下他把马家的船队和马帮都押上了，结果又输了。牛德元带着打手拿着马富禄的欠条直接找马少秋，说不把马家船队和马帮交给他，他就砍下马富禄的手和脚，马少秋差点被气死，说，你们就把这个孽障带走吧。三太太在马少秋面前求情，哭哭啼啼，寻死寻活，最后不知怎么马少秋就同意了。

牛德元接管了马家的船队和马帮后，生意越做越好，转眼他成了漩涡街名副其实的首富了。

第十四章　初次交锋

麦子收割季节，天气炎热，白酒销售是淡季，梧桐就给酒坊的长工放了几天假，让他们回家收割麦子。收割完毕，长工们回来后，庞光远就带领大家拉着马车牛车去乡下收购麦子，每年酒坊都要囤积大量小麦、苞谷、高粱、豌豆等粮食，这是酒坊每年都要做的一件重要的事。一旦没有粮食，酿酒就成了巧妇难为无米之炊。

今年天旱，小麦减产，山民出售的粮食有限，庞光远每天收购回来就两三架子车，照这样收购下去，要收到猴年马月，离预定的计划差得太远了。同时庞光远还发现，去乡下收购粮食的人很多，出价也比他们高，人们自然把小麦卖给出价高的麦客。

庞光远去找梧桐汇报情况，梧桐听了眉头紧皱："以前可没出现这种情况，每次下去收购粮食，几乎是我们唯一一家。你没派人打听一下，这是谁在跟我们抢生意？"

"我问了，他们不肯说。最后我经过多种渠道了解到，这些麦客把收购上来的小麦又卖给了牛家，牛家大量收购，有多少要多少。"

"牛德元这是唱的哪一出啊？"

"我明白了，牛德元开始对金家下手了。酒坊一旦没有粮食就无法酿酒，到时牛德元就会坐地起价，大大赚一笔。"庞光远说，"我们该怎么办？"

"继续下去收购粮食，价位比他们高一点点，我就不信，收购不回来粮食。"

庞光远点了点头："好吧，我现在带人下去收购粮食。"

庞光远带人去方圆几十里地收购粮食，这次他们满载而归。等把粮食运回后，接着又下去收购时，却是每车上只装了几小袋粮食，原来是那些麦客又出价比他们高。梧桐又让庞光远下去收购，出价比麦客高，结果又是满载而归。如此反反复复几次，小麦的价格创下了历史的新高，梧桐突然下令不收购了，梧桐心里想的是，让牛家高价去收购吧，一旦小麦价格处于平稳或降价后，牛家就会大大亏一笔。

这天，“义生昌号”的刘三郎突然登门造访，梧桐心里暗自高兴，刘家可是金家的贵人，也是梧桐的贵人，是刘三郎在梧桐危难时刻帮了自己一把，金家才起死回生，而刘三郎突然造访一定是有什么好事。

刘三郎到了金家后，连水都没有喝一口，就要梧桐带他去酒坊参观一下。酒坊已恢复了生产，庞光远正在品尝新酒，梧桐走到他身边对刘三郎介绍说：“这位就是酒坊的负责人庞光远，”然后指了指刘三郎说，“这位就是‘义生昌号’大名鼎鼎的少东家刘三郎。”

庞光远赤裸着上身，他不好意思地把手在自己的裤子上擦了擦说：“你好！”

“你好！”刘三郎把手伸了过去，两只手紧紧握在一起。

梧桐说：“带这位少东家转转，顺便给他介绍一下。”

“好嘞。”庞光远用勺子舀了一点酒，“刚出锅的，请品尝一下。”

“好酒！”刘三郎接过勺子品尝了一口说，“人们对‘金祥福’的评价是品质清亮透明，醇香秀雅，醇厚丰满，甘润挺爽，诸味谐调，尾净悠长。实不相瞒，我每天都要喝几口‘金祥福’，饮酒饮金酒，财神跟着走；常饮金家酒，能活九十九。我也想活九十九呢。”

梧桐和庞光远哈哈笑了。

庞光远带着刘三郎参观酒坊，并一一介绍了制作工艺，然后带着他进了山洞地窖让他参观了酒海和各种封存的酒。

刘三郎参观后，非常兴奋地说：“我这次来是跟你们谈生意的。”

“太感谢了。”梧桐笑着说。

刘三郎说：“我是‘金祥福’江南的总代理，下面一个经销商在他们当地卖得非常好，他向我预订了三百吨，要求三个月内把这些酒分批给他送到，如果不能按期送到，就要赔违约金，不知道你们有没有什么困难？”

梧桐望着庞光远，庞光远犹豫了一下说：“没问题。”

“现在到了吃饭时间，我们到酒楼先吃饭。”梧桐说。

“我就不去了，我手上还有活。”庞光远说。

“你必须去，陪这位财神喝几杯，你现在的任务就是要让少东家喝好吃好。”梧桐说。

“你们先去，我回去换身衣服。”庞光远说。

梧桐领着刘三郎来到镇上的望江楼，这家酒楼就是金家开的。酒楼负责人换成了梧果，毕竟他是自己的亲哥哥。上次梧桐“大义灭亲”把梧果赶出了金家，梧果反思后痛改臭毛病，最后在嫂子苦苦求情下，梧桐才让梧果回到了金家，让他接管望江楼，这样他跟嫂子在一起，他们互相也可照应。嫂子现在对梧桐的态度也是大大转变了，想尽各种办法讨好她，把梧桐夸成了地上的一朵花、天上的仙女下凡。

梧桐早已派人给梧果捎了话，让他提前准备。梧果见客人到了，立即站在门前笑脸相迎，拱了拱手：“早就久闻少东家的大名，今日一见，果然一表人才器宇不凡玉树临风温文尔雅威风凛凛俊美无涛风度翩翩……”

梧果一口气没有停顿，刘三郎面带微笑，最后哈哈笑了：“我被你夸得都不好意思了，这位老板真幽默！”

梧桐手一挥：“快忙你的去吧，让厨师们把最好的手艺都给我拿出来。”

梧果吩咐店小二上茶。

梧桐的嫂子在后厨亲自把关，她亲自搭配凉菜。本来梧桐想把镇上有头有脸的人物马少秋、牛德元等等请来一块儿吃饭，但他们之间互相不和，有的面和心不和，有的干脆互相都不搭理，这样坐在一起比较尴尬。再说请谁没请谁，搞不好就得罪了人。再说他们来了，座位也是一个头痛的事，谁坐上席谁坐次席，敬酒先敬谁后敬谁等等都有讲究，万一弄错了搞反了，岂不得罪了人，干脆外人一个不请，只把金家各负责人叫了过来。

刘三郎坐在上席位子，梧桐坐在他的旁边，其他各负责人也来了，围了一桌子。梧桐把酱园店、米行、布店等负责人一一给刘三郎作了介绍。

梧桐见人员基本到齐了，喊了一声上菜。

八个凉菜很快摆在了桌子上，酒已斟满，梧桐端起酒杯，站了起来，大家见梧桐站了起来，都跟着站了起来，端起了酒杯。梧桐看了一眼大家，说：“今天我们要感谢‘义生昌号’这位刘少东家，感谢这些年来刘家对我们金家的关照，大家举起杯来吧，喝了金家酒，都是好朋友！”

大家互相碰了一下，一口而干了。

等庞光远赶来时，大家已喝了几杯，他看见算盘身边有个位子，便坐了过去。

刘三郎见了庞光远说：“这位兄弟来晚了，自罚三杯。”

庞光远端起酒杯连喝三杯，阿雅面带笑容给大家斟满，阿雅人长得漂亮又机灵，梧桐让她过来临时帮忙当服务员，原先那个服务员家里有事请假了。

刘三郎说：“爽快！我们大家喝的酒，都是出自这位酒把式，我提议大家敬他一杯！”

庞光远摆了摆手说："使不得，使不得。"

梧桐说："少东家都发了话，你哪那么多屁话，快喝。"

庞光远端起酒杯又喝了一杯。这时开始陆陆续续上热菜，梧果走了过来说："刘东家，得知你今天要来，这鱼这鳖都是刚从河里捉的，这鸡也是现杀的，这菜都是刚刚从地里摘的，几乎每样东西都是最新鲜的。你们快动筷子啊，多提意见！"

"辛苦了，辛苦了。"刘三郎说，"不错，味道独特，既有川味又有湘味，两者兼和，这才是漩涡街的正宗口味。"

算盘说："加张凳子，坐到这喝一杯。"

梧果看了梧桐一眼，连连摆摆手说："不用了，后厨还有很多事呢。"

人们陆陆续续开始向刘三郎敬酒，刘三郎看上去文质彬彬，但喝起酒非常豪爽，来者不拒，几圈下来，大家都放开了，话也多了。

刘三郎开始给大家介绍"义生昌号"，他说他爷爷当年创业的艰辛史，讲他的父亲如何把"义生昌号"规模发展大，最后他说，家父一直这样告诫我，做人的格局一定要大，说白了，你可以不聪明，也可以不懂交际，但一定要大气。如果一点点挫折就让你爬不起来，如果一两句坏话就让你不能释怀，如果动不动就讨厌人、憎恨人，那格局就太小了。做人有多大气，就会有多成功。因为胸怀，才是成功者的标志。后来我也想明白了，世上除了生死，其他都是小事。不管遇到什么烦心事，都不要自己为难自己；无论今天发生多么糟糕的事，都不要对生活失望，因为还有明天。记住一句话：越努力，越幸运，越开心。

梧桐鼓掌，其他人跟着鼓掌。等掌声平息后，梧桐说："说得太好了，让我茅塞顿开，只有做不成事的人，没有人做不成的事，有机会我一定向您父亲请教！"

刘三郎笑了笑说："我话多了，不说了，大家喝酒。"

人们开始闹着要让刘三郎和梧桐喝个交杯酒，庞光远面带微笑不说话，其实他的心里很不是滋味，强压着胸中的不满，这种不满充满着醋味。

梧桐平时很少喝酒，喝了几杯后，脸红扑扑的很好看，面如桃花，她望着刘三郎说："刘东家，上午你说你要三百吨'金祥福'，是真的吗？"

"当然是真的。"刘三郎望着梧桐的脸，那一刻他的目光有点迷离，"只要我们喝了交杯酒，合同我们立马就签了。"

"喝一个！喝一个！"人们纷纷鼓动着。

"喝就喝！"梧桐端起酒杯，刘三郎也端起酒杯，两人手臂缠在一起，脸靠得很近，在大家的鼓掌声中，各自把杯子里的酒喝完了。

刘三郎从包里摸出早已拟好的协议递给了梧桐，梧桐看都没看，就签了自己的名字按了手印。她对刘三郎充满了信任，刘三郎接过笔龙飞凤舞地写下了自己的名字，也按了手印。

“合作愉快！”大家又共同喝了一杯。

庞光远心里很不爽，要来几个碗放在大家面前，他抱着坛子给大家倒满，有几个人见这样喝下去，估计今天只能爬着回去，他们借口上茅房或有事或到外边透口气，悄悄溜了。

“杯子太小了，不过瘾，我们用碗来。”庞光远说。其实他的心里很不高兴，漩涡街自古就是鱼米之乡，也是酒乡，漩涡街人好客，把客人灌醉喝趴到桌子底下，主人才高兴，才认为客人喝好了，而庞光远显然是带着私心的，只想把刘三郎喝趴在桌子底下。

“酒逢知己千杯少。”刘三郎想吓唬一下庞光远，他哈着酒气说，“我比你年长，我怎么能跟你年轻小伙子比呢，要不这样，你喝三碗我喝一碗。”

刘三郎话刚说完，庞光远端起碗一口气连喝三大碗。刘三郎跷起大拇指说：“爽快，我喜欢！”

站在旁边的阿雅给他们倒满酒。梧桐心疼地望了庞光远一眼，她知道他的拳划得非常好：“这样喝也不是办法啊，不热闹，干脆你们两人划拳。”

“好啊！”刘三郎满口答应。

梧桐没想到，刘三郎的拳也划得非常好。“一心敬酒，四季发财，五魁首，六六顺，八匹马，九九长寿……”两人喊得地动山摇，难分胜负，梧果和厨子都过来看热闹。这顿饭从中午一直吃到下午天黑，两人划拳几乎成了平手，但酒没少喝，庞光远说话已开始含糊了，刘三郎勾着头。梧桐一直在旁边默默看着他们。

庞光远端着酒杯走到梧桐面前说：“少奶奶，你喝了酒，脸红红的，特别漂亮，我们也喝个交……交杯酒。”

梧桐当着大家的面有点不好意思：“你喝多了，别喝了。”

“你必须喝。”庞光远虽然喝多了，但心里很明白，他在想，你跟刘东家可以喝交杯酒，怎么就不能跟我喝，再说我们还从没喝过交杯酒。

庞光远强硬的语气让梧桐心里有点不高兴，她在酒的刺激下，生气地说：“你不是能喝吗，把这坛子也喝了。”

庞光远抱着酒坛给自己碗里倒酒，酒满了溢了出来，他还在倒，酒顺着桌子流到了地上。阿雅夺过酒坛，放在了一边。梧桐板着脸说：“这每滴酒都是粮食酿出来的，不能喝，也不能这样浪费啊！”

庞光远心里在想，这酒都是我没白天没黑夜辛辛苦苦酿的，浪费一点点又怎么了？他端起满满一碗一口而干，喝完这碗酒，他赌气似的又喝了两碗，庞光远也趴在桌子上睡着了。

庞光远醒来时已是第二天中午，他一睁开眼，看见梧桐坐在身边，梧桐说：“你醒了，我给你准备了醒酒汤和饭菜。”庞光远心里很感动，顿时把昨天心里的小纠结融化了，他说：“那个刘东家走了？”

“早走了。”梧桐把醒酒汤递了过去说，“你先喝点。”

“谢谢了。”庞光远接过碗高兴得一口喝完了。

梧桐又要准备把饭菜给他递到床上，庞光远连连推辞说不用了，等下我起来自己吃。梧桐深情地说：“昨天你喝多了，你今天先休息一天，顺便心里琢磨一下如何在最短的时间内把这三百吨酒生产出来。”

庞光远说：“等下我吃完饭就去酒坊。既然签了协议，我们就要按期完工。长工们也很辛苦，能否适当提高他们的工钱？我们不是有酒楼吗，让酒楼把饭送到酒坊来，免费管饭，让他们没有后顾之忧，加紧干活。”

“你自己看着办吧。”梧桐附在庞光远的耳边小声说，“等你把这批酒赶出来后，我犒劳犒劳你！”

“怎么犒劳我？”庞光远问。

“不告诉你。”梧桐莞尔一笑，走了。庞光远望着梧桐的背影，笑了笑，他的心里顿时充满了力量，恨不得立即就去酒坊工作。

庞光远吃完饭后来到酒坊，召集大家开会，酒坊开始三班倒，每班选出一个班长，要二十四小时运营，同时大家的工钱也要提高，多劳多得。长工们欢呼起来，纷纷表态，好好干活，不偷奸耍懒，用行动拥护庞光远。

酒坊每天灯火通明，热火朝天，远远就可以看到酒坊上空雾气缭绕，远远就可闻到芳香四溢的酒香。

一个月后，庞光远发现囤积的小麦不多了，照这样生产下去，小麦肯定不够用，他把这一情况告诉给了梧桐。梧桐说，那就赶紧下去采购啊。人手不够，她把梧果也派了下去。

下去收购粮食的人空手回来了，乡下没有多余的粮食了，好在县城的金家粮店提前收购了一点粮食，但这些只是杯水车薪，只能解燃眉之急。

“牛家有粮食，他们囤积了很多小麦。”庞光远说。

“我知道牛家有粮食，他们早就想趁机敲诈我们一笔，我就不向牛德元买粮食。”梧桐说，“如今马家被牛德元弄垮了，产业都被牛家霸占了，他又想把金家弄垮，他的野心太大了，想独霸漩涡街，甚至独霸整个县。”

“那怎么办？”庞光远问。

“让伙计准备船，我要去汉王城，我要找刘东家，看他们能不能从外地给我运一批粮食过来。”梧桐说。

“把伙计阿六和阿毛带上吧，这两个人身手不错，枪法也不错。”庞光远说。

“不用了，光天化日之下，谁敢对我动手，他不想活了。”梧桐说。

“你不是说过，小心驶得万年船吗。现在好多人都盯住你了。”

梧桐在庞光远的执意下，带上了阿六和阿毛。庞光远把他们送上船，看着船顺江而下后他才回到酒坊。梧桐走后，庞光远心里突然很想她，精神出现了恍惚，心里也开始咚咚跳，他很担心梧桐的安危。直到夕阳下山时，梧桐回来了。

庞光远从阿毛的嘴里已知道了情况，这次出师不利。他急急跑去找梧桐问情况，好为下一步打算。

梧桐说：“刘东家说今年天旱，好多地方粮食减产了，外地甚至出现了饥荒，粮食现在非常紧缺，他们也没有办法啊，只能把他们粮店的粮食先借给我们一万斤。”

庞光远说：“民间自古就有三斤粮食一斤酒之说，加上已酿完的酒，这样算下来，我们还差十万斤粮食。如果没有粮食，但为了完成任务，勾兑时我们只能多加些水。”

“不行，金家酒讲的是诚信，我就是破产，也不能兑水。”梧桐坚决地说，“生活再难，也不能挣昧良心钱。”

庞光远说：“我只是随便说说而已，其实金老爷当年告诫我的话‘昧良心的钱不能赚’，这句话我一直记在心里。”

梧桐让阿雅把算盘叫过来。

一会儿算盘过来了：“少奶奶，你找我？”

“请坐吧。”梧桐说，“你现在就去牛家，找牛德元谈谈，就说我要买他的粮食，探探他的口气，看他出价是多少。”

算盘应了一声，转身就走了。

金家和牛家相隔不远，一个在镇东，一个在镇西，算盘很快到了牛家。牛德元似乎早就在等待金家上门来，牛德元没有出面，接待算盘的是牛家管家万福，两人算是老朋友了，万福没有一点尴尬，他说：“人往高处走，水往低处流。现在牛家独步天下，要不你也到牛家来吧，你看我现在要风有风，要雨有雨，日子过得多滋润。关键牛家油水和好处多，比金家强多了。”

“金老爷在世时对我不薄，我做不出对不起他老人家的事。”

“金老爷早就死了，别管这么多了，现在有奶就是娘。”

“等我考虑一下。”算盘故意这样说，直接回绝了不好，自己今天是来求人办事的。

万福说：“我知道你今天来的目的，我实话告诉你吧，牛大当家交代过了，粮食一粒不卖。请回吧！”

算盘回去后，如实禀报给了梧桐，刚好庞光远也在。梧桐感觉到了问题的棘手，一个牛德元已让她感觉到了棘手，再加上万福这个老狐狸，这个万福一直在琢磨着如何弄垮金家，不知道万福会给牛德元出什么鬼点子。

算盘说：“我看他们这是欲擒故纵，想抬高价钱，做生意讲究利益，牛德元这个铁公鸡，到嘴的肥肉他哪有不吃的道理？”

庞光远说：“牛德元身边多了万福这个老狐狸，他会变得更加贪婪无耻。”

梧桐叹了一口说：“这事我想了很久，如果我们不能完成，就要赔偿对方损失，这对我们下一次合作很有影响，对我们金家酒业声誉也会有影响，与其这样，还不如我们少赚点，高价收购他们小麦算了，就算是吃了个哑巴亏。”

梧桐既然这样说了，庞光远和算盘也不好再说什么了。

第二天，梧桐在算盘的陪同下来到了牛家。

牛家大院自上次牛德益回来重新翻修后，梧桐再也没有去过，今天的牛家大院焕然一新，大小院落既珠联璧合，皆为三进四合院，上下左右相通的门很多，又独立成章。每院除有高高在上的祭祖堂和两旁的绣楼外，又都有各自的厨院、家塾院，并有共用的书院、花院、长工院、围院。周边堡墙紧围，四门择地而设。

梧桐和算盘在客厅等了半天，牛德元才姗姗来迟，跟在他身后的是万福。牛德元最近身体发福了，身穿长褂也无法遮掩凸起的肚子。他呵呵一笑，拱了拱手：“不好意思，让你们久等了。”他手上硕大的蓝宝石戒指很醒目。

“没事。”梧桐微微一笑。

“少奶奶，今日怎么有雅兴到寒舍来了？你这个大美人朝我这里一站，顿时蓬荜生辉！”

“开门见山，我就不绕弯子了，我这次来，是想谈购买你小麦的事。”

“只怕少奶奶舍不得购买。”

“你开价吧！”

“话到如此，我也就不绕弯子了。”牛德元伸出手指比画了一下，“一担小麦要八块大洋。”

算盘生气地说：“这个分明是宰人，哪有这么贵的小麦？”

“不勉强，不买就走人。”牛德元哈哈笑了，“实话告诉你们，我正准备用货船把小麦、苞谷、大米等粮食运到外地，那边闹饥荒，我正好也可以大大赚一笔。”

“成交！我现在就要十万斤小麦。”梧桐说。

“痛快！一手交钱，一手交货。”牛德元大声笑着说，本来他想忍住内心的喜悦，结果没忍住。

“我带着我的账房先生，现在就可以算账，只要你把十万斤小麦送到，我就立即支付现金。”梧桐说。

算盘算好账后，梧桐起身告辞了。

当天下午，牛德元派人把十万斤小麦送到了酒坊。梧桐也痛快地让算盘把银票送到了牛德元手中。

有了小麦，庞光远心里有底了，梧桐也不慌了，这样她可以腾出手来抓抓酱园店的事。自上次老宋和宋小江出事后，梧桐就聘请了一位师傅来管理，酱园店很快就步入了正轨。金家酱园店一直生产酱油和醋，几十年来一直都是这样，梧桐就想推出新的品种，前期她想推出豆瓣酱、甜油系列。前段时间她专门做了调查研究，漩涡街和全县的人都喜欢吃豆瓣酱、甜油，而周边的县，甚至周边的几个省，人们依然喜欢吃豆瓣酱、甜油。梧桐已让师傅尝试做了几次，看看效果如何。为了检验效果，梧桐让他们把样品送到金家的望江酒楼，她想听听橱子们的意见和顾客的评价。

每天，梧桐都待在酒楼里，只要是加入了甜油的凉菜、加了豆瓣酱的菜肴，她都要请教顾客，让他们评价，听他们建议。让梧桐没有想到的是，菜肴自从加了甜油和豆瓣酱后，酒楼的生意异常火爆。

庞光远依然白天黑夜都待在酒坊里，加班加点赶制，虽然牛德元提供的小麦有少部分发霉变质，好在被庞光远及时发现，否则将影响酒的质量。

三百吨酒顺利交货，为了庆祝一番，顺便听听伙计们的意见，梧桐把酒坊所有的人请到酒楼聚餐，楼上楼下坐满了，整整坐了八桌子。梧桐还专门对梧果和嫂子做了交代，所有凉菜都要用甜油，专门指定的热菜也要用豆瓣酱来搭配，比如豆瓣鱼、酸辣肘子、麻辣豆腐、豆瓣茄条、麻辣肉片、豆瓣肉丝、水煮肉片、回锅藕片、豆瓣酱烧鲜鸡等等。这次梧桐没有参加，她担心自己在，他们放不开，说话也有所顾忌。

酒坊里的伙计聚在一起，嘻嘻哈哈，相互开着玩笑。他们甚至开梧果和他老婆的玩笑。梧果的老婆经常去酒坊送饭，伙计们跟她都熟悉，一个说：“嫂子，梧果以前是个酒鬼，他现在不喝酒了，你是不是天天晚上给他喝奶，所以他才戒了酒。”另一个人说：“嫂子，我也想戒酒，我想喝奶。”梧果老婆揪住那个伙计耳朵说：“你要是真能把酒戒了，老娘就把汉江河的水喝完。你要是真戒了，老娘愿意喂你这个儿子吃奶。”人们哈哈大笑起来。

庞光远挥了挥说：“好了，大家安静一下，今天有个好事要告诉大家，这段时间大家辛苦了，少奶奶特给大家放七天假，每天工钱一分不少。有老婆的回去抱老婆，没老婆的回去抱别人的老婆，别人的老婆不敢抱的只好抱枕头。”

伙计们又哈哈笑了起来。

笑声停止后，庞光远接着说：“今天还有个非常非常重要的任务就是吃，但又不是简单地吃，而是要去用心品尝，吃出品位来，吃出大境界，要站在美食家的高度去品味。我说不明白，反正就一句话，好吃或不好吃，对每道菜都要打分。”

“我们嘴刁，好吃不好吃，我们一尝就知道，快上菜，厨房飘来的香味把老子口水都勾引了出来。”

“嫂子，快上菜。”阿毛喊道。

八个凉菜很快端了上来，这群汉子仿佛是几天没吃饭似的，一扫而光。接着上的是热菜，酸辣肘子、麻辣豆腐、豆瓣茄条、麻辣肉片、豆瓣肉丝、水煮肉片、回锅藕片、豆瓣酱烧鲜鸡、豆瓣鱼等等。他们边吃边赞不绝口，问这是从哪里请来的厨子，味道不错。桌上的热菜同样被一扫而光，连汤都喝了。

一个伙计吃着吃着就哭了起来，庞光远问他怎么了，他说爹娘死得早，感觉长这么大还是第一次吃到这么可口的菜，简直太好吃了。

庞光远摸着他的头，笑了笑。

小梅和阿雅把大家的意见收集起来后，几乎全是好评。

这些意见很快汇集到梧桐那里，她又立即来到了酱园店，召集酱园店的员工听听他们意见，他们纷纷发表意见，最后大师傅说，我们的甜油酱香浓郁，色泽清澈，鲜美爽口，体态浓厚，集鲜、甜、浓、香于一体。加入了甜油的凉菜、生鱼虾不仅味道异常鲜美，而且营养丰富，它将会大大改善人们的饮食健康，南方某地经常发生食物中毒事件，自他们用了甜油后，当地再也没有发生因饮食中毒等问题了。而豆瓣酱是调味品中比较常用的调料，味鲜稍辣，它既可以炒菜、凉拌，做火锅底料，又可以制成各种小食品，是一种大众食物。最关键的是，利用豆瓣酱可制作许多特色菜。

梧桐听取了大家的意见后，当场表态，就按照目前的口味制作一批金家甜油、金家豆瓣酱，商标她也设计好了，马上就准备印刷了。希望大家重整旗鼓，打好这场关键之战，争取一战成名，占据市场。

大家纷纷鼓掌，纷纷表态要好好干。

经过一个月的准备和宣传，金家甜油和金家豆瓣酱在鞭炮和锣鼓声中，正式宣告上市。梧桐甚至还推出了买金家酒送金家甜油和金家豆瓣酱的系列活动。在这期间，梧桐也上下打点，又悄悄塞给了唐县长一大笔钱，希望他继续关照。

很快，金家甜油和金家豆瓣酱通过自己的商铺和刘家的“义生昌号”销售网络，很快占据了全县及外县、外省的市场，人们纷纷购买，好评不断。

第十五章　打击嚣张气焰

转眼到了秋天，汉江河两岸山林又是层林尽染，河水碧绿，漩涡街也显得特别安逸。

梧桐站在窗前，突然发现院子里银杏树昨天还是满树金黄金黄，一夜之间就变成了光秃秃的，树枝上仅残留几片蜷缩的树叶，地上铺满了厚厚的金黄树叶，远看有点像黄金大道。她想起来了，昨天晚上刮了大风，在迷迷糊糊中她听到了沙沙的哗哗的树叶飘落的声音。

这些日子的忙碌，终于一切步入了正轨，梧桐感到了从没有过的轻松，每天都有大量钱进账。儿子金元宝被阿雅照顾着，她非常放心，没有后顾之忧。她还给金元宝请了私塾老师，她想从小就开始教育他，让他早早就接受儒家教育，等他长大后，送他去县城或者省城上学，甚至出国深造，然后回来接管金家产业。刚开始，梧桐要求私塾老师给金元宝讲述金家家训《诚孝俭勤和》，这本书是在金老爷屋里找到的，金老爷在世时也曾给她讲过，其中几句话她记忆很深：诚立身，信为纲；孝当先，善至上；俭养德，家兴旺；勤为本，当自强；和为贵，礼相让。这本书是金家祖祖辈辈整理和流传下来的，梧桐认为其中很多说得都有道理，值得学习。老师就按照梧桐的要求给金元宝讲解金家家训，等金元宝把这些弄懂和记下后，然后就开始教他《三字经》《百家姓》。

一对老人踩着满地金黄的树叶进入梧桐的视线，两人互相搀扶着，走得很慢，跟在他们后面的是个小姑娘，十五六岁的样子，她几次想去搀扶他们，都被拒绝了。随着他们走近，梧桐认出了他们，原来是马少秋和他的太太申红羽，他们怎么来了？不容多想，梧桐立即走出庭院去迎接。

“马老爷和夫人，你们怎么来了？怎么不提前说一声，我派轿子去接你们。”梧桐说。梧桐发现马少秋和申红羽都老了不少，两人头发都白了。

“我们没事，四处走走，走到金家大院，我们就想进来看看你。”申红羽笑着说。

梧桐招呼他们进屋，吩咐丫鬟小梅上茶。自丫鬟阿雅照顾金元宝，小梅便成了她的贴身丫鬟，小梅原是金夫人的丫鬟，梧桐不计前嫌还是重用了她，小梅是穷人家的孩子，机灵懂事肯学，不搬弄是非，自到了金家后，她还学了不少字读了不少书。

申红羽拉着梧桐的手说：“想当年你在马家当丫鬟时，我做了一些对不起你的事。当初把你嫁给金傻子，其实是三太太的鬼主意，她财迷心窍，当时金家愿意出十根金条，一千大洋，她就瞒着分了一半，都怪我一时糊涂，还请你多多原谅。”

梧桐看见申红羽的眼里滚出了泪水，她心里反倒不好意思了，安慰道：“都是过去的事了，别提了。话说回来，要不是你们，能有我今天吗？所以我还要感谢你们呢。”

申红羽擦了擦泪水，笑了：“你这么说，我就放心了。”

梧桐想到了马啸天和马剑锋，想问问他们情况，话到嘴边还是忍住了。忍了一会儿，马啸天和马剑锋的身影又在她眼前出现，这次没有忍住，脱口而出：“马啸天和马剑锋兄弟俩都还好吗？”

马少秋说：“我们这里暂时平安，外边可是战乱纷纷，听说袁世凯和孙中山又打起来了。我给大哥马天良和马啸天写了几封信，都没见回复，我也不知道他们的情况。马剑锋倒是来过一封信，说一切都好，我给他回信了，让他不要操心家里，家里发生的一切我都没有告诉他。他还说学校放假他不打算回来，他准备勤工俭学，还参加了什么国民党。我劝他远离什么党，结果他就再也没有回信了。”

“马啸天这人很机灵，鬼点子多，我想他会没事的。”梧桐叹了一口气说。其实她的心里在默默祈祷着马啸天能平平安安回来。

“别说这些了，说说眼前的事吧。”申红羽伤心地说，“曾经辉煌的马家，如今转眼就落败了，都怪牛家，也怪马家不争气的马富禄和马富祥……”

马少秋说：“昨天我在街上遇见了牛德元，自他当上镇长后，牛皮哄哄的，走路都横着走。他看见了我故意说让我去牛家找份事干，他的羞辱，让我的自尊再次遭受到了沉重的打击，我很想打击他的嚣张气息，为我女儿报仇，希望我们能联合起来，共同对付牛家。”

梧桐指着自己的鼻子说：“我们联手对付牛德元？怎么联合？”

“你是看马家败落了，怀疑马家的能力？”马少秋说。

“我不是这个意思，您误会了。”梧桐说，“我也想给牛德元当头一棒，一直没有找到合适的机会。他一直想让我用他的船队和马帮运输酒，我拒绝了，他就暗中一直跟我较劲。比如上次他高价卖给我小麦，甚至把变质的小麦也卖给我等等。”

马少秋说：“逆子马富禄被我赶出马家后，他就一直想报复牛德元。前几天他突然回来向我表决心，要狠狠弄牛家一下，当时我没在意，以为他又想弄我的钱。直到昨天我看到牛德元嚣张的样子，我就想打打他嚣张的气焰。我还听说，牛德元在外口吐狂言，说中华民国半壁江山都是牛家的，简直太嚣张了。如今没人敢惹他，没人敢得罪他，就连唐县长也把他当菩萨一样供着。”

“确实太狂了。马富禄他有什么好办法？”梧桐差点把上次马富禄绑架金元宝的事说了出来，她心里非常讨厌马富禄。

“我今天来，就是听听你的意见，你给我分析一下。”马少秋说，“马家败落后，长工和丫鬟大都走了，马家连个说话的人都没有了。”

“请讲——”

“药材收购本来是我们马家一直经营着，后来被牛家垄断了药材收购，只有牛家一家可以做药材生意。我们找人冒充南方的药材商人，跟牛德元提前签订高价收购党参合同，有多少要多少，那么牛家就会大面积种植党参，还会委托下面的人大量种植，他从中赚差价。等大量党参被种植，等他囤积了大量党参，而冒充药材商人却迟迟不出现，这时牛德元心里却会暗暗高兴，按照协议，药材商人要赔偿牛德元总药材价钱的三倍违约金，就算党参一分不卖，他也大大赚一笔。这时市面党参药材就会饱和，牛德元又找不到药材商人，根本不让他找到，谁要他的党参？这时牛家就急了，牛家不赔死才怪。”马少秋喝了一口水，接着说，“据我了解，清朝以山西上党地区出产的党参为上品，一直是贡品。今年山西已开始大面积种植。党参一般在冬季播种，明年春季或秋季定植，移栽时将参苗挖起，剔除损伤、病弱苗，重新栽培，中耕除草、追肥、排灌、搭架等工序，再等党参成熟，土地长达一年时间将会被占用，你们想想，牛家将会遭受多大的损失。”

梧桐沉思了一会儿说：“这个办法倒不错，药材商人不好找。”

马少秋说：“这些都不是问题，你可知道我也曾经营药材多年，马富禄说他会安排好的。”

“我还有点担心，万福这个老狐狸，会不会从中打破。”梧桐说。

马少秋说：“我跟万福打过交道，这人贪财，提前让药材商人打点他一下，给他点好处，他会帮药材商人说话的。”

“好，这个办法值得试一试。”梧桐说。

两家联手，梧桐又能帮什么忙呢？梧桐心里明白了，马少秋找她联手是希望她能在经济上帮忙，舍不得孩子套不住狼，他们损失一点点，而牛家的损失却是无法估计的，值！最关键的是打击了牛德元的狂傲和嚣张，让他也尝尝流血的感觉。

梧桐让小梅进来给他们倒茶水，陪他们说说话，她去账房一下，一会儿就回来。

梧桐亲自到账房算盘哪里，开了一张一万的银票。她把银票递给马少秋说："马老爷，我落难时你曾借给我两千大洋，这笔钱我一直没能还你。还有少爷马剑锋也借给我了一千大洋，我一直想还他，没有机会，你就帮我给他吧。这剩下的七千大洋就是活动经费，到时不够时你再开口就是，我一定给你送上来。"

"是吗？我怎么忘了借钱给你这回事？"马少秋说。

"你先收下吧，有啥困难随时来找我。"梧桐说。

马少秋收下银票就告辞，梧桐想留下他们吃饭，他们说改天吧。梧桐把他们送到金家大院门口，看着他们寒颤颤的背影远去，梧桐的心里很不是滋味，想当年他们是多么风光，转眼间就今非昔比，物是人非了。再看看自己，几年前还是马家的丫鬟，金家的小媳妇，转眼就成了叱咤风云的人物了，管理着几百号人了。

半个月后，马少秋又来到了金家，这次他是一个人来的，精神状态比上次见到时好多了。

他是来给梧桐通报情况，顺便告知这次银圆的支配情况。

马少秋说，他用一千大洋找了一个南方药材商人，这个冒充的商人很有派头，粤语说得非常好。他还带了一个助手，顺便当翻译，这个助手是跑江湖的，嘴上功夫很好，他们经过乔装打扮后来到了漩涡街，他们首先找到了万福，塞给了他五百大洋，万福高兴得不得了，引荐给了牛德元。这个助手把这位南方商人吹捧了一番，说他生意都做到国外去了，说外国人钱多人傻，准备在国外建厂，如果这次合作成功，下次他将采购牛德元所有的药材，并且出价比市场的还高一倍。刚开始牛德元对他们的身份充满着怀疑，故意考问他们，问他们党参的功效与作用及禁忌，看他们是不是药材商人，这个商人不懂，叽里呱啦一通，几次挥手，故意露出手上硕大的宝石戒指（其实是假的），还骂了牛德元一句，牛德元听不懂，还望着他笑。好在这个助手懂，他翻译说党参为中国常用的传统补益药，党参的功效主要是补气。最宜用于平素倦怠乏力、精神不振、语音低沉、自觉气短、稍一活动就喘促的肺气虚弱者。侧重于脾胃气虚的人，四肢无力，食欲不振，大便稀便，也宜使用党参。常用党参与白术、茯苓、炙甘草配伍，这就是补气健脾的著名方剂四君子汤。肺气与脾气都虚的，又宜用党参与黄芪、白术、茯苓、陈皮、当归、升麻、柴胡、炙甘草、生姜、大枣配伍，这就是有名的补中益气汤。党参补气兼能养血，这是它的一大特点。所以气血两虚、气短心悸、疲倦乏力、面色苍白、头昏眼花、胃口不好、大便稀软、容易感冒的人，也宜服用党参。党参毕竟是一种药物，不可能"完美无缺"，用之不当亦可引起一系列不良反应，如兴奋、烦躁、失眠等，对邪实正旺者会加重症状，胃溃疡患者服用党参可促使溃疡恶化。助手滔滔不绝一番话，让牛德元彻底打消了顾虑。助手说，我们大量需要党参，有多少要多少，并且高价收购。旁边的万福也说，不用担心卖不出去，牛家土地很多，可以全部种植党参，我们还可私下让全镇的人都去种植党参，我们从中可以赚差价。牛德元问，可靠吗？万福笑着说，如果真是这样，我算了一笔账，按照他们出的高价，最少能挣上百万大洋。牛德元的眼里露出了兴奋的光芒，当场签了协议，助手交了五千大洋定金。牛家现在已开始放弃了其他生意，开始大量种植党参了。牛德元作为一镇之长，他的号召力很厉害，方圆几百里山民都在开始大量种植党参了，没有钱的人家，牛家提前预付。

马少秋说完叹了一口气，接着说："让你损失这么多钱，真不好意思。"

"舍不得孩子套不住狼，我损失一点点，可牛家这次损失就大了，值！"梧桐说，"否则他就会腾出手来，对金家下手了。"

"你这么想我就放心了。"马少秋说，"几年前，牛德元好赌，他向我借钱去赌博，我当场拒绝了，为这事他一直记恨在心。如今他发达了，目中无人，太嚣张了，就该让他也吃点亏。"

"那个商人和他的助手，你怎么安排的？不能让牛德元再找到他们了。"

"你放心吧，他们已走了。为了防止牛德元以后怀疑是马家和金家捣的鬼，我给马富禄特别交代了，我没让他们跟我们接触，连夜就把他们打发走了。这事我已安排好了，只要他们守口如瓶，事成后，我已答应再给他们两千大洋。"

"那就好。"

梧桐想留马少秋吃饭，马少秋说还有事，就告辞了。

转眼到了春季，梧桐每天都可以看到漩涡街附近的人们都在忙于移栽党参，人们谈论的也是党参，没有安排移栽党参计划的人也开始纷纷效仿，人们忙于中耕除草、追肥、排灌、搭架等工序，而金家没有受他们影响，一切都按部就班，麦子熟了，就大量收购麦子。苞谷熟了，就大量收购苞谷。胡豆、辣椒熟了，就大量收购胡豆和辣椒。梧桐又开了一家油坊，专门生产菜籽油、花生油和黄豆油，所以菜籽、花生和黄豆也大量收购，她还通过刘三郎从外地运了一批花生和黄豆。而金家的酒，依然畅销，酒坊里每天都在加班加点。同时，梧桐还做慈善事业，向社会公益事业、慈善机构捐款多达五万多大洋。先后捐建了"漩涡街小学"，让穷人的孩子也有学上，受到了社会各界的广泛赞誉。梧桐认为参与慈善既是呼唤爱心，树立榜样，也是奉献社会，帮助弱势。

经过一年的春夏秋冬，党参成熟了，人们开始挖掘，然后纷纷卖给了牛家。

牛家库房堆满了，装不下了，甚至牛家大院里都堆满了党参，就像一座又一座的小山。

梧桐和马少秋在等待着看一场好戏。

刚开始，人们看见牛德元脸上整天挂着笑，后来笑容没了。他等不及了，派人去南方找那个药材商人，药材商人早就躲藏起来了，派去的人只好垂头丧气地回来了，被牛德元一顿臭骂。牛德元预感到情况不妙，联系其他药材商，低价人家都不要。今年全国各地党参大丰收，别说漩涡街，就是山西上党地区产的党参也大量过剩。四川、云南、河南、河北及东北等地区甚至出现了焚烧党参事件，辛辛苦苦一年，竟是这样结果，他们伤透了心。

牛德元痴痴等待的药材商人终究没有出现，他每天望着堆积如山的党参发呆。万福被牛德元骂了无数次，吓得他以生病为借口，躲了起来。他想等风声过了再回来。他已大概算了一下，这次损失对牛家是个致命的打击，一年的时光都耗在党参上，牛家放弃了其他生意，本想赚得金钵满满，一口吃个超级大胖子，没想到赔得一塌糊涂。

下了几天雨，堆积在院子里的党参开始发潮发霉，好多开始慢慢烂掉了。他让后厨的人弄到灶房当柴火烧，这些湿党参不像干柴，半天点不燃，厨子也不愿意用了。堆积如山的党参长期占据院子影响美观，库房他还要放别的货物，牛德元是一个好面子的人，他派人半夜悄悄拉运到河边，扔到河里去了。

牛德元整天待在家里不出门，像变了一个人似的，这件事对他打击很大，脸上再也没有那种狂妄自大目中无人的表情了，就像被霜打的树叶一样，蔫了。

梧桐得知这一消息，心里暗自得意，就当什么也没发生一样，每天依然忙忙碌碌。

党参事件对牛家的打击是致命的，损失无法估计，牛家到了破产的地步了，相反的金家的生意非常红火，梧桐再次成为漩涡街的首富，汉阴县的首富，甚至整个秦南地区的首富。

第十六章　宴请牛德益

牛德益又回到了漩涡街，这次带回来的是另外一个女人。

人们都以为这个妖娆美丽的女人是他的老婆，其实这个女人是他的恩人。

说到这件事，还得从袁世凯的母亲说起。

袁世凯的父亲袁保中是地方豪绅，不过他并非嫡出，他的母亲刘氏是袁府上的一名丫鬟，虽然长相一般，但是，却有一手好厨艺，袁世凯的父亲特别喜欢吃她做的烙馍，这个丫鬟成了袁老爷的小妾。袁世凯从小就被过继给了他的叔父袁保庆，但袁世凯对母亲很是孝顺。袁世凯的母亲去世的时候是一九〇一年，正是李鸿章与八国联军签订《辛丑条约》后离世的那一年。慈禧当时依然躲在西安，身为朝廷命官的袁世凯向慈禧请假，希望能够回去为母亲办丧事。慈禧正在为自己的命运惊恐忧虑，自顾不暇，断然不会把旁人的事情放在心上，所以她并没有准袁世凯的假，并且将这件事情直接推到大局定了以后。李鸿章重病之际曾举荐袁世凯当直隶总督，慈禧又加封袁世凯为太子少保。于是袁世凯趁着这个机会又一次提出想要回乡将母亲安葬，慈禧总算是应允了，给袁世凯放了四十天的假，赐给他三千两银子作为治丧费。袁世凯在一九〇二年的八月回项城为母亲办丧事一事，在地方官员之间轰动一时。

只是袁世凯没有想到，当时，他同父异母的哥哥已经是袁氏家族的族长，他认为袁世凯的母亲只是一个小妾，根本没有葬入祖坟的资格，于是，便以此拒绝了袁世凯的要求。袁世凯虽然位高权重，却没有办法说服族长，无奈之下，只好另请了一位郭姓大堪舆家，寻找了一块风水宝地，厚葬了母亲。袁世凯的母亲入土为安的那一天，鞭炮齐鸣，连续三天三夜都没有停止过。此外，他还在母亲的随葬品中放了大量的金银财宝，并派遣了一支部队专门守护母亲的陵墓，防止陵墓被盗。即使是这样，他还是不放心，负责守墓的长官朱奎不想一辈子守墓，他想被提拔重用，于是他给袁世凯出了个主意：那就是来一个假盗墓。袁世凯同意了，于是朱奎就按袁世凯的吩咐，天黑时分撤走所有亲兵，独自把坟挖了个大窟窿……次日，这件事传遍全城，为此袁世凯还特意上母亲坟头号啕大哭了一场。

袁世凯认为自己光哭还不够，为了能够彻底震慑盗墓贼，他便怒骂朱奎看管不力，朱奎并不慌张，他还以为这是袁世凯有栽培他的意思。结果袁世凯越骂越凶，最后还下令要将朱奎斩首。

这个时候朱奎依然认为袁世凯只是做做样子，不可能真的将他杀死。直到断头台上，朱奎看到刽子手已经提起了刀，眼看着就要斩下他的头时，朱奎才大喊自己是冤枉的，可惜只成了他的遗言。

盗墓贼蠢蠢欲动，他们看袁世凯竟然如此狠辣，连自己的手下都不放过，果然将他们吓得不敢再惦记刘氏陵墓。朱奎的儿子长大后，一直想为父亲报仇，他隐姓埋名，改为牛子清，加入了同盟会。后来牛子清成功成为牛德益的得力助手，获得了他的信任。牛子清多次出入袁府，但一直没有机会对袁世凯下手。一九一二年一月一日，孙中山在南京宣布民国成立。当时革命党节节败退，武汉三镇已被袁世凯北洋军攻下两镇。同盟会就想暗杀袁世凯，他们就靠牛子清提供的情报，同盟会京津分会成员在袁世凯回家路上埋伏。上午近十二点，袁世凯乘双套马车由卫队保护着出了东华门，行至东华门大街时，突然从酒楼上飞出三颗炸弹，“轰轰”两声巨响——有一颗未炸，护卫管带袁金标当场被炸死，双套马车的两匹马也被炸伤，但是，袁世凯却毫发未损，在卫兵的簇拥下，急忙逃走。官兵包围酒楼，抓捕十人，其中在杨禹昌、张先培、黄之萌三人身上查出用蒲叶包裹着的炸弹。袁世凯令营务处陆建章采用电刑逼供，要三人招供同伙及指使者。杨、张、黄三烈士坚贞不屈，慷慨激昂，严斥“袁世凯是窃国大盗，国人恨之，炸袁出自爱国热情，要杀便杀，别无他说”。陆建章用尽酷刑，始终没有得到任何口供，只得将三烈士处以死刑。陆建章下令以棉花裹身，浸湿煤油，将三人活活烧死。三人遇难的当天晚上，革命党人将三具尸体运走，密葬于农事试验场松林内。又有人举报，牛子清参与了这场行动，给革命党提供了情报。陆建章派人去抓牛子清，牛子清早已逃之夭夭，不见踪影。牛子清作为牛德益的帮手，自然被问责，陆建章看不惯牛德益拍马屁的嘴脸，他要把牛德益置之死地，就把他抓了起来，扬言要砍头。好在袁世凯的情人沈佩贞出面求情，袁世凯才网开一面原谅了他。牛德益在袁世凯面前表忠心，说明刺杀大总统这事跟他真的没有关系，愿意一辈子效忠大总统。后来为了表现，为了感谢沈佩贞，他就邀请沈佩贞来漩涡街玩耍，顺便考察投资和做生意，目的是为了让她赚一笔，自己也赚一笔。

梧桐知道牛德益回来了，漩涡街又将不会安宁了，她派人去打听，原来这个女人是“大总统门生沈佩贞”，名片上是这样写着的，其实是袁世凯的相好，牛德益为了讨好这个女人，带这个女人来游山玩水，顺便考察项目，合伙投资做生意。

几年前梧桐就曾听说过，辛亥革命的时候，有个组织五百女子炸弹敢死队准备奇袭北京的“女流氓”沈佩贞。难道这个女人就是那个沈佩贞？如果真是，这个女人不简单，是个难对付的对手。梧桐也听人说过，这个女人也可算是革命家，性格豪放，能喝酒，酒量惊人，常常把男人喝趴下她却没事一样，并且她喜欢出风头，动辄使用武力，为名利不择手段，处处傍大款，认干爹，黎元洪、袁世凯皆拜倒其石榴裙下。据说她还是黑帮老大，经营着几十间妓院。这样的一个女子，曾经因为当时对于“男女主权”条款的不满，带领一群义愤填膺的女子全副武装闯入参议院，还打了当时在主席台上的秘书长宋教仁，扇其耳光，大闹参议院，哭声震天，其勇猛无人能敌。除此之外，并且还以“支持帝制”之名，自认为袁世凯的“门生”，出入各种名流社会场所，但实际上是“高级娱乐场所”，沈佩贞和当时京城执掌军权的江朝宗非常暧昧，认江朝宗当干爹，两人经常一起出入当时的各种娱乐场所，声色犬马无所不为。后还因为《神州报》发布了这一轰动消息，她气势汹汹地带人冲进主编汪彭年的汪公馆大闹一场，把东西砸烂，一时弄得沸沸扬扬。袁世凯虽然不满其行为，但也只能睁一只眼闭一眼。

梧桐心里在琢磨，牛德元刚刚遭受打击，牛德益和沈佩贞就回到了漩涡街，难道是巧合，还是他们听到了风声？上次牛德益回来，她想请他吃饭，被拒绝，她就感觉到了情况不妙。金枝叶跟牛德益走得近，牛德益给唐县长打了招呼，所以她才被抓了起来关进大牢，通过这件事她也明白了别人告诫她的：民不与官斗。刚好唐县长闻讯牛德益回来了，他也赶到了漩涡街，他像条哈巴狗一样跟在牛德益和沈佩贞屁股后面，他们在山上转来转去的，也不知道是干啥。梧桐还听别人说是从报纸上看到的，说袁世凯对工业、农业、商业三者并重发展，工业方面，他出面筹钱督修铁路，新开工厂四千多家，民族资本兴建的面粉厂、火柴厂、卷烟厂、造纸厂以及采煤、冶炼企业，得到长足发展。财政金融方面，袁世凯筹公债、整顿税收、开办银行、疏通金融、改革币制，这些举措不仅缓解了当时的财政危机，也促进了中国财政金融的现代化。而这些信息对她来说是闭塞的，金家要发展，必须要走出去，接近牛德益和沈佩贞，可以了解当前天下形势，同时也可看看有没有合作或投资的机会。梧桐又想到了邀请他们吃饭，这次必须成功。

梧桐派人给牛家送去了上等好酒，顺便把请帖也交给了牛德元，请帖上写着邀请牛德益、牛德元和贵宾沈女士，明天中午在金家望江楼一聚。

这次牛德益回来后，牛德元的脸上气色好多了，他接过请帖满口答应了，本来他就一直想在金家望江楼宴请弟弟和沈佩贞的，金家望江楼的菜肴自从加了甜油和豆瓣酱等调料后，生意特别火爆。党参生意亏损后，牛德元一直窝在家里很少露面，感觉没脸见人，而牛德益又让他看到了希望，天无绝人之路。

梧桐来到了望江楼，给哥哥梧果和嫂子交代一番，说明天有贵客来，让他们重新把酒楼清洗一遍，要一尘不染，蔬菜和肉类也要提前准备下，人手不够，她可以增派人员，明天必须要让厨子们把最拿手的手艺毫无保留地展示出来。

梧果笑着拍着自己的胸脯说："妹子，你放心吧，包在我身上。"

梧桐转身对嫂子说："嫂子，这事就拜托你了！"

嫂子说："有我监督着，没事。"

梧桐又去酒坊找庞光远，说了明天中午请客的事，梧桐还说："本来我也邀请了马少秋，但他说身体不舒服，去不了。"

"你想想看，在漩涡街马家牛家金家，就像三国鼎立，马家败落，马家和牛家有不共戴天之仇，就算马老身体健康，他也不会去的，他能跟逼死自己女儿的仇人和霸占马家财产的人坐在一起吃饭吗？"

"我怎么就没想到这些问题呢？"

"你请了，去不去是他的事，免得别人背后说闲话，说金家是势利眼。"

梧桐说："你明天不该问的别问，不该说的不说，你主要的任务是陪客人喝酒，要让客人喝好喝高兴，不要自己喝醉了，客人还没醉。"

"喝酒，在漩涡街我是这个。"庞光远竖起大拇指说，"去年喝酒大赛，'酒王'称号还不是被我夺得了。"

"你别吹了，明天你别给我出丑。"梧桐说，"别让那个'女流氓'把你灌醉在桌子底下。"

"笑话，我'男流氓'还怕一个'女流氓'？"

梧桐踢了庞光远一脚："别在这里废话了，快去准备酒去。"

庞光远呵呵笑着走了。

梧桐一直担心牛德益和沈佩贞会不会来，让她高兴的是第二天他们准时来到了望江楼。

梧桐拱手相迎："欢迎欢迎！请进请进！"她的目光落到沈佩贞的脸上，这个女人貌美如花，身材很好，性感凹凸的身材，呈现女人撩人韵味，怪不得那么多男人拜倒在她的石榴裙下。

牛德益对梧桐介绍说："这位就是大总统门生沈佩贞。"

"久仰久仰。"梧桐微微一笑。

“这位一定是金家大掌柜梧桐小姐，关于你的故事，我听牛德益提过，你也是位了不起的人物啊，秦南地区的首富。”

“过奖了，我哪能跟你比，你才是巾帼英雄！是我的偶像，是我学习的榜样！”“你连宋教仁都敢扇耳光，令我佩服。”梧桐嘴上这样说，心里却在这样说，好一个心狠手辣、蛇蝎心肠、荤素不忌、黑白通吃的女人。

沈佩贞哈哈笑了。

梧桐伸手做了一个请的手势。沈佩贞身后跟着两个身材魁梧满身肌肉的男人，他们面无表情，一左一右跟随着沈佩贞进去了，梧桐猜想可能是她的保镖。

梧桐望着他们身后的唐县长和牛德元笑了笑，点了点头，算是打招呼了。

等候在包间的庞光远和小梅热情地招呼他们入座，沈佩贞坐上席，紧挨在她旁边的是牛德益和唐县长，牛德元坐在唐县长旁边。梧桐和庞光远就随便坐下了。庞光远招呼站在沈佩贞后面的两个男人入席，沈佩贞摆了摆手，示意不用了。两个保镖站得笔直，一动不动。站在旁边的小梅就开始倒茶水。

沈佩贞环顾了一圈，目光落到庞光远的脸上：“这位小伙子人倒长得不错，他是？”

梧桐笑着说：“他是我的酒把式，叫庞光远。今天诸位将要喝的酒，就是出自他的手。”

“是吗？我今天倒要多喝点，倒要看看他酿的酒如何。”

庞光远站起来，向沈佩贞鞠了一躬：“请多多关照。”为了参加这次聚会，梧桐让裁缝店加班加点给他定制了一套衣服，他感觉在众人面前穿新衣，浑身有点不自在。

“人都到齐了吧？”沈佩贞说。

“到齐了。”梧桐说。

沈佩贞笑着说：“两个男人夹着我，找个同伴说话不方便，梧桐小姐，你还是过来坐在我身边吧。”

牛德益立即站了起来说：“少奶奶，你还是坐我的位子吧。”

坐在沈佩贞旁边的唐县长也站了起来，腾出位子：“大掌柜，你还是坐我的位子吧。”

“使不得，使不得。”梧桐摆了摆手。

唐县长把梧桐推向了自己的位子。唐县长坐在了庞光远的身边，目光冷冷望了庞光远一眼。

“上菜！”梧桐喊了一声。

十个凉菜端了上来，荤素搭配，色泽鲜明，造型很好，几乎都是当地的特色菜。酒也倒上了，梧桐做了个简单发言，大致的意思就是欢迎“大总统门生沈佩贞”“大总统爱将牛德益”，然后就开始碰杯喝酒吃菜。

沈佩贞喝了几杯后赞不绝口：“这酒具有醇香秀雅、醇和绵甜、酒体丰满、尾净悠长之风格。”

“原来您也是行家啊。”梧桐说，“为了迎接您这位尊敬的贵客，我把珍藏几十年的好酒都拿了出来。您走时，我送您几坛，顺便也捎给袁大总统几坛，让他也尝尝，多给金家酒美言几句。”

沈佩贞哈哈笑了：“一定一定，不过，上次大总统在回家路上，遭到同盟会的炸弹暗杀，炸死袁卫队长等十人，大总统幸免于难。从那以后，他喝酒就少了，但只要我这样说：饮酒饮金酒，财神跟着走。常饮金家酒，能活九十九。大总统一听，保证会喝。”

众人哈哈笑了。

牛德元说：“我听说大总统下令解散国会，废止中华民国临时约法，还正式推出新的《袁氏记法》，改内阁制为总统制。之后还修改了总统选举法，总统任期十年，任届没有限制。”

“千真万确。”沈佩贞说。

“这么说袁大总统，永远都是大总统。”牛德元笑着说。

沈佩贞微微一笑，左右看了看，小声说：“其实大总统的目的是想当皇帝，他想建立中华帝国，到时你们就知道了，这事千万别外传。”

大家频频点头。

沈佩贞接着说：“宋教仁在上海遇刺身亡，孙文（孙中山）、黄兴等指责是慰亭（袁世凯）授意暗杀，慰亭则予以否认；当时的证据指向时任国务总理赵秉钧涉嫌教唆杀人，而宋案凶手武士英则是共进社成员，属国民党阵营。宋教仁案成为历史之谜。孙文组织了中华革命党，武力讨伐慰亭，结果遭到失败，跑到了日本。孙文现在成了慰亭的心头之患。”

牛德益说：“孙文这是螳臂当车，现在天下已是袁大总统的。”

沈佩贞端起酒杯说：“不谈国事了，喝酒。”

大家站了起来，再次举杯共饮。

沈佩贞品尝了几道菜，赞不绝口。牛德益立即滔滔不绝地说：“漩涡街的居民多是明、清两代的湘鄂粤闽赣皖移民，各种地域文化在这里碰撞、融合、交叠、沉淀和重新排列组合，形成了独特的饮食习俗。民间品种繁多的风味小吃，更是我们这一带饮食一绝。既有南方风味的糍粑、粽子、米酒、甜浆子，又有北方风味的各色面食和糕点，还有西北的羊肉泡、火烧羊肉串、浓厚川味的麻辣烫；既有周秦的烧、烤、烩、蒸、煮；又有汉唐的炸、炒，还吸收了煎、爆等。如汉水蒸盆子五香俱全，烩凉粉酸辣可口，油炸吸豆清酥脆嫩，煎糍粑外香脆里软嫩，烧腊肉油而不腻，烙水饼薄、透等等，均可称为色、香、味俱佳的上乘食品，品味这些小吃，不仅是能量营养补充，也是一种美的享受。”

“美食家！”唐县长跷起大拇指连连称赞。

梧桐示意了一下庞光远，让他敬酒，打通关。庞光远站了起来，望着沈佩贞说：“女侠姐姐，您也是我的偶像，入乡随俗，我敬您一杯。”

沈佩贞望着庞光远呵呵笑了，笑得很迷人，她的目光在庞光远的脸上舔来舔去：“好啊！”

“先干为敬！”庞光远举起杯子一口喝了，把空杯子示意给她看。

沈佩贞举起杯子也一口干了。

“好事成双，我再敬您一杯酒！”庞光远说。

沈佩贞端起杯子也一口干了，目光紧紧盯着庞光远说：“你先陪他们喝，等会儿我们喝杯交杯酒！”

庞光远脸一下红了。

这时开始上热菜了，鸡鸭鱼肉、牛肉羊肉、鳖虾螃蟹都有，蔬菜也是五颜六色搭配，当地的蘑菇香菇木耳也样样俱有，还没吃，就闻到满屋香味。

梧桐招呼客人吃菜，她说：“鱼是早上在河里打捞的，鳖也是现抓的，鸡是现杀的，菜是从地里现摘的，大家多吃点。”

沈佩贞边吃边赞不绝口：“牛德益多次邀请我来汉阴县漩涡街，说漩涡街的人好吃会吃，我一直不信，今日一见，果然名不虚传。回头请大总统也来品尝一下。”

牛德益说：“我给大总统说了几次，他总说忙，不给我面子。还是‘大总统门生’说话有分量，你让他来，他不敢说不来。大总统要是能来漩涡，这可是将要载入《汉阴县志》的事。”

唐县长向沈佩贞投去敬佩的日光，本来小梅要给大家舀汤，唐县长夺过小梅手中的勺子亲自给沈佩贞舀了一碗鳖汤：“哪天去我的府上，我请您吃金州有名的烤鱼。”

“好啊！”

庞光远继续打通关，他从牛德益开始敬酒，然后就是唐县长和牛德元。庞光远一轮通关打完，牛德元端起酒杯从沈佩贞开始了。

沈佩贞果然好酒量，来者不拒。轮到梧桐时，牛德元说："我也敬大掌柜一杯！"梧桐说："牛镇长，我不能喝酒，以茶代酒。"牛德元说："这怎么行，人们都把你叫'西北酒王'，你不喝酒，这怎么说得过去？刚才你不是跟'大总统门生'都喝了，你不喝，不给我面子？"梧桐无奈，只好喝了。

牛德元通关打完，接着轮着唐县长打通关了。唐县长也好酒，平常他喝的酒几乎都是金家免费赠送的。他跟沈佩贞对碰了三杯，唐县长面色有点发红了，沈佩贞面不改色，谈笑自如。轮到梧桐跟前时，梧桐说："我以茶代酒。"唐县长说："这怎么行呢，刚才跟德元都喝了，跟我不喝，这是啥意思？"梧桐豁出去了，端起酒杯喝了，脸色顿时面如桃花，很好看。接着轮着牛德益打通关，又是从沈佩贞开始。一会儿就到梧桐跟前了，梧桐说："我真的不能喝了。"梧桐找话岔开说："我看你们这几天，在山里转来转去，不是为了游山玩水吧？"牛德益笑着说："你喝了，我就告诉你。"庞光远接过话说："我替少奶奶喝。"牛德益鼻子一哼："你算老几？你是她什么人，你有资格替他喝吗？"庞光远无话可说，唐县长的目光在庞光远和梧桐的脸上扫来扫去，似乎想看出来什么，梧桐硬着头皮喝了。

牛德益得意地说："大总统大力发展工业和修建铁路，可惜我们这里没有大型煤矿铁矿什么的，只能靠山吃山了。修铁路铺轨道需要大量的碎石，而漩涡街最不缺的是碎石，我和'大总统门生'想办个采石场，刚好牛家有船队，一举两得。"

梧桐说："这个主意不错。"

牛德益说："地点我们都已选好了，在漩涡街下边的回水湾，这里几乎没有住家户，便于开采，同时离码头又近。简易厂房我们已开始修建了，采石机器设备很快就会运到，很快就会投入生产。同时我们还将在漩涡街建一家造纸厂，这个厂我们可是以国家的名义建设，上面的资金大大的……"

沈佩贞咳嗽一声，牛德益立即闭上了嘴。

梧桐望着沈佩贞说："有没什么好的项目，给我也介绍一下。"

沈佩贞说："我想投资金家酒业，让大总统把金家的酒定位中华民国'国酒'，招待外宾就用金酒，号召全国人民都要喝金酒，这样一来，金家的酒供不应求，你说还愁没钱赚吗？"

梧桐微微一笑："'大总统门生'真会开玩笑！"

"我是认真的。"沈佩贞说。

"真的吗？那太好了。"梧桐说，"请问，您想怎么投资？"

沈佩贞说："当然是入股分成，这话回头再说。"

"喝酒，喝酒！"牛德益喊了起来。

几圈下来，梧桐趴在桌子上了，她从来没有喝过这么多酒。牛德益也喝得差不多了，说话也开始神神道道的。唐县长开始不停拍马屁，劝沈佩贞喝酒，沈佩贞经久沙场，什么人没见过，她几句话说得倒是让唐县长一杯接一杯喝，反而她稳坐泰山，见招拆招，一杯没喝。唐县长招架不住了，趴在桌子上装醉。

牛德益一把揪住唐县长的衣服说：“你别装了，我知道你酒量。喝！”

唐县长开始告饶：“兄弟，饶了我吧。”

牛德益指着唐县长的鼻子说：“你还想不想当县长？”

“当然想。”

“那就喝。”

唐县长端起酒杯干了。

牛德益拍着唐县长的肩膀说：“别说县长，就是省长、将军，还不是我沈姐一句话，你看着办吧。”

小梅斟满酒，唐县长端起满满的酒，对沈佩贞说：“我再喝三杯，还请以后多多关照！多多提携！改天一定要去我的府上，我要尽尽地主之谊。”唐县长把酒倒进嘴里，连喝三杯。小梅又给他斟满，唐县长又敬了牛德益三杯酒，这三杯下去，他真的醉了，溜到桌子下面去了。

沈佩贞夹了一点菜放进嘴里，面带微笑望着庞光远，庞光远和牛德元较上了劲，都不服，庞光远说：“酒杯太小了，拿碗来喝！”牛德元说：“谁怕谁啊，拿碗来！”

小梅拿来两个空碗摆在他们面前，庞光远抱起酒坛把两碗倒满，两人端起碗，一口咕咕干了。

“好酒量！”沈佩贞拍手喊了一声。

庞光远抱起酒坛又把两碗倒满，两人端起碗，一口咕咕又干了。

“吃点菜，吃点菜。”沈佩贞兴致勃勃地说，她仿佛成了裁判。

庞光远抱起酒坛又把两碗倒满，两人端起碗，一口咕咕又干了。

庞光远再次抱起酒坛又把两碗倒满，两人端起碗，再次一口咕咕又干了。

旁边的小梅劝道：“别喝了。”

庞光远推开小梅，抱起酒坛又把两碗倒满，他双手端起碗，说：“来，一块儿干！”庞光远早就看不惯牛德元了，只想把他灌趴在桌子下面。

牛德元站了起来，腿开始发软：“兄弟，你饶了我吧，我认输！”

“你不是号称全镇最能喝的人吗？怎么认屄了？”庞光远讥笑道。

牛德元不喜欢人们说他屄，他狠狠瞪了庞光远一眼：“小子，我记住你了。”说完他端起酒，酒喝了一半，另一半顺着他的嘴流到衣服上去了。牛德元放下碗，一手扶住椅子，一手抹了抹嘴，身子一歪，也溜到桌子下面去了。

沈佩贞目光环顾，梧桐和牛德益趴在桌子上，唐县长和牛德元溜到桌子下面去，桌子上只剩下庞光远一人还是清醒的，她目光落到庞光远的脸上，脉脉含情地说：“小伙子，好酒量，我喜欢你这种喝酒豪爽的人，现在就剩下我们两人了，我们是否可以喝一杯了？”

“当然，没问题。”庞光远说话有点吐字不清了，他不敢看沈佩贞的目光，他想起了梧桐交代给自己的任务，要让客人喝好，现在客人向自己发起了挑战，他自然要应战。他现在有点后悔不该跟牛德元拼酒了，他心里明白自己已喝得差不多了，再喝几杯估计就会倒下。

两人碰了一下，共同举杯干了。

这时沈佩贞的两个保镖站在门口，无关人员不能进入。小梅给他们又端进去几个热菜，然后也站在门外待命。

“我们喝个交杯酒吧？！”沈佩贞的目光带着挑逗。

沈佩贞大胆挽住庞光远的手，目光有点迷离，庞光远闻到了她身上的香味，他的步子乱了，目光开始飘逸，站在他面前的沈佩贞在飘逸的目光中慢慢变成了梧桐，庞光远一直想公布他和梧桐的关系，正大光明地住在一起，但每次都被梧桐拒绝了，让他再等等。这要等到猴年马月啊，他心里一直也憋着气，所以今天要跟牛德元斗酒，他也想发泄一下。两只手臂紧紧缠绕在一起，沈佩贞挑逗地说：“喝了这杯酒，你就是我的人了！”庞光远喝下这杯后，彻底醉在了沈佩贞的怀里。沈佩贞哈哈笑了，她轻轻拍着庞光远的脸，全桌人都喝倒了，唯独她没事。

梧桐微微睁开眼，看见他们手臂缠绕在一起，动作亲密，她想站起来，腿没有力气，嘴想喊，喊不出来，双眼皮如千斤般沉重，又微微闭上了。

第十七章　风云再变

牛家的采石场在鞭炮声中正式宣告开业。

采石场开业后，沈佩贞和牛德益离开了漩涡街，他们把业务交给了牛德元，让他去打理。万福成了采石场的监工，同时管理账簿。

万福招了一批工人，还雇了一批童工、妇女和老人，让他们用铁锤把石头砸成鸡蛋般大小。每天，都要传来好几次炮声，那是采石场在用炸药炸山上的岩石。有时声音很大，地动山摇，不知道的还以为发生了地震。每天码头停满了船只，他们源源不断地用牛家船队运往汉江和长江沿线的工地。

造纸厂的地点也选好了，厂房也在建设中，离漩涡街不远，这是国家投资的项目，交给牛家负责运营，厂房牵扯到几家住户要搬迁，因赔偿一直谈不拢。牛德元指示地痞流氓半夜把他们捆绑起来，拖到荒山野外，然后把他们房子强行拆了。等他们回来时，房子没了，变成了平地，他们去县上告，唐县长推来推去，这事就一直拖了下去，而厂房很快就建设好了，造纸厂设备也安装好了。

造纸厂建在金家酒坊上面，当时庞光远也曾给梧桐提意见，说造纸厂不能建在酒坊附近，造纸厂每天排出的污水会间接污染到酒坊的水质，说不定对酒的质量也会有影响。庞光远还说，这肯定是牛德元故意把厂址选在那里的，他这是黄鼠狼给鸡拜年，没安好心。梧桐找过唐县长，唐县长说他也没办法，这是民国政府投资的厂，谁敢干涉。梧桐也无能为力，只好作罢。

开业这天，锣鼓喧天，彩旗飘飘，民国政府也派了人来，他们前呼后拥，唐县长更是忙前忙后，照顾得无微不至，还在金家望江楼隆重地招待了他们。

漩涡街从来没有这么热闹过，这些天来，金家的酒销售也猛涨。

这些日子来，梧桐感觉到特别轻松，为了酒坊长久发展，她又购买了上百亩土地，酒坊也扩大了规模。如今她的生意步入了正轨，她不用整天操心了，她把主要精力用在了儿子金元宝身上。金元宝转眼都四岁多了，她给他请了私塾先生，专门教他念书识字。梧桐也感觉到了自己知识匮乏，他每天陪着金元宝一块儿学习，学习中国传统文化、国学经典、《弟子规》等及毛笔书画，她要从小好好培养他，等他大了，再送到县城省城去上学，甚至她连儿子今后的路都给他规划好了。

中华民国突然变成了洪宪元年，梧桐感觉到了奇怪和迷茫。

漩涡街的消息是闭塞的，自有了采石场和造纸厂后，每天南来北往拥入古镇的人越来越多，经常在街上能听到外地人的各种说话口音。而关于袁世凯的一些消息就是这样传播进古镇的。

他们说，在国会、妓女请愿团、乞丐请愿团、筹安会和各省国民代表的推戴下，恢复了君主制。袁世凯多次假装揖让，最终接受皇帝之尊号，准备建立中华帝国，袁世凯身着衮冕在天坛祭天，并拟定于一九一六年一月一日举行登基大典，年号洪宪，把总统府改为新华宫。然而，孙中山、梁启超等人坚决反对帝制，北洋将领段祺瑞、冯国璋等也深为不满，段祺瑞致电袁世凯，"恢复国会，退位自全"。蔡锷、唐继尧等在云南宣布起义，发动护国战争，讨伐袁世凯。贵州、广西相继响应。袁世凯置之不理，他按期举行登基大典，成了皇帝。他们还说，现在全国乱成一锅粥，好多地方都打起来了，成了军阀混战。

计划没有变化快，梧桐的生意突然出现了下滑，销往外地的酒也慢慢下降了，刘三郎告诉她，好多地方都在打仗，他的船队暂时也停了下来。酒的产量供大于求，库房积压了很多酒，多到都没地方放了，梧桐只好下令暂停生产，让酒坊的工人都种地去了。牛家的生意也停了不少，但采石场和造纸厂的机器依然每天二十四小时在运转，战乱好像对他们没有丝毫影响。

转眼又是几个月过去了，算盘在码头捡了一份报纸，他把报纸上的消息告诉给了梧桐：一九一六年三月二十二日袁世凯被迫宣布退位，恢复"中华民国"年号，起用段祺瑞为国务卿兼陆军总长，企图依靠段祺瑞团结北洋势力，压制南方起义力量，但起义各省没有停止军事行动。梧桐让算盘时刻关注当前形势，只有了解当前形势，才能知道下一步该做啥该投资啥。

梧桐问："你对当前局势，是怎么看的？"

"我只会算账，我哪懂这些啊？"算盘不好意思地说。

两个多月后，也就是六月六日，袁世凯因尿毒症不治而亡，时年五十七岁。当这个消息传到漩涡街时，梧桐大吃一惊，她似乎预感到了漩涡街要出事了。

漩涡街的人们都在议论，说今年天干，麦子收成减产，原来是当了八十三天皇帝的袁大头去世了。马富禄整天无事，他倒背着双手在街上晃荡，他插话说："漩涡街将要变天了。"没人搭理他，自他把马家商船和马帮败给牛家后，他就成了好吃懒做、坐吃山空的典型代表，人们都喊他酒鬼烟鬼，甚至把他当成了疯子，人们见了他都躲得远远的。马富禄自感没趣，摇摇晃晃离开人群唱了起来："今朝有酒今朝醉，人生得意须尽欢。皇帝请我当女婿，我嫌路远我不去……"马少秋举着拐杖站在门口望着马富禄的背影，唉声叹气，自己上辈子做了什么事，竟然生出来马富禄和马富祥这对活宝来，他甚至怀疑三太太了，怀疑他们是不是自己亲生的。而马啸天和马剑锋是他疼爱的两个儿子，可惜至今没有他们消息，生死未卜。面对如今世道，他自称老江湖，他也看不明白了，大清皇帝下台，中华民国成立，皇帝又上台下台，又是中华民国。马少秋自言自语地说："漩涡街也许真的要变天了。"

自袁世凯一死，北洋政府灰飞烟灭，袁世凯手下的几位军阀各自为政，皖系军阀以段祺瑞为首，其主要势力在安徽。奉系军阀以张作霖为首，始终将东三省牢牢掌握在手中。直系军阀以冯国璋、曹锟和吴佩孚为首，占据北京、河北、江苏、江西、湖北等地。晋绥系军阀以阎锡山为首，其势力主要在山西一带。西北军阀以冯玉祥为首。但在军阀林立的民国时期，皖系、奉系、直系他们的势力仍然是最为强劲的。西南军阀主要指盘踞在西南地区的滇系、桂系、粤系、黔系、湘系和川军等，虽然势力比不上北洋的"皖、直、奉"三大军阀，但实力同样不可小觑。

袁世凯死后，黎元洪任总统，段祺瑞出任总理，恢复"约法"，旧国会亦恢复。不久，黎元洪与段祺瑞因为就中国是否向德国宣战，发生府院之争。段祺瑞主张参战，而黎元洪及国会有所保留。后来，黎元洪免去段祺瑞总理之职，并且引督军团团长张勋入京，张勋入京就像是引狼入室，张勋一直在背后策划，他想拥护溥仪复辟，想重新把溥仪推上皇帝宝座，于是国会被解散。"张勋复辟"最后被段祺瑞镇压，黎元洪引咎辞职，总统之职由冯国璋取代。段祺瑞称事件为"再造共和"，指旧国会已被解散，原有法统亦已不再存在，于是与梁启超等组织临时参议院，成立新政府。

张勋拥清废帝溥仪复辟，孙中山极为愤怒，即偕廖仲恺、朱执信、何香凝、章太炎等人乘"海琛号"军舰从上海南下，准备在南方组织武力讨伐。但孙中山尚未到达广州，复辟丑剧即告结束，而重新掌握北京政府大权的段祺瑞却在宪法研究会的鼓噪下，顽固地拒绝恢复《临时约法》和召集国会。在这种情况下，孙中山便将斗争矛头直指以段祺瑞为代表的北洋军阀。孙中山抵达广州，当晚发表演说，明确提出护法的宗旨是打倒假共和，建设新共和，并呼吁各界奋起为护法而斗争。会议决定在广州成立国民党政府军政府，以孙中山为军政府大元帅，唐继尧、陆荣廷为元帅。孙中山以大元帅名义通电否认以冯国璋为总统、段祺瑞为国务总理的北京政府，号召北伐。

规模较大的有湖北襄郧镇守使、鄂军第九师师长黎天才等组织的“湖北靖国军”，在襄阳宣布“自主”；前陕西警备军统领郭坚组织“陕西护法军”，在凤翔宣布“独立”。此外，在山东、河南、浙江、江苏、安徽、福建、甘肃，乃至东北等省区，都先后组织了“护法军”“靖国军”，宣布“独立”或“自主”，护法战争的烽烟席卷了全国大部分省区。这种形势使孙中山非常振奋，他多次召集军事会议，制定了护法北伐的进兵战略：令桂、滇两军肃清湘、川北军，出师合击武汉，其他各路护法军、靖国军也与桂、滇军会师武汉，然后占领南京，大举北伐，会攻北京。

桂、滇两系军阀不仅在护法战争中勾结直系罢兵议和，破坏孙中山护法宗旨，而且还拉拢国会中的政学会分子和国民党稳健派破坏护法军政府，排斥孙中山，企图攘夺护法运动的领导权。

孙中山看透了西南实力派名为护法、实为争夺地盘的面目，认识到依靠军阀不可能达到护法救国的目的，遂于次日离开广州，前往上海。护法运动宣告失败。

这些消息都是梧桐从报纸上和别人嘴中得知的，山高皇帝远，漩涡街仿佛丝毫没受到外面的风雨影响，依然是个安静的古镇，就像是个与世隔绝的世外桃源。梧桐欣慰的是牛家的采石场和造纸厂，随着袁世凯的去世而关门了，采石场和造纸厂的厂房随即杂草丛生，成了兔子的藏身地，同时也成了人们放牛的一个好地方。关于牛德益的消息，梧桐知道得很少，有人说他是墙头草，投靠了段祺瑞，转眼成了段祺瑞身边的红人。又有人说他投靠了冯国璋，还有人说他投靠了张作霖，反正他日子依然过得潇洒，如鱼得水，她不得不佩服牛德益拍马屁的功夫。她也悄悄打听过马啸天和马剑锋的消息，结果还是没人知道。

刘三郎的父亲老东家去世后，刘三郎成了刘家“义生昌号”的大掌门人。金家酱园店、油坊、酒坊等虽然照常运转，但生意没有以前那么好了。战乱纷纷，产品要销售到外地比较困难了，好多产品只能在当地销售。

日子就这样波澜不惊地流逝着，一年又一年，直到牛德益带着军队回到漩涡街，平静的日子终于被打乱了。

梧桐听说，牛德益跑了回来。直系冯国璋、曹锟和吴佩孚联盟奉系张作霖进攻皖系。皖系方面号称定国军，段祺瑞为总司令，封牛德益为西路第二师师长。一开始，牛德益气势汹汹，打了不少胜仗。吴佩孚率兵突袭松林店，这时张作霖大军压境，与直军结合，反败为胜。这次战争历时五日，皖军大败，数万新组建的边防军大半覆没。牛德益见大势已去，干脆带领自己的手下残余部队，悄悄回到了汉阴县。汉阴县的唐县长跟牛德益本来是一丘之貉，他们一拍就合，他们也想占山为王，成为新的军阀。他们开始招兵买马，购买枪支，随着他们队伍不断壮大，整个秦南地区都成了他们的地盘，甚至当地官员的任命都是他说了算。转眼，牛德益自封为总司令，成了小霸王、小皇帝。其实，袁世凯在世时，牛德益打着大总统的旗号弄了不少钱，他早就给自己留了一手。牛德益自成了袁世凯身边的红人后，他就以各种名义巧取豪夺，连他的幕僚都看不下去了，就提醒他要适当收手，否则民怨太大。幕僚这么一说，牛德益还真有点害怕了，这个位置要是丢了，那可就啥也没有了。于是，他就想了一个办法。以前，每天来找他的亲戚很多，这些穷亲戚来了，牛德益都闭门不见，或者多少拿些银圆尽快打发他们走。可这段日子，他完全变了，每个人来他都是好好招待，而且对外宣称："这些穷亲戚在家乡活不下去了，我是个重感情的人，不能不管。"很快，秦南地区的十几个县城就出现了一种很有意思的现象：许多街道繁华处都立起了"春"字号的招牌，有醉花春、醉乡春、汉宫春、明湖春、一枝春等等，有经营饭馆的，有经营茶馆的，还有经营旅馆的……经过有心人调查，这些"春"字号的主人，都是前来投靠牛德益的亲戚，人们很快就想明白了其中的缘由。原来，这是牛德益新想出来的一个敛财办法。他对别人说："这些亲戚来投奔我，我不能安排在总统府、督军府和县衙办事，他们毕竟不是公职，可又不能不管，我就自掏腰包给每个人发本金，让他们回县城做生意。做好了，还给我本钱；做赔了，都算在我头上。"牛德益的这番解释，看似很清廉，其实这就是对他敛财的粉饰。这些商号背后的老板都是牛德益和牛德元，而且因为牛德益的号叫"子春"，于是所有店铺都带个"春"字，意图很明确：我把"春"字号招牌打出去了，那些地方军府采办、各地富商都自己看着办。当地官员少不了有事要求他，自然这些带"春"字号的商铺饭馆茶馆等等生意就非常好。有了钱后，牛德益就以哥哥牛德元的名义在省城、县城等地购买了几百套房子和商铺，光每年的租金都不少。

牛德益回到漩涡街的那个下午，梧桐带着七岁的金元宝在牛家人院门前玩耍，老远她就听到了锣鼓声，接着出现了迈着整齐步伐扛着长枪的士兵，中间八人抬着两顶轿子，轿子后面又是长长的扛着长枪的士兵。轿子从金家门前经过时，走在后面轿子的帘子被掀起了一角，梧桐看见了坐在轿子里的人就是牛德益。这次他是大张旗鼓地回来，他要告诉人们漩涡街是他的，整个汉阴县及秦南地区都是他的了。牛德益向梧桐挥了挥手，出于礼貌，梧桐微微一笑也挥了挥手。随着轿子远去，梧桐让金元宝捂住嘴，大街上已扬起了厚厚的灰尘。

“谁啊，这么大的排场，”庞光远走了出来，自问自答，“一看就是那个牛德益兔崽子。”

“不是他，还能是谁？”梧桐顶了一句。

“狼来了。漩涡街又不得安宁了。”庞光远淡淡说了一句。这些年来，庞光远一直想公开他和梧桐的关系，他不想再偷偷摸摸的了，他想光明正大地跟梧桐生活在一起，风风光光办一场婚礼，而梧桐一推再推，这让他的心里很不高兴，对梧桐也有颇多的怨言。关于梧桐跟马啸天之间的事，他也听到了一些，庞光远心里很不是滋味，难道她在等马啸天？庞光远把这事憋在心里憋得难受憋得慌，最终他忍不住还是问了，关于她和马啸天之间过去的事。梧桐不想再提起，她听了庞光远质问的口气很不友善，她也重重回了一句，是啊，咋的？庞光远顿时像霜打的茄子蔫了，一句话不说。后来两人只要一提到马啸天，两人就要争吵几句。原本梧桐早已把马啸天忘了，庞光远一次又一次提起马啸天，往事一幕幕在她眼前又出现，关于马啸天的记忆一点一点全部复活了，她真的就非常想念马啸天，希望他活着，希望他能回来。

“是啊，现在全国乱成一锅粥，他现在突然回来干啥？”梧桐说。

“他人模狗样也知道浑水摸鱼，抢地盘，成了小霸王、小皇帝，整个秦南地区都是人家的。”庞光远说。

梧桐叹了一口气。

庞光远转身走了，他怕话不投机又会跟她争吵起来。最近他们常常为一些小事争吵，有时他恨不得想离开酒坊，离开金家大院，可他又下不了决心，离开金家大院他又能去哪里呢？

金元宝尾随着队伍跟了过去，梧桐不放心，追了过去。

轿子在牛家大院门前停了下来，围了很多人观看，梧桐看见牛德益牵着一个女人的手进了大门。这个女人模样长相虽没看清，但从背影看身材很苗条，走路婀娜多姿。梧桐猜测，这个女人估计就是他的老婆。

梧桐猜得很对，第二天牛家就派人送来了请帖，牛德益派来的人是万福，万福亲自把请帖交到了梧桐手上，万福说：“后天就是牛德益大喜的日子，他派我来通知你。顺便让大掌柜把酒坊最好的酒拉六车送到牛府。”

梧桐扫了请帖一眼：“回去告诉他，酒一会儿我派人给他送到。”

万福大摇大摆地走了。

梧桐想去酒坊让庞光远给牛家送酒，走了几步她退了回来，对小梅说：“你去通知庞光远，让他给牛家送六车酒。”

“好的。”小梅匆匆走了。现在小梅成了她的得力助手，有些事不用她亲自出面了。

这天梧桐带上厚礼准时参加了婚礼。

这天参加婚礼的人很多，方圆上百里的人都来了，开的是流水席，连续三天都是这样。光请帮忙的打杂的都请了上百人，马富禄和马富祥也在里面端茶倒水忙得不亦乐乎。马富禄的口头语：好汉不吃眼前亏，识时务者为俊杰。他从牛德益身上看到了商机，投靠牛德益才能有出路，才有升官发财的机会。

刘三郎也来了。吃完饭后，梧桐邀请他到金家大院坐坐，刘三郎爽快地答应了。阿雅陪着金元宝去私塾念书去了，小梅给刘三郎倒上茶水后，退了出去，房间就剩下了他们两人。梧桐首先表达了这些年来他对金家的照顾，感谢他帮金家渡过一个又一个难关。刘三郎客气地说，这些都是我应该做的，合作共赢，真的不用感谢。两人谈了一下当前的形势，话题扯到了牛德益身上。刘三郎说：“牛德益这次在镇上办一场婚礼，听说过几天还要在县上办一场规模更大的婚礼，到时他要宴请秦南地区有头有脸的人物。”梧桐说：“我也听到一些不好的消息，说他在外边早就娶了老婆，扔下老婆不管，又娶了一房，听说是督军的女儿。”刘三郎说：“他这是趁机敛财。我所在的汉王城现在也归他管了，他雇了一帮人在帮他收保护费，如果不交，挨打不说，你的生意恐怕也做不成了，现在人们对他意见大得很。”

梧桐说：“这跟土匪有啥区别，简直就是土匪。”

刘三郎说：“现在军阀都在抢地盘，各自为王，咱们老百姓只能在夹缝里求生存，能忍则忍。”

“现在生意确实不好做了。”梧桐叹了一口气说，“但愿孙中山能早日统一全国，结束军阀混战的局面，让老百姓过上安宁的生活。”

“是啊，我也是这么想的。”

“你夫人死了这么多年了，你也应该续房了。”梧桐关心刘三郎的生活。

“一直没遇到合适的，我倒看上一个，但不敢当面对她说。”

“她是谁？告诉我，我去当媒婆。”

刘三郎望着梧桐说：“这个人近在眼前，远在天边。”

梧桐一愣，脸随即红了，顿时惊慌失措，不知该怎么回答。

“庞光远，你找大掌柜有事？”他们的谈话被站在门外的庞光远听得清清楚楚。庞光远来找梧桐有事，刚好走到门口他听到屋里谈话就停住了，进还是不进，他犹豫了，刚好被小梅看见了。

“你告诉大掌柜，牛德益这个王八蛋没给一分钱，让我再给他送三车酒过去。”庞光远说完就走了。

梧桐听得清清楚楚，她打开门，看见庞光远的背影一闪就不见了。

刘三郎站起来告辞：“我还有事，我就先回去了。”

梧桐客气地说：“在镇上再待一天，明天再回去。”

“不了，我真的还有事。”

梧桐把刘三郎送到大门口，然后告辞了。

过了不久，梧桐听说马富禄和马富祥投靠牛德益后，被他任命为县保安队的队长和副队长。他们为了表忠心开始在漩涡街上挨家挨户商铺收税（保护费）。兄弟俩穿着黑服装，腰上别着枪，带着一帮人直接冲进金家大院。

“你们来了。”梧桐早就预感到他们迟早要来的，笑着说：“听说升官了，要不我在望江楼摆一桌子，为你们庆功。”

“别，”马富禄挥了挥手说，“我这次来是收税的，我已派人调查好了，你的酱园店、酒坊、油坊、粮行等，每月要收一千大洋，你是每月交呢，还是一年一交？”

“这么多？”

“这是上面定的，我也没有办法。我可不敢乱收，我们都有统一的票据呢。”马富禄说。

“回去告诉牛德益，我一分钱没有！”梧桐生气地说。

“别敬酒不吃吃罚酒。”马富禄冷着脸说。

“上次你和狗子骗金家大洋和绑架我儿子的事，我还没有跟你算账，有些事情不要做得太绝了。”梧桐旁敲侧击地说。

马富禄不说话了。

“我们牛总司令说了，不交钱者一律抓进大牢。”马富祥说，“胳膊拧不过大腿，何必呢？”

“去我账房那里，取钱去吧。”梧桐写了一张条子递给马富祥。

“走！”马富禄手一挥，带着人马走了。

几天后，马富禄又回来了，这次是牛德益又回到了漩涡街，他来请梧桐去牛家大院有要事要商量。

梧桐忐忑不安地跟着马富禄来到了牛家大院，牛德益热情地请她入座，上茶，然后支走了随从保镖和丫鬟。屋里剩下了他们两人，梧桐心里更不安了：“总司令，你找我来有何事？”

“没啥事，请你来随便聊聊。”牛德益笑着说。

“是吗？”

“这不像你做事的风格。”

“大掌柜真是一个明白人。”牛德益哈哈笑了，“有财大家一块儿发，有钱大家一块儿赚。”

“我不明白你的意思。”

“直说吧，我想入股你的酱园店、酒坊、油坊、粮行等等，这不就是有钱大家一块儿赚吗？”

“怎么个入股法？不能光靠嘴巴来入股吧？”

“我给你算了一笔账，你的酱园店、酒坊、油坊、粮行等等，每年收入非常可观，如果得到我的关照，我不仅不收你的保护费，你的收入将会大大增加，你说是不是？”牛德益哈哈一笑。

“这事容我考虑一下。”梧桐本想一口回绝，只好委婉地回答。她心里在想，哪有这样入股的，不出一分钱，这分明是强盗的行为。

“好，我等你消息。”

梧桐起身告辞了。

第十八章　酒坊关门

下了几天连夜雨，天终于放晴了，天边出现了美丽的彩虹。

马富禄和马富祥带着一帮人又来到了金家大院，他们又是来收保护费的。牛德益等了一个月，都没见梧桐答复，他知道梧桐的意思不让他入股，他心里非常生气。还有一件事，梧桐不知道，马富禄酒后不小心把上次梧桐出钱找药材商人骗牛德元种党参的事给狗子说了出来，狗子为了表功悄悄告诉给了牛德元。牛德元把马富禄叫来一顿臭骂，扬言要打死他，马富禄就如实交代了，不过他把责任全部推给了梧桐，说这事跟马家跟他爹没有一点关系。牛德元气势汹汹要去找梧桐当面对质，马富禄死活抱住他的腿不让去，说这事她不会承认的，因为关键证人药材商人没找到，到时她咬你诬陷，没证据你拿她没办法。既然她玩阴的，你也给她玩阴的，让总司令去收拾她。牛德元一听也有几分道理，他把这事告诉给了牛德益，再添盐加醋说梧桐根本没把总司令放在眼里，牛德益一听火冒三丈，让马富禄带人去金家。

“马队长，你来了。”梧桐带着金元宝正在院子里看彩虹。

“我们是来收税的。”

“不是才交了，怎么又要交？”

“贵人多忘事，你交的是上个月的，我们是来收这个月的。”

“等几天吧，我亲自给他送去。”

“现在必须要交，我告诉你这次是两千大洋。”

“怎么涨价了？”梧桐生气地说。

“我只是跑腿而已，你不要为难我。”马富禄说，“总司令说了，如果晚交一天，每天利息是一百大洋，你看着办吧。”

“你们比土匪还黑，这要不要人活了？”

马富禄嘿嘿笑了。

马富祥嬉皮笑脸地说：“我们总司令说了，如果不交，就先把你儿子带走。”

梧桐没办法，只好去了账房，支了两千大洋给他们，他们把收据交给梧桐，得意扬扬地走了。

照这样下去，以后生意怎么做？日子怎么过？梧桐整天忧心忡忡，唉声叹气，晚上常常失眠，精神萎靡。她的一举一动被庞光远看在眼里。

那天他们在院子里遇见了，梧桐本想躲开他，但已来不及了。

庞光远望着憔悴的梧桐问道：“你最近有心思，是不是在想那个马啸天和那个刘三郎？”

梧桐不想理他，低着头想从侧边走。庞光远伸开双手说：“你今天必须给我说实话，我在你心里到底有没有位置？”

梧桐推开他说：“我都烦死了，你还给我添堵。”

“你怎么了？”庞光远反问道。

梧桐就把牛德益每月让她交保护费的事说了出来，梧桐还说想来想去，还是让牛德益入股金家产业算了。

庞光远听了非常生气地说：“他又不出一分钱，凭啥让他入股？上次他结婚，用了我们九车酒，至今没给一分钱，他欺人太甚了。这个王八蛋贪得无厌，简直是个无底洞，金家有再多的钱也喂不饱这匹恶狼。下次他们再来收保护费，让他们找我要。”

梧桐说：“我们斗不过他们，算了吧。”

庞光远说：“我就不信这个邪，不给他们一点颜色看看，不知道金家的厉害。”

转眼一个月过去了，马富禄和马富祥带着一帮人又来到了金家大院，他们又是来收保护费的。

“马队长，你来了。”梧桐带着金元宝和小梅、阿雅正在院子里玩游戏。

“我们是来收税的。”

“不是才交了，怎么又要交？”

“贵人多忘事，你交的是上个月的，我们是来收这个月的。”

“等几天吧，我亲自给他送去。”梧桐故意说，“我不明白，你们弟兄俩十吗认贼作父，听说马老爷声明跟你们断绝父子关系了。”

马富禄和马富祥脸被气绿了。马富禄说：“别扯这些没用的，有奶就是娘。现在你必须要交，我告诉你这次是四千大洋。”

“怎么涨价了？”梧桐生气地说。

“我只是跑腿而已，你不要为难我。”马富禄说，“总司令说了，如果晚交一天，每天利息是一千大洋，你看着办吧。”

梧桐心里非常生气，脱口而出：“没钱，你们比土匪还黑，这要不要人活了。”

马富禄嘿嘿笑了。

马富祥嬉皮笑脸地说：“我们总司令说了，如果不交，就先把你儿子带走。”

“你们敢？”梧桐说。

马富祥一把推开阿雅，就像老鹰抓小鸡一样一把把金元宝拖了过来：“对不起了，我们只能把他带走了。”

“我看谁敢把他带走。”庞光远听到吵闹声赶了过来。

马富祥掏出手枪，用枪指着庞光远的头说：“我早就看你不顺眼了，信不信我一枪毙了你？”

庞光远举起双手说：“把小宝放了，把我带走。”

“你算个屁！”马富禄走过去打了庞光远一巴掌。马富禄和马富祥一直垂涎梧桐的美色，一直没有机会，他们也听说了梧桐跟庞光远关系不一般，也听说了金元宝是他们偷情的结晶，心里就一直羡慕嫉妒恨。

“替我再打一巴掌。”马富祥得意地喊道。

马富禄又狠狠抽了一巴掌，庞光远嘴角流出了血丝。

马富祥左手抓着金元宝，用力过大，金元宝痛得脸色都发白了，他在挣扎着，趁其不备，咬了马富祥一口。马富祥痛得叫了一声：“兔崽子，竟敢咬老子。”他用枪瞄准金元宝就要开枪。庞光远纵身一扑，扑倒马富祥，夺过他手中的枪，用枪指着马富祥的头说：“让他们带着人滚蛋，要不然我一枪打死你。”

马富禄和他的手下都用枪指着庞光远。

“哥啊，救救我啊，你们把枪放下吧。”马富祥一下㞞了，哭着说。

马富禄手一挥：“都把枪放下，我们走。”

庞光远押着马富祥看着马富禄带人离开金家大院，他一脚踹在马富祥的屁股上，马富祥飞了出去，在地上滚了几个圈才停了下来。大门立即关上。

马富祥从地上爬了起来呻吟着说：“哥，带人冲上去，灭了金家。”

“好汉不吃眼前亏。”马富祥说，“金家护院队还有十几条枪，我们冲进去送死啊？留得青山在，不愁没柴烧。我们走，回头找姓庞的小子算账。”

这次没收到一分钱，他们狼狈地回去禀报给了镇长牛德元。牛德益这段时间在县城，忙别的事去了。

牛德元听了非常生气，他想了一个恶毒的办法，想一步置金家于死地，让梧桐永远翻不了身，顺便也报了自己的仇。当年收购党参，害得他几乎快要倾家荡产，要不是弟弟牛德益及时出手相助，他现在恐怕就露宿街头，过着吃了上顿没有下顿的日子了。

马富禄说：“这事要不要禀报给总司令？”

“不用了。”牛德元说，“以后别叫总司令了，改口叫将军了。我弟弟在县城的将军府可漂亮了，回头我带你们参观参观，长长见识。”

马富禄和马富祥频频点头。

牛德元说：“这事要是办成了，我给我弟弟说说，让你们弟兄俩在秦南地区十几个县选个县当县长。”

马富禄和马富祥高兴得差点就要给牛德元跪下了，表示一定完成任务。

马富禄和马富祥挑选了两个身手敏捷的人，半夜悄悄翻院墙进入金家酒坊，刚好那晚庞光远没在酒坊，他在望江楼里喝得酩酊大醉。他们把毒药倒进了大酒缸里，然后乘着夜色跑了。

第二天，这批酒就散装送出了厂外，主要销售在漩涡街附近乡村。

几天后，牛德元就听到有人中毒的消息，还死了不少人。

那天，金家大院大门刚打开，就有人抬着死人拥进了金家大院。一会儿金家大院里摆满了二十具尸体，旁边人围着在哭哭啼啼。护院队站成一排在维持秩序，不让他们朝里冲。

梧桐和庞光远赶了过来，他们见了梧桐哭哭啼啼围了过来，说喝了金家酒死了，要金家给个说法。

庞光远说：“不可能喝酒中毒死了，一定是有人栽赃陷害。”

人们叽叽喳喳说：“反正他们是喝了金家酒才死的。金家必须给个说法。不给说法，就把他们埋在金家大院。”

梧桐第一次面对这种事腿有点发软，她心里明白这次是有人故意陷害她的，他怀疑是牛德益干的，报官吧，衙门都是他开的，他会趁机狠狠再敲一笔。看来这次是躲不过了，只能自认倒霉了，她说：“你们心情我理解，这事等我调查清楚后，我一定给大家一个说法。”

那些家属围住了梧桐不让走。梧桐说：“人死不能复生，要不这样，每家派个人到我房间来，具体情况我们可以协商。”

梧桐房间围满了人，他们嚷嚷要每人赔一万大洋。梧桐说太多了，她只能出五千大洋，谈判陷入了僵局。梧桐给他们提供茶水和饭菜，让他们少安毋躁，慢慢商量。天气又热，尸体发出了难闻的味道。谈判一直谈到天快黑了，都没有结果。

梧桐让人去找牛镇长出面协调一下，看能不能通融一下，毕竟镇长说话他们还听。

牛德元大摇大摆地来了，其实他心里暗自得意，装作什么都不知道："怎么回事？"

人们见牛德元来了，纷纷向他诉苦。牛德元假惺惺地说："人死不能复活，入土为安。都是街坊邻居，抬头不见低头见，要不双方各退一步。"

人群开始议论纷纷，叽叽喳喳。

梧桐把牛德元拉到一边说："有人陷害我，这事先不说了，我自认倒霉。他们开口要一万大洋，太多了，我最多每人出五千大洋。"

牛德元点了点头说："我知道了。"

牛德元挥了挥手说："大家安静一下，听我说几句。梧桐这位大掌柜人不错，大家有目共睹，大家给我一个面子，每位死去的家属赔偿五千大洋，怎么样？"

"不行，一个大洋都不能少。"有人喊道。

牛德元大声说："我作为一镇之长，我私自做个主，再加一千大洋，共六千大洋，现在抬走立即领钱。明天谁还在这里闹事，别怪我不客气了。"

人们纷纷表示把尸体抬走。每抬走一个，算盘给他们发六千大洋。一会儿，院子里的尸体全部抬走了，转眼十二万大洋就没了。

梧桐虽然心疼这十二万大洋，但她还是向牛德元表示感谢，牛德元说，不用感谢，舍财免灾。

此事本来就这样私了了，但牛德元还不罢休，悄悄派人把这事告诉给了牛德益，牛德益指示唐县长下去抓人。

人命关天，梧桐被抓了起来，很快酒厂被查封。

梧桐又被关进了大牢，这间牢房她很熟悉，就是上次她被关押的这间。这次不同的是，伙食不错，也没给她动刑。

晚上，唐县长来看她，对她非常客气，安慰了一番后说："死了二十人，按理说要判你死罪。不是我说你，你都这么大的人了，还不懂事，现在出事了吧。我劝你好好想想，牛将军想入股，就让他入吧，有钱一块儿赚，大家都好。你想明白了，就告诉我，我立即放你出去。"

唐县长走后，梧桐想来想去，想了几个晚上，她终于想通了，人在屋檐下不得不低头，汉阴县都是牛德益的，她一个弱女子斗不过他，斗下去吃亏的还是自己。不为自己着想，也要为自己儿子着想，为金家着想。突然她非常想儿子了，想立刻就想见到他。她开始大喊大叫："我要见唐县长。"

过了一会儿，唐县长来了，他笑呵呵地说："你终于想明白了，这就对了。"

“我同意牛德益入股分红。”梧桐说完叹了一口气。

唐县长把早就准备好的协议递了上去：“签字按手印，你就可以回家了。”

梧桐匆匆看了一眼，签字按了手印，递给了唐县长。

唐县长笑着说：“以后我们就是一家人了。”

“谁跟你们是一家人？”梧桐生气地说。

“好了，不说这些了，我派马车现在就送你回家。”

梧桐回到金家大院时天已黑了，阿雅和小梅见了梧桐问长问短，给她倒茶把饭端来，金元宝已睡了，她摸着他的脸，泪水滴在了他稚嫩的脸上，她的心里有种说不出的无奈和痛苦，真想好好痛痛快快大哭一场。辛辛苦苦积攒的财富转眼就所剩不多了，一切又要从头开始。庞光远知道梧桐回来了，他也过来安慰了一番，只要人回来了，钱没有了可以想办法再赚。他也分析了一番，这次是有人故意投毒，他发誓一定要找到凶手好好教训他一顿。这天晚上，他们谈到了半夜才分开，本来庞光远想留下来，梧桐说她想安安静静睡一会儿。

庞光远想再扩大酒坊规模，加班加点生产酒，把损失弥补回来，但他没有想到的是，金家的酒卖不动了。

自金家的酒出了人命后，消息一传十，十传百，没人敢喝金家的酒了，街道上挂着横幅的宣传语“喝金祥福，口福、心服，大家福”早已被人扯下来烧了，大街上的小孩把歌词也改了，他们都在唱：“喝了金家酒，阎王叫你走。饮酒饮金酒，你跟阎王走……”后来牛德益出面让大家放心喝金家酒，但依然没人敢冒着生命危险去喝金家酒。销往外地的货也纷纷退了回来，积压在库房。这次栽赃陷害对金家的打击是很大的，白白赔了银子不说，酒坊很快关门，酒坊也倒闭了。不生产酒了，酒把式庞光远一下成了闲人，其实他的心里最清楚，酒怎么可能会有毒呢？是谁在栽赃陷害他和金家呢？他一定要找出凶手，给自己证明清白，同时也给梧桐一个交代。

庞光远带着阿六和阿毛在镇子上晃荡，庞光远一直怀疑是牛德元，想寻找机会对他下手。后来，他又想牛德益入股了金家产业，金家酒销量越好，他分成越多，他没有必要对梧桐下手。推理一番后，他把目光放到了马富禄和马富祥兄弟俩身上，他们一直对梧桐心怀不轨，一直在打她的主意。

镇子不大，相互之间大都认识，而马富禄带领的保安队队员大都也是本地人，其中狗子、虎子、豹子和狍子被称为是马富禄的“四大金刚”。阿六的表弟就在马富禄手下供职，阿六经常去看表弟，一来二去他就跟那些保安队员认识了，有的还成了酒肉朋友。其中一个叫虎子的人哈着酒气悄悄对阿六说，我听豹子酒后说，那天晚上他悄悄翻进金家酒坊在大酒缸里投毒。阿六说，谁指使他干的？虎子卖了一个关子，嘿嘿一笑没说，岔开话题说害得老子喝酒都喝不到正宗的金家酒了。

阿六把这事告诉给了庞光远，庞光远让他约虎子来喝酒，说有正宗的好酒。

为了怕引起别人怀疑，庞光远在饭馆买了几个菜带到了酒坊，酒坊工人都解散了，只有他留下来看厂子。

虎子好酒，听说有好酒，立即就来了。酒坊里很安静，庞光远、阿六和阿毛已摆好了酒菜在等着，虎子一来迫不及待地就喝了一口。庞光远说："喝完，我给你倒满。"虎子嘬的一声喝完了，庞光远给他斟满说："味道如何？"虎子跷起大拇指说："这才是我喜欢的味道。"四人共同举起碗，开始畅饮，说些笑话，说镇上的女人谁谁漂亮。虎子整天在外跑，他的小道消息最多，他说："金老爷的六太太原跟万福搞在一起，现在跟唐县长搞在一起了，而万福又跟牛家的丫鬟鬼混在一起。金家大小姐金枝叶成了牛德益的情人，听说她一直想霸占金家大院，被牛德益劝阻了。牛德元在外县又养了一个小情人，他们说长得非常漂亮……"

阿六说："别扯这些了，喝酒。"

几碗酒下去后，虎子话更多了，他说他虽在马富禄手下混日子，但又看不惯狗子、豹子和狍子在外打砸抢，甚至他们还拐卖少女，把她们卖到外地的窑子，所以他就每天喝酒装醉不去执行任务。阿毛就骂他们是畜生。

庞光远压住胸中的怒火试探地问："都说金家酒有毒，你不怕中毒？"虎子眯着眼，挥着手说："没事，有毒的酒早就送到外边被人喝了。"阿毛趁机跟虎子喝了一个，这次虎子彻底喝高了。庞光远继续试探地问："马富禄让他手下半夜翻进金家酒坊，然后在大酒缸里下了毒，你说是不是？"虎子醉眼蒙眬地说："你怎么知道的？"庞光远说："人在做，天在看。你把听到的消息告诉我，好吗？"虎子说："既然你们知道，但说无妨。我那天无意听到大胖（马富禄）让小胖（马富祥）去县城买毒药，当时没在意。几天后就传出人们喝金家酒中毒事情，当时我就有点怀疑是大胖干的，后来我跟豹子在一起喝酒，豹子喝多了，他说漏了嘴，他说他那天晚上和狗子半夜悄悄翻院墙进入酒坊，他们把毒药倒进了大酒缸里，然后乘着夜色跑了。"

"最近怎么没有见到豹子和狗子？"阿六问。

"他们被调到县城保安团去了，听说大胖有可能被提拔为县保安团团长，他一走，小胖自然就成了漩涡街保安队的队长了。"虎子还没说完，趴在桌子上呼呼大睡。

庞光远心里充满了怒火和愤怒，原来是马富禄兄弟俩把金家害惨了，害得他背了黑锅，以后在酿酒的行业，谁会再用他呢？他端起碗，咕咕一口干了，这天晚上他们都喝醉了。

第二天，庞光远醒来后，本来想要把这一情况告诉给梧桐的，他不想连累梧桐，梧桐知道得越多对她越不好，他最后还是忍住了，这事他要自己去解决，他要亲自去问他们，如果他们承认了，那么就别怪他不客气了。他怪以前自己逆来顺受，马善被人骑，人善被人欺，这次说啥也要爆发了。

庞光远腰上别着刀子在马家门前蹲了几次，马富禄兄弟俩要么不出门，要么前呼后拥，一直没有当面对质的机会。

不知不觉半个月过去了，镇上新开了一家烧烤店，庞光远带着阿六和阿毛来吃烧烤。他们要了烤腰子、烤鱼和烤肉，一边喝酒一边津津有味地吃着。马富禄和马富祥带着几个人也来吃烧烤。马富禄望了庞光远一眼没有说话，背对着庞光远。马富禄要的烧烤端上来后，他们吃了一会儿就开始喝酒划拳。庞光远跟阿六也开始划拳，喊声很大，此起彼伏。庞光远声音一大，马富祥这边的声音跟着大。马富祥拍了一下桌子，用手指着庞光远，咂着嘴做出挑衅的动作说：“我警告你们，要么你们划拳声音小点，要么滚开，否则别怪老子不客气。”

庞光远说：“有些人狗仗人势，认贼作父，人家霸占他家产业，还给人家卖命，当爹不认这个儿子是对的。如果是我，我早就把他打死扔到河里喂鱼去了。”

马富祥站了起来生气地说：“你说谁呢？”

“乌龟吃萤火虫——肚里明白；瞎子吃汤丸——心中有数。”庞光远说。

“你以为会说几个歇后语，就当自己是文化人，我警告你，你这是守着厕所睡觉——离死（屎）不远。”

“和尚打伞——无法（发）无天。老子不是吓大的，老子是吃肉长大的。”庞光远说完把一块肉塞进嘴里，咂巴着嘴巴，声音很大。

马富祥气得火冒三丈：“你有种再说一遍。”

庞光远没理他，盯了马富祥一眼，马富祥霸道地说：“看啥看？小心老子挖了你的双眼。”庞光远说：“你没看我，怎么知道我看你。”马富祥走了过来，推了庞光远一把：“你小子长本事了，上次的事还没给你算账，你是不是皮紧了，要我给你松松了。”庞光远也推了马富祥一下，马富祥差点摔倒。几个保安队员想冲上去帮忙，被马富禄制止了，他嘴上叼着竹签说：“我倒要看看这个庞家杂种有啥本事。杀鸡焉用牛刀。”马富祥拔出枪，指着庞光远的头说：“给老子跪下，从老子胯下爬二十四个来回，否则我就一枪打爆你的头。”几个保安跟着起哄，大声喊道：“跪下！跪下！”马富祥用枪戳了庞光远一下：“老子问你最后一遍，跪不跪？”

“好汉不吃眼前亏。我可以跪，但你必须回答我一个问题！”

“什么问题？”

“金家酒里是不是你们下的毒？只需回答是，或者不是。你让我死，总要让我死个明白吧。”

“你怎么那么多屁话，就算是，你能把老子的屌咬一口？”

“你有种！男子汉大丈夫，说跪就跪，我现在就跪。”庞光远的脸由红变白，他紧紧握住了双拳，他听到了骨头格格的响声。

马富祥举起枪，双手都举了起来，他在为自己的胜利欢呼。庞光远假装下跪的瞬间，他飞快地抡起长凳子一下砸在马富祥的头上，血顺着他的脸颊流了下来，马富祥歪了几下身子，倒在了地上。

“抓住他！”马富禄愣了半天，拔出枪说。

几个保安队员还在发愣，庞光远看见马富禄用枪在瞄准自己，他在地上一翻滚，没打着。庞光远在地上翻滚的瞬间，把马富祥掉在地上的枪捡了起来，瞄准马富禄就是一枪，马富禄惨叫一声倒在地上，让人扶起他逃命。阿六和阿毛用凳子也打伤两个保安，其他保安见马富禄跑了，他们也跟着跑了。

“死了，没了呼吸，咋就这样不经打啊？”阿毛把手放在躺在地上的马富祥的鼻子上，大惊失色。

“干脆把马富禄也做了。”庞光远望了地上的马富祥一眼，准备去追。

“我们快走吧，一会儿他们大队人马就要来了。”阿六拽住庞光远的手说，“快回去跟梧桐告个别吧，离开漩涡街。君子报仇，十年不晚。”

庞光远酒一下清醒了，他心里明白，打死了马富祥，马富禄岂能饶过他，一旦被抓住，就会被他们活活剥皮，一刀一刀慢慢折磨而死。庞光远觉得阿六说得有道理，转身直奔金家大院，他要跟梧桐道别。

庞光远进门后抱住梧桐，在她脸上亲了一口，梧桐推开他说：“天还没黑，你想干啥？”

“我是来跟你道别的，我把马富祥打死了，把马富禄也打伤了，估计他们一会儿就会带着大队人马来抓人。”

“把人打死了，为啥事？”梧桐大吃一惊，让小梅去把大门关上。

“在酒里下毒的人就是马富禄和马富祥，他们指示狗子和豹子干的。”庞光远说，“喝了点酒，失手了，感觉我还没怎么使劲，他就倒下了，没想到他不经打。”

站在门外的阿毛说：“凳子在他头上都断成两截，还没使劲。”

“我每次让你少喝点，你不听，这下闯祸了。”梧桐把一包大洋塞在他怀里说，“你们快走吧，等下恐怕就走不了了。”她又吩咐阿雅去厨房给他们准备点干粮。

大门被人拍得啪啪响，保安队的大队人马果然来了。

阿六和阿毛不想走，他们认为人又不是他们打死的。庞光远说：“你们是我的同伙，抓住了不死，也要剥一层皮，等风声过了，再回来就是。”

梧桐说：“你们走吧，家里人我会安排人照顾好的。”

阿六和阿毛只好跟着庞光远不情愿地从后门跑了，后面群山面面，沟壑纵横，森林茂密，要想抓人，就像大海捞针。

保安队冲进金家大院，每间房子都搜查一遍，结果一无所获，他们只好收队去别的地方抓捕去了。

第十九章　剿　匪

牛德益已下令通缉庞光远、阿六和阿毛三人，抓住有重赏。后来赏金翻了几倍，但连他们的影子都没有看到。

庞光远他们一走便无消息。越是没有消息，梧桐的心里反而越踏实，没有消息就说明他们没事。庞光远是为了金家、为了他才把马富祥打死的，马富禄中枪后被手下人背着跑得快才捡了一条命，但出院后成了一个跛子，走路一拐一拐的，背后人们都叫他马跛子。

庞光远走后这段日子，她开始反思自己，怪自己脾气暴躁，动不动就跟庞光远吵架，自己是不是对他太苛刻了，甚至是自私，他为了金家忠心耿耿，献出了一切。如今却浪迹天涯，有家不能回。庞光远一直想跟她办一场婚礼，她一拖再拖，难道真是庞光远所说的，心里忘不掉马啸天？她不得不承认，马啸天确实一直住在她的心里。但回头一想，自己有苦难有难处时，马啸天又在哪里？还不是庞光远一直在默默陪着她，帮她渡过一个又一个难关。她想通了，如果庞光远能平安回来，她打算跟他结婚，安安心心一起过日子，白头偕老。

金家主要收入是来自酒坊，酒坊关门后，对金家的收入造成了很大的影响，酱园店、米行、布店、油坊等等每年的收入还要给牛德益分一半，所以梧桐到手的钱财就不多了，手下还有一大批工人要养活，日子过得也紧巴了。为了节省开支，护院队也解散了，有的工人和丫鬟嫌工钱低，跳槽到牛家去了。如今牛德元的每项生意都做得风生水起，有人说他是全县的首富，就是在秦南地区他也排前几名。

牛德元还不罢休，还想置梧桐于死地，他想接管金家的所有财产，他把自己的想法告诉给你牛德益，牛德益站在自己的利益角度上说："我跟她有协议，先不要动她，她是我的财神。如果你采用各种手段对付她，她也是不好对付的，到时鱼死网破双方都要大伤元气，得不偿失。我现在手下有几千人要养活，他们吃喝拉撒都要钱，我不想各种办法拿啥养他们？现在她每年都要给我上贡，等于不出一分钱我就收购了她的产业，她拼命挣钱，还不是为我挣钱。没有我的命令，千万不要动她一根汗毛。”牛德元生气地说：“理虽是这个理，但我心里不服气，当初她把我害惨了，我要让她家破人亡。”牛德益说：“你在她酒里下毒，把她害惨了，这下扯平了。”牛德元说：“我不甘心，我要继续整她。”牛德益生气地说：“你在她酒里下毒，我还没找你算账，你知道吗，你一下毒害得我损失了多少大洋分成？你现在要把做不完的生意分给她一点，只有她赚得多，我才分得多。她现在是我案板上的鱼，怎么切是我说了算。要收回她的产业，还不是我一句话的事。”牛德元终于想明白了，笑嘻嘻地走了。

牛德元回到漩涡街后见了梧桐态度一下大转变，老远见了她就笑脸相迎，生意上他们也开始了合作，梧桐的产品开始用牛家的船队运输了，甚至销售渠道也共享了。牛德元在他的商铺里也代销梧桐的酱油、甜油、豆瓣酱、布匹、粮油等等产品，梧桐在她的商铺里也帮忙销售土特产、药材、茶叶、食盐等等产品，双方平等互利，实现了共赢。牛德益每年年底都要派人来盘点一次，他派来的人和牛德元派来的万福及金家账房先生算盘三人共同核对账目，往往一审查就是好几天，每笔账目他们都要认真核对，然后算他们应该所得的收入及牛德益分成收入。当牛德益把大把大把银票揣在自己口袋里时，牛德元不得不佩服牛德益，不出一分钱，而收入却是大大的。

因为利益关系，牛德元再没有找梧桐的麻烦，牛家和金家在漩涡街上相安无事。而马家却彻底衰败了，丫鬟和长工都走了，院子里杂草丛生，自马富禄兄弟俩投靠牛家后，马老爷差点被气死，他已跟他们断绝了父子关系。如今马富禄已被任命为县保安团的团长，他带着母亲三太太已到县城生活了，曾经门庭若市的马家大院如今门可罗雀，马老爷的四姨太得病死了，最小的姨太跟人跑了，陪伴马老爷的只有大太太和一个看门的孤家老人。自马富祥死后，梧桐几次想去看马老爷，她知道马老爷的脾气，怕他当面指责她，是她的酒把式打死了马富祥，毕竟马富祥是他的儿子。梧桐犹豫了很久，一直没去，但她会派人定期悄悄地给他们送些粮食、油、蔬菜等生活用品。

日子每天就这样平静地流逝着，转眼两年就这样过去了。漩涡街充满着安逸和宁静。

直到有一天，漩涡街上出现了土匪，漩涡街的安逸和宁静才被打破。

关于这股土匪梧桐也听说过，他们盘踞在凤凰山上，不抢老百姓，专抢达官贵人。匪首叫穿山龙，有人说他长得青面獠牙，凶神恶煞。有人说他武功高强，飞檐走壁，枪法百步穿杨。有人还说，牛德益在县城遇刺，遭遇轻伤，要不是保镖替他挡子弹，早就见阎王去了。老百姓听闻牛德益遇刺，私下拍手称快，只是遗憾他没有去见阎王。他们私下猜测，刺杀牛德益的这帮人一定是凤凰山上的土匪。

那天晚上半夜，恰好牛德元没在家，土匪突然在牛家大院里神不知鬼不觉地出现了，他们用匕首杀死了两个巡逻的，用绳子捆住了看门的，他们把牛家的金银财宝洗劫一空，然后点燃了厨房的柴火，等人们手忙脚乱去灭火时，土匪带着金银财宝趁机就走了。

牛德元闻讯后连夜赶了回来，他见自己值钱的东西都被拿走了，特别是他视为宝贝的金菩萨和金碗也不见了，金菩萨是纯金打造，重达几斤，据说是从唐朝某位皇帝墓里挖出来的，价值连城。几年前，一位盗墓贼找他联系买家，他见财起意，灌醉了盗墓贼，杀了他，独吞了这些宝贝。当时牛德益也想要这宝贝，他说他要送给袁世凯，牛德元死活不同意，兄弟俩为这还大吵了一架。早知如此，还不如送给牛德益。牛德元蹲在地上号啕大哭。金菩萨和金碗几乎没人知道，他一直放在地下室的，这些贼是怎么知道的呢？恰好又赶在他晚上刚好不在牛家大院，难道是有人给他们报信，或者有内鬼？他首先怀疑的是万福，他曾给万福说过，他有价值连城的金菩萨和金碗，万福想一饱眼福，牛德元一直没答应。

牛德元把万福叫来，质问道："昨晚你干吗去了？我让你看家护院，我前脚一走，我的宝贝和钱财就被洗劫一空。你说，是不是你勾结土匪抢了我家东西？"

万福一下跪了下来说："老爷，你打死我，我也不会干这伤天害理的事。我实话说吧，昨晚我跟丫鬟小翠在一起，她可以证明。"

"你告诉我，是谁干的？"牛德元说。

万福心里一直把牛德元叫猪头，他的头脑无法跟他弟弟牛德益比，牛德益聪明狡猾，而牛德元迟钝甚至有点笨和莽撞，认死理。牛德元最近跟梧桐走得近，他心里很不舒服，他故意挑拨说："我怀疑是金家给土匪通风报信，怎么这么巧啊，你刚好不在家土匪就知道了。"

"要不是我弟弟劝阻，我早就把金家收拾了，等收拾完了土匪，我再来收拾她。"牛德元说，"快去通知保安队，我要亲自去剿匪。"

万福站了起来说："东家，千万不可，就保安队这点人，他们整天只晓得吃喝玩乐，赌博逛窑子，爬几座山就累得气喘吁吁，让他们翻山越岭去剿匪，人还没到土匪的山寨下就累死了。"

"那怎么办？"

"把牛家情况如实告诉将军，打狗还要看主人，土匪太猖狂了，竟敢又抢又烧牛家大院，分明是没把将军看在眼里，他们这是挑衅是宣战。上次将军遇刺，将军就一直想去剿匪，如今他伤好了，你这么一说一激将，将军肯定暴跳如雷，立即带人去剿匪。”

牛德元一听，高兴地进城去找牛德益去了。

牛德元把万福所教的话一一说了出来，牛德益一听果然暴跳如雷，让马富禄带着保安团立即去剿匪。马富禄刚进窑子，就被喊了回来，他有点不情愿地带着百十号人就出发了，一路走一路心里还在骂牛德益，他也听说了这帮土匪非常厉害，又占据着悬崖峭壁有利地形，让他去送死，他才没有那么傻呢。他带着保安团在山里转了几天，故意绕开土匪山寨，打了几只野兔，还打死了一头野猪，故意朝天放了几枪，然后他们抬着野猪凯旋。

马富禄回来给牛德益汇报说土匪太厉害，他无能为力，另请高手去剿匪。牛德益一听非常生气，骂他是饭桶，他要亲自带人去剿匪。牛德益手下有训练有素的一个团，他们统一着装，配新式长枪，他们个个身手不凡，牛德益自称是禁卫军。加上各县的保安团，如今他手下的人员接近三千人了，他显然成了秦南地区的土皇帝，官员的任命都是他说了算，他无法容忍在他管辖的范围内出现了明目张胆的土匪竟然敢跟他公然叫板，他想消灭土匪，把匪首穿山龙的首级挂在城门上示众。更主要的是，他要从土匪手里夺回金菩萨和金碗，他想用它们购买枪支弹药。

牛德益带着保安团和部分禁卫军浩浩荡荡出发了，他已打听清楚了，凤凰山上的土匪只有几十人，区区几十人对他来说是小菜一碟。他们翻山越岭，然后顺着山谷两边的悬崖行走，峡谷森林茂密，遮天蔽日，个个累得气喘吁吁，他们还没来到土匪的山寨就遭到了土匪的伏击，连土匪长相都没看见，就死伤几十人，牛德益和马富禄带着人狼狈地逃了回来。

马富禄就给牛德益建议，土匪占据有利地形，一夫当关万夫莫开，强攻不是办法，得另想办法。牛德益就问，想什么办法。马富禄说，知己知彼百战百胜，我们连对手都不了解，只知道匪首叫穿山龙，他姓啥名啥我们都不知道，得想办法找个机灵一点的人混入土匪内部，然后里应外合一举歼灭他们。

牛德益认为马富禄说得有几分道理，把这任务交给了马富禄。马富禄就在保安团里挑选合适的人选，他在心里盘算了好久，最后认为狗子这人比较合适。他把狗子叫来交代了一番，让他立即进入凤凰山。

狗子一进入山脚，豹子带着人假装追了上来，故意朝天上或离他很远的地方开枪，狗子跑得比兔子还快，转眼就不见了。

狗子进入凤凰山后朝黑龙岭奔去，他从小就在凤凰山上奔波，对黑龙岭比较熟悉。记得黑龙岭上有庙，每年烧香拜佛的人很多，不知为何后来就荒芜了，没人去了。顺着溪流进入峡谷，峡谷两边悬崖笔直如刀削一般，悬崖上偶尔挂着几棵树，他刚进入峡谷，突然冒出几个人，用枪指着他说："干吗的？"

"我是来入伙的，想投奔大当家的。"狗子说。

"回去吧，我们大当家不是你想见就能见的。"

"求求你们了，我也是走投无路才来的，保安团那帮人一直在追杀我，我回去只有死路一条，求求好汉们，高抬贵手，让我见见你们大当家的。"狗子可怜兮兮地说。

"看你可怜，跟我走吧。"

狗子顺着溪边的小路沿着台阶而上，河谷里怪石林立，溪水清澈，远去就是一个大瀑布，在山谷里轰轰地响。走了几分钟后，然后沿着岩石上凿出的台阶而上，其中有一段必须要弯着腰从岩石上穿过。山谷里有岗哨，石头修建的房子。然后进入千步梯，梯子很陡。千步梯走完，然后进入云梯，云梯两边挂着铁链，左右两边都是万丈深渊，云雾缭绕。爬完云梯后，便是一个开阔的平地，呈簸箕形状，上边有几排房子和破庙，一群人在舞棒弄枪玩耍。顺着后山上山就到了山顶，山顶有聚义厅。聚义厅后面没有路了，就是笔直的深不见底的悬崖，悬崖上偶尔长着几棵松树。狗子一路走一路都在观察，按说带他进山寨要蒙住他的眼睛，但因山路太陡峭，悬崖又多，蒙住眼睛不好走路，正常人走路都小心翼翼，何况蒙着眼睛呢，一不小心一脚踩空就掉进了悬崖。

"大当家，这人说要见你，他想入伙。"狗子被带到了聚义厅，聚义厅上坐着一个头领，他戴着面具，看上去青面獠牙，样子很凶。狗子心想，这个人估计就是人们所说的穿山龙。

"你为什么要入伙？"

"我跟保安团的闹翻脸了，马富禄要杀我，我没有办法才来投靠大当家的。"狗子说。

"入伙要有见面礼，你回去把马富禄的人头提来，算是你入伙了。"

"大当家，真会开玩笑，凭我一个人如何杀得了马富禄。"狗子说，"我来时带了一支长枪和几把手枪，不过在山下时被你的人收走了，算是我的见面礼吧。等以后有机会，我再从保安队里弄些枪回来。"

"好，小安子，先带他下去，熟悉一下环境。"

狗子被带到山腰的一间房子里，进屋他就闻到了酒香，小安子给他倒了一杯酒说："喝喝酒，暖暖身子。"狗子喝了一口，这酒味似曾相识，有种熟悉的味道。小安子接着说："这是我们大当家自酿的，每天晚上巡逻的弟兄们身上都带有酒，天冷了，可以暖暖身子。"

"你们大当家真好。"狗子说，"你们大当家叫啥名字，整天戴着面具。"

"叫穿山龙，你打听这干吗？"

"随便问问。"

狗子没事就在山里瞎转，东瞅瞅西看看，待了几天，山上冷冷清清，他待不住了想跑。晚上，他爬起来准备下山逃跑。他刚走了几步，一支枪抵在他的腰上："想跑？"狗子举起手说："我想上茅房。"那人厉声道："我早就注意到你了，一直在背后偷偷观察你，你说，马富禄派你来是干啥的？"狗子嘴硬，他说："我是真心来投靠你们的，既然不信任我，我走就是。本来我还想再弄些枪回来，此山不留爷，自有留爷处。"狗子说完就走。

那人一把抓住狗子的手臂说："你看看我是谁？"

狗子回头仔细一看，原来是表兄阿毛："你怎么也成了绿林好汉？"

"杀了人，我跟大当家穿山龙一块儿上山的。是大当家让我盯你的，你千万别多心。"

"穿山龙是谁啊？"狗子问。

阿毛小声说："别告诉外人，说出来，吓你一跳，穿山龙就是庞光远。他每次下山都戴着面具，外人一般还不知道他的真实身份。"

"啊，怪不得山上的酒有种熟悉的味道。"

"你不是说想下山弄些枪吗？明天我就带些弟兄跟你一块儿下山，如何？"

"没问题。"狗子犹豫了一会儿说。

第二天，狗子真带着阿毛和三个弟兄下山了，狗子本来想把阿毛他们几个人带到县城当作礼物送给马富禄的。他们五人来到县城后，狗子让他们先住下，等他消息。狗子怕被人跟踪，故意走了一些冤枉路，来到了保安团。

狗子说："团长，我基本摸清了，那个穿山龙就是庞光远。我还带了四个土匪来，我哄他们是来搞枪的，他们信以为真就跟着我来了。你现在带人就把他们抓起来吧。"

马富禄沉思了一会儿说："原来是这个小子，我要为我弟弟报仇。你先回去，我去找牛将军，等我消息。"

狗子说："好吧。"

当天晚上，狗子没有回去，逛窑子去了。第二天，他又去保安团找马富禄，刚好马富禄正要派人去通知他，马富禄说：“将军的意思是，放长线钓大鱼，你继续回到山寨，随时给我们提供情报。同时也要想办法打听到金菩萨和金碗的下落，如果你能把它弄回来，奖赏将是大大的。至于你答应他们的枪，我已派人准备好了，院子里的那辆马车的柴火下面放着十几条枪，你赶紧拉走吧。”

狗子说：“那鬼地方，我才不去呢。你重新派人吧。”

马富禄笑着说：“将军说了，如果你能帮他提供有价值的情报，等他消灭了穿山龙，就派你去临县当保安团的团长。”

狗子笑嘻嘻敬了一个礼说：“保证完成任务。”

狗子拉着马车来到客栈，对阿毛神秘地说货到手了，回家。阿毛和那三个弟兄非常敬佩狗子，称赞狗子了不起。

他们回到了黑龙岭黑龙寨，穿山龙拿起枪仔细看了看，又朝树上看了看，他一扣扳机，树上一只鸟掉了下来，同时惊飞一群鸟。

“好枪法！”人们拍手称赞。

穿山龙依然戴着面具，他拍了拍狗子的肩膀，竖起大拇指：“不错！”

狗子说：“不是吹的，要是有大洋，我大炮都能搞到。”

“大炮就算了，等我们干一票大的，你再去给我买些枪回来，我要壮大老子的队伍。”

“没问题，包在我身上。”狗子拍着胸脯说，“你们不是还有金菩萨和金碗吗？用它们可以换枪支弹药。”

“你听谁说的？”穿山龙警戒地说。

“三岁小孩都知道，穿山龙抢了牛家的金菩萨和金碗。”狗子笑着说。

穿山龙摘下面具说：“金菩萨和金碗虽然值钱，但在我们手里值不了几个钱，我还真想用金菩萨和金碗换枪，要不你去给我联系买主。”

“原来穿山龙是庞大当家的。”狗子装出吃惊的样子说，“没问题，明天我进一趟县城找买主。你先告诉我，我心里好有底，你想换多少枪支？”

“一百支长枪，十挺重机枪，一万发子弹，再加一万斤大米。没有商量的余地，否则免谈。”庞光远严肃地说，“实在不行的话，我派人去找冯玉祥、段祺瑞、阎锡山、张作霖、刘湘，也许他们会感兴趣。”

第二天，天还没亮，狗子就下山了。狗子进城后，悄悄去拜见了马富禄，刚好牛德益也在那里，他说金菩萨和金碗果然在土匪手里，他们现在急于出手，要一百支长枪，十挺重机枪，一万发子弹，再加一万斤大米。

马富禄说：“简直是狮子大张口。”

牛德益支走了狗子，让他在门外等，他们商量一下。他们声音很小，狗子在外边听不清楚，过了好一会儿才喊他进去。

牛德益说：“你回去告诉他，我答应他的条件，明天下午在月亮谷一手交货一手交枪支弹药和粮食。”

狗子回去告诉给了庞光远，他说他找到了买家，牛德益答应了条件。庞光远说，好，麻烦你再辛苦跑一趟，我明天准时把金菩萨和金碗带来。狗子答应一声，又匆匆下山了。

庞光远了解牛德益是个贪婪之人，他这么痛快答应，背后一定有诈。庞光远对月亮谷地形非常熟悉，月亮谷离生死谷很近，月亮谷像一弯月牙儿，只有一条山路，山谷中间虽然平坦，但两边森林茂密，适合打埋伏。月亮谷离县城又近，一旦打起来，城里的增援部队很快就能赶来。看来牛德益把交货地点选在月亮谷而不是生死谷是经过慎重考虑的。庞光远命令阿六带上两个人化装成猎户提前进入月亮谷埋伏起来，以便侦查，防止牛德益设伏。

天还没亮，阿六带上两个人进入月亮谷埋伏起来，他们藏身的地方可以看到进入月亮谷每一个人。过了一个时辰，阿六看见一群人拿着枪进入山谷，随即消失了，他们躲藏在山谷两边的树林里了。阿六怕惊动他们，翻过山岭，抄小路回黑龙岭。阿六把这一情况报告给了庞光远，庞光远让他带上二十多个弟兄，悄悄在他们身后藏了起来。

庞光远见时间差不多了，他带着弟兄们下山了。他们刚进入月亮谷就看见牛德益亲自带着一群人拉着枪支和麻袋，庞光远挥了挥手，大家停了下来。牛德益也停了下来，他远远地喊道：“我们把枪和粮食都带来了，你们把货带来没？”庞光远扬了扬手中的布袋说：“金菩萨和金碗都在这里。”马富禄说：“打开看看。”庞光远从布袋里拿出金菩萨和金碗说：“睁大眼睛，好好看看。”马富禄说：“把它送过来。”庞光远说：“把粮食和枪支送过来。”双方都举着枪，小心翼翼向前。

马富禄让马夫把枪支和粮食交给庞光远，庞光远把布袋交给马富禄，两人对视了一眼，马富禄眼里冒火，恨不得立即就要杀了他为弟弟报仇。庞光远面带微笑，倒退着走。阿毛和伙计们赶紧推着车子准备朝回走。庞光远紧紧盯着马富禄，他看见马富禄的手慢慢在朝腰间移动，庞光远感觉情况不妙，迅速拔出枪说：“少给老子耍鬼招。”他看见旁边的牛德益举着枪对准自己，他朝旁边一闪，啪的一声，没打着，他闪在了马车麻袋的后面。那些化装成马夫的人迅速拿起枪，阿毛和伙计们躲在麻袋后面迅速开枪，打死几个人。麻袋被子弹打了几个破洞，里面的沙子流了出来。庞光远骂道：“敢骗老子。”他拿过车上的长枪，一拉枪栓拉不动，原来这些都是有问题的枪。阿毛大喊一声：“给我打。”阿毛利用麻袋作为掩体，而马富禄他们没有掩体，边打边朝后退。这时埋伏在山上的保安团也开枪了，枪一响，躲在他们后面的阿六等人也开枪了，他们惊慌失措朝山下跑，跑在前面的几个人被庞光远打死了。牛德益和马富禄见情况不好，转身跑了。他们一跑，那些保安团的人跟着也跑了。

“我们追上去，把宝贝抢回来。”阿毛说。

“不用了，我留了一手，给他们的都是假货。”庞光远踢了麻袋一脚，“把这些破枪都扛回去，看修修能不能用。”

阿六和阿毛唱着山歌，得意扬扬地回山寨。

奔波了一天，大家都累了，庞光远大摆筵席，这次虽没捞到更多的战利品，但至少打死了不少保安团的人，也算是一场胜利。大家都放开喝，好多人都喝醉了。阿六说，好久没回漩涡街了，想回去一趟。阿毛说庞光远好久没见梧桐了，也该回去了。庞光远伤心地说，其实我一直想回去，又想见她，又怕见她。庞光远喝了一口酒说，这月十五是梧桐的生日，想来想去，我还是决定去看看她。庞光远说这些话时，狗子就在旁边，他听得清清楚楚。

几天后，狗子又下山进城，他把这一消息告诉给了马富禄。马富禄决定这天布下天罗地网，等待着庞光远上钩。

这月十五终于来到了，天上没有月亮，庞光远悄悄来到了漩涡街，街上很静，偶尔传来几声狗叫。庞光远在金家大院门前徘徊了一会儿，他四周观察了一下，感觉到了异样，风轻轻刮过，四周的树叶在摇曳着，他总感觉到背后有眼睛。他悄悄来到一处偏僻的院墙下，他四周看了看，猛跑几步，双脚蹲在院墙下，双手抓住院墙翻了进去。

几年没来金家大院了，这里的一草一木他都非常熟悉，他猫着腰顺着花园的树木穿过几个庭院来到了梧桐的庭院门前。他用随身携带的匕首轻轻地慢慢地一点一点拨开门闩，他看见梧桐屋里还有灯。他推开门，梧桐望着他，大吃一惊，随即扑进他的怀里说：“这些年，你去了哪里？”庞光远抱着他吻了一下，迫不及待地把她朝床上抱，梧桐说：“今日不行，我来例假了。你快告诉我，这些年，你去了哪里？”

庞光远说：“打死马富祥后，我和阿六阿毛三人投靠了阎锡山的部队，谁知他手下有个小头目老欺负和打骂我们，后来我们就偷偷跑了，回到了凤凰山，拉了一帮人占山为王。后来队伍壮大，擂鼓台的那帮土匪也加入了我的队伍。”

梧桐说：“原来穿山龙就是你。”

庞光远点了点头说：“我们专门劫富济贫，可没干过祸害老百姓的事。”

“抢牛家金银财宝的也是你？”

“不是我，还能是谁？”庞光远得意地说。

“大掌柜，不好了，官兵包围了金家大院。”小梅在喊道。

“我知道了。”梧桐应了一声，“先别开门，等我去开门。”

庞光远骂了一声：“老子刚来，还没来得及说会儿话，他们就来了。”

“你知道他们是谁？”

“不是牛德益，还能是谁。我打死了他弟弟，抢了牛家大院的财宝，又打死了他的手下，他对我恨之入骨，一直都想抓我。”

“你快走吧，藏酒的山洞里有个暗道，通到外边。这是金老爷当年修建的，没有几个人知道。”

“我知道，在最后一个酒海后面，我无意发现的，但一直没有进去过。”

庞光远推开门，消失在夜色中。

梧桐整理了一下衣服，梳理了一下头发朝大门走去，大门被拍得啪啪响，金家大院四周亮起了火把的光芒。

梧桐打开门，一群人冲了进来。外面黑压压站了一片，有的举着火把，有的端着枪。

“给我搜。”马富禄手一挥。

“大半夜的，你们这是干吗？”梧桐说。

“怎么这么久才开门，快把庞光远交出来。”马富禄板着脸说。

“什么庞光远，我几年都没见到他了。”

“你少给我装糊涂，等我抓到那个兔崽子，我再给你算账。”马富禄用枪指着梧桐说。

保安团每间房子都一一搜查，都没发现庞光远的踪影。

“你把他藏到哪里去了？快点交出来。”马富禄大声质问梧桐。

“我藏他干吗？酒坊倒闭后，我跟他再也没联系了。”

“你偷人，你跟他偷偷摸摸还生了一个孩子，别以为我不知道。”马富禄一脸坏笑。

“你嘴放干净点。”梧桐心里非常生气，她失去了理智，不假思索地打了马富禄一个嘴巴。

“你敢打我，吃了豹子胆了！把她抓起来。”马富禄捂着脸说。

马富禄没有抓到庞光远，回去不好交差，就把梧桐抓了起来。他想利用梧桐作为诱饵，何愁庞光远不上钩。

第二十章　劫　狱

城里贴出了告示，说梧桐私通匪首穿山龙庞光远，只要匪首投案自首，他们将放了梧桐，否则将枪毙梧桐，以儆效尤。

庞光远得知消息后，立即就想去劫狱。阿六拦住庞光远不让去，说这是牛德益设下的陷阱，等待着他送上门找死。庞光远说，就是送死，我也要去用我的命换梧桐的命。阿六说，就算你送上门，牛德益还是不会放过梧桐。阿毛也拦住不让去，他说得从长计议，你不是有个远方亲戚叫庞小龙吗，你让他提供一些情报，包括监狱的图形，我们打进去也好找人啊。庞光远一想也对，随即又想到自己刚进金家大院，马富禄带人就来了，看来是提前早就埋伏好了的，他们怎么知道自己要去见梧桐？看来是有内奸，有人给他们提供情报。这个奸细是谁呢？阿六和阿毛不可能。他把山上弟兄们都想了一遍，觉得后上山的狗子最值得怀疑。

就在庞光远想如何劫狱时，牛德益回到了漩涡街，他是来做安慰工作的。

漩涡街发生了骚乱，山民们围住了牛家大院，他们讨要说法。因今年天旱，粮食收成不好，而保安团的征粮队把粮食交公数量提高了一倍，有人不愿意交，他们就冲进山民家里抢粮食，甚至强暴人家闺女。

这天晚上天很黑，没有月亮和星星，刮着冷冷的风。

一个黑影在马家大院门前东张西望，他见没人，悄悄走到大门前把门环叩了几下。一个苍老的声音从屋里传了出来：“谁啊？”

“马家大少爷马啸天。”

门打开了，看门老汉揉了揉眼睛，来人虽然穿着破旧的衣服，他还是认了出来：“原来真是马家大少爷。”

“我爹呢？”

“他最近生病了，你娘在照顾他。我去通报老爷。”

“不用了，我找他们去。”

天虽然很黑，马啸天还是感觉到了院子的破落，他飞快地跑着，差点被院子里的杂草绊倒。

“爹娘，我回来了。”马啸天推开门喊道。

马啸天的突然出现，让马少秋和申红羽感觉是在做梦，他们定定地看着，不让梦惊醒。马啸天又喊了一声，他们才反应过来，申红羽抓住马啸天的手才知道这不是梦，她的泪水唰唰滚了下来。

马啸天望着床上的马少秋，他抓住马少秋的手说：“爹，我回来了。”

“这些年，你去了哪里？”马少秋问。

“一言难尽啊，我跟了几个军阀，东奔西走，后来我投靠了马天良大伯。袁世凯死后，各地军阀都在抢地盘，我堂哥马龙就是在抢地盘中战死了，大伯年纪大了，就想叶落归根，带着一队人马脱离了段祺瑞，他想在秦南地区发展，我作为先头部队先回来打探情况。”

“你大伯身体还好吗？我给他写了几封信都没见他回。”

“大伯身体很好。兵荒马乱的，他也是东奔西走，没有固定的落脚点，哪能收到你的信。对了，爹，你身体怎么了？”

“你爹是被气病的。”申红羽抹了抹泪说，“牛德益逼死了你姐，牛德元霸占了马家的产业，害得马家败落了，更让人生气的是马富禄兄弟投靠了牛家，帮牛家做事，现在牛德益和牛德元兄弟一手遮天，干了许多伤天害理的事。”

这时站在门外的看门老人说：“我听说漩涡街今天发生了骚乱，附近的山民讨要说法围住了牛家大院，因今年粮食收成不好，而牛德益保安团的征粮队把粮食交公数量提高了一倍，有人不愿意交，他们就冲进山民家里打砸抢，甚至强暴人家黄花闺女。”

“岂有此理，我现在就去杀了牛德益这个杂种。”马啸天说。

“人家有枪有炮，凭你一个人如何杀得了他？还是算了吧。”申红羽说。

“娘，你放心。”马啸天说，“我带了百十号人，他们在镇外呢。”

马啸天匆匆朝外走，直奔镇外。马啸天吹了一声口哨，树林里突然冒出了上百人，他们身穿统一的军服，扛着长枪。马啸天带着人马包围了牛家大院。大门紧闭，士兵们啪啪拍打着大门。没见开门，士兵们直接撞门，门撞开了，士兵们开始朝里冲。

里面枪声响了，冲在前面的两个士兵倒下了。马啸天开枪回击，顿时枪声噼噼啪啪响成一片，外边的火把映红了天。激战了十几分钟，牛家的护院队和牛德益所带的二十余个人死了一半，他们边战边退。

马啸天大声喊道：“你们已被包围了，我要的是牛家兄弟，缴枪不杀！”

几个护院队的举起了枪。牛德益所带的十余个士兵还在反抗，马啸天乘胜追击，又打死了几个，剩下几个也乖乖举手投降了。士兵们开始把牛家老老少少集中在一起，开始全院搜查，唯独没见牛德益和牛德元。

马啸天用枪指着牛德益的一个手下说：“快说，牛德益去哪了？你要不说，我一枪打爆你的头。”

那人跪下说：“原来是马啸天大哥，我是豹子啊。饶命啊，我给牛德益卖命也是被迫的……”

“别这么多废话，快告诉我，牛德益去哪里了。”马啸天说。

“他从后门跑了。”豹子说。

“快带我们去追。”马啸天说。

“后山群山环绕，沟壑纵横，他随便藏一个地方都难找，何况现在外面漆黑一团。”豹子说，“我建议，还不如明天去县城，直接端了他的老窝，活捉他。”

马啸天一想也对，命令士兵们休整，今晚就驻扎在牛家大院。同时命令自己的炊事班做饭，牛德元的老婆不情愿地吩咐厨子把家里的大米和腊肉，好吃好喝的统统拿了出来。豹子立即变了一副嘴脸，呵斥着指挥着牛家的人干这干那，讨好着马啸天。

镇上的保安队听说马啸天带着人马回来了，他们知道马家和牛家有深仇大恨，干了不少坏事的保安队员就跑了，没有祸害马家的虎子带着几个弟兄直接投奔了马啸天。

两天后，离开家乡几十年的马天良带着大部队浩浩荡荡回到了漩涡街，漩涡街沸腾了。马家大院已打扫得干干净净，马少秋得知大哥要回来，他的病突然一下就好了，他早早就站在大门口等待着马天良，他心里清楚，马天良一回来，属于马家的天下又将要来临了，这将是一件扬眉吐气的大事，他要好好跟马天良喝一杯。

马天良身穿军装，腰上挂着长剑和手枪，他骑着高大的白马，前面一个士兵牵着马。马天良身后跟随着长长的队伍，他们统一着装，有的扛着枪，有的推着大炮。马蹄踩在青石板上，咯噔咯噔响，这时鞭炮响了起来，鞭炮声音停止后，锣鼓声响了起来，街道两边人们拍手欢迎，马天良面带微笑，不时向人们挥手。

白马在马家大院门前停了下来，马天良下马，向站在门口的马少秋拱了拱手，然后两人紧紧拥抱了一下。

“请吧——”马少秋伸了伸手。

“请——”马天良也伸了伸手。

士兵们也跟着进屋，先到的士兵给他们倒茶水，或进屋休息。马家大院好久没有出现这种人头攒动的场面了。

马少秋和马天良来到了客厅，申红羽亲自给马天良倒茶，马天良有点受宠若惊："怎能让弟媳倒茶呢，你的丫鬟呢？"

"丫鬟早就走了。"申红羽抹了抹泪说，"我早就盼你回来，你终于回来了。"

"发生了什么事？"马天良问。

马少秋就把事情前后经过一一说了出来，马天良听完后拍了一下桌子说："岂有此理，明天我就带人去把牛德益灭了。我要重建马家的威风，今后漩涡街、汉阴县，甚至整个秦南地区都将是马家的了。"

站在旁边的马啸天说："事不宜迟，等士兵吃饱后就动身，今晚就攻打县城，活捉牛德益。攻打县城的任务就交给我吧，你在家里等我好消息。"

马天良点了点头说："好吧，安全第一。"

马天良转身走了，他下去准备了。

马天良就把这些年在外的情况一一给马少秋和申红羽做了汇报。然后兄弟俩来到了马家祠堂，给父亲马虎飚和母亲牌位上香磕头。

这天晚上，庞光远带着一伙人也混进了县城，他通过远方亲戚庞小龙已知道了梧桐关押的具体位置，他们准备半夜三更换成牢房狱警的衣服混进去，然后去救梧桐。庞光远感觉到时光漫长，他睁大眼睛，只盼半夜时刻早点来到。南门外突然传来枪炮声，庞光远感觉到了奇怪，怎么会有枪声，难道是在城门口里边接应的阿六被发现了，跟他们打了起来？这次计划他安排得很缜密，唯独没有通知狗子，他觉得狗子值得怀疑，城门外有阿毛接应，城门里有阿六接应，一旦劫狱成功，阿六就带人打死看门的，打开大门，然后他们带着梧桐顺利出城。

庞光远正在深思时，阿六赶了过来说："城外来了大队人马在攻城，他们在喊叫活捉牛德益。"

"奇怪，这怎么冒出一队人马，"庞光远说，"不管他们是谁，你先突袭，打死看门的，打开大门让他们进城。我现在就去救梧桐。"

阿六点了点头，转身跑了。

城门口的枪声更加激烈了。阿六带着几个弟兄，悄悄摸了上去，用刀子杀死了几个守大门的，有几个发觉准备开枪反击，阿六只好开枪把他们打死，然后打开城门。门外的士兵如潮水般冲了进来。阿六认出了冲在前面的马啸天，马啸天也认出了阿六，向他笑了笑："谢谢你。"阿六说："你们这是要攻打县衙吧，走，我带你们去。"

马啸天说："是啊。"

阿六冲在前面，马啸天紧跟在身后。城里火光映红了半边天，喊杀声一片。保安团的人纷纷缴枪投降。

县衙很静，门口连一个守卫都没有，他们听到枪声早就跑了。马啸天冲进县衙，没见牛德益的踪影。马啸天没想到，不费吹灰之力就拿下了县衙。他让士兵搜查，在将军府里也没发现牛德益踪影。

"全城戒严，一定要找到牛德益。"马啸天说。

士兵抓住一个鬼鬼祟祟的人，他穿着老百姓的衣服，但行囊里全是金银财宝和大洋，士兵把他押到马啸天面前，马啸天看了看他行囊里的东西说："这些东西从哪里来的？"

"我是商人。"

阿六附在马啸天的耳边小声说："他就是唐县长。"

"你大声告诉我，你是谁？"马啸天用枪指着唐县长的头说。

"饶命啊，我是唐县长。"唐县长跪了下来。

"牛德益呢？"

"他昨晚找我说要出门一趟，让我主持全县的工作，我真的不知道他和他老婆去哪了。"唐县长说。

"从现在开始，我已接管了县衙。"马啸天说，"把他押下去，关进大牢，等候处置。"

马富禄也换了一身老百姓的衣服，突然冒了出来："大哥，原来是你啊，恭喜恭喜！"

"牛德益在哪里？"马啸天板着脸说，关于马富禄的所作所为，回来后他也听说了一些。

"早跑了，听说昨天就带着老婆跑了。跑到哪里去了，我真不知道。"马富禄说。

"你不是整天跟他在一起狼狈为奸吗，你还不知道？"

"话不能这么说，我这是委曲求全。"马富禄说，"他跑到哪里去了，我真不知道。"

马啸天把手一挥："把他也抓起来，等候处置。"

"我可是你亲弟弟，打断骨头连着筋。"马富禄喊着说。

"带下去。"马啸天大喊一声。

阿六想起了救梧桐一事，正要跟马啸天告辞，马啸天说："走，带我去牢房，救梧桐。"

"你也知道梧桐被抓了？"阿六问。

“当然知道，不然我这么急急要攻打县城。”马啸天说。

牢房阴暗潮湿，里面一个人都没有。马啸天每间牢房都一一查看了，都没发现梧桐的身影。这时士兵押着唐县长走进了大牢，把他关了起来。阿六估计梧桐被庞光远救走了，他转身就跑了。马啸天喊他别走，阿六跑得比兔子还快。

阿六出城后朝凤凰山奔去，他追到月亮谷，终于看见了庞光远背着梧桐在行走。梧桐几次要下来，庞光远都没答应。

阿六气喘吁吁追了上来说：“你们跑得太快了。”

“我不跑快点，怕就出不了城了。”庞光远说。

“大掌柜没事吧？”阿六问。

“身子有点弱，牢房里寒气很重，回寨子养几天就好了。”

“送我回漩涡街。”梧桐说。

“我救了你的命，你就要听我的，回我寨子，我给你弄好吃的。”

“看守牢房的人都跑了，犯人都在朝外跑，我是你救的吗？就算你不救，我还是照样会跑出来的。”梧桐说。

“狗咬吕洞宾不识好人心，好好好，算我没救你，你到了我的地盘，我总要尽尽地主之谊吧。”庞光远说。

“汉阴县要变天了。”阿六说。

庞光远望了望天上的月亮说：“胡说，明天肯定是个大晴天。”

阿六说：“你知道攻打县城的是谁吗？他就是马啸天。如今牛德益跑了，漩涡街、汉阴县，甚至秦南地区都将信马了。”

“你看到马啸天了？”梧桐从庞光远背上梭了下来，急急地问。

“见到了，他跟我一块儿去大牢救你，结果我们来晚了一步。”阿六说。

“他还好吗？”梧桐问。

“我听他说他跟他大伯一块儿回来了，带了上千人马，准备不走了。”阿六说。

庞光远知道马啸天是梧桐的初恋，他心里不是滋味，对阿六不耐烦地说：“走走走，先回寨子。”

梧桐说：“不行，我想我儿子了，我必须要回漩涡街。”

庞光远说：“现在天都还没亮，回漩涡街还有几十里路，再说山上狼多，万一遇到狼怎么办？”

梧桐望了望四周黑黝黝的山，如傀儡一样。山泉呜咽，不时刮过一阵风，山上的树木哗哗地响。她叹了一口气，只好跟着他们走。山上羊肠小路很不好走，高一脚低一脚，庞光远几次都想去扶，被梧桐拒绝了。梧桐此时的心里波澜起伏，她以为马啸天死了，她在大牢里想了很久，如果能活着出去就打算嫁给庞光远。如今她出来了，马啸天却回来了，要不要嫁给庞光远，她心里又开始纠结了。马啸天毕竟是他的初恋，留给她的记忆是刻骨铭心的，一辈子都无法忘记。

阿毛点燃了火把，随行的伙计也点燃了火把，梧桐回头一望，火把蜿蜒如一条长龙。他们好不容易回到黑龙岭，天才蒙蒙亮。

狗子迎了上来说："你们去哪里，也不通知我一声。"

阿毛得意地说："我们去攻打县城，活捉了唐县长和马富禄，牛德益如丧家之犬一样跑了。要不是跑得快，就被我们活捉了。"

狗子笑着说："就你们这些人，还攻打县城？你就吹吧。"

"耳听为虚，眼见为实。大掌柜就是被我们劫狱救下的，这下你信了吧？"

狗子望了梧桐一眼，心里开始忐忑不安，他不敢看庞光远的目光。

阿毛说："快吩咐伙计们弄饭菜，晚上折腾了一夜，肚子也饿了。"

山上有点冷，聚义厅里生有几盆柴火，房间很暖和。人们围在聚义厅里的长方形的桌子上嘻嘻哈哈。正中靠墙上立着手拿长刀的关羽像，关羽像前摆着一张用狼皮铺的椅子。庞光远让梧桐坐上去，梧桐说我没资格坐，这是你的位子。阿六小声说，压寨夫人，当然有资格坐。庞光远笑呵呵拍了阿六头一下说，别胡说。

酒菜开始摆了上来，各种肉很多，兔子肉野鸡肉野猪肉麂子肉，庞光远请梧桐入座。伙计们开始大口吃肉，大口喝酒。梧桐抿了一口说："还是那种味道！可惜我的酒坊倒闭了。要不你跟我下山，重新把酒坊弄起来？"梧桐这是在试探庞光远，她想明白了，只要她下山，她就打算嫁给他。庞光远说："现在局势还不明朗，军阀混战，兵荒马乱，都在抢地盘，老百姓连粮食都没有吃的，没粮食怎么酿酒，等看看形势再说吧。"梧桐沉默了，不说话了。庞光远给梧桐夹了一块肉说："这是野猪肉，是我在山上下套子套的。"

狗子心神不定，浑身都在发抖，一直不敢看庞光远。庞光远一直用眼睛的余光观察着狗子，他旁敲侧击地说："现在唐县长和马富禄被抓，牛德益跑了，牛德元也不知道躲到哪去了，牛家彻底完蛋了，牛家的风光不复存在了，真应了那句什么三十年河东，三十年河西……"

狗子咚的一声跪了下来："大当家，我错了，怪我糊涂，今后我跟着你，你让我打东，我绝不朝西。"

"你错在哪里？"庞光远说。

"我不该给马富禄卖命，他让我混进来，是为了给他们通风报信。你去漩涡街见梧桐的消息都是我提供给他们的……"

“怪不得我还没到漩涡街，马富禄就提前带人埋伏好了，等我上钩。”庞光远拍了一下桌子说，“来人啊，把他拖出去枪毙了！”

狗子把头磕得咚咚响：“只要大当家饶了我，我下辈子当牛当马伺候你一辈子。”

“我最讨厌出卖兄弟的人，死有余辜。”庞光远说。

狗子挪动了双腿跪在梧桐面前，把头也磕得咚咚响，额头上出血了：“大掌柜，求求你帮我求求情，饶我一命。我把你母亲喊姑，算起来我们还是亲戚。”

梧桐对庞光远说：“狗子也是苦命人，给马富禄卖命也是没办法。其实他本性不坏，你就饶了他这一次吧。”

庞光远在屋里转来转去，沉思了一会儿说：“看在大掌柜的面子上，我饶你一命。你现在就离开黑龙岭，不要让我再看到你。”

“谢谢大当家饶我不死，我真的想留下来。”狗子说。

“再不滚，别怪我一会儿改变了注意。”庞光远说。

“快走吧！”梧桐说。

狗子站了起来，向庞光远和梧桐鞠躬，然后擦了泪水，转身朝山下跑去。

“喝酒！”庞光远喊道。

经过狗子这么一折腾，大家喝酒的兴致低落了，大家默默喝闷酒。

天已大亮，阿六和阿毛呵欠连天，其他弟兄跟着也打着哈欠。昨晚折腾了一晚上，他们感觉又累又困，各自纷纷回房睡觉去了。

梧桐走出聚义厅，庞光远紧紧跟在后面。一轮红日从山中冉冉升了起来，四周群山云雾缭绕，近处的山清晰可见，山峰笔直，裸露的悬崖上寸草不生，而山上的树木密密麻麻，葱绿树叶中冒出一片片发红的树叶，一只老鹰在山谷盘旋。山下的峡谷和羊肠小路蜿蜒着伸向远方，消失在山的尽头。

“酒也喝了，饭也吃了，我该下山了。”梧桐说。

“不能再待几天吗？”

“这些日子没回家，家里还有好多事等我回去处理。”

“好吧。”

“你今后有啥打算？”梧桐试探地问。

“走一步，算一步。”庞光远叹了一口气说。

“要不你就回漩涡街吧，我们从头开始。”

“牛德益跑了，说不定又冒出一个牛德益来，先观察一段时间再说吧。”

庞光远送梧桐下山，送了一程又一程，翻过一座山又一座山，两人才依依不舍地告别。这时，太阳已升到山顶的半空中，山腰间的云雾也开始在慢慢消散。

第二十一章　变　天

马啸天占领县城，唐县长被抓，牛德益跑了，马天良接管了汉阴县。

马天良的目标是占领整个秦南地区，马啸天带领着大军向临县发起了进攻，虽遭到顽强抵抗，但还是很快占领了县城。周边其他几个县的县长和保安团闻讯后纷纷逃窜了，或者主动打开城门要求加入马天良的队伍，马家军一举占领了周边几个县。接着马天良回到了汉阴县，对部队进行了整编，短短一个月，就发展成了三千多人的队伍了，队伍还在不停地壮大。马天良召集部下开会，任命了几个新的县长，马啸天也被任命为汉阴县的县长兼任马天良的参谋，新县长由马天良统一指挥。马天良自称为大将军，他住进了牛德益原先的将军府。

为了树立新政府的威信，马天良把地主恶霸和欺压老百姓的地痞流氓统统抓了起来，开批斗会，扬言要杀一批。牛德元和万福躲到山洞里，被搜山队的虎子抓到了，也被押到了批斗会现场。唐县长和马富禄也被五花大绑押到了现场。马富禄知道即将要被砍头，早就吓瘫了，他是被人抬进来的。

台下观众人头攒动，黑压压一片，受苦的人们纷纷上台，控诉牛德元和唐县长的罪行。被五花大绑的万福也喊道有话要说。马天良让把他押上来，万福一把鼻涕一把泪说自己是被逼的，他把牛德元的罪行全部说了出来。控诉完毕，马天良发表了讲话，然后他宣布对罪大恶极的人绝不手软，该杀就要杀。

唐县长和牛德元听说要被砍头，一下瘫软在地上，他们被拖上断头台，随着刽子手的手起刀落，他们的脑袋滚下台，像皮球一样在地上滚来滚去，人们吓得纷纷朝后退。

马富禄吓晕了，他被拖上台，泼了一盆冷水，他醒了看见了地上的血，又晕了过去。站在台下的亲娘——三太太扑了上去，哭着说："要杀先杀我吧！你们不是答应我不杀他的吗？他身上流淌的可也是马家的血液……"

马啸天让人把三太太拖走，三太太挣扎着推开士兵，抱住了马啸天的腿，她哭着说：“他可是你同父异母的亲弟弟，你就给你大伯求求情吧，饶了富禄吧。”

“他干了不少坏事，死有余辜。”马啸天小声说，“毕竟他是我的弟弟，按照大伯和父亲的意思，吓唬吓唬他一下，只要他以后重新做人，既往不咎。”

三太太松开手，不哭了。

马富禄被按在杀猪凳子上，打了三十大板，打得皮开肉绽，最后被拖了下去。

经过这次审判大会后，汉阴县的社会治安得到了扭转，同时也正式宣告了马家军统治了整个秦南地区。

马啸天搬进了县衙后，重新组建了保安团，他亲自兼任保安团团长。

全县的工作一切进入正轨后，马啸天想到了梧桐，他打算明天回漩涡街去拜访一下她。

天气说变就变，头一天晚上干冷干冷，风刮在脸上如刀割一般。第二天，马啸天一起来，才发现外面白茫茫一片，鹅毛大雪飘飘，衙门大院里已挤压了厚厚一层雪，树枝上也积了不少雪。行程既然提前定了下来，那就不更改了，马啸天对自己要求一直很严格，言必信，行必果。马啸天带着两个警卫，各自骑上马朝凤凰山上奔去。凤凰山上有一条清朝修建的官道，路不宽，两辆马车可以并列行驶，这条官道顺着山盘旋，有十几个 S 盘道，一上一下据说有三十里。三匹马在官道上迎着风雪在奔驰着，身后留下了一长串串的马蹄印，慢慢地这些马蹄印又被雪花掩盖了，仿佛不曾有人从这里路过。

下山时，因是下坡路，马啸天行走得很慢，手握缰绳他已感觉到了寒冷，山上如伞的松树被雪包裹着，一棵又一棵，远看像盛开的朵朵棉花，又像天空的白云。滴水悬崖上已结成了一串又一串的冰柱，晶莹透彻，有的像宝剑，有的像匕首，有的像雪白的钟乳石，有的像白色的玉石。远处白茫茫一片，那些熟悉的山峦和村庄也朦朦胧胧模糊不清，道路已被大雪覆盖了，他们有点分不清方向了。马啸天掏出随身携带的白酒抿了一口，然后递给了自己的警卫，让他们也喝点暖暖身子。

山上突然刮起了风，风卷起雪花呼呼乱叫，马受了惊吓，一个警卫的马突然朝山坡奔去，警卫脸都吓白了，突然马叫了一声，一头栽倒，把警卫重重摔在雪地上。另一个警卫下马扶起他后去牵马，马没动，他拋开雪花发现马的前蹄已被铁架子夹住了。

“别动，估计这是山上土匪装套野猪豹子的夹子。”马啸天蹲下来看了看说，“算了吧，就算你把夹子弄开，马的腿也废了。”

“我们赶紧走吧，我也听说了山上的土匪很厉害，杀人不眨眼。”一个警卫说。

“没想到我一进入凤凰山，土匪就给了我一个下马威，回头我一定要去会会这个土匪。”马啸天说。马啸天双手搓了搓，哈了哈气。

警卫牵着马，马啸天坐在马上，开始顺着山路迎着风雪慢悠悠地行走着。一下山，进入河谷，道路一下平坦多了，他们加快了速度，风雪也小多了，但路边的庄稼和梯田也落了厚厚一层雪。

马啸天赶到漩涡街时，雪突然停了。漩涡街现在也是马家的天下了。牛德元被砍头后，马少秋成了漩涡街的镇长，牛德元的财产被没收充公了，牛家的产业，包括以前他们抢夺马家的林场、矿厂、船队马帮等等全部变成马家的产业了，甚至牛家大院也成了马家的财产。马啸天把新组建的保安队就驻扎在牛家大院，牛家大院成了保安队的办公场地。保安队每天轮流二十四小时去马家大院巡逻和站岗，如今的马家大院又恢复了以前风光，重新招了一批丫鬟长工佣人厨子等等，马少秋和夫人又过起了衣来伸手、饭来张口的生活。

站在门口持枪的保安队员向马啸天敬礼，马啸天微笑点了点头。

院子里的树木光秃秃的，记得上次他回来时满树都挂着树叶，如今全掉光了，光秃秃的树枝上挤压着一层雪。一阵风吹来，树枝晃来晃去，雪纷纷落了下来，惊飞了花园灌木丛中的麻雀。马啸天直奔客厅，客厅里生着熊熊燃烧的炭火。马少秋和太太申红羽正在聊天，他们见马啸天回来了，起身问道：“下雪了，你怎么回来了？有啥急事吗？”

“没啥事，只是回来想看看你们。”马啸天说。

“我问你一个事，你有马剑锋的消息没？你二妈整天对我哭哭啼啼，烦死了。”马少秋说。

“中华民国这么大，我怎么知道他的消息。”马啸天说，“你送他去外地上学，他不安心上学。听说他跟同学常闹事，搞什么游行等等，我还听说他跟随孙中山闹革命去了。”

“你姐跟随那个姓孙的闹革命，他怎么也步人后尘，简直气死人了。”

“爹，你千万不要生气，他在外边一定混得好好的。”马啸天说，“你看我不是也平平安安回来了吗？”

“你也老大不小了，该成家了吧？”马少秋关心地问。

“就是啊！我早就想抱孙子了。”申红羽笑着说。

“不急，时候未到，时候一到我自然让你们抱上孙子。”马啸天说，“我肚子早饿了，给我弄点吃的吧。”

“雪莲，去通知后厨，就说大少爷回来了，弄点好吃可口的饭菜。”申红羽喊道。

“好的，夫人。”站在旁边的丫鬟雪莲应了一声。雪莲是新招的一个丫鬟，十五六岁，模样俊俏，深受申红羽喜欢。马啸天看了雪莲一眼，她清纯的样子让他想到了梧桐，当年梧桐走进马家大院也是这般模样，连穿衣打扮都一样。

一会儿，几个热菜和热酒端了上来，两个警卫被叫到后厨吃饭去了。

马少秋说："'绿蚁新醅酒，红泥小火炉。晚来天欲雪，能饮一杯无。'外面的雪早就停了，今日没外人，我们父子俩好好喝一杯。"

"好啊！"马啸天说。

两人谈了一下天下的形势，马啸天说现在天下乱成一锅粥了，中华大地上涌现出一大群割据一方的草头王：山西王阎锡山、西北王冯玉祥、东南王孙传芳、山东王韩复榘、胶东王刘珍年、四川王刘湘、贵州王王家烈、湖南王何键、西康王刘文辉、青海王马步芳、甘肃王马鸿宾、新疆王盛世才、云南王唐继尧……为抢地盘几乎每年每月每天都有大规模的混战发生。

马少秋笑着说："现在你大伯马天良成了秦南王。"

马啸天左右看了看小声说："大伯年纪大了，他的几个儿子都战死了，迟早我会成为秦南王的，到时我将继续扩张我的地盘，吞并其他军阀……"

马少秋说："别扯这些了，谈谈眼前吧。"

马啸天说："牛德益在秦南地区的商铺都被我们没收了，全换成了'马'字号的招牌，他购买了几百套房子也被没收了。这家伙贪得无厌，他逃跑时还有好多金银财宝无法携带，光黄金都有十几箱。"

"活该！他哥同样贪得无厌，马家现在接管了牛家在漩涡街所有的生意，我现在忙不过来了，要不把马富禄放出来吧，经过这次教训，我相信他会懂事的。"

"好吧。"

"这么多生意，马家确实忙不过来，我分了一些生意给梧桐。在马家落难时，人家可是没有少帮我，人要学会感恩。"

马啸天点了点头说："钱是挣不完的，你做得很对。对了，她现在好吗？"

"她的酒厂虽倒闭了，但她的酱园店、油坊、布店、酒楼的生意一直都还不错。这些年，她也不容易，带着一个孩子。"

马啸天哦了一声，端起酒杯一口喝了。他眼前出现了梧桐的身影，当年他发誓要娶她，如今她已是孩子的母亲，自己还是单身，自己也不小了，也该成家了。他突然想立刻见到梧桐，他要向她求婚，她虽然有孩子，但他不在乎。马啸天放下酒杯说，给我来一碗米饭。他望了望窗外，树木如冰雕玉砌，雪已停了。雪莲端上来一碗米饭，马啸天说了声谢谢。过了一会儿，马啸天又说，把金家豆瓣酱打开，豆瓣酱拌米饭，我就好这一口。雪莲打开豆瓣酱，递了上去。马啸天用筷子拨了一些豆瓣酱到碗里，津津有味吃了起来。吃完饭，他站了起来，披上军大衣说："爹娘，我出去一下。"

镇上的保安队队长申小兵是申红羽的娘家人，他听说马啸天回来了，带着全体队员来到马家大院，等候命令。

申小兵见了马啸天敬了一个礼："漩涡街保安队队长申小兵向马县长问好，请指示。"申小兵曾在冯玉祥手下当过几个月小兵，后来偷偷跑了回来，刚好赶上马啸天攻占了县城，申红羽就给马天良说情，申小兵就当上了保安队队长。

"马家大院的安全就交给你了，特别是要提防凤凰山的土匪。"

"马县长放心吧，有我申小兵，土匪休想踏进马家半步。"

"马县长准备去哪里，要我们保驾护航吗？"

"不用了，谢谢了。我带有警卫。"

马啸天踩着积雪独自去了金家大院，汉江河两岸白茫茫一片，河水碧绿碧绿，江面上几条渔船在打鱼。金家大院门前几个人在扫雪，他们见了马啸天客气地打招呼，马啸天问道："大掌柜在没？"扫雪的人说："应该在吧。"

马啸天走进金家大院，这金家大院还是他小时候来过，转眼这么多年过去了，金家大院让他又熟悉又陌生。院子里的草坪上几个丫鬟领着一个男孩在堆雪人，丫鬟阿雅走过来问道："马县长，你是来找我们大掌柜的吧？"

"你认识我？"马啸天指着自己的鼻子说。

"马家的大少爷，大名鼎鼎的马县长，谁不知道？"

阿雅说："我们大掌柜去酱园店了，酱园店今天有点事，要不你到会客厅等一下。"

"阿雅姐姐，快来帮我堆雪人。"小男孩喊道。

"他是谁？"马啸天指着那个男孩说。

"他是梧桐的儿子金元宝。"

"哦，都长这么高了。"

"是啊。"阿雅说，"要不你先到会客厅等着。"

"不用了，那我就先告辞了。"

马啸天刚走到门口，梧桐从马车上下来了。她穿着貂大衣，显得很富贵大方又得体，两人目光对视了几秒，梧桐再也不是以前害羞的小姑娘了，她落落大方地说："什么风把你吹来了？"

"老朋友嘛，顺便过来看看你。"

"是吗，请吧。"

两人来到客厅，客厅火炉很旺，阿雅给马啸天端上茶，然后退了出去。

梧桐说："当年你不告而别，一走便无消息，如今怎么突然不声不吭地就回来了？"

"说来话长，其实我也有很多苦衷，不说也罢，都是过去的事了。"马啸天说，"我今天来，就是想对过去的事做个了断。"

"过去什么事？"梧桐故意问。

"当年我答应你，我要娶你，今天我就是来实现我的诺言。"马啸天很自信，他以为梧桐听了会感动的，会答应的。

梧桐冷冷笑了一声："当初我被逼嫁给金家的傻子，你又在哪里？我走投无路的时候，甚至绝望的时候，你在哪里？我被人栽赃陷害时，你又在哪里？你知道这些年，我是怎么熬过来的吗？这一切你不知道。如今我的生意有了起色，日子富裕了，不愁吃不愁穿，你却出现了，你还好意思说这些话，你不觉得良心有愧吗？"

"我承认我错了，但没你的日子，我无时无刻不在想你，做梦都想回到你的身边……"

"我现在不是小姑娘了，你说这些话，哄不到我了。"梧桐冷笑一声。

"是吗？"马啸天嬉皮笑脸地说。

"不说这些了，你难得回来一次，我请你去我的望江楼吃饭。"

"早知如此，我应该饿着肚子来。你别说，我很喜欢吃你们金家的豆瓣酱，这让我吃到了家乡的味道。"

"改天我亲自给你做几坛豆瓣酱。"梧桐笑着说。

"一言为定。"

两人朝镇上的望江楼走去，因下雪，望江楼没有客人，梧桐带着马啸天来到上次宴请刘三郎、牛德益和沈佩贞的那个包间，梧桐把自己的哥嫂介绍给了马啸天，哥哥梧果笑脸相迎，拱了拱手："稀客稀客，马县长能赏光，我们兄妹俩脸上也有光了。人们说女大十八变，我看男大三十六变，多年没见，如今马县长变得一表人才器宇不凡玉树临风温文尔雅威风凛凛风度翩翩……"

"过奖，过奖。"马啸天拱了拱手，哈哈笑了。

"你们下去准备几道特色菜吧，人家马县长天天大鱼大肉，对这些早就不稀罕了。"梧桐说。

"没问题。"哥嫂笑着下去了。

门一关，包间里只剩下马啸天和梧桐两人了，梧桐直言不讳地说："漩涡街现在是马家的，下一步你不会对我动手吧？"

“我动谁，也不会动你，我们还指望你来繁荣全县的经济呢。”

“有句话怎么说的，‘伤心秦汉经行处，宫阙万间都做了土。兴，百姓苦；亡，百姓苦！’不管谁当皇帝、谁坐江山，受苦的还是咱们老百姓。”

“话不能这么说，其实我跟大伯早就商量好了，只要不是做坑蒙拐骗的生意，我们大力支持。当然该上税的还是要上税，这几千人马的吃喝拉撒也是一笔不小的开支。”

“这个我知道，只要不过分，税我肯定一分不少，不过不要像牛德益一样贪得无厌就行。你知道吗，我挣的钱，多半都被他拿走了。”

“我们已悬赏两万大洋购买他人头，一旦抓到，我要亲手宰了他，为我姐姐报仇。”马啸天说，“如今他所有财产都被我们没收了，贪得再多又有什么意思？”

“是啊！欲望越小，人生就越幸福。欲望多了，幸福和快乐就会自动减少。贪婪是幸福的天敌，要想真正获得幸福，就要学会淡定，学会知足。减少欲望，增加满足，才能从贪婪中解脱；舍得放弃，甘于淡泊，才能获得心灵的安宁。”梧桐说，“他哥哥牛德元被你们杀了，杀得好。牛家的药铺、钱庄、米行和林场等等财产被你没收，几千亩土地成了你们马家的，一百多户佃农被赶走，牛家老小也被你们赶出了牛家大院，我觉得把牛家老小赶出大院欠妥，他们是无辜的。”

“你这人还是这么善良。”马啸天叹了一口气说，“我大伯常常这样告诫我：量小非君子，无毒不丈夫，要成就大事业必须手段毒辣，技高一筹。”

梧桐皱了皱眉头说：“我不同意你的观点，我觉得老实本分地做人，坦坦荡荡地做事，诚信经营，心有善念，人有信用，才能赢得众人的尊重，才能把生意做大，才能活好短暂的一生。”

“打仗是我擅长的，做生意是你擅长的，观点不同也正常嘛。”

这时梧果亲自端上来几个菜，都是家常菜，也是当地特色小吃，蕨粉皮子、酸辣魔芋、五香豆腐干、米浆馍、酸辣茴香小鱼、红豆腐蒸肉、汉水蒸盆子。马啸天望着热气腾腾的菜肴说：“够了够了，上多了也浪费了。”他迫不及待地拿起筷子夹了一筷，边吃边说：“还是你懂我，这些都是我最爱吃的。你知道吗？我在外东奔西走，做梦都想吃到家乡的味道。”

“是吗？那就多吃点。”梧桐拿出一坛子酒说，“我的酒厂虽然倒闭了，但库房存了一点酒，我一直舍不得拿出来。今日你来了，特为你准备的。”

“我来，我来。”马啸天接过坛子，给梧桐和自己碗里倒满酒。

梧桐双手举起碗说：“我酒量一般，但今日我舍命陪君子。”

“干！”马啸天举起碗说。

“这酒味道如何？”

马啸天又小抿了一口，闭上眼睛做陶醉状，咂巴着嘴巴，眼睛突然睁开，说：“不错，相当好喝。口感上浓烈而不暴，收口爽利而不涩，闻香芬芳而不艳，口味浓厚，硬而不暴，具有独特风格。”

“马县长原来是个行家，金家酒一直被人称为‘三绝’，你知道它有哪‘三绝’吗？”

“哪‘三绝’？”

“‘不上头、不干喉、回味悠长’，被称为‘三绝’。”

“你为何不继续生产呢？我支持你！”

“自牛德元指使马富禄和马富祥在酒里下毒栽赃陷害后，金家的酒让人谈虎色变，关键是酒把式也走了，这酒只有他一个人才能酿出这种独一无二的味道，清而不淡、浓而不艳，集清香型、浓香型白酒风格特点于一体，酸、甜、苦、辣、香五味俱全，均不出头。”

“马富禄这个不争气的东西，毕竟他是我的弟弟，我已教训了他。为了弥补你的损失，我爹已把漩涡街和全县药材采购权交给你了，算是赎罪吧。对了，这个酒把式是谁啊？鄙人倒想请他成为我的私人酿酒师。”

“庞光远。”梧桐一字一顿地说。

“就是打死我弟弟马富祥的那个庞光远？”

“是的，活该，他欺人太甚了。”

马啸天心里咯噔了一下，又是土匪庞光远，也不知道为何，他一听到这个名字就浑身不舒服。他也听说了梧桐生的那个儿子金元宝是个野种，金傻子哪有这种本事，有人说是庞光远的种。当他听到这个消息那一刻，他的心里五味杂陈，羡慕嫉妒恨。他也刚刚见过金元宝，五官长相确实有点像庞光远，他在心里也默认了这个事实。既然他们没有结婚，这说明自己还是有希望的，说明梧桐在等他。马啸天不由得自作多情起来，心里沾沾自喜，他故意试探地问：“你可以请他出山，重新推出金祥福酒？”

梧桐岔开话题说：“别谈这些了，多年没见该谈些高兴的事。来，我们喝酒！”

马啸天喝了一口，然后不停地吃菜，边吃边赞不绝口，然后讲这些年他在外遭的罪受的苦，他露宿过街头，甚至当个叫花子，东奔西走打打杀杀，要不是大伯马天良对他提携和关照，他不会有今天的飞黄腾达。可马天良也不顺利，先被袁世凯压着，袁世凯死后又被段祺瑞压着，马天良一忍再忍，各地军阀都在抢地盘时，马天良终于忍不住了，于是带着人马抢占了秦南地区，成了秦南王，这样再也不用看别人的脸色了。

“原来你也不容易，大家都不容易。”梧桐深有所感地说。

“在外混得不好，所以这些年我一直没有给家里写信，也没有给你写信，所以请你多多谅解。”

“你现在要风得风要雨得雨，可是好多人羡慕的对象。”梧桐沉思了一会儿说，“你现在娶了几房太太？”

“我现在还是单身，一个太太都没有。”

“我不信。”

“真的。”马啸天望着梧桐的眼睛说，“你还记得吗？我曾对天发誓过，我这一辈子，非你不娶！风有约，花不误，岁岁如此，永不相负！如今我要实现我的承诺，我要娶你！”

梧桐泪水哗哗流了出来，她又惊又喜，此时她的内心也非常矛盾，如果他的这些话五年前说，也许她会毫不犹豫地答应。当年马啸天突然不告而别离开漩涡街，梧桐整天思念着他，以泪洗面，希望他能突然出现在自己的面前，每天感觉日子特别漫长，甚至连活下去的勇气都没有了。后来被逼嫁给金傻子，她希望马啸天能突然出现在她的面前，带她远走高飞，就算浪迹天涯、食不果腹她也愿意。梦想被现实一点点击碎，她彻底失望了，她虽然失望了，但还抱着一丝希望，一丝幻想。后来，她慢慢想明白了，他们之间不可能有未来，她就劝解自己要忘却马啸天。一年又一年过去，随着时间的流逝，她慢慢淡忘了他，他的身影也开始模糊了。这些年来经历了一系列的事后，她变得成熟和坚强了，回想当年的所作所为，她为自己的幼稚感到好笑。如今马啸天回来了，成了一人之下、万人之上的县长，她感觉自己一个弱女子不配他了，他们已不是同一条路上的人了。

“你怎么不说话啊？你心里到底还有没有我？”马啸天急得团团转。

梧桐擦干泪水说：“谢谢你了，我们永远做好朋友，好吗？”

“我是个粗人，你明确告诉我，你喜欢，还是不喜欢，给句痛快话。”

“我刚到马家时，没人瞧得起我，是你带我爬山、划船、骑马、射箭等等，我每天玩得都很开心，我长这么大还是第一次感受到人生的快乐。我承认，我曾经喜欢你，现在也喜欢你，但我们已不是小孩子了，有些问题说了你也不明白……”

马啸天端起一碗酒生气地全喝了下去，把碗重重放在桌子上说：“你是不是还惦记着那个土匪庞光远？你信不信，我现在带人就去剿匪，为民除害。”

梧桐听他这么一说，心里也不舒服，大声说：“我听说你手下的兵在县城打砸抢，还强暴民女，这跟牛德益有啥区别？庞光远虽是土匪，但他从不欺负老百姓，他抢的都是贪官的钱财。”

“怪我管教无方，回去后我一定严惩不贷。”

“如果你再纵容你的手下胡作非为，欺压老百姓，我看你还不如土匪，牛德益的下场也将是你的下场。”

马啸天气得把碗摔在地上，拉开门生气地走了。

梧果跑了进来说：“妹子，你干吗得罪马县长啊，我们得罪不起啊，你快去追上他给他认错。”

“马啸天这头倔驴，暴脾气一点都没改，叫我给他认错，门都没有。”梧桐大声说。

门外的马啸天听得清清楚楚，他脑子里突然冒出了庞光远，今天回漩涡街的路上，他设套子，把他的马腿夹断，这分明是给他下马威。还有庞光远打死他的弟弟马富祥，又抢走他的女人，这口气不出，他一个堂堂的县长和参谋，今后脸朝哪里搁？他越想心里就越来气，把脚下的雪踩得咯吱咯吱响，街道两边的红灯笼已亮了起来，路上的雪显得更加神秘和好看，而马啸天的步子开始蹒跚起来，风一吹，他哇哇吐了起来。

两个警卫在门口等着他，看见马啸天回来迎了上来，扶他进屋。天冷，马少秋和申红羽早早睡了，他让警卫不要管他了，回房睡觉。丫鬟雪莲端着热水进来了：“少爷，请洗脚。”马啸天看了雪莲一眼，他越看雪莲越像梧桐初进马家大院的模样，他的目光开始迷离，雪莲变成了梧桐。

马啸天一屁股坐在椅子上，抬起双脚，用命令的口气说：“给我洗脚！”

雪莲犹豫了一下，蹲下身子脱掉马啸天的鞋子和袜子，一股臭气钻进了雪莲的鼻孔，她皱了皱眉头，用白嫩的小手把马啸天的双脚放进洗脚盆里。

“你家里还有什么人？”马啸天用欣赏的眼光望着雪莲。

“父母都死了。”雪莲勾着头小声说。

洗完脚，雪莲用毛巾擦马啸天脚上的水，马啸天很享受地闭上双眼，感觉站在身边的就是梧桐，她的手无意触碰到了他的脚，他感觉到很舒服。他睁开眼，抓住了雪莲的手，雪莲很惊慌，想把手抽出来，几次都没成功，她的脸一下红了，她的害羞让马啸天热血澎湃，他一把抱起雪莲朝床上走去，雪莲挣扎着，喊叫着：“少爷，放开我。”此时马啸天在酒精的刺激下，他失去了理智，把雪莲扔在床上，他把雪莲当成梧桐，他扑了上去……

第二天，天晴了，太阳出来。马啸天匆匆离开了漩涡街。

第二十二章　一山不容二虎

一个月后，雪莲知道自己怀孕了。

梧桐也知道了这个消息，她听说了，雪莲知道自己怀孕了，一个姑娘还没嫁人就挺起了肚子，她没脸见人，要寻短见，要跳河自杀。申红羽死死抱住求她不要自杀，并承诺给她一个交代，要为她做主。申红羽抱孙子心情非常迫切，就把马啸天叫回来商量，马啸天死活不答应娶一个丫鬟，一气之下回到了县城。梧桐听到这个消息后，马啸天在她心目中的形象一下坍塌了。后来她又听说，马啸天整天跟一个戏子混在一起，花天酒地，过着纸醉金迷的生活。她本来还对他心存一丝幻想，如今彻底破灭了，感觉她和他已是陌路人了。

转眼到了春天，这年春天，马天良突然得疾病去世了。马天良的尸体用马车拉到了漩涡街，准备按照当地风俗下葬。葬礼办了七天，还请了戏班子来唱戏，每天都能听到敲锣打鼓、鞭炮和唢呐声，镇上从来没有这么热闹过，每天都开着流水席，马家大院都是人山人海，秦南地区所有官员和富豪乡绅都赶来了，梧桐自然也去了，还送了大礼。

安葬完马天良后，马啸天去拜访了梧桐。

梧桐吩咐阿雅上茶，梧桐说："马县长怎么有空，到我寒舍来了？"

马啸天笑着说："我们青梅竹马，一块儿长大的，别一口一个马县长的，我听着不舒服。"

"谁跟你是青梅竹马？"梧桐说，"你现在是秦南王了，土皇帝，准备什么时候登基啊？"

"别笑话我了，我跟你说正事。"

"什么正事，该不是要吞并或收购我的产业吧？"

"我保证，只要我马啸天在，没人敢动你半根毫毛。你的生意可以放开手脚去做，再说你挣得越多，自然上的税也越多，我何乐而不为呢！"马啸天笑着挥着手说。

“我的生意垮了，你也得不到什么好处。”梧桐笑着说，“我警告你，做人不要太贪婪了。”

“别说这些了，还是说说我们之间的事吧。”马啸天说，“还是上次我说的话，我喜欢你，我想娶你，你还没答复我呢。”

“你把人家丫鬟肚子弄大了，你不娶人家，还算男人吗？我还听说，你在县城包养了几个女人，特别是那个戏子，秦腔唱得好。”

“我跟她们只是逢场作戏呢，你怎么能跟她们相提并论呢，我对你是真心的。”

“我劝你还是死了心吧，我已不是以前的那个梧桐，你也不是以前那个马啸天。”梧桐严肃地说。

“我再说一遍，我要娶你。”

“难道你要强娶不成？”

“强扭的瓜不甜，我不会强迫你的。”

“请回吧，我是不会嫁给你的，我们还是做好朋友吧！”

马啸天站起来说：“告辞了，你再考虑一下吧，我有的是时间等你。”

“谢谢你对我的爱，我明确告诉你，我们不合适。”梧桐严肃地说。

马啸天冷着脸走了，他带人直接回县城了。马啸天回去后一直在琢磨梧桐为啥不愿意嫁给他这个问题，他的副官马松似看透了他的心思，安慰道，好女人多的是，凭马县长这么好的条件，还找不到女人？马啸天挥了挥手说，滚滚滚，你不懂！

马松退了出去，在门口遇见了白玫瑰，白玫瑰是县剧团的演员，人不仅年轻长得又漂亮，秦腔还唱得好，马啸天常去捧场，一来二去两人就好上了。白玫瑰说：“你们马县长在没？”马松笑脸相迎：“在在在。”

白玫瑰扭着腰肢推开了门，马啸天骂道：“滚滚滚。”

“看来马县长马将军不欢迎我了。”白玫瑰娇滴滴地说，声音很好听。

马啸天转过身，见是白玫瑰，他站起来，伸开双臂笑着说：“对不起，我以为是我副官呢。我随时都欢迎白小姐来指导工作。”

“这还差不多。”白玫瑰扑了上去，用丰满的胸故意在他身上搓来搓去，“人家想你了嘛。”

“小宝贝，我也想你了。”马啸天抱起白玫瑰，朝屋里床上走去。

马啸天整天跟白玫瑰腻在一起，他很快忘了梧桐。

一天，白玫瑰说：“我跟了这么久，你要给我一个名分吧？你啥时娶我？”

“大伯刚去世，我手上还有很多事情要处理，最近很忙，不急不急，等年底再说吧。”

白玫瑰噘起小嘴说：“看来你一点都不喜欢我，这是借口，故意推辞。”

马啸天严肃地说：“谁说我不喜欢你？我真的喜欢你。”

白玫瑰笑了。

过了一会儿，白玫瑰说：“我叔家昨晚遭到黑龙岭的土匪打劫，损失惨重，他让我求你一定要把这伙土匪抓住，挽回损失。”

“你叔就是城东的大财主白掌柜？”

“是的。”

“一定是那个外号叫穿山龙、真名叫庞光远的人。”马啸天说，“前些日子，我的运粮队在凤凰山上遭到土匪打劫，枪也被抢，我正考虑如何收拾这帮土匪，他们竟敢在我的地盘上撒野，我明天一早带人去收拾他们。”

“你可要小心，我听说土匪当年抢了牛家的无价之宝——金菩萨和金碗，当年牛德益带人去剿匪，几次都没成功。”

“牛德益算什么东西，他手下都是些乌合之众，他能跟我比？”

“是啊，我的男人是天下最厉害的男人。”白玫瑰打趣地说。

“等我抢下金碗，我送给你，我让你每天捧着金碗吃饭。”

白玫瑰笑成了一朵花。

第二天，马啸天亲自带着三百人就出发了，他胜券在握，他没把黑龙岭的百十个土匪放在眼里。副官马松带着一队人马打前锋，马啸天在后面等待着打扫战场。

马松刚到黑龙岭的峡谷口，就遭到土匪的伏击。马松见死了几个人，立即带人狼狈逃窜。马啸天见马松带人灰头灰脸地逃了回来，拔出枪朝天上放了一枪：“都给老子站住！”马松有气无力地说：“土匪占据有利地势，可以说是一人当关，万夫莫开，强攻不是办法啊。”

“老子南征北战，还怕这些土匪不成，带人跟老子一块儿杀回去。”马啸天挥了挥枪说。

马啸天来到峡谷口，命令士兵朝里冲，躲在山上的土匪占据有利地势，居高临下不慌不忙地开枪射击，冲在前面的人纷纷倒下。后面的士兵缩手缩脚找掩体，不敢前进。马松劝马啸天说，强攻不是办法，就算攻占了峡谷口，里面全是悬崖峭壁，道路狭窄，越是进入里面越危险。马啸天看见士兵一个个倒下，下令停止了进攻。他躲在一块大石头后面，开始喊话：“山上的弟兄，让你们大当家出来，我们好好谈谈。”

“我们大当家在山顶的山寨上喝酒呢，他没空，有啥事跟老子谈。”

“你是谁啊？这么大的口气。”

“老子是二当家阿六，有啥事跟我说。”

“只要你们乖乖放下枪，交出金菩萨和金碗，我保证你们的生命安全，否则我踏平你们山寨，抽你们的筋，剥你们的皮……”

“有本事就上来，爷等着你们。”

山上的枪声又响了，一颗子弹从马啸天的耳边呼啸着飞过，他吓出一声冷汗。此时他进退两难，副官马松看出了他的心思，劝他撤退，另想办法，留得青山在，不愁没柴烧。马啸天只好就驴下坡，撂下了一句话，迟早要灭了这帮土匪。

马啸天回来后心情很不好，他向白玫瑰打了包票要拿下山寨，可山寨没拿下来不说，还白白死了几个手下，他感觉自己的脸丢完了，不好意思去见白玫瑰了。马松见马啸天闷闷不乐，就建议擒贼先擒王，摆下鸿门宴，邀请穿山龙庞光远下山面谈，如果他愿意收编，就网开一面；如果他拒绝收编，趁机一举拿下他。只有活捉穿山龙，才可以免去心头大患。凭马啸天对庞光远的了解，他认为计策可行，就命令副官给庞光远写信，请他下山面谈。信写好后，就命令手下快马加鞭把信送了过去。

按照约定是三天后的中午。这天马啸天在将军府里准备好了酒菜，士兵也埋伏好了，就等着庞光远上门了。按照约定的时间，庞光远带着阿六准时来了。

马啸天大喜，拱了拱手说：“我还以为穿山龙胆小如鼠，不敢赴宴呢。我没有看错，果然是一条汉子。请！”

“别说你的将军府，就是龙潭虎穴我也敢闯。”庞光远坐了下来，阿六站在他身后。

马松给马啸天和庞光远斟满酒，马啸天端起酒说：“今天请你来，没别的事，叙叙旧。”

“我看不是这么简单吧，你是惦记着我手下百十号兄弟吧。”庞光远哈哈大笑。

“你也该为你手下弟兄们的前途考虑了。”马啸天说，“现在整个秦南地区都是我的地盘，也包括方圆几百里的凤凰山，你在凤凰山的黑龙岭自然也在我的管辖范围内。”

“大路朝天，各走一边。凭啥凤凰山的黑龙岭是你的？我今天来，就是想告诉你，虽然一山不容二虎，但今后咱们井水不犯河水，这样才能相安无事。”

“我问你，你为啥要劫持我的运粮队？还跑到县城来打劫大财主白掌柜？”

“我哪知道他们是你的手下，早知道借我一百个胆我也不敢抢。”庞光远说，“至于那个大财主白掌柜，他祸害老百姓，我这是替天行道。”

“你以为你是梁山好汉啊。我劝你还是把我的粮食和白掌柜的东西乖乖给我送来，否则，别怪我翻脸了。”

庞光远面露难色，摸了摸头说：“你要是早几天说，我绝对会给你送来。我这帮弟兄，五大三粗，比老虎豺狼还贪，粮食被他们吃了，钱财也被瓜分了。我向你承认错误，下次不敢了。”

马啸天鼻子哼了一声：“你不是还有金菩萨和金碗吗？你把金菩萨和金碗交出来，咱们就两清了。”

庞光远端起酒杯一口就喝了，夹了一块肉放进嘴里，一边吃着一边说：“你可能还不知道吧，上次我用金菩萨和金碗跟牛德益换了枪支弹药。”

“我不信。”

“真的，你可以去打听一下，我骗你干吗？好歹咱们也是一个镇上长大的，你还不了解我吗，我这人从不撒谎。”

“你打死了我的弟弟马富祥，这笔账我就不给你算了，希望我们能携手，共同来发展秦南地区的经济。”

“谢谢了，宰相肚里能撑船。”庞光远拱了拱手说，“兄弟我笨，请明说。”

“你带着你手下的弟兄加入我的保安团，你就是团长。”马啸天笑着说，“今后有我吃的，就有你吃的，怎么样？”

庞光远拍了一下手说：“好啊！不过这事你得给我几天时间考虑，我说了不算话，只要我手下弟兄们答应了，我二话不说，立即下山。”

“你这说的不是屁话吗？我看你都没诚心想投靠我。”马啸天把酒杯狠狠扔在地上，咣当一声碎了。

门外士兵持枪冲了进来，包围了庞光远和阿六。

马啸天哈哈笑了起来：“看来今日你们两人回不去了，我要把你们抓进大牢，然后押上断头台，警告全县人们，跟本将军作对的下场。”

“慢着——”庞光远把手伸进怀里。

“别动。”马松用枪抵着庞光远的头说。

“老子的枪进门就被警卫收了，你怕啥？我有个礼物想送给马将军。”

马啸天挥了挥手：“我倒要看看，你能给老子送什么礼物？”

“这个玉佩，想必马将军一定熟悉吧。”庞光远掏出一块玉佩，晃了晃。

马松一把夺过玉佩，递给了马啸天。马啸天拿着玉佩仔细观看，半天没说话。

庞光远说：“我告诉你吧，这是你母亲脖子上的玉佩，她今天到山上庙里烧香许愿，被我手下弟兄请到山寨上喝茶去了。我告诉我的弟兄了，如果今晚我回不去，你就等着给你母亲收尸吧。”

“就凭这块玉佩，我怎么能相信你？把他们捆绑起来。”马啸天大声说。

“来来来，捆吧，我绝不反抗，”庞光远说，“我死了没事，没想到你的老娘陪我一块儿死。”

门外一个保安队的队员慌慌张张跑了进来报告，说将军母亲上香许愿，被土匪劫持了。

马啸天把玉佩揣进口袋里，哈哈笑了：“误会误会，请坐下喝酒。”

庞光远说：“时候不早了，我该回去了。不过你放心，我会派人把你老娘平平安安送到家的。”

“我警告你，你要敢动她一根汗毛，我就让你死无葬身之地。”马啸天指着庞光远说。

阿六把桌上的烧鸡和牛肉打包，顺便把桌子上的酒也拽进了怀里。马啸天不屑地看了一眼：“土匪终究是土匪，桌子上的东西能带走的统统带走吧。”

“谢谢了。”阿六哈哈笑了，边走边吃。

庞光远走了几步，停下脚步回头指着马啸天笑着说：“你是秦南王，我是山大王，希望我们以后互不侵犯，和平共处。其实一山可容二虎的，我是公老虎，你是母老虎。”

庞光远和阿六前脚一走，马啸天气得把桌子掀翻了，他认为庞光远太嚣张，没把他放在眼里。他立即派人去漩涡街，一有母亲的消息，立即回来报告。当天晚上他就得知，母亲平安回到了家里，毫发未损，他这才放心了。马啸天之所以不愿回，是因为母亲催他结婚，父母都喜欢雪莲这个孩子，毕竟她怀了马家的骨肉，而那个叫白玫瑰的戏子他们见都没见过就大力反对，反对戏子进入马家大门。那个白玫瑰名声不好，他们说她曾跟牛德益和唐县长有说不清道不明的关系。

后来，县城又发生了几家大财主被打劫，要么就是他们的商船和马帮遭到抢劫，要么就是土匪半夜三更跑到他们家里，把家里值钱的东西全部抢走了。他们上告到了马啸天那里，要求为他们做主。为了维护全县的治安，马啸天决定要剿匪，一旦庞光远的势力发展起来，对他将会构成威胁，既然他们不愿意收编，与其这样，还不如消灭他们，同时也树立自己的威望。

马啸天召集部下召开会议，研究如何剿匪。马啸天宣布了一项任命，鉴于虎子的表现，任命他为县保安团副团长，团长由马啸天兼任。虎子站了起来，向大家敬礼，表示一定要把全县治安管好，誓死效忠马将军。大家纷纷鼓掌。

掌声停了下来后，副官马松说，黑龙岭地势险要，强攻得不偿失，还不如封锁他进出的所有路口，我们围而不攻，先围它三个月，连一只麻雀都不让飞过，等他们没有粮食吃，饿得连枪都拿不起来时，我们再进攻，一举攻占山寨，消灭他们。马啸天认为这个主意不错，命令马松立即带部队封锁黑龙岭的前后出入口，在出入口建筑防御阵地，二十四小时轮流坚守。虎子的保安团作为第二梯队，随时待命。

阿六带着弟兄们准备下山时才发现路口驻扎了不少士兵，他们设了关卡，还架有机枪，他们返回后山时，发现同样设了关卡。阿六把这一情况报告给了庞光远，他也亲自去侦查了几次，发现他们二十四小时坚守。庞光远召集弟兄们想对策，阿六说："他们围而不攻，是想困死饿死我们。我带弟兄们杀出一条血路。"庞光远说："我可不想带着弟兄们去撞枪口，不值。"阿毛说："山上有猎物，没有粮食我们可打兔子打野猪，他想饿死我们，做梦吧。"庞光远说："既然他们围而不攻，我们就陪他们玩玩，我们天天半夜去骚扰他们，偶尔放几枪，打死他们几个人，让他们每天时刻都保持着警惕，天天把神经绷得紧紧的，让他们日子也不好过。"

阿六和阿毛每天半夜利用对地势的熟悉，悄悄摸到关卡附近打死几个放哨的。反反复复几次，弄得他们人心惶惶，不敢轻易冒出头来。转眼两个月过去，山上粮食吃完了，全靠山上的猎物来充饥了，而山下的士兵没有退却的意思，依然在坚守着。再这样耗着，山上的弟兄们很快连猎物都没有吃的了，庞光远决定等待时机半夜发动袭击，杀出一条血路，冲出包围圈，再另占山为王。

就在他们准备晚上发动袭击从后山冲出去时，负责侦查的阿六发现，山下的士兵已撤走了。庞光远带着弟兄们下山查看，果然没见一个人影。他派阿六进城打探，庞光远在城中设了眼线，城里的一家茶楼其实就是庞光远出资开的，这个消息只有他和阿六、阿毛三人知道。茶楼里有戏台和说书的，人们一边品茶一边看戏，或者一边听书，或者打麻将，那日子过得才叫一个美，所以这个茶楼成了达官贵人和有钱人休闲的场所。茶楼的老板是漩涡街人，人们都叫他汤老板。

阿六进城后很快回来了，他说四川王刘湘和西康王刘文辉这两个军阀来抢马啸天的地盘了，为了增援前线，马啸天率领大部队走了，城里只有几十个保安队了。

庞光远大喜，命令兄弟们进城，准备大吃大喝一顿，然后晚上再打劫几家大财主大地主。为了怕引起人们注意，他们分批进城。

庞光远来到茶楼，见到了汤老板。汤老板提供了几家欺压老百姓的大财主，庞光远酒足饭饱后，先去摸了一下情况，准备晚上半夜行动。

这天晚上，庞光远、阿六和阿毛分成三组，同时打劫了三家大财主，抢走了他们家里值钱的东西，还逼着他们的长工把家里的粮食用马车运到山下，如不同意或反抗，他们扬言要杀人和烧了他们房子，他们只好乖乖听话，把粮食送到山下。

庞光远哈哈笑着说："干一票，够我们吃一年的了。"

阿六说："是啊，马啸天再来围山，我们也不怕了。"

弟兄们哈哈笑了，扛着粮食朝山上的羊肠小路走去。他们唱着歌，粗野的山歌在山谷里回荡。

第二十三章　分道扬镳

漩涡街山上的梧桐花又开了，一树又一树，漫山遍野，白白一片。

梧桐最近心情也不好，一大堆烦心事，儿子金元宝转眼都十几岁了，上学是个头疼的事。兵荒马乱的，去县城吧，她又不放心，去省城吧，又太远了，老是请私塾吧，也不是一个办法，男孩子的成长还是要让他多接触社会。关于个人的事，她不打算考虑了，马啸天和庞光远这两个男人伤透了她的心，她一心一意培养自己的孩子，让他接受良好的教育，将来娶妻生子，接管金家产业。还有马家已答应把药材独家收购权交给梧桐，可出尔反尔，现在却把独家收购权交给了宋小江，只有宋小江一家可以做药材生意。当年宋小江和老宋贪污金家酱园店的钱，梧桐最后把他们送进了大牢，被判了十年有期徒刑，但他们家人当时给唐县长塞了黑钱，他们在大牢里待了不到一年就放了出来。唐县长为了掩人耳目，让他们离开了汉阴县。如今宋小江也成了大老板，生意做得风生水起，他也开了一家酱园店，看来他想跟梧桐对着干。你开酱园店倒也罢了，又插手梧桐药材收购的生意，梧桐就去找马少秋交涉。马少秋的答复是，他对这事不清楚，估计是马啸天和宋小江私下商谈的结果。梧桐后来打听到，宋小江包养的相好白蝴蝶和马啸天的情人白玫瑰，两人是亲姊妹，怪不得马啸天能把药材收购权交给宋小江。同行是冤家，很多人都想整自己。梧桐心里明白做生意要讲诚信，不坑人不害人，这是她的底线。此时梧桐心里就恨死了马啸天，她认为没有答应马啸天的求婚，马啸天也开始一步一步慢慢逼她了。马啸天常说的那句话“没有永恒的朋友，也没有永恒的敌人，只有永恒的利益”，如今再体味这句话，她的心也凉了，什么爱情什么友谊全是扯淡。人们眼里只有利益，只有权钱，她为自己的想法感到了惶恐，她讨厌这个肮脏的社会，讨厌这个人吃人的社会，可她心目中的理想社会又是什么呢，她说不清楚。她一遍又一遍问自己：我是梧桐吗？我还是那个纯真淳朴的梧桐吗？

夕阳快落山了，映红了半条江。夜幕慢慢降临了，金家大院红红的大灯笼灯光亮了起来。

门被推开了，庞光远蹑手蹑脚走了进来，梧桐还在发呆，屋里灯也忘了点燃，她没有注意到庞光远。

“梧桐小姐，你在想什么呢？是在想我吗？”

梧桐吓了一跳，她站起来发现是庞光远，生气地用手捶打他：“你知道吗，人吓人，会吓死人的。”

“你又没做亏心事，怕啥？有我呢！”庞光远伸开双臂想要拥抱梧桐，梧桐一弯腰躲开了。

梧桐点燃了油灯，灯芯子的火苗开始摇曳着。

梧桐说：“我正想找你谈谈，你来得正好。”

“什么事？”庞光远笑着问。

“你下山吧，我们重建金家酒坊，把‘金祥福’系列金酒重新推向市场。”梧桐说。

“我可以下山，但你必须要答应我的条件，就是嫁给我。”庞光远笑着说。

“只要你把酒坊重新建立起来，把金酒推向全国市场，我就考虑要不要‘娶’你。”梧桐笑着说。

庞光远叹了一口气说：“现在战乱纷纷，你在偏僻的漩涡街，你可能还不知道，全国各地军阀都打成一锅粥了，老百姓连粮食都没有吃的了，拿啥酿酒？再说，就算我想下山，也下不了啊，马啸天一直想要砍我的头呢，上次差点就把我山寨灭了。”

“那你还敢偷偷下山来找我，不怕我举报你？”

庞光远伸出双手说：“只要你去举报，我就乖乖束手就擒，不跑也不反抗。”

“美得你。”梧桐用手戳了庞光远一下，“我跟你谈正事，我想送我儿子金元宝去省城上西北大学预科，三年后就可以上国立西北大学。我托关系已联系好了学校，我打算送他去学校。”

“不行，我儿子才十三岁，太小了，我不放心。”

“什么你的儿子，是我的儿子。”梧桐打了庞光远一下，“我已决定了，只是通知你一声，你可以保留你的意见。”

“好好好，我听你的，但送儿子去省城上学，我必须要亲自送他去，一千多里路，还要翻越秦岭，万一遇上土匪怎么办？”

梧桐想了想说：“你可以去，只能充当是我雇的保镖，尾随着我们。”

“没问题。”

这一晚上，庞光远留了下来。第二天，天还没亮，庞光远就悄悄从后门走了。

一个多月后，梧桐带着金元宝和丫鬟阿雅坐着马车就出发了。庞光远骑着马跟在后边。

经过十多天长途跋涉，他们终于来到了省城。

学校很不错。梧桐在学校附近租了一套房，阿雅留了下来，负责照顾金元宝。金元宝的事情安排妥后，梧桐就立即打道回府，庞光远依然跟在后面，默默地照顾着她。经过这段时间的朝夕相处，梧桐的心又开始动摇了，如果不是战乱，也许她会嫁给他的，她欠他的太多了。

一路上相安无事，他们顺利地回来了。庞光远邀请梧桐去黑龙岭坐坐，梧桐说家里还有事，改天吧。庞光远有点依依不舍，两人挥手告别。庞光远望着梧桐的马车迎着太阳的光芒消失在大山的拐弯处，他才匆匆回山寨。

阿六知道庞光远回来了，带人去山下迎接。

“大当家回来了！”

“回来了，各位辛苦了。”庞光远拱了拱手说，“我走后，山寨没发生什么事吗？马啸天又来骚扰我们没？”

“风平浪静。”

“那就好。”

阿六说：“不过我听说，马啸天把外侵的小股军阀赶走了，他现在四处招兵买马，据说他手下现在有两万多人了，组成了新一军和新二军。”

庞光远说：“看来我们也要壮大队伍，狡兔三窟，我们也要寻找一个，下次再被马啸天围攻，我们也不怕了。”

“是啊！好几个穷人的弟兄被马啸天逼得走投无路，他们也想入伙呢。”阿六说。

“欢迎欢迎。”庞光远四周望了望说，“阿毛呢？”

“你走后这段时间，他经常进城，有人说他带着几个弟兄逛窑子去了。”

庞光远不说话了，跟着弟兄们一块儿回山寨。

庞光远回到山寨后，跟着弟兄们整天大口喝酒大口吃肉，日子过得非常悠闲舒服。而这几天，一直没有阿毛的消息，他派人去打听，得知阿毛逛窑子时被保安团抓了，关进了大牢里，说要准备砍头。

“阿毛是我的弟兄，我得想办法救救他。”庞光远说。

“现在阿毛成了诱饵，马啸天说不定已布下了天罗地网，就等着我们上钩。”阿六说。

“就是上刀山下火海，我也要去救阿毛，何况我们对这个县衙的大牢非常熟悉。”庞光远说，“走，现在就下山。”

阿六想劝阻，庞光远带着弟兄们出发了，他只好跟了上去。他认为庞光远太冲动了，对情况还不了解就去救人，他这种草莽英雄迟早是要出事的。

庞光远让一队人马在城外留了下来，负责接应。他带着一帮兄弟在茶楼住了下来，他私下问了一下汤老板，汤老板说，经过多方面打听，阿毛确实被抓了，关进了大牢，负责看守的是一群乌合之众——保安队，听说明天中午要把他押向刑场枪毙。汤老板说，要不让兄弟们埋伏在茶楼，等明天囚车经过时，直接砸了囚车就是。庞光远怕夜长梦多，直接抢囚车风险太大了，决定今晚就去劫狱，他已得知马啸天的情人白玫瑰今天过生日，马啸天为她请了戏班子，还准备宴请宾客，所以今晚县衙的守备一定松懈，这是老天爷安排的最佳机会。庞光远那个远方亲戚庞小龙还在县衙牢房里供职，随后庞光远又通过庞小龙得到了证实，他塞给了他一些大洋，让他到时提供方便。

天黑了下来，县城西边的戏院很热闹，白玫瑰亲自上台表演，锣鼓声在县城的上空飘来飘去。埋伏在县衙四周的黑龙岭弟兄们早就蠢蠢欲动了，县衙守卫果然松懈，两个守大门的昏昏欲睡，有一个鼾声四起。

庞光远带着十几个弟兄翻了进去，门口留了几个弟兄接应。大院里很安静，县衙里没有灯光，高大的树木和花园的花草显得鬼鬼祟祟，影影绰绰。牢房大门前没见有守卫，庞小龙跟几个守卫待在小屋里喝酒。

庞光远手一挥，几个弟兄冲进小屋里控制住了守卫，让他们把牢房的门打开，如有反抗，格杀勿论。

“别杀我，我去把牢房的门打开。”庞小龙举着手故意畏畏缩缩地说。

“快去。”庞光远假装踢了他一脚。

牢房里阴暗潮湿，发出难闻的味道。庞小龙把牢房门打开了，庞光远进去抓住满身是伤的阿毛说：“我来救你了，快跟我走吧。”

阿毛说：“出去，怎么出去？难道你没看出来，这是马啸天故意设的陷阱，你怎么还朝里钻呢？”

“你我是生死兄弟，为救你，赴汤蹈火，在所不辞。”

“谢谢了。”阿毛眼里滚出了泪。

庞光远扶着阿毛朝外走，几个弟兄冲在前面开道。突然牢房大门口灯光大亮，几十条枪瞄准着大门，冲在前面的两个弟兄倒下了。庞光远开枪反击，他知道中埋伏了，要想杀出去，几乎不可能了。

阿毛说："这是马啸天故意设的陷阱，我说得对吧。这怎么办呢？要不我们举手投降吧？"

"废话，我就是死，也不给他们投降。"庞光远说。

庞光远命令自己的弟兄把牢房里所有的房间全部打开，把所有犯人全放了，然后朝房顶开了一枪："大家快跑吧，再不跑就没机会了。"

犯人如潮水般朝大门冲了出去，黑压压一片。庞光远趁那些士兵发愣的瞬间抓住阿毛的手猫着腰跟在他们后面冲了出去。士兵们开枪打死了几个犯人，犯人们如马蜂窝一样炸了锅，四处逃窜。

负责在县衙大门接应的弟兄们阻击着过来增援的保安团。庞光远在前面冲锋，另一个伙计背着阿毛跟在后面。他们冲到大门口，把阿毛扶上马，庞光远纵身上马带着阿毛朝南门奔去。北门发生了暴动，有枪声，保安团都朝北门奔去。而守候在南门负责接应的阿六见庞光远来了，立即打死几个士兵，庞光远快马加鞭冲出城门。

庞光远来到了山脚下，见后面没有追兵，才松了一口气。回到山寨后清点人员，死了四个，五人受伤，其他弟兄们都很好。庞光远又找来郎中给阿毛看病，好在阿毛都是皮外伤，没啥大问题。吃了几服药，阿毛身体就好多了。

自这次救了阿毛后，庞光远感觉阿毛变了，具体是哪变了，他也说不清，每次阿毛都不敢看庞光远的目光，他的目光总是躲躲闪闪的。好在阿毛表现积极，每次都主动要求带人巡逻或查哨，他是三当家，手下也有一伙肯为他卖命的弟兄。

凤凰山的秋雨是最寻常的，一下就是五六天。山洪暴发，山谷里声音如雷鸣一般。屋檐边，雨水哗哗地向下淌着。山上树叶被雨水洗得发亮，小草青青可映人影。山上的弟兄们没事干就聚在一起打牌喝酒吹牛，讲些有关女人的笑话。傍晚时，灯亮了，一点点黄晕的光烘托出一片安静而温馨的夜。而庞光远晚上则常常想到梧桐，梦到梧桐，醒来后就不停地抽烟喝酒。

雨终于停了，庞光远站在山顶，四周全是连绵起伏的山峰，层层叠叠，数不胜数。一轮红日升了起来，放眼望去，高的山、矮的山、尖的山、圆的山、胖的山、瘦的山，应有尽有；还有孤峰特立的山、拖娃带崽的山、戟指朝天的山、俯首称臣的山；有树草稀疏的童山，有绿袍掩映的青山，有狮头虎脑、憨态可掬的山，也有奇形怪状、穿红着绿的山，成百上千，成千上万。这些山峰都披上了金色的光芒，给人一种神秘之感。站在山顶上俯瞰下面，云雾缭绕，一片山的海洋，山的世界，山的仙境。望着这些熟悉的山峰，他突然又感觉到了陌生，凤凰山虽别有一番韵味，但让人品尝不尽，捉摸不透，就像他现在对梧桐一样，捉摸不透。

二当家阿六也来到了山顶，他说：“大哥，雨停了，太阳出来了，大家的心情也好多了。最近寨子不顺，要不办场喜事，冲冲晦气。”

“你这是啥意思？”

“山寨一直缺位压寨夫人，你跟大掌柜啥时办喜事，兄弟们一直等着喝喜酒呢！”

“八字还没一撇，大哥的事，你们以后别瞎操心了。”庞光远叹了一口气说。

“好，我不提了。”阿六说，“要不放松一下？”

“有啥好事？我看你是想喝酒了吧？”庞光远笑着说。

“三弟阿毛明天过生日，他死里逃生，要不明天给他大办一场，也算冲冲寨子的晦气。”

“好吧，这事就交给你去办吧。”

阿六转身走了，边走边说：“没问题，我这就安排弟兄们进城去采购一批新鲜蔬菜和肉类。”

“一定要小心，别让马啸天发现了。”

“放心吧，我安排几个刚入伙的新面孔进城。”

阿毛明天过生日，庞光远为了表示表示，带着几个弟兄进山打猎去了。庞光远的枪法很好，打了一头野猪和十几只野兔。弟兄们从晚上开始就忙了起来，杀猪剥兔皮，大铁锅里煮了满满一锅肉，香气在寨子里弥漫。

中午时分，鞭炮响了起来，阿毛被安排坐在头把交椅上，庞光远和阿六坐在两边，弟兄们纷纷向阿毛道喜，阿毛面带微笑，嘴里不停地说谢谢。最后庞光远举起碗说：“今天是三弟过生日，等他娶压寨夫人时，我们再给他大办一场。大家今天放开喝，敞开喝！一醉方休！”

大家纷纷举起了碗，开始喝酒。这顿饭从中午一直吃到晚上，大家抽烟喝酒贫嘴贱舌地瞎侃，山寨上空飘荡着酒香和豪放划拳的吼叫声。庞光远慢悠悠喝着酒，控制着自己的酒量。他从阿毛躲躲闪闪的目光中似乎发现了蛛丝马迹，感觉阿毛从大牢出来后就有点怪了，怎么怪他也说不清。

有几个弟兄喝多了，他们说，这山寨连个娘们儿都没有，当土匪没屎意思。

另一个人也附和着说，是啊，改天下山进城逛窑子去。

大家哈哈笑了起来，阿毛不停地喊大家喝酒。

庞光远小声对阿六说：“晚上不要松懈，小心马啸天摸上来。”

阿六说：“放心吧，我已安排了几个弟兄在巡逻。”

“你们在说什么呢？”阿毛举起酒杯说，“来，我敬两位当家的。”

阿六说：“三弟，算了吧，你看弟兄们都喝趴下了，有几个都溜到桌子下去了。

我今天高兴也喝多了，改天再喝吧。”

“你瞧不起我，不给我面子？”阿毛说。

“好，我喝。”阿六举起碗，刚送到嘴边，外边突然传来了枪声，他放下碗说，“怎么回事？”

“外边放鞭炮，不要大惊小怪。”阿毛说。

“不像是鞭炮声，我出去看看。”庞光远说。

阿毛把碗扔在地上，几个持枪的人冲了进来，他们都是阿毛的手下。

“你们想干吗？”庞光远说。

“大家别慌，只要大哥和二哥乖乖听话，我绝不为难大家。”阿毛用枪指了指庞光远和阿六说。

“别闹了，我知道三弟今日喝多了。”阿六说。

“谁喝多了，我告诉你，老子喝的都是水。”阿毛说，“老子也是没办法，被逼的，有人要出大价钱买你们俩的人头。”

“把话说明白点，就算死也要死个明白。”阿六说。

“好，那我就统统告诉你。”阿毛说，“我进城被抓后，马啸天要杀我，我就苦苦求他放了我，他说可以放我，但只要答应他的条件，他让我当大当家，或者在他手下当个团长，同时还送我女人和银票，如果不答应这些美事，就要枪毙我。后来我就答应了他的条件，马啸天就设了一举两得的计策来抓你们，第一招苦肉计，把我关进大牢，放松警惕，目的是等你们来救我，马啸天在牢房门口埋伏了士兵，一旦你们救出我，就会遭到埋伏。就算伏击失败，你救出了我，就采用第二招浑水摸鱼，让我寻找机会下手，马啸天在外接应，这样把山上土匪一网打尽。”

“怪不得我一直觉得有问题，这么轻而易举地我就进了牢房，又轻而易举地出了城，原来马啸天是想一口吃个大胖子。”庞光远指着阿毛说，“这些日子来你鬼鬼祟祟，我怎么就没想到你当了叛徒内奸？要是早知道，老子不该冒着生命危险来救你，不该救你这个白眼狼。”

山下的枪声越来越激烈了。

“你听到了吧，马啸天带人上山了，遇到抵抗者，一律格杀勿论。”阿毛说。

庞光远和阿六站起来，阿毛的几个心腹按住他们不让动。

“马将军说了，如果你们愿意接受改编，加入他的保安团，他可以给你们一条生路。”阿毛说，“待在山上多没意思，连个女人都没有，还不如跟我一块儿下山，吃香的喝辣的，有女人有票子，要啥有啥，过过神仙一样的生活。”

“想叫我跟他同流合污，门都没有。他现在跟土匪有啥区别？我自己当山大王多舒服，不用看他的脸色。”庞光远说。

阿毛拍了一下桌子说：“你该清醒了，从现在开始，你已不是什么山大王了。我们兄弟一场，听我一句劝，否则你的脑袋就要搬家了。”

庞光远和阿六被捆了起来，关进了后山的黑屋里。

山下的枪声平息了，马松带着人控制住了山寨，好多弟兄还趴在桌子上呼呼大睡时就成了马松的俘虏。

“马长官，你来了。”阿毛点头哈腰地说，“庞光远和阿六已被我抓了起来，关押在后山。”

“带我去看看他们。”马松说，“马将军为抓这两人，不惜下了血本。”

“我派人看守着的，他们插翅难逃。这么晚了还辛苦你们爬山，山上又冷，我备有薄酒和小菜，要不喝几口？”阿毛讨好地说。

马松笑着说：“行！明天天一亮就押着他们下山。”

喝醉了的伙计们被拖了下去，关了起来。酒席又重新摆上，屋里的火生得很旺。阿毛开始不停地向马松敬酒，还说希望以后要多关照他。马松说，没问题。两人喝得高兴，互相称兄道弟。喝到半夜，两人都喝高了，趴在桌子上呼呼大睡。

天亮时，阿毛起来解手，想起了昨晚关押庞光远和阿六的那个黑屋，他走了过去，穿过茂密的树林，来到了悬崖岩石下面的黑屋，他看见几个人躺在地上，大门敞开着，他跑进去一看，一个人影都没有，他吓出一身冷汗，大喊一声：“来人啊！”

“发生了什么事？”马松听见喊声跑了过来。

“昨晚我把他们就关在这里，他们怎么跑了？”阿毛惊慌失措地说。

“都怪你，喝酒误事。”马松扇了阿毛两巴掌。

马松跑到悬崖后面看了看，发现树上拴了一根长长的绳子伸到悬崖上的松树上，这棵松树上又拴着一根绳子，就这样通过悬崖上的松树，绳子一直伸到谷底。马松看后连连摇着头说：“不可思议，不可思议，看来他们就是从这里逃跑的。”

阿毛召集山上弟兄清点人数，除了庞光远和阿六外，还有十几个伙计不见了，而这十几人平常就跟庞光远和阿六称兄道弟走得近，昨晚这些人不在酒桌上，好像在巡逻。

阿毛心里顿时明白了，是这帮人救了庞光远和阿六，他生气地把桌子上的茶杯扔在地上砸了。

第二十四章　收购药材

金元宝从西北大学预科毕业后，顺利考入国立西北大学。梧桐每年都要去省城看望金元宝，金元宝满脑子的激进思想，让梧桐又惊喜又担忧。惊喜的是儿子长大了，担忧的是想让他接管金家产业，看来怕是要落空了，他说他大学毕业后不想回家乡了，要去北平发展。

在金元宝求学这段时间里，天下发生了很多大事。梧桐都是从报纸上得知的，她记忆最深的还是这几件事：一九二五年三月十二日上午九时三十分，孙中山先生在北平铁狮子胡同行辕逝世，宇内皆殇，遗体送北京协和医院施行防腐处理。三月十七日，段祺瑞执政府终于发布指令，为孙中山举行国葬。

一九二六年七月九日，国民政府成立国民革命军，蒋介石为总司令，从广东起兵，在连克长沙、武汉、南京、上海等地以后，国民政府内部因对中国共产党的不同态度而一度分裂，汪精卫和蒋介石决裂，北伐陷于停顿。宁汉合流后，国民革命军继续北伐，并在西北军阀冯玉祥和山西军阀阎锡山等军阀加入下，于一九二八年攻克北平，北洋奉系军阀张作霖撤往东北并被日本炸死于皇姑屯，其子张学良宣布东北易帜。北伐结束后，南京国民政府宣告正式统治全中国，成为中国在国际上唯一代表政权。蒋介石出任国民政府主席。但实际上，国民政府内外仍有不同势力军阀存在。

国民革命军北伐期间，全国都在打仗，梧桐的生意也受到了影响，生意范围也缩小到了秦南地区这个弹丸之地了。当然马啸天不满足这个弹丸之地，他也在不停扩展自己的地盘，从别的军阀手中抢夺了几个县城，军队也发展到五万余人，他成立了五个军。

生活在漩涡街的老百姓似乎对天下大事并不关心，山高皇帝远，他们不关心天下大事，只要自己的小日子过得好就行，满足着老婆孩子热被窝，日子依然每天如汉江河的水一样慢悠悠地流淌着，他们犹如井底之蛙，满足于头上簸箕大的天空。梧桐以前也不太关心天下大事，最近她常常搜集报纸，了解天下大事，通过这些消息，她知道了自己的生意，哪些该扩大规模，哪些该缩减，甚至停产。她也明白“有钱不置半年闲，有库不存冷背货”这个道理，比如豆瓣酱在秦南地区只有这么大的一个市场，别的地方因战乱纷纷，销售渠道瘫痪，无法进入外地市场，豆瓣酱一旦在秦南地区市场饱和，她就停止生产，而根据具体情况和季节而改生产别的产品，比如生产菜籽油、香蜡火纸、鞭炮、布匹等等。而让梧桐苦恼的是，她每次生产什么，宋小江也生产什么，仿佛是要跟她对着干。宋小江这人善于溜须拍马、阿谀奉承，再加上宋小江的夫人白蝴蝶和马啸天的夫人白玫瑰两人是亲姊妹（两姊妹成功上位），他成了马啸天府上的座上宾。

兵荒马乱，生意不好做了，梧桐每天都非常苦恼。同样，汉王城的刘三郎的“义生昌号”在当地可是响当当的商号，如今也不景气了，在武汉等地的商铺因战火被迫关停了，他的船队也一直停泊在码头，有货运不出去。他好不容易联系到了一家药材商，需要大量药材。有钱大家一块儿赚，刘三郎首先想到了梧桐，他想委托梧桐帮他收购药材。漩涡街自古以来山上药材就不少，以前每年成群的商人和船队来漩涡街采购药材，如今药材商因战乱不敢来了，这可是一块肥肉啊。

刘三郎坐船来到了漩涡街，他突然造访让梧桐很惊讶。两人寒暄了一阵，都感慨现在生意不好做了，刘三郎分析了一番后，他得出的结论，目前困难只是暂时的，因南京国民政府宣告正式统治全中国，蒋介石一定会想办法发展民族工业、农业、商业的。梧桐听后说：“可秦南地区还是马啸天的地盘啊！”

“话说天下大势，分久必合，合久必分。”刘三郎说，“西北军阀冯玉祥、山西军阀阎锡山、桂系军阀李宗仁和白崇禧等都被蒋介石的国民政府收编了，马啸天他算什么东西，迟早要么被收编，要么被蒋介石消灭，他蹦跶不了几天了。”

梧桐想了想说：“也是啊，马天良在世时，还提什么‘三民主义’，说要把秦南地区发展成一个没有剥削没有压迫，人人当家做主的新社会。马天良死后，马啸天成了继承人，他只顾贪图享受，开始犬色声马，荒淫无度。”

“马啸天这人只顾眼前利益，没有胸怀天下的眼光，成不了大气候。”刘三郎笑着说，“不说这些了，说说眼前吧，有个药材商人委托我帮他收购药材，我想请你帮我收购。这个商人不简单，他是某大军阀的小舅子，他点名要汉阴县漩涡街的药材。漩涡街自古就被称为‘中药材之乡’，他要金州杜仲、秦椒、黄柏、黄连、茯苓、山茱萸、党参、天麻、葛根、黄姜、麝香、厚朴、猪苓、白芍、辛夷花、穿山龙、何首乌、栝楼、紫苏等等，他说了有多少要多少，价钱不会亏我们。”

“这恐怕不好办啊，马啸天把独家药材采购权交给了宋小江。”梧桐有点为难地说。

“马啸天凭什么只允许一家收购，他跟土匪有啥区别。”刘三郎说，“你跟他青梅竹马，如果你参与收购，他对你也没办法，你说是不是？当然我也会去拜访他的，也会委托朋友去给他求情的。”

“好吧，本来最初马少秋就把药材采购权交给我的，后来是宋小江抢了过去的。”梧桐说，“宋小江现在跟我一直对着干，一直想整垮我，我现在也该反击他一下了。”梧桐想了想，想到当年曾和马少秋联手收购党参，差点把牛德益弄破产了，她有点担心地说：“可靠吗？”

“人家都提前付了多半药材钱，我把银票都带了，你放心大胆地去收购吧。”

“你别多心哦，我们是多年合作伙伴，我对你绝对信任，”梧桐说，“我只是担心现在天下局势。”

接下来，两人商谈了一下分工细节及利益分成等等。

第二天，梧桐就开始大张旗鼓地收购药材了。她还派了几路人去乡下去山里收购。

库房里很快堆满了各种药材，没地方放药材，原先那个酒坊就变成了库房。

一伙不明身份的人冲进了镇上金家药材收购站，他们开始打砸抢，梧桐闻讯后带着家丁赶来了，她知道这是宋小江捣的鬼。

“你们都给我住手，把宋小江给我叫来。”梧桐冲着打砸的那伙人说。

“我们不认识宋小江。”其中一个人说。

“那我就报官了。”梧桐说。

“你报啊。”

梧桐派人报官了。镇上保安队的来了，把他们都抓了起来。梧桐没想到的是，几天后他们又被放了出来，他们又来上门闹事。梧桐报官后，他们又被抓了起来，但几天后又出来了。让梧桐生气的是，宋小江也在大量收购药材，他还故意把价钱抬高了，原本打算把药材卖给她的商户，转身就卖给了宋小江。

梧桐还听说，保安队长申小兵还好酒好烟地伺候着他们。梧桐听了很生气，就去找镇长马少秋，马少秋听后非常生气，他派人把保安队长申小兵叫来了。马少秋当着梧桐的面问他是怎么回事，申小兵说，我也是没办法啊，宋小江这人我也得罪不起，我只好两边都不得罪。梧桐说，你不管，我就去找马啸天。申小兵说，实话告诉你吧，马将军也为这事发愁呢，他把药材采购权交给了宋小江，如今大掌柜参与进来，马将军也不知道该怎么办呢。宋小江老婆白蝴蝶天天上门找马将军，扬言要告梧桐，要把梧桐抓进大牢关起来。马将军见了白蝴蝶就躲了，后来马将军干脆去了下面几个县城巡查去了。他的意思好像是说，他不管了，你们想咋样就咋样。

马少秋听了非常生气，命令申小兵去县城把马啸天请回来，就是绑也要把他绑回来，如果请不回来，你也就不用回来了。申小兵带着两个人只好硬着头皮出发了。马少秋心里一直生着马啸天的气，马啸天不顾父母反对娶了戏子白玫瑰，在县城大办婚礼，马少秋差点被气死，硬是没有参加他的婚礼，还扬言不让戏子进马家的大门。而丫鬟雪莲生了一个儿子，马少秋和太太申红羽心里非常高兴，一直想要给雪莲一个名分，就想让马啸天回来，把亲戚好友召集起来吃顿饭，就算是把婚礼办了，雪莲从此就是马家的人了。

梧桐离开马家后，想去码头看看自己的货搬上货船没，她抄近道，穿过一片茂密的竹林时，她听到身后有脚步声，她准备回头时，头上被打了一棍子，她一下晕倒了，什么都不知道了。她醒来时，发现自己躺在床上："我这是怎么了？"小梅说："有人从背后对你下黑手了，我听算盘先生说，他看见两个蒙面人打晕了你后，他们还想下黑手，估计是想把你装进麻袋里扔到河里喂鱼，算盘大喊一声，他们吓得就跑了。"梧桐想起了走进竹林时的情景，她说："一定是他干的。"

小梅说："要不我们报官吧？"梧桐说："算了吧，现在的官府是自封的官府，跟土匪没啥区别，这事我们得自己想办法。"小梅又说："我们请了张郎中，他给你号了脉搏，他说问题不大，休息几天就好了。"梧桐说："你先忙吧，如果马家有人来找我，立即通知我。"小梅点了点头下去了。

梧桐在床上躺了两天。在这两天里，她想得最多的还是庞光远。她也听说了，马啸天"消灭"了土匪，阿毛带着弟兄们加入了马啸天的保安团。马啸天单独把这帮土匪编成了保安二大队，阿毛任队长，兼保安团副团长，跟虎子平起平坐了。自他俩当了保安团副团长后，消失的狗子、豹子和狍子突然冒了出来，转眼他们也成了保安队队员了，穿上警察黑色衣服，在县城又开始耀武扬威了。而她唯独没有庞光远的消息，也不知道他们去了哪里。有时她也在想，自己一个弱女子，在夹缝里求生存，小心翼翼做人，没想到处处被人欺负。如果庞光远在，她把这事告诉给他，他肯定会给她出气，好好教训一下宋小江，让他吃柿子不要挑软的捏。

第三天，马少秋派人来请梧桐去马家一趟。

梧桐估计马啸天被请了回来，她来到马家后，果然看到了马啸天，马啸天在跟客人说话，样子很憔悴，他没有注意到梧桐。马啸天身后站着两个壮汉，不知道以为是他的保镖，其实是马少秋安排的打手，防止马啸天逃跑。院子里摆了八桌，都是马家的亲戚及镇上有头有脸的人物。客人入座后，马少秋笑着说："今天请大家来，是想小范围补办一场婚礼，雪莲是个不错的姑娘，如今孩子都三岁了，我要告诉大家的是，从今天开始，雪莲就是马家的媳妇了。”大家纷纷鼓掌，马啸天一脸不屑。雪莲抱着孩子向大家表示感谢。因是事实婚姻，孩子都几岁了，加上马啸天不配合，就省去了好多不必要的规矩，连拜天地、进洞房等等都省了，这些不重要，重要的是要告诉人们，雪莲是马家的媳妇了。

大家见马啸天脸色不好，又不敢得罪他，大家都感觉到了压抑，匆匆吃完饭就走了。梧桐本来她还想找马啸天谈谈药材收购的事，她感觉在众目睽睽之下谈这个事不妥，吃完饭她也走了。

梧桐来到了江边的沙滩上，望着那西天的残阳，五彩缤纷的彩霞在天上悠闲地飘荡。碧绿的水面一平如镜，在夕阳的映照下放射出斑斓耀眼的光辉。

天黑了，梧桐准备回家，她怕又被人打黑棍，穿过树林时她走得很快，突然背后冒出一个人抱住了她，梧桐拼命挣扎和喊叫，那人说："别叫了，我是马啸天。"

"今天是你大婚的日子，你怎么在这里？"梧桐推开他说。

"我在这等你。"马啸天嬉皮笑脸地把脸伸了过去说，"我想你。"

"你现在后宫三千，哪还顾得想我？"梧桐朝后退了两步。

"我是真的想你，真的想娶你……"

"咱们今天不谈这个事。"梧桐虽然反感马啸天的所作所为，但她又不好得罪他，岔开话题说，"我问你，药材收购权马镇长把它给了我，你却把它给了宋小江。他能收购，我自然可以收购，如今他跟我对着干，故意哄抬药材价，骚扰我的店铺，还派人对我下黑手，差点把我弄死了。"

"竟有这事？我回头好好说说他。"马啸天叹了一口气说，"他老婆跟我夫人是亲姊妹，她们整天在我耳边唠叨，把我头都弄大了。关于这件事我不想插手了，只要不弄出人命来就行。"

"你这是说的啥屁话？"梧桐忍不住说了一句粗话，"好，只要你不插手，那就好办多了。"

马啸天苦笑了一下说："这些芝麻小事都来找我，我哪有时间和精力去处理啊。实话告诉你吧，蒋介石的国民政府派代表跟我谈判，想要收编我呢，具体细节我们在协商中。我提了几大条件，代表回去将如实禀报给蒋介石，到时候我们还要继续谈判。"

"恭喜啊，"梧桐说，"到时候你就是国民政府的人了，所有费用及军费开支都是政府出了，名正言顺，这是好事啊。"

"好是好，端了人家碗就要受人管。听说国民政府规矩多，我怕受不了。"

“我听说冯玉祥、阎锡山、李宗仁、张学良都被蒋介石收编了，你能跟他们比？”梧桐直言说。

“我哪能跟他们比，他们才算是有本事的人。我在他们眼中，不过是一小股土匪而已，如果我不答应收编，就会被他们消灭，我现在骑虎难下啊。”

“分久必合，大势所趋。”梧桐说。梧桐本来还想打听一下庞光远的消息，话到嘴边忍住了。

“我再想想。”马啸天叹了一口气说。

“对不起，我还有事，我先走了。”梧桐小跑起来，她怕马啸天追了上来。

“风有约，花不误，岁岁如此，永不相负！”马啸天望着梧桐纤细的背影又叹了一口气，本来他还想吹嘘一下是如何如何剿灭庞光远这帮土匪的战果。

几朵浮云如青烟一般悬在空中。点点繁星好似颗颗明珠，镶嵌在天幕上，闪闪地发着光。一弯新月悬在天空，就像是在茫茫银河中垂钓的银钩。皎洁的月光透过薄云，变得淡了，朦胧了。河两岸远处的房屋，轮廓模糊不清，与暗蓝色的夜融在一起了。那点点的灯光如星星一般撒在平静的江面上，江面上的灯光比天上星星亮得多，也比星星更加美丽。

梧桐气喘吁吁地回到家里，心还在怦怦跳。

几天后，天还没亮，梧桐被嘈杂的喊叫声吵醒。她问小梅发生了什么，小梅说，大门口那棵大古树上倒吊着一个人。

梧桐来到大门口，果然看见大古树上倒吊着一个人，一动不动，嘴上塞着女人的花裤头。旁边围了很多人在看热闹，有人认出了那人就是宋小江。宋小江的背上画着一条龙，那是穿山龙的标志。梧桐心里暗喜，看来庞光远还活着，是他帮她出了这口气。梧桐看了看四周人群，没有发现庞光远的身影，但她感觉他就在这附近，她闻到了他的气息。

“快把他放下来。”梧桐说。

人们以为是个死人，嫌晦气，不愿意去解开绳子。一个长工鼓起勇气走了过去解开绳子，绳子一解开他就跑了，树上的宋小江重重掉在地上，大声呻吟：“痛死了，痛死老子了。”

“你没事吧？”梧桐走了过去。

宋小江鼻子哼了一声，爬起来灰溜溜地走了。

从那以后，宋小江再没来骚扰梧桐了，主动把药材收购权交给了她，他退出了药材收购。

第二十五章　美人计

一九三一年“九·一八”事变后，日本侵占了整个中国东北地区。

就在这一年，经过多次的谈判和协商，马啸天正式接受了国民党的收编，他被任命为秦南地区总司令，他的部队统一换成了国民党地方杂牌军军服，大盖帽，蓝军服，长靴子，有领章。马啸天原管辖范围内的其他县也被国民政府接手，并委派了新县长，无形之中马啸天的权力和地盘缩小了。马啸天对马富禄颇有意见，但又没合适的人选，何况马富禄也是自己的亲弟弟，肥水不落外人田，在马啸天的推荐下，马富禄转眼就变成了汉阴县的副县长，听命于马啸天。阿毛和虎子还是保安团副团长，团长一职还是马啸天兼任，他心里明白，阿毛和虎子互相不服，让他们其中一人当团长就不便于团结，故意把团长一职拽在自己手里，意思谁干得好，今后谁就是团长。狗子、豹子和狍子最初本来是想投奔虎子的，结果被虎子拒绝，他们就加入了阿毛的保安二大队。阿毛和狗子、豹子、狍子臭味相投，马富禄纵容他们勾结黑白两道，走私鸦片，拐卖妇女，欺男霸女，大发横财。国民政府也收到了老百姓的投诉，为了便于管理和监视马啸天，派了一个特派员长期驻扎在汉阴县县政府。特派员叫曲长欢，四十出头，戴着一副眼镜，拉得一手好二胡，每天晚上都能听到二胡声，委婉清丽的乐曲犹如点点雨滴，滋润着人们的心田。

马啸天为了拉近跟曲长欢的关系，为他大摆筵席接风洗尘，谁知曲长欢在酒席上大发脾气，他说国民政府现在正是困难时期，你们却铺张浪费，奢靡享乐，甚至有人以权谋私，腐化堕落。如果官场腐败，民生困苦，那么这个政府迟早都会完蛋的，只有领导干部作风好，真正视人民为父母，与人民群众建立血肉联系，才能克服各种困难，党国的事业才能取得成功。曲长欢的一番话把马啸天说得灰头灰脸，酒席不欢而散。

特派员来后，阿毛就叮嘱自己手下要收敛一点，狗子、豹子和狍子依然我行我素，没把曲长欢放在眼里。

一天，狗子、豹子和狍子三人在酒楼喝酒，这家酒楼原先是茶楼，就是原先庞光远安插在县城的眼线，山寨被阿毛出卖，庞光远跑了，茶楼的汤老板看情况不妙也跑了，阿毛就接管了这家茶楼让他亲戚负责，其实他才是幕后的老板。三人喝醉了酒，在街上东倒西歪地边走边骂人，他们看见一个年轻漂亮的姑娘，追了上去，围住了她，姑娘惊慌地说："你们想干啥？"豹子笑呵呵地说："别怕，我们例行检查。我怀疑你是共产党。"豹子伸手想去摸姑娘的胸，姑娘吓哭了，双手护在胸前。

"光天化日之下，你们想干啥？"

豹子一偏头，看见一个戴眼镜的男人，他指着那个男人说："少管老子闲事，信不信老子把你也抓起来。快滚！"

"你这人怎么这样说话？你配这身警服吗？"那个戴眼镜的男人就是南京派来的特派员曲长欢。

"你是谁啊？敢跟我们这样说话。你是不是活腻了？"旁边的狍子跟着也吼道。

"把你们队长叫来。"

"你算老几，你狗日的不想活了。"豹子用警棍打了曲长欢一下，"把他抓起来，连那个姑娘一块儿带到队里，老子陪他们好好玩玩。"

曲长欢和姑娘被押到了保安队里。

"我要见你们队长，或者你们团长。"曲长欢说。

狗子指着墙角说："蹲下，双手抱头，闭嘴。"

曲长欢蹲下后左顾右盼。豹子用脚踢了曲长欢一下："再看，我把你眼珠子都挖出来。"

屋里传来姑娘的哭叫声。曲长欢一回头，身后没人，他们显然已顾不上他了，他站了起来，拉开门，看见狗子和狍子按住那个姑娘，豹子正在脱自己的裤子。

"畜生，你们这帮畜生！"曲长欢大声喊道。

"滚开！回去蹲下，谁让你站起来的？"豹子瞪了一眼。

"毛队长，你终于回来了。"这时阿毛回来了，曲长欢急急走了过去。

"特派员，你怎么在这里？"阿毛小心翼翼地问。

"你的队员把我当坏人抓到这里来的，他们说要好好收拾我一顿。"曲长欢朝屋里指了指。

"我看看是哪个吃了豹子胆的王八蛋！"阿毛一脚踹开门。

狗子、豹子和狍子惊慌失措，慌乱地整理衣服，姑娘上衣被撕破了，哭成了泪人。阿毛朝他们脸上一人扇了一巴掌："都给老子滚出来！"

豹子捂住脸说："我们把她衣服撕破了，啥都还没来得及干。"

阿毛掏出枪，故意虚张声势地说："老子今天毙了你们三个王八蛋。"

"慢着，先把他们关起来，我要上报国民政府，召开审判大会，然后再枪毙他们！"特派员说。

狗子、豹子和狍子听到"枪毙"两个字，酒一下醒了，他们打量着这个文质彬彬的男人，此人来历不简单。他们已猜到了就是从南京派来的特派员，他们跪下求饶道："怪我们有眼不识泰山，怪我们酒后乱性，以后我们一定改，重新做人。"

"晚了，把他们抓起来，我要亲自审问，党国队伍里竟然出现这样的败类。"曲长欢生气地用警棍朝豹子身上打了一下说，"刚才是你打我的，我让你打。"

"我错了。"豹子躲闪着。

"我让你躲。"曲长欢追着打。

阿毛命令手下把狗子、豹子和狍子三人绑了起来，关进看守所等候处理。

曲长欢在院子里跑了几圈，有点累，想起了屋里那位姑娘，他进了屋里。姑娘很惊慌，用被子盖住自己身体，他说："别怕，我没歹意，你怎么还不走？"

"我衣服被他们撕破了，我怎么有脸回去啊？！"姑娘哭着说。

曲长欢把阿毛叫了进来说："你手下把这位姑娘衣服撕破了，你说该怎么办？立即派人以最快的速度在街上给姑娘买几套新衣服。"

"没问题，我现在就派人去。"阿毛点头哈腰地说。

过了一阵，几个保安队员抱着新衣服满头大汗跑了进来。曲长欢把衣服放在床上说："这些衣服都是你的，穿上衣服，你就可以回家了。"

曲长欢在门外等候。一会儿，姑娘出来了，穿上新衣服很漂亮，她向曲长欢鞠了鞠躬："谢谢了！"

"慢着。"曲长欢喊了一声，对阿毛说，"听说你们保安二队油水很大，给姑娘拿十个大洋，赔偿人家损失。"

"没问题。"阿毛知道自己三个弟兄的命还在特派员手中，别说十个，就是一百个他也愿意掏。

送走了特派员，阿毛一时不知道该怎么办好，他就去找虎子，希望虎子陪他一块儿去给马啸天那求情，让马啸天再给特派员说好话，放他三个弟兄一马。狗子、豹子和狍子跟着他走私鸦片，倒卖武器，干了很多见不得人的勾当，他怕特派员对他们三人动刑，如果三人扛不住就会招供，他就凶多吉少，所以他要想办法把他们救出来。虎子和阿毛面和心不和，虎子说，他们是你的手下，又不是我的手下，他们三人干的坏事太多了，枪毙一百次都不多，要去你去，我不去。阿毛碰了一鼻子灰，就去找宋小江，他给宋小江塞了一根金条，宋小江答应帮他办，他就让自己老婆白蝴蝶去找白玫瑰，白玫瑰答应了，约好了在阿毛的酒楼见面。当然，阿毛也给白玫瑰准备了一份大礼，一对纯金手镯子。

白玫瑰收下了手镯子，非常满意：“放心吧，这事我一定让马啸天给你办好。实话告诉你吧，这个特派员，马啸天也非常不喜欢。”其实白玫瑰心里也有一本账，自马啸天被国民政府收编后，家里收入大大减少，她想重出江湖，准备开赌场、开妓院、组织戏班子，当然她只是幕后的大老板，她也需要阿毛这种人跑腿打杂维护场子。

阿毛毕恭毕敬站在身边：“谢谢了，谢谢马夫人。”

白玫瑰望了望大厅的戏台说：“我好久没唱戏，嗓子不顺服，浑身就不顺服……”

阿毛明白了白玫瑰的意思，他笑着说：“马夫人，要不我明天把剧团请来，你上去露几手，让他们见见，什么是高手。”

白玫瑰说：“好啊，明天我约特派员在这见面，你去准备一下。”

当天下午，酒楼里的戏台就焕然一新，酒楼也重新打扫了一下，一尘不染。第二天一早，剧团早早就来彩排适应场地，他们对这事也非常重视。

白蝴蝶和白玫瑰先到，特派员准时来了，白玫瑰让马啸天也来，马啸天死活不来。上次马啸天好心为特派员接风洗尘，没想到遭到一顿臭骂，从那以后他就不愿意跟他在一起吃饭了。这次饭菜很简单，四菜一汤，全是素的，以及水果瓜子，特派员曲长欢很满意。

白玫瑰说：“今天只是简单的饭菜，特派员不会有意见吧？”

“日本侵占了整个中国东北三省，想想那些在前线奋战的士兵，他们还饿着肚子，我们够幸福的。”曲长欢说。

“你给我说说当前的形势，我们在这小县城，什么都不知道。”

“蒋介石和汪精卫颇为不和，汪精卫曾联合冯玉祥、阎锡山、李宗仁共同反蒋。失败后，汪精卫潜逃香港。去年，汪精卫纠合各派反蒋势力，在广东另立国民政府。九一八事变后，全国人民一致要求各党派共同抗日，蒋介石和汪精卫又再次合作。”

这时，戏台上已开始咿咿呀呀唱了起来。

白蝴蝶笑着说：“曲长官，别谈政治，我们女人不懂。听说你的二胡拉得不错，要不给我们露一手？”

曲长欢谦虚地说:“听说白玫瑰戏唱得好，二胡也拉得不错，我哪敢关公面前耍大刀，鲁班门前弄大斧。”

白玫瑰说:“曲长官,你别谦虚了,你就给我们表演一个吧,让我们长长见识。”白玫瑰给剧团做了一个手势。

“下面有请特派员曲长官给大家表演二胡独奏，大家掌声欢迎。”剧团主持人大声说。掌声啪啪响了起来。

白玫瑰推着曲长欢说：“曲长官，别客气了。”

曲长欢只好走上台，向大家客气地说：“献丑了，请大家多多指教!”曲长欢坐下后，演奏了一首《高山流水》二胡独奏曲，悠扬的二胡声缓缓流淌，如高山流水缓缓流入心间。曲长欢陶醉在这美妙的意境里，他的右手带动着琴弓，像被赋予了生命与情感，自由流畅地在弦上滑过，犹如一只飞鸟，自由飞翔。左手则握着细细的琴脖，五根手指在弦上舞着，做着繁多的花样。

人群掌声雷动。曲长欢演奏完毕后，有漂亮的姑娘给他鲜花，主动要求拥抱他，说好喜欢他的演奏。曲长欢脸上乐开了花。

接下来，白玫瑰上台演唱了《白蛇传》选段，白玫瑰的一举一动，一颦一笑都让曲长欢找到了知音的感觉。白玫瑰演唱完毕，主动邀请曲长欢两人用二胡合奏了一曲《月夜》，乐曲旋律舒展柔美，委婉质朴，在以激进为主的旋律进行中，不时出现六度、七度和八度的大跳音阶，跌宕生姿、不拘一格。

演奏完毕，那个漂亮的姑娘又来给曲长欢送花，嗲声嗲气地说：“曲长官，你弹得太好了，教教我好吗？”

“你说说，这《月夜》好在哪里？”曲长欢故意想考考她，看她是真喜欢还是假喜欢。

“全曲主要采用展衍的旋法，如春蚕吐丝，连绵不断；每段尾句是固定终止型，具有一唱三叹的特点，好似演奏家由衷的赞叹声。全曲有月白风清的意境，但更多的则是感情的抒发、志趣的流露，不禁使人想起唐代诗人刘方平的《月夜》诗：‘更深月夜半人家，北斗阑干南斗斜。今夜偏知春气暖，虫声新透绿窗纱。’”姑娘一口气滔滔不绝。

“好，不错。”曲长欢竖起大拇指，刮目相看，“请问姑娘芳名？”

“在下叫冯艺梅。”

“好名字。”

“但我师父给我起了一个非常俗气的艺名，叫夜来香。”

曲长欢哈哈笑了。

“那你就是答应收下我这个徒弟了？”姑娘高兴地说。

曲长欢有点为难，白玫瑰插嘴说：“她是我的徒弟，人很聪明，学啥都快……”

“既然她是你的徒弟，我怎么能夺人之爱呢？”曲长欢笑着说。

“她曾是我的徒弟，自我嫁给马啸天后，我就金盆洗手了。今日终于唱了一曲，还跟曲长官你演奏了一曲，浑身舒服，真过瘾！”

“好，我答应你，做我的关门女弟子。”曲长欢说。

冯艺梅跪下要磕头，曲长欢立即阻止了：“国民政府，现在不兴这个。”

他们又回到了酒桌，曲长欢身边围了三个花枝招展的女人，这次大家心情很好，畅所欲言。特别是谈起二胡，曲长欢侃侃而谈：“二胡始于唐朝，已有一千多年的历史。唐代诗人岑参所载‘中军置酒饮归客，胡琴琵琶与羌笛’的诗句，说明胡琴在唐代已开始流传。宋朝学者陈旸在《乐书》中记载‘奚琴本胡乐也……’。宋代末学者陈元靓在《事林广记》中这样记载：嵇琴本嵇康所制，故名‘嵇琴’。宋代大学者沈括在《补笔谈·乐律》中记载：‘熙宁中，宫宴，教坊伶人徐衍奏嵇琴，方进酒而一弦绝，衍更不易琴，只用一弦终其曲。’说明在北宋时代已有很高的演奏水平。徐衍为皇帝大臣们演奏‘嵇琴’时，断了一根弦，仍然用另一根弦奏完曲。没有娴熟的技艺是做不到的。后来沈括在《梦溪笔谈》中又记载‘马尾胡琴随汉东，曲声犹自怨单于。弯弓莫射云中雁，归雁如今不寄出’。说明在北宋时已有了马尾的胡琴……”

大家认真地听着，也不好意思打断曲长欢的话，等他讲完后，冯艺梅说：“师父太了不起了，二胡拉得好，学问也是学……学……”

白玫瑰说：“学富五车，才高八斗。”

“对对对，学富五车，才高八斗。”冯艺梅不好意思地说。

不知不觉，大家有点饿了，白玫瑰吩咐上菜，这次比较丰盛，大鱼大肉都有，白玫瑰说：“今日心情高兴，这次是我自己掏腰包请客，跟国民政府没有关系，曲长官该不会怪罪吧？”

“哪里，哪里。”

“有了曲长官这句话，我就放心了。”白玫瑰说，“今晚必须要喝一杯！”

冯艺梅给曲长欢斟满酒，白玫瑰说了几句感谢曲长欢的话，然后大家共同端起酒杯。曲长欢有点小瞧了白玫瑰、白蝴蝶和冯艺梅这三个女人，没想到她们比男人都还能喝，冯艺梅频频向曲长欢敬酒，一口一个师父，喊得非常亲切，曲长欢来者不拒，很快就喝高了。

白蝴蝶和白玫瑰见曲长欢跟冯艺梅聊得很投入，别人插不上嘴，坐在一边的她们开始聊家常，她们声音很小，白蝴蝶说："宋小江是个窝囊废，药材收购权白白被梧桐抢了去，他现在连屁都不敢放一个。"白玫瑰说："我知道这个梧桐，人们都说她是女中豪杰，她是我男人的初恋情人，有机会我要会会她，顺便教训她一顿，让她知道我的厉害，最好离我男人远点。"

白蝴蝶给白玫瑰递了一个眼色，白玫瑰见曲长欢正端起茶碗品茶，她立即说道："曲长官，我求你一事。"

"什么事？"曲长欢左右摇晃着说。

白玫瑰说："狗子、豹子和狍子喝醉了酒，调戏姑娘，念他们是初犯，何况又没把人家姑娘怎么样，要不就放了他们吧？"

曲长欢摆了摆手说："这事没商量，我要枪毙他们。"

阿毛在外探头探脑，他听得清清楚楚。

"喝酒喝酒！"冯艺梅说。

"喝酒！"曲长欢端起酒杯一口喝了。

冯艺梅开始跟曲长欢探讨二胡，两人聊得非常开心。冯艺梅频频劝曲长欢喝酒，他喝多了，说话吐字有点含糊了，冯艺梅嗲声嗲气地说："曲长官，你就把狗子、豹子和狍子放了吧，给他们一次机会吧。"

曲长欢吞吞吐吐地说："国家兴亡，匹夫有责。不行。"

冯艺梅抓着曲长欢的胳膊摇着说："求求你了，你就放了他们吧。"

白蝴蝶也说："曲长官，你就给他们一次机会，好吗？"

"既然你们都给他们求情，我答应你们。"曲长欢挥了挥手说。

"空口无凭，立字为据。"冯艺梅把释放证递了过去，"你还是把字签了吧。"

曲长欢看都没看，把字签了。白玫瑰起身把释放证交给了阿毛，阿毛说："谢谢大嫂。以后有用得上兄弟们的话，你尽管吩咐。"

"你先去把手下捞出来吧，咱们回头再说。"

阿毛高兴地走了。

第二天，曲长欢酒醒了，为昨天放人的事懊悔不已，既然放了，再收回命令又不妥。他自己安慰自己，等下次抓住他们，决不轻饶。同时他又在琢磨，难道昨天的饭局和戏台是白玫瑰故意设的局，故意把他灌醉，然后……此处一想，他心里对白玫瑰和冯艺梅充满了反感，特别是冯艺梅的艺名夜来香，听上去感觉总是怪怪的。

"特派员，外面有位姓冯的小姐找你。"一个办事员走了过来通报。

"就说我不在。"曲长欢知道是冯艺梅，冷冷地说。

“曲长官，看来你是不欢迎我这个徒弟了。”冯艺梅抱着二胡，扭着腰肢走了进来，声音如黄莺般好听。

“岂敢。”曲长欢心里虽然有点不高兴，但看见貌美如花的冯艺梅他的心情一下又好多了，“请坐吧！”

冯艺梅羞涩地说：“昨天我们不是故意的，我遇见师父很高兴就多喝了几杯，请不要见怪啊！”

“我是这样的人吗？”曲长欢哈哈笑着说。

冯艺梅拿出二胡说：“师父，昨天你演奏的那首《高山流水》二胡独奏曲，能不能教我一下？”

“没问题啊。”曲长欢开始手把手地指点，县政府大院里传出了悠扬的二胡声。

接连几天，冯艺梅都来县衙找曲长欢指教，现在县衙改为县政府了，身为新县长的马富禄几次都看见了冯艺梅，他就旁敲侧击地对曲长欢说：“特派员，办公期间，这样恐怕影响不好吧？”

曲长欢说：“我知道，我给她说过几次，但她依然来，腿长在她身上我也没办法。”

冯艺梅再来时，曲长欢直接对她说：“晚上去我宿舍吧。”

冯艺梅说：“好啊！”

晚上，冯艺梅果然来了，打扮得跟仙女一样，身上散发着好闻的香水味。冯艺梅拉了一首，曲长欢开始手把手教她，她故意用柔软的身子有意无意朝他蹭来蹭去，弄得他心痒痒的。她说天热，脱下外套，露出雪白的肌肤，曲长欢不敢看她的目光。冯艺梅大胆地说：“我喜欢你！我知道你的老婆死了，我愿意嫁给你！”冯艺梅扑进曲长欢的怀里开始解他的衣服。曲长欢感觉像做梦一样，这种幸福来得太突然了，他的外套被解开，胸口已露了出来，冯艺梅的头在他怀里拱来拱去，他惊慌失措，望了望墙上妻子的照片，他像遭到电击一样，他慌乱地推开了冯艺梅：“你走吧，以后别来了。”

第二天，冯艺梅真的不来了。十天半个月都不来了。

冯艺梅真的不来看他了，曲长欢心里有点失落，望着二胡，二胡上已落了一层灰。

冯艺梅再次出现在曲长欢的面前已是半个月后了，那天曲长欢在街上遇见了冯艺梅，他主动邀请冯艺梅去酒楼吃饭，冯艺梅同意了。两人来到了上次喝酒唱戏的这家酒楼，他们边喝酒边闲聊，聊得很开心，这次曲长欢又喝醉了。

曲长欢醒来后，发现自己身边躺着一个年轻的女人，他以为是冯艺梅，一看脸却是一个陌生的女人。女人也醒了，曲长欢说：“这是在哪里啊？”女人说：“这是一家新开的妓院，你可是我的第一位客人。”曲长欢头一下蒙了，头还有一点痛，昨天发生了什么事他努力地回想着，脑子里都是一些片段。这时门被推开了，冲进来几个持枪的保安，有个记者拿着相机咔嚓咔嚓拍照，他们是来抓嫖客的。曲长欢大喝一声：“你们是干啥的，知道我是谁吗？滚出去。”“我们执行公务，请你配合。”两个保安冲上按住曲长欢，另一个用绳子捆住他的手，然后提了起来，拖了出去。

曲长欢被押回了地牢。

“我要见你们队长。”曲长欢喊道。

“我就是毛队长。”阿毛得意扬扬地说。

“毛队长，我就是南京特派员啊。”曲长欢情绪非常激动。

“我不管你是哪里的特派员，作为国民政府的官员是禁止嫖娼的，你嫖娼被我们抓了现行，还有现场记者拍的照片。请问嫖娼，该做如何解释？”阿毛慢悠悠地说，不时玩弄着手中的皮鞭。

“谁让你们这么干的？”曲长欢顿时明白了，他们给他下了套，等待着他往里钻，目的是想把他赶走，他的存在，束缚住了他们的手脚，拦住了他们发财的路。

“我们执行公务，你曾教导我们，严禁国民政府的官员逛窑子嫖娼，不管是谁，抓住了要严惩不贷，绝不轻饶。”阿毛说。

“把冯艺梅给我叫来，我有事问她。”曲长欢用命令的口气说道。

“就是那个夜来香吧，你找她干啥？她已离开了金州。”阿毛笑着说，“我现在这有你嫖娼的证据，报纸一报道，南京特派员来汉阴花天酒地和嫖娼，你的前途就完了。”

“你们到底想要怎样？”曲长欢说话语气一下软了。

“有人想要你离开汉阴县，最好永远别回来。”阿毛笑着说，“如果你不离开，特派员嫖娼一事恐怕就要见诸报端，甚至国民政府的高官人人都会见到你丑陋的照片。”

“你能告诉我是谁吗？一定是马啸天对吧？”

“对不起，我不能告诉你，你心里明白就好。”

“好，我答应马啸天的条件，现在就走。”曲长欢拍着桌子说，“党国的事业，迟早会废在你们这帮贪婪的豺狼手中！痛心啊！”

曲长欢要离开汉阴县，马啸天闻讯后要为他饯行，他断然拒绝了。他骑着马，背着二胡，他的眼里有泪，他就这样迎着朝霞默默地走了，那么孤独和无助。

第二十六章　红军来了

特派员走后，汉阴县又回到了马啸天手中，他又可以一手遮天了。

马啸天每月领着国民政府的军费和工资，同时他私下也在经商，他的老婆白玫瑰更是明目张胆地经营着赌场、妓院等，豹子和狍子等没事时就去帮忙看场子，仿佛保安团就是专门为她服务的。上梁不正下梁歪，马啸天的手下也在一边领着工钱，一边做些不正经或者违法的生意，比如阿毛经营着酒楼，狗子私下走私鸦片，豹子倒卖枪支等等。

国民政府宣布统一中国后，南京中央政府展开了一系列恢复国民经济措施，包括建设重工业，发展民生，修筑大量公路、铁路。建造各类金属矿产，国防物资，开展科学技术，重视教育，大力发展国有企业等等。大量的专款和经费下拨到了汉阴县，马啸天首先要修建的就是县城到漩涡街的公路，为了承包这项工程，好多包工头都想把这单生意抢下来，马啸天为了公平竞争，召开了公开竞标，但最后还是宋小江把这单生意弄了下来。人们才恍然大悟，宋小江跟马啸天是连襟关系，一定是白玫瑰和白蝴蝶背后撮合的结果。马家本来有座废弃的金矿，因当时条件，开采半途而废，马啸天利用开采矿产的经费，自己找了一帮人，请了专家偷偷摸摸来开采漩涡街牛家山的金矿。

国民政府成了唐僧肉，官员想尽各种办法捞钱，官场腐败，贪污受贿、权钱交易、行贿买官、跑官要官等现象非常普遍，而民生却依然困苦。梧桐却没有享受到国民政府的各种好处，她依然苦苦经营着自己的生意，几乎跟马啸天没有来往了，她感到万幸的是马啸天没有为难她，在生意上对她也是网开一面。自上次宋小江被打后，梧桐成了秦南地区最大的药材收购商，随着国民政府的统一，她的药材和产品慢慢地可以销售到外地，甚至全国各地了。

漩涡街的马家大院，如今也重新做了装修，有点像皇帝的宫殿，又豪华又气派。马家的祖坟也重新做了修缮和清理，斥七千万元巨资建起了一座豪华坟地，墓前大平台有六百平方米之阔，两侧各有一尊石狮拱卫；平台顶端有两条各四十余级阶梯，由雕花护栏护持的步道直通墓穴。坟墓周边，仅在墓区内铺设花岗石地板一项，就要一千万大洋。马虎飚和马天良的雕像都是汉白玉石材，至少都要六千万大洋。毁了五百亩林地，地面所附着的三百余万棵树木无一幸免，全部遭损。马啸天的母亲还为凤凰山香积寺捐了一座两米多高的翡翠玉观音，玉观音像高二点八六米，重两吨，通体碧绿系整块缅甸玉，二十名工匠用五年时间雕琢完成，据说这个翡翠玉观音就价值一亿大洋。人们口头语“去过香积寺，平安又无事”。马啸天的母亲筹巨资修庙，又捐赠了价值连城的翡翠玉观音，她认为菩萨会保佑马家子孙后代平平安安，长命百岁，无病无灾。

马啸天成了汉阴县甚至秦南地区的首富，成了人们羡慕的对象。

多行不义必自毙，马啸天的所作所为，引起了有识之士的不满。他们纷纷给国民政府写信，投诉和举报马啸天，说他胡作非为、贪赃枉法、欺压百姓、生活作风糜烂，包养情妇，霸占别人妻女……

官官相护，马啸天很快知道了举报者，据说这些举报者都神秘地失踪了，有人说被马啸天活埋了，还有人说被扔到河里喂鱼了。后来没人敢举报了。世上没有不透风的墙，但国民政府拿他没有办法，好歹他手上还有几万人的军队。再说国民党已开始围剿红军了，正是用人之际，所以他们就睁一眼闭一只眼。马啸天依然我行我素，挥霍着国民政府的钱财。

凤凰山上又出现了几股土匪，其中最有名的还是穿山龙庞光远，他又另立山头，占山为王了。马啸天很快剿灭了几股土匪，获得了老百姓的称赞，但他唯独不去剿灭穿山龙，他知道穿山龙的厉害，他不想两败俱伤。最主要的还是马啸天心里有自己的小九九，如果把所有土匪剿灭了，上面就没有剿匪经费了，没有土匪，也就无法体现自己存在的重要性了，所以他迟迟不去剿匪，大有井水不犯河水的意思。

时间一久，国民政府也注意到了这些问题，找了一个冠冕堂皇的理由，在全国召集了一个学习班，加强他们的思想教育，提高他们为国为民的思想。学习优秀者，还可以进入黄埔军校深造。马啸天接到通知，他犹豫再三还是去了。

马啸天一走，整个县城都沸腾起来了，阿毛、狗子、豹子和狍子感觉一下自由了，他们整天喝酒、打牌、逛窑子，仿佛整个县城都是他们的，被他们弄得乌烟瘴气，酒气熏天。

漩涡街依然是安静的，梧桐依然忙忙碌碌。她最担心的还是金元宝，在学校期间，就跟同学们上街游行，宣传抗日，抵制并销毁日货。大学毕业后，他不愿意回来，留在省城，梧桐几次派人请他，他都不回来，跟一个女同学腻在一起，说还要参军去前线，参加共产党。就为这事，梧桐吃饭不香，睡觉不好，晚上在床上翻来覆去地睡不着，常常折腾到后半夜才能入睡。

外边传来狗叫声和嘈杂的声音，梧桐竖起了耳朵，突然她听到了咚的一声，好像是有人翻院墙进了金家大院。梧桐披衣而起，拿着刀屏住呼吸，为了安全和壮胆，梧桐的枕头边放了一把尖刀。

一个瘦高的男人慌不择路，闯进了梧桐的房间。

“你是谁？你想干吗？”梧桐把刀抵在那人胸口上。

“救救我，我不是坏人，我被保安团的人追杀，便跑到这来了。”

“他们为啥要杀你？”梧桐收起刀，看到那人戴着眼镜，三十岁左右，满脸胡须，梧桐觉得有点面熟。外边传来了脚步声和大院大门的敲门声。

“对不起，我没时间了，我得赶紧走。”戴眼镜男人转身就走。

“跟我来吧，我带你走。”梧桐说。

梧桐带着戴眼镜男人来到后院的暗道，掀开酒海，再掀开地下的木板：“这里有个暗道，一直通到外边，注意安全，你走吧。”

“谢谢了！”戴眼镜男人迅速钻进了暗道。

梧桐盖上木板，然后把空的酒海一点一点挪到地上的木板上，然后锁上大门，拍了拍手，去大院。大院大门敲门声越来越大了越来越响了。

“大掌柜，刚才我去叫你，没见你。”小梅说。

“是吗？我可能睡着了。”梧桐说。

梧桐命令打开门，一伙持枪的人冲了进来。梧桐认得头目是镇上保安队的申小兵，梧桐说：“申队长，发生了什么事？”

申小兵客客气气地说：“刚发现一个可疑人员，鬼鬼祟祟，我们怀疑他是共产党，是红军。”

“什么是共产党，什么是红军？”梧桐好奇地问。

申小兵说：“跟你一时半会也说不清，马将军的副官马松通知我们，要严防红军。他说国民党已开始围剿红军了，可能有一股红军会流窜到秦南地区，要让他们有来无回，见一个杀一个。”

“我听说红军是老百姓的队伍。”梧桐说。

“不知道，我又没见过他们，我执行上面的命令就是。”申小兵说，“对不起了，给我搜。”

金家大院被搜了一遍，什么都没发现。申小兵望着梧桐，满眼疑惑地说：“大掌柜，你衣服和手上怎么这么脏？”

梧桐呵呵一笑：“嘿，听到你们敲门，我心慌慌的，以为是土匪来了，结果不小心一脚踩空，摔了一跤。”

申小兵说：“以后见到红军，第一时间要报告，私藏红军是要掉脑袋的。”

梧桐点点头说：“我知道了。”

梧桐望着申小兵的背影走远后，呸了一声：“狗腿子！”她对当前的国民政府已非常失望了，当官的就想着捞钱，不管老百姓的死活。但什么是共产党，她还是模糊的，她听说红军是老百姓的队伍，是穷人的队伍，但她又听说了红军比土匪还厉害，杀人放火，还吃人。

几天后，镇上的十多个保安队员集体失踪了，没人知道他们去了哪里。

一夜之间，没有一点征兆，漩涡街上突然冒出了无数的红军。

那天，梧桐在镇上的铺子盘点商品，正在这时，只听街上有人在喊：“牛吃秧子了！牛吃秧子了！”他们在田坝里栽秧子，看见一伙持枪的队伍举着红旗朝镇上走来，他们吓坏了，赤脚从田里跑了出来，街道上留下了一串脚印。一个传一个，顷刻间，那些栽秧的村民都吓得爬上田坎，提脚便跑。“牛吃秧子了”在当时是句隐话，意思是说国民党的“烂兵”来了！那阵子，村民们都被国民党的部队整怕了，就称他们为“烂兵”。一提起他们，哪个不慌？街上的铺面和商店纷纷关门或锁上门跑了。

梧桐听说国民党的“烂兵”来了，也吃了一惊，抬眼一看，只见从沙子场那边果然来了队伍。那些栽秧的村民躲的躲，藏的藏，转眼间街道上就空荡荡的了。梧桐想关门已来不及了，她看见一个身穿整齐红军服的男人站在自己的面前，他头戴八角军帽，戴红色袖章、背挂包、扎皮带、套绑腿，脚穿草鞋，男人很年轻，浓眉大眼，他向梧桐敬了一个军礼：“大嫂，你不要怕，我叫火娃，我是红四方面军红十师二十八团团长，我们红军是穷人的队伍，不侵犯老百姓。”火娃说完指了指身后一个瘦高的男人说：“他是马剑锋，是我们团的政委。”马剑锋向梧桐敬礼。梧桐看了马剑锋一眼，心里大吃一惊，原来那天晚上救的就是他，在她的印象中，马剑锋没戴眼镜，嘴上没胡须，怪不得那晚觉得有点面熟，这么多年没有他的消息，原来他当了红军，她疑惑地问：“那晚你为何不回家？为何又被保安队追杀，跑到我屋里来了？”马剑锋笑着说：“本来是要回的，那晚我到镇上侦查情况，刚走到镇上没想到被白狗子发现，我对镇上情况还不了解，不想过早暴露，所以就慌不择路跑到你屋里去了。”

马剑锋给梧桐简单讲了他这些年的离家经历，他在外上学没毕业就跟随孙中山参加革命，后来在黄埔军校遇到了周恩来等共产党人，他就参加了共产党。跟随周恩来、贺龙、叶挺、朱德、刘伯承参加了南昌起义，又跟随毛主席参加了秋收起义……如今蒋介石围剿红军，红军只好大转移，他们部队作为先遣团来到了漩涡街，漩涡街北靠秦岭，南濒汉江，地势险要，人民困苦，敌人统治薄弱，适合红军立足发展。如果在这里建立根据地，可以牵制敌人大量兵力，对西南的川陕苏区、北面的陕甘苏区以及长征中的中央红军，都可以起到配合作用。

梧桐听得似懂非懂，便招呼他们进屋喝水。马剑锋又问了一些镇上的情况，梧桐看这些红军都很年轻，有的比自己的儿子还小，穿的衣服也破破烂烂，有的衣服上补丁叠补丁，但他们帽子上的红五星和红肩章很醒目。火娃看梧桐不怕了，又问道："那些人为啥要跑？"梧桐说："怕烂兵来整人害人呀。"火娃知道发生了误会，庄稼人地里的庄稼活不能耽搁呀。

火娃一面向山上喊话，一面顾不得劳累，把队伍开到牛家大院前的坝子里，只留下烧火煮饭的炊事员和站岗放哨的战士，其余的便把枪一架，背包一放，鞋子一脱，下田栽秧去了。红军不愧是穷人的军队，秧子栽得像墨线弹的一样直，又快又好。这是什么队伍呢？躲在坡上的村民都伸出头来看，越看越不明白，谁也不知道来的是什么队伍，天下还有这样好的兵？几个胆子大点的就从坡上和屋里走了回来。他们你问我，我问你，互相谈论着发生在眼前的一切。看见有两个兵正在牛家大院的墙上和街道上写标语，问识字的才知道，标语上写的是："打倒土豪分田地，穷人不还富人钱"。"红军是穷人的队伍"。"红军是工农的武装"。大家觉得这话说到自己的心坎上了。

梧桐见这些当兵的没有一点官架子，对人也很有礼貌，说话也客客气气，不像当初国民党说的那样，他们说红军杀人放火还吃人，她对火娃说："你们一路辛苦了，晚上到我家吃饭吧。"

火娃说："不用了，我们有炊事班，我们自己做饭。"马剑锋也说："你先忙你的去吧，我还要去了解情况。"

马剑锋独自回到了马家大院，马少秋也听说红军回来了，躲在屋里一直没有出门。他没想到红军的首长就是自己的儿子马剑锋，十多年没见，马少秋老泪纵横，马剑锋开始诉说这些年的遭遇，东南西北地奔走，一直没有时间回家。申红羽吩咐雪莲给马剑锋上茶，雪莲端上茶进来了，后面还跟着一个小男孩。马剑锋打量了雪莲和小男孩一眼，申红羽伸手抱过小男孩说："叫叔叔。"小男孩腼腆，低着头不说话。申红羽说："这是马啸天的儿子。"马剑锋明白了，这个端茶的年轻漂亮的女人就是嫂子了。雪莲抱着小男孩走了。

马剑锋问："我娘呢？"

马少秋叹了一口气说："死了几年了。"

马剑锋忍住泪水，看了申红羽一眼，申红羽顿时心里慌慌的。他心里明白，申红羽对他娘一直不好，在他小的时候，他就记得，娘几次差点就被申红羽赶出家门。他记忆最深的是过年时，家家都在团聚，他和娘被赶出门，在牛棚里过了一夜。这天晚上他被冻感冒发烧了，娘身无分文，抱着他跪在马家大院门口，最后还是马少秋把他们母子俩接到屋里，请来郎中给他看病。这些年来，他不想回家，就是不想见到申红羽和马少秋。

马少秋接着说："我对不起你娘！"

马剑锋没说话。

"听说你们红军要打土豪分田地，这是真的吗？"马少秋问。

"我来就是要通知你们一声，你要做好思想准备。"马剑锋说，"我作为红军政委，我要以身作则，否则我的工作无法开展。"

"我们马家的田地也要分给那些穷人？你真要把你老子也抓起来？"马少秋说，"这些田地可是你爷爷和我辛辛苦苦挣的，这是我们马家的财产，可不能这样就白白送给那些长工和穷人。"

马剑锋开始给马少秋讲红军打土豪分田地的道理，讲共产主义，讲革命信仰。马少秋对这些产生了质疑，两人意见和观点出现了分歧，最后争吵了起来。

申红羽在旁边听不懂他们说什么，便吩咐雪莲去安排饭，她笑着说："你们父子难得相聚，好好喝一杯！"

马剑锋站起来起身告辞，马少秋气得把茶几上的杯子扔在了地上。

马剑锋来到了马家祖坟，马家的祖坟很豪华，石狮拱卫，花岗石地板，马虎飚和马天良的雕像是汉白玉石材。马剑锋大吃一惊，修建这样豪华祖坟要花多少大洋啊？他不敢想象，也不知道马啸天贪了多少钱。马剑锋在坟地里找了一圈，都没找见母亲的墓碑，镇上的一个人告诉他，说他母亲死后没有进入马家祖坟，埋在旁边的一个乱坟岗里。马剑锋来到乱坟岗里，通过一个石碑发现了母亲的坟地，母亲死后竟然这样孤零零地躺在这里，母亲为马家奉献了自己的一生，死后竟然无法进入马家的祖坟。马剑锋满肚子都是火，这一定是申红羽捣的鬼，她以前就诅咒，说他娘死后不能进入马家祖坟，不能跟马少秋埋在一起。马剑锋跪在母亲坟头，他泪流满面，心里对申红羽和马少秋充满了憎恨："娘，我来看你了，我来晚了……"

马剑锋坐在母亲的坟前，他可以看见漩涡街，看见自己部队的帐篷和营房升起了袅袅炊烟，他知道红军炊事班在做饭了。马剑锋没有一点饿意，他想多陪陪母亲，他抽了一根又一根烟。

夜已深了，马剑锋忘记了时间。

山下火光一片，马剑锋见是自己营房的方向，他站起来就朝山下跑去。

红军突然被哨兵“失火了”的叫喊和噼里啪啦的着火声惊醒，一看，镇上的木房子着火，火光映红半边天。镇上街道的铺面全是木头房子，一家连着一家，一家着火就要烧一大片，甚至半个镇子都要被烧成灰烬。

火娃住在一个闲置的空房子里，住房后边火光冲天，浓浓的黑烟和长长的火舌正从房门口、窗口往外蹿。火娃拿着枪朝外跑，警卫员紧紧跟在后面，他们来到一个开阔的地方，回头一看，这间房子便被大火吞没了。马剑锋跑下山，听到有人在喊叫：“红军放火杀人了，红军放火杀人了。”马剑锋追了过去，那个黑影转眼就不见了。

这时候，街上人来人往，有救火的，有找人的，也有帮着老乡从火里往外抢救东西的……马剑锋看见了火娃，他跑了过去问是怎么回事啊，火娃说他也不知道是啥原因。火娃命令一营战士们去灭火，立即派警卫员去看望二营和三营同志，并了解部队的情况。正在这时，二营长和三营长都赶来了，火娃便和他们聚在露天里一块儿研究失火的问题，同时命令战士们去灭火，加强岗哨。

一个时辰后，火终于灭了。马剑锋分析了失火的原因后，斩钉截铁地说：“可以肯定这火是敌人放的。反动派妄图用这种卑鄙手段，证实他们说的‘共产党杀人放火’的可耻谣言，想挑拨、破坏我们与群众的关系……我们一定要把放火者查出来，彻底揭露敌人的阴谋。”

当天夜里，红军在漩涡街查出四个坏家伙。经保卫部门审讯证实，他们是被国民党反动派马啸天的父亲马少秋收买的地痞流氓，他们想烧了这些房子，然后嫁祸给红军，因为他听说红军将要打土豪分田地，他不想自家的土地被人瓜分。

火娃立即亲自带人去马家大院，把马少秋夫妇抓了起来。马剑锋为了避嫌，没参加这次行动。

第二大大还没亮，梧桐发现这些红军睡在街道屋檐下，他们这是怕打扰老百姓，她的心里顿时有一丝感动，原来这就是共产党的队伍。她也发现，街上贴满了红军宣传的标语。金家大院的院墙上也贴了标语。

梧桐正要出门去酱园店，火娃站在门口，他身后还跟着两个红军，显然是在等她，梧桐问：“你们找我有事？”

火娃说：“是的。”

梧桐请他们进屋，给他们倒上茶：“什么事？”

火娃说：“我们打算在漩涡街宣传群众、发动群众，我们要打土豪、分财物、宣传土地革命，还要建立秦南第一个红色政权——秦南地区苏维埃政府，点燃革命火种。”

“我不明白你的意思。”

“我们也通过了解，你没有祸害老百姓。”火娃说，“听说你家也有几百亩地，也算是土豪地主吧。”

“不错，你们想把我的土地分给穷人？”梧桐问。

“是的，我们共产党是要实现人人有地种，家家有良田。”

“凭啥要分我的土地？”梧桐说，“镇上最有钱的是马家，马家的土地比我多，如果你们把他家的土地分给穷人，我二话不说。”

“你说的就是那个马少秋吧，我们已把他们夫妇抓了起来，他儿子马啸天是国民党大官。”

梧桐笑了笑说：“我建议你们不要动他，马啸天一旦得知你们抓了他的父母，分了他家的财产，他会立即带人来围剿你们的。”

“这个你就不用操心了，我们已在凤凰山上设立埋伏和关卡，就等着他来。”火娃说，“实话告诉你吧，等时机成熟，我们还要夺取县城，活捉马啸天呢。”

“是吗？漩涡街上的保安都失踪了，是被你们杀了吧？”

“是啊。”火娃得意地说，“我们用了一计，把他们全骗到山沟来了，然后一举全歼。”

几天后，红军在马家大院门前召开了批斗会，把四个纵火者和地主恶霸、土豪劣绅押上会场。马剑锋首先讲了这次失火是人为的，就是这四个人故意纵火的，并向老百姓宣传、讲解了红军的性质和政策，揭穿了敌人的罪恶阴谋。弄清了着火的原因，老乡们个个气愤得咬牙切齿。根据群众的要求，当场就将四个坏蛋枪毙了。

最后马剑锋还宣传了打土豪、分财物、土地革命的重要性，台下的老百姓不以为然，他们不相信马剑锋真能把马家的田地分给穷人，直到马少秋夫妇被押上台，开始批斗，火娃宣布了他的罪行，当场宣布他家的上千亩土地已被公家没收，下一步就是把这些土地分给没有土地的穷人。这时台下的老百姓信了，他们拍手称赞，因为他们大多都没有田地，能拥有土地一直是他们的梦想。镇上还有几家财主的土地也被没收了，他们哭天喊地的如杀猪般干号。

火娃还表扬了梧桐，说她主动把自家的几百亩土地交给公家，她的所作所为，值得大家学习。会后，火娃又责成供给部调查并给受灾的群众以适当的救济补偿。当老百姓领到救济的物品和钱时，都纷纷称赞红军是一支爱护百姓的好队伍，是穷人的队伍。

马家的财产和土地很快被分给了穷人，梧桐家的土地也被分了，其他地主和财主也不好说什么。红军住进了牛家大院和马家大院。马少秋和申红羽被关进了他家的柴房，本来火娃要枪毙马少秋夫妇俩，马剑锋心软了，说给他们一次改过的机会，只要不杀他们，你们想怎么折腾都行，他绝不干涉。

火娃本来就是穷人家的孩子，他非常憎恨这些土豪，何况马少秋的儿子马啸天又是国民党的高官，他拒绝给马少秋请大夫。马少秋本来身体就不好，还多次押上街戴上高帽被批斗，经过一番折腾，马少秋病倒了，晚上突发心脏病死了。

马家长工好不容易偷偷离开了漩涡街，来到了县城，找到了白玫瑰。白玫瑰听后非常生气，她把这些情况告诉给了马啸天的副官马松和马富禄，马松说："马将军又不在，这怎么是好？"马富禄说："什么怎么办？带上你的兵，把这些红军消灭了。"马松带上一队人马就朝漩涡街出发，走到凤凰山的生死谷遭到红军的伏击，死伤大半，他们只好狼狈地退了回去。马富禄不罢休，他带着保安团绕道想从石泉乘船而下，结果在马池镇遭到红军另一支队伍伏击，他又狼狈逃了回来。红军已封锁了去漩涡街的所有道路。

马富禄不甘心，带着保安团化装成老百姓和猎人走小路，阿毛带着他的保安二队在前面开道，没想到在峡谷遭到庞光远的伏击。自庞光远成功从黑龙岭逃跑后，他带着十几个弟兄在秦巴山天鼓台另立山头，后来队伍不断发展，发展成了上百号人的队伍。庞光远为了暗杀阿毛这个叛徒，几次暗杀都没成功，阿毛这人很狡猾，狡兔三窟，晚上睡觉没有固定的地方，给三个相好的女人买了三套房，他知道自己勾结马啸天灭了黑龙岭的山寨，还带着一伙弟兄投靠了马啸天，庞光远一定会来报仇的，所以他无论走到哪里，都带着狗子、豹子和狍子等人马尾随。这次庞光远提前知道了阿毛要去漩涡街，就在峡谷设伏。庞光远见他们进了伏击圈，开始喊话，缴枪不杀。狗子一见两边都是黑压压人群，想逃跑已来不及了，他的那伙弟兄以前大多都是庞光远手下，纷纷举枪投降。阿毛和狗子一见情况不好，跪地求饶。庞光远冲上来，二话不说，扬起手中大刀，砍下了阿毛的脑袋。庞光远的目光在阿毛的那群手下中扫来扫去，狗子、豹子和狍子腿吓软了，纷纷表示愿意入伙，重新做人。

庞光远说，好啊，给你们一次表现机会，就在这里伏击马富禄。

狗子、豹子和狍子都有点为难。庞光远掏出手枪说要枪毙他们，他们只好答应。狍子在峡谷设了一个路标，然后躲在两边茂密的树林里。过了好久，马富禄带着大队人马进入了山谷，庞光远还没下命令，不知谁的枪走火了，两边山谷顿时枪声噼里啪啦响了起来，马富禄见情况不妙，躲在虎子后面仓皇逃跑，回到县城，清点人数，伤亡大半。马富禄只好作罢，派人去南京给马啸天汇报情况。

且说马剑锋草草掩埋了马少秋，马家的家丁和丫鬟都被他赶走了，红军在马家大院建立了苏维埃政府，马家大院成了红军办公的地方了。红军继续打土豪、分财物、分土地，宣传红色政权，点燃革命火种。红军战士在训练之余，就帮老百姓种庄稼、挑水、修理房屋等等，很快就跟老百姓混熟了，有时还相互开玩笑。为了壮大队伍，好多穷人家的年轻人也加入了红军。漩涡街还成立了妇救会，梧桐成了妇救会会长，梧桐看这些红军战士军服破破烂烂，脚上穿的都是草鞋，新战士连军服都没有，她利用她的布厂给红军做了一批新军服，还发展妇女姑娘们给红军做了一批新布鞋。

梧桐也去了红军驻地几次，给他们送吃的送喝的，通过几次接触，她认为红军的确是老百姓的队伍，是穷人的队伍。他们治国救国思想和信仰让她明白了很多道理，虽然马剑锋给她讲的很多她听得似懂非懂，什么共产党人就是把共产主义作为自己的信仰。共产主义信仰体现着无产阶级革命者的向往和追求，是无产阶级革命者强大的精神支柱等等。以前只晓得挣钱，如今她豁然开朗，人活着原来还有这么多道理，人不能仅仅为自己活着，要造福人类，如果只为自己活着，跟行尸走肉有啥区别。

第二十七章　说　客

秦南地区最美的秋天在漩涡街。

漩涡街被凤凰山和秦巴山拥抱着，就像婴儿被它们拥抱着一样，一条弯弯的汉江河盘绕着古镇，秋高气爽，天天可见白云蓝天和绿水青山。这些颜色交相辉映，在阳光照耀下，流光溢彩，斑驳陆离，幻化无穷，美不胜收。山上更是漫山的红叶，不管走到哪里，沟沟壑壑，山间溪声潺潺，均可见红绿相间，层林尽染。那红色有时点缀在山头，有时缠绕于山腰，有时镶嵌在河边。

在漩涡街修整的火娃和马剑锋也听说了土匪穿山龙伏击国民党保安团的事，保安团被打得落花流水，还把保安团副团长阿毛的人头挂在县城的城门上，显然这伙土匪已向白匪（国民党）发起了挑衅。敌人的敌人便是朋友，火娃和马剑锋就想去秦巴山天鼓台会会穿山龙，想把他们拉入红军的队伍。

火娃和马剑锋商量后，火娃在家看家，马剑锋带着两个警卫去天鼓台。天鼓台距漩涡街有一百余里，天还没亮，马剑锋就出发了。秦巴山方圆几百里，群山绵绵，沟壑纵横，山路崎岖，马剑锋和两个警卫在山里行走了几个小时，翻越了几座山，累得气喘吁吁，三人坐在山顶休息。

马剑锋指着前面最高的一个山峰说："那就是天鼓台，天鼓台东南西北有四座山峰，远看像一朵莲花，所以又叫莲花山。"

一个警卫说："我听说天鼓台以前是道教圣地，香火甚旺。后来战火纷纷，香火败落，就荒芜了。"

"是啊，道家生活清苦，本不经营庙会。天鼓台自清嘉庆二十年（1815）始兴办庙会，每年自农历二月十九日起，兴办的观音会、祖师会、开山会、地官会、天官会等接连不断，但因天鼓台香火甚旺，当地豪绅、地痞觉得有利可图，纷纷承办庙会争当会首。而道人只管念经敲钟，会首包揽庙会一切，将所得财物席卷而去。后因两地地痞为争当会首，打得头破血流，他们都抱着你不让我当会首，你也当不成，两家势均力敌，寺庙被破坏，香客被驱赶，结果庙会黄了，加上路途遥远，山上又有土匪，香客慢慢自然就少了。”

“马政委懂得真多。”

“我本来就是汉阴人，从小听我父亲讲过。”

三人说了一会儿话，然后继续上路。走了几个小时后，来到了山脚下，

突然蹦出两个拿枪的土匪说：“干吗？你们是白狗子（国民党）的探子？”

“不是。”马剑锋摆了摆手，指了指自己的衣服说，“我们是红军，我想见你们大当家的。”

“我不管你们是红军，还是白军，你们已进入我们的地盘了，请滚回去！”土匪拉着枪栓，大声说。

“我们真的是来找你们大当家的。”马剑锋说。

另一个土匪说：“等下，我去通报一下。”

过了好半天，一个土匪说：“大当家说了，你们可以进去，但枪不能带进去。”

马剑锋和警卫把手枪交了出来，然后用黑布蒙上眼睛，被竹棍牵着进入山寨。他们高一脚低一脚，什么也看不见，耳边只有溪声和鸟语，感觉走了好久好久才停了下来，眼前的黑布被解开，马剑锋揉了揉眼睛，慢慢才看清眼前一个魁梧的男人坐在动物皮铺成的椅子上，面带微笑。马剑锋估计这个男人就是穿山龙庞光远，毕竟是十多年没见了，彼此的模样都被岁月改变了模样，他拱了拱手说：“在下是红四方面军红十师二十八团政委马剑锋，想必你就是大名鼎鼎的穿山龙吧！”

“在下正是！”庞光远拱了拱手说，“请问你们找我何事？”

“久闻大名，”马剑锋笑着说，“其实我们早就认识啊。”

庞光远看了马剑锋几眼，笑着说，“你是马家的二少爷？”

“是啊。”马剑锋说，“听说你把白狗子打得落花流水，还把一个白狗子的狗头挂在城门上，这让我们红军很敬佩。我代表苏维埃政府，代表中国工农红军，向你表示感谢！”

庞光远哈哈笑了起来：“阿毛出卖兄弟，当了叛徒，害死了我们不少弟兄，我这是清理门户。”庞光远示意让马剑锋喝水，马剑锋一路奔波早就口干了，他端起碗大口喝了起来。马剑锋没想到是白酒，他抿着嘴吞也不是吐也不是，憋了半天，他扑哧一下吐了出来。

庞光远和山上的弟兄们哈哈笑了。

马剑锋抹了抹嘴，不好意思地说：“怎么是酒？”

站在旁边的豹子说：“一个男人连酒都不能喝，还算男人吗？”

狍子也说：“我们大当家是个酒把式，想当年他的酒销售到全国各地，连大总统袁世凯和孙中山先生都喝过他酿的酒。要不你们红军也入伙吧，这酒管够。”

马剑锋的脸一下红了：“我们红军是有纪律的，不能随随便便喝酒的。”

“男人不喝酒，那活在世上有屌意思。”庞光远说。

马剑锋无语，脸色很难看。

庞光远说：“说实话，我虽然不懂你们红军是干吗的，但你们敢把马家财产和土地瓜分给穷人，就凭这一点，我很敬佩你们！”庞光远加大了声音，“给这三位红军上茶，上最好的茶！”

一会儿，热茶端了上来，马剑锋揭开盖子看见杯子里的绿茶叶，他心里踏实了，抿了一口，又抿了一口，想一口喝下去又嫌太烫，然后放在一边晾着。马剑锋突然感觉浑身很热，他说：“听说天鼓台风景如画，你们真会选地方，要不带我参观一下？”

“你是来踩点的吧？”豹子说。

“多虑了，我是来欣赏风景的。”马剑锋哈哈笑了，“我小时候就听我父亲说过，风景如何如何好。”

“走吧，我带你参观。”庞光远站了起来说。

两人朝山顶走去，山上森林茂密，溪流四注，瀑布飞溅，绝壁千仞，绿树凌空，景色迷人。庞光远指了指远去的云海和脚下的悬崖说：“站在天鼓台上，每逢雨后初晴，葱郁的峰头白云环绕，极目天涯，一片云浪，碰巧还会见到‘金顶佛光’奇观。倘遇天雨，大雾弥漫，山姿树影迷离恍惚。冬季，终日大风呼啸，松涛轰鸣，呵气成冰；盛夏则泉水淙淙，凉风习习，鸟语花香。古人曾赞叹道：‘青山不墨千年画，绿水无丝万古琴。’天鼓台是这里的最高峰，四周有四座山峰，四座山峰上都有山寨和山洞，都驻扎有我弟兄，一旦天鼓台遭袭击，我敲动大鼓，四周的弟兄们就会过来封锁他们退路，让他们有来无回。”

马剑锋哦了一声，他一惊，他没想到庞光远一个土匪把山寨的布防弄得天衣无缝。他忍不住开始给他讲述红军，讲述苏维埃政府如何如何的好，庞光远听了半天说：“我听不懂，你有啥就直说吧，别绕弯子了。”

“我希望你们加入中国工农红军，跟我们一同去消灭白狗子，建设一个新中国。”马剑锋举起拳头说。

庞光远微微一笑：“那我们能有啥好处？”

“只要你接受我们的改编，加入红军，我就可以任命你为独立连连长，你还是带着你的那帮弟兄打白狗子。”

“我问有啥好处？”

“我们讲的是无私奉献，讲的是革命信仰，哪怕是献出自己的生命，也要为共产主义奋斗一生……”

“别给说大道理，我一个粗人听不懂。”庞光远说，“听说你们红军被国民党打得到处跑，整天像兔子一样被人撵来撵去，你还好意思让我参加红军？”

“我承认，我们第四方面军在鄂豫皖根据地第四次反‘围剿’中，由于张国焘的右倾错误，未能粉碎国民党的围攻，根据地遭受严重损失，我们这是战略转移，迟早我们会杀回来的。实话告诉你吧，红四方面军主力两万多人被迫撤出鄂豫皖苏区，我们是先遣团，等徐向前总指挥、陈昌浩任政委带着大部队来了，我们有可能要开辟川陕革命根据地或秦巴地区革命根据地。”

庞光远挥了挥手，故意说：“别说了，实话告诉你们吧，我这人自由散漫惯了，你们红军规矩多，我才不去呢。当山大王多舒服，可以大口吃肉大碗喝酒，还可进城逛窑子。”

马剑锋见一时半会儿说服不了庞光远，叹了一口气说：“我不勉强你，你好好想想，我们随时欢迎你们。”

庞光远说：“我这人是个直肠子，我明确告诉你，我不会参加红军的。”

马剑锋说：“告辞了，后会有期。”

庞光远拱了拱手说：“慢走，不送。”

马剑锋闷闷不乐地回去了，把情况告诉给了火娃，火娃气得拍了一下桌子说：“简直不识抬举，我带人去把他绑了。”

“千万不可鲁莽。”马剑锋说，“他对我们红军还不了解，我们多给他做几次工作，说不定他就同意了呢。”

火娃转过身，背对马剑锋，掏出旱烟袋开始抽闷烟。马剑锋心里很急，他心里清楚，马啸天很快就会回来。他听说了马家的财产和土地被瓜分，一定会带着大部队来报仇，而红军目前只有一个团，一千多人，大部队还没赶来，如果此时马啸天发起了进攻，凶多吉少，所以他现在必须要团结一切可以团结的力量，壮大队伍。

几天后，马剑锋又去了，庞光远不愿见他，吃了闭门羹。马剑锋只好回去了，过了几天，为了表示诚心，马剑锋带着两个警卫又去了，这次庞光远还是态度明确告诉他，不想加入红军，除非红军能把县城拿下，把国民党统统赶走。马剑锋气得脸红脖子粗，气呼呼回来了。这时有人给他建议，庞光远跟梧桐相好过，如果让梧桐去劝说，也许事倍功半。马剑锋听后大喜，立即去金家大院找梧桐。

“马剑锋，你怎么来了？”梧桐说。

“没事，没事，过来看看你，感谢你上次救了我。”

“你客气了，这是我应该做的。”

“你这么年轻漂亮，我刚来时还以为你没结婚，后来听说你儿子大学都毕业了，这是真的吗？”

梧桐咯咯笑了：“你真会开玩笑，我现在都老了。”

“你看上去真的很年轻，我可以喊你妹妹吗？”

“可以啊。”梧桐笑得更厉害了，掏出身上的玉佩递给马剑锋，“这是你的东西，完璧归赵。”

“这块‘碧玉平安’的玉佩是保佑你平安的。”马剑锋摆了摆手说，“送给你的，怎么能收回来呢？”

“你救了我的命，在我最困难的时候，你还给我送大洋帮我渡过难关，这些我都没来得及感谢呢，这么贵重的东西我承受不起。”其实梧桐心里很清楚，当初马剑锋送她这么贵重的东西，是因为他喜欢她，她故意装糊涂而已。

“别客气了。”马剑锋岔开话题说，“对了，听说你儿子大学毕业了，他现在干啥呢？”

“不知道，他最近没给家里写信。”梧桐警戒地说，关于儿子的消息她不愿意过多地透露，再说她也不知道。

“我想求你帮帮我们，好吗？”

“我能帮你们啥啊？”

“红四方面军在建立苏维埃政府的同时，十分注意组建地方革命武装组织。我们了解到穷人出身的庞光远，酿酒技术很好，具有强烈的抗日反蒋决心，有一定觉悟。经过充分商议，决定成立“秦南抗日反蒋义勇大队”，想任命庞光远为大队长，并将为他颁发盖有红军印章的委任书，让其带头组织武装，开展抗日反蒋斗争。”

“这跟我有什么关系？”

“我三顾茅庐请他，他都不愿意加入红军，我听说他曾是你的烤酒把式，你们关系很好，所以请你去充当说客，让他加入我们红军。”

梧桐冷着脸说：“我们好久都没来往了，你找错人了吧，请回吧！”

马剑锋着急地说：“现在日本人占领了东三省，成立了满洲国，蒋介石现在不抗日，而像疯狗一样到处咬红军，想把红军斩草除根。日本人的梦想是要占领整个中国，到时你我都将成为亡国奴。”

“对不起，我无能为力。”梧桐说，“你们请回吧。”

马剑锋走后，“庞光远”这三个字又在梧桐的脑海里冒了出来，他们好久没有来往了，她的心里恨死了庞光远。庞光远和梧桐都是倔强的人，虽然彼此心里都有对方，但都不愿意主动先迈出一步，都在等待对方退让一步。经历了很多的事，她似乎看透了人生，男人是靠不住的，对男人她突然没了激情。马啸天让她刻骨铭心，但最终还是失望；庞光远让她感恩，最终也是失望。为什么会出现这种情况，她说不清，本来她是想要把庞光远忘掉的，可马剑锋多次提起了庞光远，她的记忆一下又被激活了，跟庞光远在一起的岁月一下子在眼前又出现了，她开始自责自己，庞光远为自己任劳任怨毫无怨言默默奉献，而自己却太霸道太要强了，处处压着他，甚至伤害他的自尊。梧桐决定退让一步，去看看庞光远。

第二天一早，梧桐去马家大院找马剑锋。马剑锋听说梧桐愿意陪他一块儿去天鼓台，立即高兴地答应了，带着两个警卫就出发了。

庞光远知道梧桐来了，他到山下迎接。梧桐穿着红外套，打扮得很漂亮，庞光远的目光发直：“你今天怎么有空来了？”

“听说天鼓台风景不错，我来散散心，顺便讨杯酒喝。”梧桐笑着说。

“大掌柜，你是无事不登三宝殿吧？”庞光远望了马剑锋一眼，没有理会。

梧桐左右看了看，没有直接回答，而是说道：“这里风景确实不错，地势险要，世外桃源，看来你真会选地方，小日子一定过得不错。”

“那是，干几票，吃几年。”庞光远得意地说。庞光远把梧桐拉到一边小声说：“我们儿子元宝，他现在好吗？”梧桐指着庞光远的鼻子说：“我警告你，他是我的儿子，你少打歪主意！”庞光远说：“我能打什么歪主意，上次我去省城找他，没想到他都毕业了，结果没找到。他现在还好吗？”梧桐微微一笑：“他很好，你不用操心，人家现在有女朋友照顾呢。”庞光远哈哈笑了，高兴地骂了一句兔崽子！

他们顺着树林里的小路，沿着溪流而上，进入悬崖峭壁，然后沿着窄窄石阶而上，进入茂密的森林，沿途可见瀑布飞溅，绝壁千仞。半个时辰后来到山寨，梧桐看见了狗子、豹子和狍子，他们不好意思笑了笑，算是打招呼了。

梧桐刚一坐下，庞光远吩咐上酒上菜。菜肴全是山上的动物肉，大盘大盘端上来，狍子给大家倒满酒，庞光远端起碗说：“欢迎远道而来的客人。”马剑锋有点为难地说：“我不会喝酒。”庞光远说：“到我这来，哪有不喝酒的道理，喝！”马剑锋的目光望着梧桐，梧桐明白了他的意思，梧桐说：“马剑锋不能喝酒，人家部队有规矩，都跟你一样整天喝酒，怎么行军打仗？”庞光远摸了摸头笑着说：“看在梧桐的面子上，老子放了你。”梧桐说：“人家是知识分子，说话文明点，不要动不动老子老子的，我说过你多次了，这个臭毛病还是改不掉。”庞光远嘿嘿一笑：“我改我改，喝酒。”

梧桐喝了一口，眼泪滚了出来。庞光远看见了，问道：“大掌柜，你怎么了？”

“没啥，还是原来那个味道。”梧桐擦干泪水说。

庞光远叹了一口气说：“人生无常，世事难料。我一个酒把式，没想到成了山大王。”

“什么山大王，分明就是土匪。”梧桐左右看了看，擦干泪水打趣地说，“请问山大王，你找了几个压寨夫人？”

庞光远哈哈笑了：“我还是孤家寡人，方圆上百里，漂亮姑娘成千上万，我没看上一个。”

“美得你！吹牛不上税，吹吧！”梧桐撇了撇嘴。

庞光远哈哈笑了，端起碗一口就干了。庞光远今天高兴，连喝了几碗。狗子、豹子和狍子端起碗对梧桐说：“嫂子，以前我们做了一些对不起你的事，还请多多包涵，大人不记小人过。”梧桐说：“想当年你们可是牛家的四大金刚，如今就差虎子了，你们跟着大当家要好好干，不要辜负大当家对你们的信任。”

“谢谢嫂子教诲。”豹子和狍子端起碗一口喝了。

庞光远坐在旁边跷着二郎腿，听他们喊嫂子，他本以为梧桐会生气，没想到梧桐没生气还面带笑容，他的心里一下敞亮了，端起碗跟梧桐碰了一下：“我们喝一个。”

梧桐一口把酒喝完，把碗放到桌子上说：“好事成双，再来一碗！”

庞光远望着梧桐发愣，他没想到梧桐的酒量今非昔比了。

“倒酒！”梧桐喊了一声，“怎么舍不得给我喝！？”

“快给大掌柜倒上。”庞光远说，“我们山寨最不缺的就是酒！好久没见，没想到大掌柜的酒量也涨了。”

梧桐主动端起碗跟庞光远碰了一下，两人同时一口而干。坐在旁边的马剑锋看傻了，他第一次见识了能喝酒的女人。

豹子和狍子已喝醉了，趴在桌子上。梧桐和庞光远也喝高了，梧桐站了起来，指着庞光远的鼻子说：“我现在突然发现，你不是爷们儿，你不是男人！”庞光远眼睛红红的，指着自己的鼻子说：“你告诉我，我怎么不是爷们儿不是男人？”梧桐拍了一下桌子说：“天鼓台风景确实不错，有酒有肉，难道你就满足现状，一辈子待在这世外桃源的地方吗？当前形势你知道不，小日本占领了东三省，蒋介石不抗日，现在整天都在围剿红军，再这么下去，小日本很快就会占领整个中国，难道你就想在这里等着当亡国奴？”

庞光远把碗扔在地上，咣当一声碎了：“谁说老子想当亡国奴？只要小日本敢踏进老子地盘半步，我叫他有来无回。”

“好，有种。”梧桐笑着说，“现在交给你一项重要的任务，你敢不敢接？”

“只要抗日反蒋，叫老子干啥都行。”庞光远哈着酒气，挥着手说。

“马剑锋给我说了，他们了解到你是穷人出身，具有强烈的抗日反蒋决心，有一定觉悟。经过充分商议，决定成立‘秦南抗日反蒋义勇大队’，任命你为大队长，让你继续留在天鼓台，带头组织武装，开展抗日反蒋斗争。给句痛快话，你愿不愿意？”过了一会儿，梧桐接着说，“跟我想的一样，一个胆小如鼠的屄包蛋，怎么敢接委任书？”

“男子汉大丈夫，谁说老子不敢？！”庞光远大声说。

马剑锋站了起来，向庞光远敬了军礼，并颁发了盖有红军印章的委任书。庞光远摇晃着身子伸出双手接住了。

梧桐面带微笑鼓掌，她心里明白自己喝多了，双手拍得啪啪响。她的目光慢慢迷离，掌声也小了，一头栽在桌子上，呼呼大睡。

第二十八章　漩涡街沦陷

马啸天得知红军把他家的财产和田地分割给了穷人，父亲又被气死，心里非常生气，让他更生气的是弟弟马剑锋参加了赤匪，而马剑锋参加赤匪的消息却不能让国民党高层知道，一旦他们知道，别有用心的人就会给自己寻事，对自己前途很不利，所以他要回去尽快消灭这股红军，尽早让马剑锋消失。

马啸天气呼呼从南京回到了汉阴县，同时他也接到了要围剿红军的命令。

马啸天听了副官马松的汇报后恨不得立即杀入漩涡街，把红军统统消灭。他立即召开作战会议，虎子和马富禄也参加了会议。马啸天制定了四路人马从东南西北四个方向围剿漩涡街的红军：马啸天亲自带队，他带三个团和保安团从凤凰山正面进攻；荆师长带两个团绕道到汉江河上游，然后顺江而下进入漩涡街西面；马旅长带两个团绕道到汉江河下游汉王城，然后顺江而上进入漩涡街东面；柳政委带两个团绕道到秦巴山，然后从绵绵群山进入漩涡街南面。马啸天还反复强调不要伤害漩涡街的老百姓，一切等他到了再说。

红军只有一个团，并且有的红军战士连枪都没有，拿的还是大刀和红缨枪，马啸天决定用十个团的兵力去围剿，他对这次计划布置非常满意，感觉胜利唾手可得，他要包红军饺子。他命令荆师长、马旅长和柳政委现在就出发，三天后他就带人从凤凰山发起进攻，等他进入漩涡街外围紫金桥后，其他三路人马同时发起进攻。马啸天已摸清了，凤凰山上通往漩涡街的必经路口，红军驻扎了一个连的兵力。

三天后，马啸天偷偷向凤凰山出发了，保安团在前面开路，马副官带着两个团紧跟在后面，马啸天坐在马车上，悠闲地哼着歌。

虎子心里很不高兴，让保安团打前锋，这不是让弟兄们当炮灰嘛，但他没有表露出来。他的手下不乐意，开始骂骂咧咧，虎子装作什么都没听见。一会儿进入了马路的山谷盘道鬼谷岭，他说："这是进入漩涡街的必经之路，这里一定有人看守，等下一旦打起来，大家机灵点，子弹可没长眼睛！”大家畏畏缩缩东张西望，有的腿还在发抖。突然一声枪响，走在前面的一个队员应声倒下，接着枪声大作，还有手榴弹爆炸的声音。保安团死伤十余人，他们开始朝后退，有的趴在地上不敢动。虎子躲在路边石头上开始还击，其他队员也开枪还击，制造战斗激烈的场面。

过了一阵，马副官匆匆赶来了，虎子说：“长官，赤匪的火力太猛，我带着弟兄们冲了几次都没冲上去，你看看我的弟兄们死的死伤的伤，要不我带弟兄们再冲一次，把保安团的弟兄们全搁在这里算了。”

马副官生气地说：“一群窝囊废，一个小小山头都拿不下来。”

虎子嘟哝道：“你有本事给我拿下来看看。”

马副官听见了，故意说：“你说什么？小心老子一枪毙了你。”

“反正横竖都是死，”虎子大声说，“你们正规军给我们杂牌军示范一下，我倒要看看你们是如何拿下山头的。”

马副官用手枪指了指虎子的头说：“等我拿下这伙赤匪，看我如何收拾你。”他转身对身后的一营长说：“带上你的人给我冲锋。”

枪声停止了。一营长手一挥：“一连，给我上！”一连长抢先冲在前面，其他士兵紧随其后端着枪小心翼翼东张西望。突然枪声和手榴弹又响了，红军占据有利地势，居高临下，国民党士兵成了红军的活靶子，他们朝后退，一营长挥着手枪说：“谁敢后退半步，老子就枪毙谁。”他们硬着头皮朝上冲，一个一个倒下，一连长也被子弹击中头部死了。

不到半个小时，国民党的一个连的士兵全躺在山坡上了。虎子嘴里含着草，心里很得意，他看见马副官的脸都变绿了，马副官看了虎子一眼，虎子立即把头偏向一边。马副官大声喊道：“给老子继续冲，我就不信邪了。”一营长命令二连发动冲锋，这次结果一样，二连很快伤亡过半。马副官急红了眼：“让三连跟着上。”

战斗打了几个小时，国民党冲锋了几次都被红军打退了，毫无进展。

马啸天来到了临时指挥部，用望远镜观察了地形，说：“要尽快拿下鬼谷岭，拿下鬼谷岭就等于拿下漩涡街了，拖延半个时辰，说不定红军的援军一会儿就到了。”

虎子插嘴说：“硬拼不是办法，正面佯攻，侧翼带一部分人插入鬼谷岭山岭，对赤匪进行反包围。”

马副官瞪了虎子一眼：“这没你说话的份，滚滚滚！”

马啸天微微一笑：“虎子队长说得也有几分道理，你带上你的手下从侧翼绕上去。”

“不行不行！”虎子连连摆摆手，“怪我多嘴！”

“我再给你增加两个排，统一由你指挥，怎么样？”马啸天说。

虎子别无选择，只好同意。为了不让红军看出他们是佯攻，马啸天命令迫击炮朝山岭轰炸，假装发起了几次冲锋。

虎子带人来到悬崖峭壁下，挑选几个身手敏捷的爬了上去，然后扔下绳子，让他们顺着绳子爬上去。他们顺着山脊悄悄摸到了红军后面，遇见两个放哨的，虎子做了一个抹脖子的手势，两个国民党兵悄悄摸了上去，从背后用匕首在他们脖子上一抹，他们无声地倒下了。

山下枪声很稀疏，双方僵持着。

虎子带人突然出现在红军的后面，他发现好多红军已阵亡了，还剩下三十几个伤残的红军在坚守着，有的还是十六七岁的娃娃。虎子不忍心开枪，他闭上眼睛，手一挥，枪声大作。枪声停止了，他睁开眼睛，看到的全是红军的尸体，几个国民党士兵在举手欢呼。

鬼谷岭拿下了，马啸天表扬了虎子，说要给他嘉奖。虎子客气地说：“嘉奖就免了，这是应该的。不过，我有个要求，我请求把这些红军就地掩埋。”

马啸天一愣，随即哈哈笑了：“老子今天心情好，念你有功，准了，不过国军弟兄的尸体也要好好安妥下来。”

“没问题。”

虎子带着保安团亲自挖坑，把红军的尸体全部抬进了坑里，他清点了一下，一共一百零八位，虎子的内心很不安，甚至充满了愧疚。这些年轻的红军年纪轻轻就客死异乡，估计有的老家在几千里外，他们的父母要是知道他们的儿子客死他乡，从此便杳无消息，虎子不敢去想这些场面。虎子之所以要留下来打扫战场，他不忍心再残杀红军了，关于红军所作所为，他已听说了一些，红军才是老百姓的队伍，一心想要抗日的队伍。蒋介石的“攘外必先安内”，虎子个人认为是错误的，小日本拿着刀枪打到你家门口了，两亲兄弟不应该打得你死我活，应该停止打架，共同举起拳头朝鬼子脸上狠狠揍去。

马啸天带着大部队很快翻过凤凰山，在下山盘道处，遇见了来增援的红军，大概一个连。狭路相逢勇者胜，红军知道硬拼要吃亏，钻进树林打游击。国民党人数占优，但一旦钻进茫茫的林海，优势荡然无存，全靠个人素质了。这些红军战士大多从小在山里长大，他们进了林海如鱼得水一般，跟国军玩起了躲猫猫游戏，他们有的藏在树上，有的藏在山洞，有的藏在树叶下，他们频频袭击国军，让国军苦不堪言。

马啸天见这样纠缠下去不是办法，按照他约定的时间，他已晚了好几个小时，命令部队继续前进，留下一个连队断后，陪他们玩。

漩涡街隐隐约约可见，马啸天命令部队快速前进，说抓住一个赤匪赏大洋十块。漩涡街越来越近了，漩涡街上空冒着烟，传来断断续续的枪声，看来荆师长、马旅长和柳政委已到达了漩涡街，不用他出马，就把红军消灭了。

马啸天带领着白匪冲进了漩涡街，漩涡街遍地都是红军的尸体。荆师长、马旅长和柳政委见马啸天来了，向马啸天敬礼。荆师长说："我们六个团包围了漩涡街，镇上赤匪不到一个团，杀鸡焉用牛刀，我们怕错过战机，就突然发动了突袭。"马旅长说："可惜的是，没抓到他们团长和政委，一部分向南突围出去了。我们清点了一下，击毙赤匪一百二十一人，还抓了十几个伤员。"

马啸天生气地说："谁让你们擅自行动的？本来可以全歼这帮赤匪的。"

荆师长说："我们躲在树林里被赤匪侦察兵发现了，没办法，双方交火。哪想到马旅长和柳政委听到枪声就向漩涡街发动了袭击，更没想到这帮赤匪跑得比兔子还快。"

"还不快去追！"马啸天瞪着血红的眼睛大声喊道。

"是。"荆师长亲自带着两个团的人马出发了。

"把这些俘虏给我押过来。"马啸天大声喊道。

十几个红军俘虏被拖了上来，马啸天掏出机枪说："以后我看见赤匪，见一个杀一个，今天老子亲手送你们去西天！"

十几个红军高呼着口号："打倒国民党反动派！打倒蒋介石！中国共产党万岁！中国工农红军万岁！"

马啸天扣动扳机，红军们纷纷倒下了。他还不罢休，命令手下把红军的尸体挂在镇外的树上，一百多具尸体挂在路边的树上，有的没有头，倒挂着。树林不远处，埋伏着一个团的白狗子，他们等待着红军来给战友们收尸，等待着红军自投罗网。

马啸天回到马家大院，拜见了母亲申红羽，他发现母亲头发全白了，心里一阵心酸，吃得再好再有钱再有权，也无法改变岁月沧桑，他给母亲下跪磕头。申红羽说："你怎么才回来？"马啸天说："我已把这帮赤匪赶跑了，我要为我父亲报仇。"申红羽问："抓到马剑锋这个孽障没？"马啸天说："让他跑了，不过我迟早会抓住他的。"

申红羽对站在身边的雪莲和一个小男孩说："这些日子幸好有雪莲在我身边照顾我，再看看你的儿子都这么大了，也应该送他去县城最好的学校上学了吧？"

马啸天望了雪莲和小男孩一眼，这个小男孩模样很像自己。何况白玫瑰一直没给自己生个一男半女，感觉突然像从天上掉下一个亲生儿子，他心里暗自喜欢，对小男孩招了招手，小男孩躲在了雪莲后面，雪莲说："别怕，他是你爹！"申红羽也说："宝贝孙子，别怕，他是你爹。"

马啸天朝小男孩走去，他伸出手去摸小男孩的脸蛋，小男孩突然推开他的手说："别碰我！"

马啸天哈哈大笑："有种，像老子的儿子，我喜欢。"

申红羽故意说："你想认人家，人家还不认你呢。"

马啸天拍着胸脯说："从今天起，雪莲就是我的夫人，是马家的人了，宝宝就是我的儿子了。"

"宝宝本来就是你的儿子。"申红羽笑着说，"这些话别对我说，去对你爹说。"

马啸天带着雪莲和小男孩来到了马家祖坟地，他跪在父亲坟前，一把拉过雪莲说："一块儿跪下，我有话跟爹说。"雪莲跪了下来。马啸天哭着说："爹，我来晚了。我答应你的要求，我愿意娶雪莲，从今以后雪莲就是马家的人了……"

马啸天和雪莲同时向马少秋坟头磕头。

雪莲泪水滚了出来，他终于亲口说了出来，十多年的等候，终于有了结果，有了名分。

磕头完毕，马啸天对雪莲说："你带儿子先回，在洞房等我，我陪爹说说话。"

雪莲脸红了，满眼柔情。

警卫排提着几个篮子送来了纸、香、蜡烛和鞭炮，十几个红军的人头整整齐齐摆在了马少秋坟头前，马啸天亲自点燃了香蜡火纸，马啸天手拿三炷香，鞠了三个躬，说："爹，我今天把这些赤匪人头提来了，我要为你报仇，你就安息吧！保佑你儿子升官发财，马家永远平平安安！"

警卫点燃了鞭炮，鞭炮噼里啪啦响了起来，持续了半个时辰，老远就能看到马家坟前上空盘旋着鞭炮炸响的浓浓黑烟。

当天晚上，马啸天住进了雪莲的房间。

镇上的人们都不敢出门，都躲在家里，想想镇外树上挂满的尸体，他们就害怕。金家大院大门紧锁，梧桐一直待在屋里，她也听说了，马啸天带着大部队把红军赶走了，梧桐欣慰的是，白狗子突袭漩涡街的时候，红军大部队突围出去了，负责断后的马剑锋阻击着敌人，寡不敌众，马剑锋见逃不出去了，他们躲进巷子里打游击。梧桐领着马剑锋十几个红军躲进她家里，然后通过暗道走了。梧桐有点自责，暗道太狭窄了，只能一个人一个人依次行走，她没能让更多的红军逃走。

以她对马啸天的了解，他目前不会把自己怎么样，他会主动上门找自己的，找自己兴师问罪的。

这天晚上，马啸天终于来了，他带了一个排的警卫来到了金家大院。

“你来了。”梧桐淡淡地说。

“来了。”

“你们为什么要杀红军？他们可是老百姓的队伍啊。”

“红军害死了我的爹，还瓜分我家财产和田地，更没想到的是我的弟弟马剑锋也受到了赤匪的蛊惑，还帮外人瓜分自己的田地。”

“说句公道话，这不怪红军，你爹是得病去世的。”

“没想到，你不仅替红军说话，还帮红军。我差点忘了，你还是妇救会会长，给红军送粮食、制作军服……”

“我一个妇道人家，马家的田地都被红军瓜分，我家的田地也被瓜分，我不这样表现一下，红军能放过我吗？”梧桐笑着说。

马啸天见梧桐越来越成熟越来越有女人味了，他看梧桐的目光便有些痴迷，他伸手想去摸梧桐的脸，梧桐打开他的手说：“你想干吗？”

“跟我走吧，我娶你，做我小老婆。”

“好啊。”梧桐笑着说，“不过我不愿意做小，我要做大。”

“没问题。”马啸天犹豫了一下说。

“想得美！”梧桐说，“老娘不吃你这一套。这一辈子，我们缘分早就尽了。”

“希望你，好好考虑。”马啸天开始动手动脚。

梧桐心里非常生气，马啸天已不是以前的那个马啸天了，是个心肠毒辣手段毒辣睚眦必报的人，她已感觉到了陌生，仿佛不曾认识他了。啪的一巴掌打在马啸天的脸上：“滚！你的双手沾满了鲜血，我怕做噩梦！”

马啸天脸一下变绿了，在秦巴地区还没人敢打他的脸，就算是爹娘也不敢打他的脸，而一个女人的巴掌让他的脸面丢完了。他满脸怒火，指着梧桐说：“我们好歹也算青梅竹马，看在我们曾经相好过的分上，我对你一忍再忍，要不是我，你的生意早就垮了。要不是我，你还能活到现在？你别敬酒不吃吃罚酒！老子就喜欢你，就是想要你！”

“当初怪我瞎了眼，怎么会喜欢你这种混蛋。我告诉你，我情愿死，也不愿意跟你好。”梧桐气呼呼地说。

“看来你被这些赤匪洗脑了，我也告诉你，漩涡街又回到了马家手里。那些被红军分割的马家土地和财产又会回到马家手里。那些帮了赤匪的人，等我调查清楚了，我统统都要抓起来。今后我看见赤匪，我就砍头活埋点天灯，见一个杀一个。”

“呸，白狗子，狗腿子。”梧桐学着红军骂了一句。

马啸天彻底愤怒了，他最不喜欢别人叫他白狗子，他决定给梧桐一点颜色看看，他鼻子一哼，皮笑肉不笑地说：“通赤匪是死罪，你知道后果吗？”

梧桐把双手一伸说：“我知道你今天来的意思。”

马啸天板着脸说：“把她带走。”

梧桐推开两个警卫说：“不用绑，老娘跟你们白狗子走。”

梧桐被带到牛家大院，关进了后院里。红军走后，牛家大院成了国军的营地。后院里很黑暗，有老鼠窸窸窣窣的声音，等眼睛适应了，她发现后院里关了十几个人，有男有女，梧桐认识他们，问他们怎么也被抓了起来，一个男人说：“我帮红军运了几次粮食，扛了几次弹药，他们说我通匪。我看是我不该分了马家的田地吧？”一个女人哭着说：“我给红军做了几双鞋子，还帮他们做了几次饭。”梧桐安慰大家说：“大家别怕，都是街坊邻居，他还能把我们枪毙不成？我想，马啸天只是想警告我们一下，让我们以后远离红军而已。”一个老人说：“大家有目共睹，白军和红军谁对我们好，想必大家心里都明白。”又一个人说：“是啊，白军迟早要完蛋的。”

大家一直讨论到半夜，然后各自躺在地上的草垫上睡了。这些草垫都是他们为红军编制的，红军走时没来得及带走。

梧桐没想到的是，她太累了，这一觉睡得很香，她被摇醒时发觉已到了中午，发觉身边的人都已被五花大绑。一个士兵拿绳子也要捆梧桐，梧桐说：“你们想干吗？”士兵严肃地说：“押向刑场，你们统统枪毙！”梧桐淡定地伸出手，脸上没有一点表情。有人哇哇哭了，瘫软在地上，屎尿都吓了出来。

梧桐他们十几人被押到了河边码头边一个开阔的地方，这是镇上集市贩卖猪牛羊的地方，镇上靠山的地方搭起了一个戏台子，戏台上捆绑了一百多个红军。他们是荆师长昨天带人追捕，一路上抓捕了十几个受伤和掉队的红军，其中还有几个女红军。最后白狗子两个团包围了一个留在后面打狙击的红军连队，红军子弹打完了，抓一个红军奖赏十个大洋，这些白狗子十个人对付一个红军，打狙击的红军寡不敌众被俘虏了。

梧桐明白了，马啸天让她来是看死亡了，他要屠杀这批红军。镇上所有的人都被白狗子赶到这里来了，台下黑压压一片。

这一天，对梧桐来说是漫长和刻骨铭心的，后来她每想到这一天的场景，心里就难受就想哭就想呕吐。这一天，她彻底认清了马啸天的嘴脸，看到了他的残暴和淫乱，这一天她已明确地在心里划了一条鸿沟，她跟马啸天从此恩断义绝，不再有任何瓜葛。

这一天，马啸天疯了，彻底疯了，他杀人的方法花样百出，有活埋、枪杀、火烧、扒心、取胆、割舌等多种手段，一一把这些红军残忍杀害，女红军被轮奸或奸杀，没有死的就送给部下做妻妾丫鬟，甚至转卖。甚至他还发明了几种杀人的方法：用钩子从屁眼掏出肠子，拴在马尾巴上，然后给马一鞭子，马飞快地飞奔，肠子就从屁股里哗哗流了出来，直到被扯完，血流完；用杀猪用的铁棍从屁眼伸进去，一直伸到嘴里，然后用铁钩子勾住双手吊起来，掰开衣服，用尖刀从胸脯上慢慢开肠破肚，还不能让人很快死去，要慢慢地死去。马啸天还扬言，要挖出他们的心和肝，做下酒菜。无论他们如何变换杀人的方式，但这些红军战士抱定了视死如归的信念，他们依然高呼着口号，“打倒国民党打倒蒋介石！中国共产党万岁！中国工农红军万岁！”

老百姓都被吓哭了，好多都闭上了眼睛。梧桐也想闭上眼睛，她几次闭上眼睛都被站在身后的白狗子用手把眼睛撑开，让她必须看，让台下的观众必须看。要让他们亲眼看见每一场死亡，要让恐怖和死亡时时刻刻笼罩在他们的心头，要让他们知道跟他马啸天作对的下场，帮助红军的下场，他可以像踩死蚂蚁一样，杀掉他们！可以像杀猪一样，解剖你的身体！以至于后来镇上的人看见马啸天就浑身发抖，大人哄哭闹的小孩，只要一句吃人杀人魔王马啸天来了，小孩立即就不敢哭了。梧桐不知道自己是怎么离开刑场的，她恨死了马啸天，一场又一场杀戮，她昏厥了过去。

梧桐醒来后发现躺在自己屋里，那些被捆绑的乡亲都被放了，有的已被吓傻了。马啸天的目的是想吓唬和警告他们，他的目的达到了，但他的残暴和淫乱没有吓倒梧桐，反而加深了梧桐对他的仇恨，甚至她恨不得亲手杀了他，为那些死去的红军战士报仇。

第二十九章 围 困

梧桐的生意又陷入了绝境，她的东西没人敢买，产品积压，很快她的酱园店、布店、油坊、药材铺等等关门了。她心里清楚，是马啸天不让经销商和消费者购买自己的产品，他想一步步把自己逼上绝境，然后束手就擒，乖乖听他的话，然后任其摆布。梧桐是个倔强的人，她绝不会向马啸天屈服，她要反抗下去，跟他拼个鱼死网破，至于怎么跟马啸天斗下去，她非常迷茫，人在做天在看，举头三尺有神明。她相信老天爷是不会放过他的，不是不报时候未到。

马啸天命令部队继续追杀红军，他要把红军斩尽杀绝，赶出汉阴县，赶出秦巴地区。

荆师长的两个团像疯狗一样紧紧咬住了红军大部队，不给红军喘息的机会，红军边打边退，在山里跑来跑去，一个团上千人的队伍，如今剩下不到五百人了。他们也听说了马啸天残杀红军战士的事，心里充满了仇恨，宁死不愿意当俘虏，他们把最后一颗子弹最后一颗手榴弹留给了自己。马旅长的一个骑兵营已封锁了红军的退路，另外一个团也赶了过去，他们想两路夹击红军，一口吃掉红军。

马剑锋带着十几个人从梧桐家地道逃跑后，在老乡的帮助下他们坐船来到了汉江河对岸，然后追赶大部队，在树林里遭遇了白狗子，其他战士为了掩护马剑锋逃跑，结果他们都牺牲了。马剑锋和他的警卫好不容易逃了出来，最后终于追上了火娃。

火娃见了马剑锋，生气地说："这他妈打的啥仗，被白狗子撵得到处跑。"

"白狗子十个团，我们才一个团，敌人太多了，兵力相差太悬殊了。"马剑锋说，"我们现在还剩下多少人？"

"刚统计过，包括伤员、医疗队、宣传队，还有四百多人，但能参战的战士还不到三百人。"

"我们红十师现在在哪里？总指挥和军长徐向前，现在在哪里？"马剑锋说。

“不知道，我们又没有电台，现在到处都是白狗子，派去的通讯员一个都没见回来。”火娃说，“要不我们沿着最初来时的路往回走，一定会遇到我们的大部队的。”

“我们先遣团是来打前锋的，现在回去，算什么话？何况我们的退路已被白狗子堵死了，就算想回也回不去了。”马剑锋说。

“那你说怎么办？”火娃把帽子扔在地上说。

马剑锋打开地图说：“秦巴山天鼓台离我们这里大概只有五十里，我们就去天鼓台。”

火娃说：“好，我现在就带人突围，杀出一条血路，然后你带人紧随其后，跟我们一块儿突围。”

马剑锋说：“白天突围不妥，要突围也要等到晚上再行动。”

晚上，火娃带着一百人的敢死队，突然向白狗子驻地发动了袭击，把手榴弹全扔了过去，然后飞舞着大刀硬是撕开了一条口子，马剑锋率领大家抬着和背着伤员快速通过，然后留在后面边狙击边后退。

天亮时分，红军终于逃离了包围圈，山上突然传来了山歌对唱声：

啥子一出满山红？啥子使人不受穷？

啥子起来闹革命？啥子要靠老百姓？

马剑锋双手做喇叭状放在嘴边大声唱道：

太阳一出满山红，革命使人不受穷。

红军起来闹革命，革命要靠老百姓。

对面唱山歌的人很快赶了过来，他们是庞光远的巡逻队，他们带领着红军上山。庞光远知道红军来了，大摆筵席欢迎红军。

庞光远抓住马剑锋的手说：“对不起啊，我不知道你们遭遇了白狗子袭击，后来我派出的弟兄才知道马啸天残杀红军，手段非常残忍。”

“是啊，马啸天杀人的方法花样百出，有活埋、枪杀、火烧、扒心、取胆、割舌、砍头、五马分尸……”马剑锋说着说着就哭了。

“不杀马啸天，誓不为人！”火娃大声说。

“我也没想到马啸天是个杀人魔王，下次遇见他，我绝不手软。”庞光远坚定地说。马剑锋擦了擦泪水说：“估计白狗子很快就会追到这里来，大部队我们又联系不上，大家还是想想对策吧。”

庞光远笑着说：“我山洞里藏的粮食够吃一年，弹药也充足，加上天鼓台地势险要，一人当关万夫不开，何况主峰外还有四座山相互照应，形成了交叉火力点，白狗子想要攻上来，简直是白日做梦。”

“那就好，我们要准备一场持久仗，只要我们大部队赶来，我们就杀回去，一举拿下县城，活捉马啸天。”火娃说，“我要亲自一刀又一刀剥他皮割他肉，让他体会杀红军的滋味。”

红旗在天鼓台山顶高高飘扬。

红军在天鼓台开始了休整和训练，马剑锋不愧是高才生，能写能唱还能作曲，他亲自编写《打马啸天》的花鼓子歌：

莫打鼓儿莫敲锣，听我唱个作战歌。
摆开阵势打白狗，一个打他四五个，你看多快活。
地形地物看清楚，前后道路要记着。
走了前面走后面，天鼓台里莫乱窜。
瞄准射击排子枪，一枪一个不要慌。
打的白狗马啸天，跪地求饶喊爷爷，你看多快活。

歌词写好，马剑锋交给了宣传队，宣传队就开始排练，很快这首歌就在天鼓台传开了，人人都会唱了。此外，马剑锋还用秦巴民歌曲调创编了《爱国歌》《救亡歌》和《我们是铁的队伍》等歌曲，向战士们教唱。

几天后，庞光远的哨兵发现了白狗子大队人马朝天鼓台偷偷摸了过来，立即报告了庞光远，因庞光远对地形熟悉，火娃和马剑锋让庞光远来指挥，庞光远说：“那我就不客气了。白狗子想要到天鼓台，首先要经过一道梁和二道梁，这两个地方本来就有我的人员驻守，但我人手不够，希望火娃团长和马剑锋各带一个连分别在这两处埋伏下来。”火娃和马剑锋说：“没问题。”庞光远说：“你们先放白狗子进来，等他们进入伏击圈，听我鼓声为号，我先在天鼓台狠狠揍他们的头部，然后你们切断他们后路，山上石头和圆木多得是，关门打狗，让他们有来无回。”

火娃和马剑锋点头称赞，初来乍到，庞光远怕他们不熟悉，派了两个向导给他们带路。

荆师长带两个团气势汹汹来到了一道梁和二道梁，他的副官看了看两边的悬崖峭壁和茂密的树林，劝他不要贸然前进，先停下来，等侦查后再做决定。荆师长被胜利冲晕了头脑，一路上他势如破竹，活捉了一百多名红军，打死了一百多名红军，他感觉红军不堪一击，如惊弓之鸟，被他撵得到处跑，他没把红军放在眼里。一团顺利进去了，没见一个红军。荆师长命令二团也进去，他想一鼓作气拿下天鼓台主峰，全歼这些逃散的红军。

天鼓台的鼓声响了起来，咚咚咚，声音很大。庞光远带领着他的秦南抗日反蒋义勇大队从正面开火了，先是手榴弹，接着就是机枪扫射，再接着手榴弹和机枪同时朝白狗子招呼上去。白狗子炸了锅，地方狭窄，他们拼命朝后退。埋伏在一道梁和二道梁的红军和抗日反蒋义勇大队见白狗子全进入伏击圈，便把山上的石头和圆木柴火扔了下去堵住他们退路，然后把手榴弹朝白狗子扔去，炸得他们鬼哭狼嚎，山下的柴火被点燃了，熏得白狗子睁不眼睛，不停咳嗽，四处乱窜，前面的白狗子朝后退，后面的出不出去朝前拥挤，结果场面失控了，人踩人，踩死踩伤不少。火娃发现一个穿大衣的军官，他从身边红军战士手上拿过长枪，瞄准那个军官的脑袋扣动扳机，那个军官应声倒下了，后来他才知道这个军官就是荆师长。

荆师长的两个团，很快一个半团没了，剩下的纷纷举枪投降。火娃杀红了眼，朝那些举手投降的白狗子开枪，马剑锋拦住火娃，让他别开枪了。火娃说，我要为牺牲的红军报仇。马剑锋说，我们现在需要人手，其实这些白狗子大多也是穷苦人家的孩子，我们想办法把他们争取过来。火娃气得只好住手。

俘虏被押走了，接着打扫战场，这次缴获步枪两千余支，轻机枪十多挺，迫击炮十多个，子弹、手榴弹几十箱及骡马几十匹。马剑锋心里暗自高兴，有了这些枪支弹药，会大大充实了红军的实力，这简直是雪中送炭，要不是遇见庞光远，红军早就弹尽粮绝了。

打了胜仗，庞光远命令伙夫加餐，酒管够，让大家放开喝。火娃喜欢喝酒，他跟庞光远拼上了，一碗一碗地喝，人们围在一起看他们拼酒。马剑锋不会喝酒，他冷着脸查岗去了，他知道马啸天吃了大亏，一定会派大军反扑过来的，而红四军大部队现在在哪里他还不知道，必须要跟大部队取得联系。马剑锋在山里转了转，来到了关押俘虏的地方，看见战士在审俘虏，每一个俘虏都要摸清底细，双手沾满鲜血的，按照火娃的意思就要处决。马剑锋看见一个穿着普通士兵军服的白狗子，身体很胖，衣服明显有点不合身，直觉告诉他，这个绝不是普通的士兵，马剑锋看了他一眼，他立即低着头。马剑锋走了过去说："你叫什么名字？职务？"胖子不语。马剑锋大声说："站起来，我问你话。"胖子懒洋洋站了起来。马剑锋大声说："围着院子跑一百圈。"胖子不情愿地跑了二十圈后累得气喘吁吁，弯着腰停了下来。马剑锋拔出枪抵着胖子的脑袋说："你叫什么名字？职务？"胖子浑身颤抖地说："我叫马步山，秦绥军第一师二十四团团长。"

马剑锋让警卫把马步山带到房间他亲自审问，通过审问，从他口中得知，他说他还是从马啸天嘴里得知的，红四方面军已在通江县建立了川陕革命根据地总指挥部。蒋介石已任命刘湘为川军剿匪总司令，刘湘准备纠集四川等地各路军阀约二十万的兵力六路围攻川陕红军，计划三个月内消灭红军。

终于知道了红四方面军的下落，马剑锋原本高兴的心情又郁闷起来，本来徐向前总指挥交给他们红十师的任务是来探路的，如果条件成熟等他们大部队来后就在秦南地区建立革命根据地，如今看来，他们任务失败了，又跟总指挥部和师部失去了联系，说不定师部还以为他们先遣团全部阵亡了呢。

马剑锋回到了山寨，看见庞光远和火娃还在拼酒，他把碗狠狠砸在地上，大声说："还在喝，如果白狗子现在摸进了山寨，你们统统都将成为俘虏。"

庞光远打着酒嗝笑着说："天鼓台地势险要，四周我都有暗哨，你就放一百二十个心吧。"

马剑锋严肃地说："红军是有纪律的。"

火娃说："想想那些死去的红军兄弟，我心里难受啊！我保证，以后再不喝了。"

马剑锋笑着说："好，这可是你说的。我告诉大家一个好消息一个坏消息，好消息是我们红四方面军已在通江县建立了川陕革命根据地总指挥部。"

大家纷纷鼓掌。

"那坏消息呢？"庞光远问。

"蒋介石已任命刘湘为川军剿匪总司令，命令刘湘纠集四川等地各路军阀二十万的兵力六路围攻川陕红军，计划三个月内消灭红军。"

火娃骂了一句，把碗扔在地上，他想站起来，歪歪咧咧站了起来，又弯下腰，趴在了桌子上。

庞光远哈哈笑了："还说比我能喝，这么快就㞞了。"

马剑锋说："庞队长，你也睡吧，明天还有一场恶战。"

马剑锋前脚一走，庞光远一头栽在桌子上，他也喝多了。

第二天天还没亮，几路哨兵就来报告，白狗子已从一道梁、二道梁、三道梁、四道梁四个方向摸了上来，估计有五六千人，而红军和秦南抗日反蒋义勇大队加起来只有六百余人，能参加战斗的只有五百余人，马剑锋来到山寨指挥部，庞光远和火娃还在呼呼大睡，他生气地踢了他们几脚，他们翻身又睡了过去。

马剑锋命令豹子和狍子带着一部分抗日反蒋义勇大队去一道梁，命令一营长、二营长和三营长带人分别去二道梁、三道梁、四道梁，其实每个营建制已不全，一个营也就不到一百人。

马剑锋把马步山叫了过来说："本来是要把你们统统枪毙的，给你们一次机会，如果谁表现好，我们可以免他死罪。"

马步山说："只要不枪毙我们，让我们干什么都行。"

“好，我现在就给你们发枪，你带着你的手下跟我一块儿打白狗子。”马剑锋说，“丑话说在前面，谁要不听命令或不好好打白狗子，我的督战队直接可以枪毙他。”

马步山说：“马剑锋，你放心，我会命令我的士兵好好打的，其实他们好多参加白狗子队伍都是被逼的。”

马剑锋迅速进入阵地，他用缴获的望远镜四周看了看，白狗子已进入了射击伏击圈，他命令警卫去山顶敲响了大鼓，咚咚咚，鼓声在山谷回荡。

埋伏在一道梁、二道梁、三道梁、四道梁的红军同时开火，顿时枪声大作，夹杂着手榴弹不停的爆炸声和鬼哭狼嚎声。白狗子的先锋队伍向主峰天鼓台发起了进攻，马剑锋说：“别急，等白狗子靠近了再打。”白狗子畏畏缩缩前进，马剑锋开枪打死了一个白狗子，顿时枪声大作。马剑锋对马步山说：“让你的手下用迫击炮朝白狗子招呼。”马步山弯着腰下去了，一会儿迫击炮在白狗子人群里炸开了花。马剑锋哈哈大笑：“让白狗子尝尝自己迫击炮的厉害。”

一会儿工夫，白狗子伤亡惨重，开始撤退。马剑锋命令擂鼓台发起冲锋，白狗子四处逃窜，因道路狭窄，前面的白狗子挡住了道，他们互相残杀，为了给自己开辟一条逃生路。一道梁、二道梁、三道梁、四道梁的红军听到鼓声后居高临下先朝白狗子人群里扔了一通手榴弹，然后发起了冲锋。

庞光远和火娃被炮声和鼓声惊醒，起来一看，山下喊杀声一片，他们提着大刀也冲了下去。遍地都是白狗子尸体，他们踩着尸体冲了上去。等他们追了上去时，战斗已结束了。一部分红军押着俘虏回山寨，一部分红军在打扫战场，这次战利品比上次还丰盛。

庞光远和火娃看见了马剑锋，有点不好意思，他们摸着头只顾傻笑。

马剑锋叹了一口气说：“可惜跑了不少。”

火娃说：“快去追啊！”

马剑锋生气地说：“你去追啊！”语气里充满了火药味。

“穷寇莫追。”庞光远拉着火娃的胳膊说，“算了，我们这一口都吃成了大胖子，再吃就撑死了。”

火娃说：“马政委，我错了，以后再也不喝酒了！”

庞光远装作没听见，朝豹子和狍子那边走去了。

战场打扫完毕，几百名俘虏成了头痛的问题，火娃依然坚持把他们杀了。庞光远说，他们几百号人，吃喝拉撒可是一笔不小的开支，我这里可没有这么多的粮食。马剑锋说不能杀，我们原部队已伤亡过半，这次马步山带领他的手下，表现就很不错，只要好好改造他们，他们照样可以成为红军战士。庞光远说，他们祸害了多少乡亲，要让他们参加红军，不可能。火娃说，这批俘虏就交给你了，把他们底细摸清楚，祸害了老百姓的一律杀了。马剑锋说，马啸天这次吃了大亏，他不会善罢甘休的。庞光远说，以我对马啸天的了解，他会派重兵封锁天鼓台各出口，让粮食无法运进来，他想困死我们。

马啸天两次进攻都失败了，他气得大发脾气，他不甘心，要把这残余的红军彻底消灭。这次他改变了策略，他让每人随身携带大量银圆，准备把这些银圆撒在红军的阵地上，等这些红军去捡这些大洋时，再杀个回马枪。白狗子大张旗鼓来到了天鼓台，敲锣打鼓辱骂红军，想把红军引出来。马剑锋装作没听见，火娃和庞光远火冒三丈，想带人冲下去，被马剑锋拦住了。马啸天见红军不出来，就命令白狗子虚张声势发起了进攻，攻打半山腰，突然朝后撤退，他们一边撤退一边朝山上四处撒银圆。红军见白狗子撤退了，就乘胜追击。满地都是白花花的银圆，有人弯腰去捡，马剑锋朝天上放了一枪，大声说："谁敢捡银圆我就枪毙谁，大家不要捡银圆，这是白狗子的阴谋诡计，大家一鼓作气把白狗子赶走。"山谷里喊杀声一片，白狗子跑得飞快，马剑锋见白狗子跑远了，下令停止追击，建立防线。马啸天见红军没有上当，硬攻也不是办法，只好下令部队后退，封锁天鼓台各路口，他想把红军困死饿死。

白狗子走后，火娃命令大家在山上捡银圆，然后上缴。银圆堆积在一起有几千枚，火娃看着这些银圆哈哈大笑："白狗子给我们送枪送炮，没想到还给我们送大洋，看来他们知道我们经费不够了，龟儿子还知道孝顺老子。"

大家哈哈笑了。

庞光远说："下一步我们该想想怎么办吧，马啸天肯定把各路口封锁了，我们出不去了。"

火娃说："老子正好休息一下，我看他能把老子围到啥时候。"

火娃派人去侦查，果然发现各路口都驻扎了密密麻麻的白狗子，他们还在修筑防御工事和碉堡。

接下来相安无事，火娃、马剑锋和庞光远打算利用这段时间改造这批俘虏，这批俘虏有五百余人，如何改造，成了他们头疼的一件事。马剑锋说："我问大家一个问题，晚清时候，太平天国起义，大清王朝举国之力供养训练了一百多年的正规军队不堪一击，而一介书生曾国藩花一年时间练出的湘军却成了唯一能抗衡并最终平定太平军的队伍。那么为什么湘军就能所向披靡呢？湘军的战斗力来自哪里呢？"火娃说："我哪知道，只是知道你问了两个问题。"

马剑锋苦笑了一下说："曾国藩通过分析得出的结论是，绿营兵败就败在制度缺陷上。晚清军营存在着很多怪现状。第一个怪现状，就是士兵普遍都有第二职业。这些军人一边当着兵，一边还忙着别的事，有人经商做买卖，有人种地，有人杀猪，有人开茶馆，还有人在市场上卖鱼卖肉……第二个怪现状，是部队广泛经营第三产业。士兵们做点小买卖，军官们则玩儿大的。军官普遍动用军事装备来经商赚钱。比如鸦片战争时期任福建道员的张集馨记载：'福建水师每月都会造一条战船，但是这些船都被水师军官租给商人贩运大米，或者租给官府用作官船。至于收入呢，当然就纳入军官们的私囊了。'当然，晚清军队最令人痛恨的事，是他们走私护私，违法犯罪。"

庞光远插话说："国民党好多军官还不是一样，官场腐败，走私护私，违法犯罪。"

马剑锋接着说："曾国藩招收兵员，有一个原则，绝对不收当过兵的人，不收退伍军人。因为他怕这些绿营兵把绿营的习气带到湘军中来。所以他主要收纯朴的农民，而且是山农。挑选军官也一样，选没有打仗经验的读书人，而不用那些有经验的绿营军官。清代国家正规军的军官多是武人出身，大字不识几个，文化素养很低。而湘军的将领大多是知识分子，在可以考证的湘军一百七十九名将领中，书生出身的达一百零四名。行伍出身的莽夫虽然有一时之勇，但是没有坚定不移的信仰。曾国藩要建立的是一支有信仰有精神力量的军队，因为信仰出战斗力，精神出战斗力。程朱理学是这些湖南书生的共同信仰，他们在信仰之下，可以迸发出惊人的勇气和能量。而我们的信仰是共产主义，并为它奋斗一生。"

火娃说："中国有句古话，近山者仁，近水者智。记得你曾对我说过，说这些人组成了一支军队后，军风军纪与绿营兵自然是完全不同的。湘军军人穿得很朴素，一个个都能吃苦，只讲实际，不讲那些虚头巴脑的程序。军营的规定也很简单，军官们也不太在乎级别差别，只看谁负责哪一摊事。如果要扎营，当天马上就能完成。要运米运粮，也比别的军队做得快得多。"

"是啊！曾国藩建立湘军，还有一个重要的创新，就是他非常重视军队的思想政治建设。"马剑锋说。

"啥都别说了，我看就把这些俘虏交给你，你好好把他们改造一下。"庞光远说。

火娃双手赞成。

第二天开始，马剑锋就把这批俘虏带到山下的草坪上"训话"，开展政治思想教育。后来每隔三天就要把俘虏召集起来，用"杀身成仁，舍生取义"的孔孟之道和“不要钱，不怕死”的岳飞精神激励将士，用共产主义思想教育他们忠君爱国，严明军纪，不得扰民。马剑锋进行思想政治教育的落脚点放在军纪上。

他苦口婆心宣讲的主要目的是希望能够感动他们，不要扰民，洗刷战士不如贼匪之耻。

除了宣讲之外，马剑锋还亲自把《爱民歌》修改让宣传队谱曲，采用民歌歌谣的方式，进行爱民教育，《爱民歌》说：

> 三军个个仔细听，行军先要爱百姓。白狗害了百姓们，全靠红军来救人。
> 百姓被狗吃了苦，全靠红军来做主。第一扎营不要懒，莫走人家取门板。
> 莫拆民房搬砖石，莫踹禾苗坏田产。莫打民间鸭和鸡，莫借民间锅和碗。
> ……
> 军士与民如一家，切记不可欺负他。日日熟唱爱民歌，天和地和人又和。

经过马剑锋“训话”后，这群俘虏的思想觉悟明显提高了，火娃把他们编成了一个独立营，马步山任营长，红军的一个副营长汤大炮任政委。整编完成后，独立营每天就训练格斗搏杀拼刺和射击。不知不觉半年过去了，转眼进入了炎热的七月，天鼓台的粮食越来越少了，还杀了不少骡马吃，庞光远、火娃和马剑锋开始心急如焚，火娃想带人杀出包围圈，马剑锋说不到万不得已时才能硬拼，双方争执不下。庞光远说：“擒贼先擒王，我对这里地形很熟悉，要不我带十几个弟兄翻过悬崖，抄小路，去漩涡街打探情况，寻找机会刺杀马啸天。”

“马啸天身边警卫很多，如何刺杀他？”马剑锋说。

“这个你不用管了，我自有办法。”庞光远说。

庞光远挑选了三个身手好的，加上阿六和豹子，六人化装成猎户带着绳子就出发了，他们翻上悬崖，把绳子拴在悬崖上的树上顺着绳子滑了下去，然后绕道进山，顺着山梁前进，再翻几座山，顺着山谷来到了漩涡街对面的骆驼山。天黑后，他们乘坐小船来到了漩涡街。

漩涡街很安静，仿佛什么都没发生，静悄悄的。乘着夜色，庞光远来到金家大院，熟门熟路地翻了进去。

梧桐见了庞光远大吃一惊，吩咐小梅给他们弄吃的。庞光远就把目前的处境告诉给了梧桐，还问镇上最近有啥情况。梧桐说镇上一直驻扎着不少白狗子，小梅昨天还看见了马啸天。庞光远说了想刺杀马啸天，他祸害的红军太多了，如今还派重兵把天鼓台围了个水泄不通，他想把红军活活饿死。梧桐说，我正在发愁呢，我今天刚得知，金元宝回来了也不回家，他跟同学们在县城游行散发传单，宣传什么停止内战、联合抗日，结果被抓了起来。

“什么？”庞光远大吃一惊。

“一定是马啸天派人故意抓他的，那么多人游行，单单抓了元宝？说不定马啸天在等我上门给他求情呢。”梧桐说。

“正好你明天约他在望江楼，请他吃饭，我们埋伏在饭店里，等他喝醉后，趁机把他活捉了，杀了他。”

“金元宝在他们手里，不能杀。”梧桐说，“再说马啸天都认识你们，如何在酒楼藏身？”

“那怎么办？”庞光远说，“为了我们元宝，必须要活捉马啸天这个兔崽子，我们才有谈判的条件。你指望他放了元宝，那是白日做梦。”

梧桐想了半天说：“我有办法，明天我约他到我府上来吃饭，我在我睡房里设宴，他一听肯定会来。到时你们埋伏在我房间，听我手势，然后活捉他。”

庞光远说：“马啸天这人非常谨慎，人多容易坏事，房间留我一人就行，我躲在床下或柜子里都行，见机行事。”

此事就这么定了下来，小梅带着豹子他们藏了起来。

马啸天接到了梧桐的请帖，让他到她闺房一叙，马啸天联想翩翩，他之所以要抓金元宝就是要等待着梧桐自动上门投怀送抱，他睡了无数女人，但梧桐一直没能让他得手，他心里一直不甘，梧桐让他魂牵梦绕，夜夜思念。马啸天收拾一番带了两个警卫就去金家大院，这次他没有兴师动众，他心里很有把握，金元宝在他手上，梧桐能有什么花招可使。

梧桐打扮得很漂亮，早早就在门口迎接，她心里清楚马啸天一定会来的。果然，马啸天满面春风来了，他的身材已发胖发福了，肚子已挺了出来，走路左右摇摆，看上去很滑稽。

“马将军，你终于来了，让我等得好苦啊！”梧桐嗲声嗲气。

“好久没见，你还是那么漂亮！”马啸天哈哈笑了。

“请请请！”梧桐伸了伸手。

筵席设在梧桐的闺房，梧桐领着马啸天来到自己的闺房，客厅里摆好凉茶和酒，梧桐吩咐小梅去上热菜。两个警卫警惕地在屋里看来看去，梧桐笑着说：“你们随便检查，床下柜子等等都可去检查。”

一个警卫在卧室里看了几眼，没发现什么，梧桐打开柜子说：“里面都是衣服，你来看——”

“出来，不用检查了。”马啸天喝了一声。

两个警卫规规矩矩站在了马啸天身后，梧桐给马啸天斟满酒，给自己也斟满了，梧桐说：“你心里此刻想的一定是毒酒吧。”梧桐端起来倒进了嘴里。

马啸天哈哈大笑：“你想多了。要是能跟你死在一块儿，我非常乐意。”

梧桐又端起酒杯，两人碰了一下，一口干了。

“马将军，最近在忙啥呢？”梧桐故意试探地问。

“剿匪。蒋委员长已下令全面围剿赤匪，盘踞在天鼓台的赤匪和土匪勾结在一起，非常顽强，我正在想办法收拾他们呢。”

“马将军想到什么办法没？”

“牛家原来的管家万福给我出了一个点子，天鼓台那伙土匪的亲人大都是本地人，他让我把土匪的亲人统统抓起来，然后押在前面，我的部队跟在后面，这样可以直捣黄龙。”

“你把他们亲人都抓到了？”

“抓了一部分，很快就抓齐了，我把他们都关押在牛家大院了。”

梧桐说：“别提这些了，今天我请你来，是想求你一件事。我家金元宝不懂事，求你放了他，给他一次机会。”

马啸天抿了一口酒，微微一笑：“他受了共匪的蛊惑，反蒋抗日，这可是要掉脑袋的事。蒋介石和汪精卫都在残杀游行的学生，难道你不知道？”

“他们呼吁停止内战一致抗日，这有什么错？”梧桐质问。

“我只是执行上锋的命令，宁可错杀一千，也不放过一个。”马啸天打量着梧桐，慢悠悠地说。

“那还有别的办法吗？我求求你了，你一定要救救我家元宝。”梧桐抓住马啸天的手开始撒娇。

“办法肯定有，不过——”马啸天诡异地一笑。

“只要你放了元宝，我什么条件都答应你。”梧桐急急地说。

“真的吗？”马啸天摸着梧桐的手，色眯眯地说。

梧桐不好意思望了马啸天身后的两个警卫，脸一下红了，把手缩了回来。马啸天瞪了两个警卫一眼：“你们两个给我出去，站在门外去。”两个警卫立即退了出去。

梧桐向马啸天抛了一个眉眼，马啸天的心顿时痒痒的，他抱起梧桐朝里屋的床上走去。马啸天把梧桐放在床上，开始猴急地脱自己衣服，把手枪放在了一边。突然一把枪抵在马啸天的身后：“别动，小心枪走火。”

马啸天举起手，转过身，看见是庞光远：“你……你怎么在这里？”

“别动，闭嘴!”庞光远用枪使劲戳了一下，“把裤子穿上，跟我走。”

马啸天狠狠瞪了梧桐一眼。

庞光远押着马啸天朝外走，两个警卫掏出枪，庞光远用枪指着马啸天的头大喊一声："不想让你们马将军死，把枪放下。"

马啸天垂头丧气地说："把枪放下。"

阿六和豹子他们也赶来了，用绳子捆住了马啸天和他的两个警卫，押着他们从后门出去，走小路，绕过镇上的白狗子，然后大模大样押着马啸天走大路，走到快到天鼓台下白狗子的驻地时，天已黑了，白狗子岗哨的人端着枪瞄准了他们："什么人？"

庞光远说："睁开你们的狗眼，看看他是谁？"

"我是马啸天，放他们过去吧。"马啸天有气无力地喊道。

"你们是骗子，马将军怎么在你们手上。"岗哨的人说。

马啸天的两个警卫开始骂人，让喊他们长官过来，那个团长过来一看真是马啸天，马啸天虎着脸说："让你手下放下枪，放我们过去。"那个团长只好命令士兵放开栅栏和各种障碍物让马啸天通过。

庞光远押着马啸天来到了天鼓台，火娃一见是马啸天，脸一下黑了，掏出枪就要杀马啸天为死去的红军弟兄报仇，马剑锋拦住说："留着有用。"火娃一拳打在马啸天的鼻子上，鲜血顺着鼻孔流了下来。火娃不解气，又打了一拳。准备打第三拳时，马剑锋拦住了火娃："不能打了，再打就把他打死了。"火娃望着自己的拳头吹了一口气："我就要打死这个王八蛋，三拳打死镇关西。"马剑锋说。"打死他便宜了他，想想他是怎么残杀红军战士的？"火娃说："是啊，我要剥他皮，抽他筋，把他肉一刀一刀割下来喂狗……"马啸天吓得浑身发抖。

庞光远、火娃和马剑锋三人一商量，给了马啸天三个条件：立即撤兵，离开天鼓台；立即放了金元宝及关押的学生；立即放了天鼓台弟兄的亲人。如果不答应三个条件，那么马啸天就死定了。马啸天满口答应，瓮声瓮气地说，我怎么去通知他们？庞光远说，这好办，我让你其中的一个警卫去通知。马啸天简单写了纸条，交给了警卫，让他快快下山。

第二天，山上的白狗子开始后退，撤出了天鼓台。下午时分，经过确认，金元宝和那些天鼓台弟兄的亲人也全部放了。

"你们的条件，我已答应，你也该兑现你们的承诺了吧？"马啸天口气讪讪地说。

"想让我放了你，没门。"火娃勃然大怒。

"你们说话不算数，言而无信。"马啸天气得脸红脖子粗。

“我答应过你，人要讲信用。”庞光远解开马啸天和他警卫背后的绳子说，“你走吧！下次相遇，咱们一定是在战场上了，那时我一定要亲手毙了你。”

马啸天望着庞光远，没说话。火娃嚷嚷着要杀马啸天，马剑锋拖住他的手不让。庞光远说：“还不快滚蛋，一会儿我反悔了就别怪我了。”

马啸天和他的警卫如惊慌失措的兔子，撒腿就跑。

一轮红日挂在了山岚，夕阳四周的云立刻燃烧起来了，星星之火可以燎原，像一团团金红色火焰。那光芒罩住了天空，盖住了大地，照在了茂密的树叶上，金光闪闪，像盖了一床大号橘红色波浪被子。天鼓台周围的晚霞色彩，也衬托出了夕阳下落的壮观。

庞光远、火娃和马剑锋三人默默站在山顶，都没说话，像三个雕塑一样一动不动。

第三十章　计划突变

马啸天离开天鼓台后，他感觉自己像一条鱼游进了大海，如鱼得水，他立即出尔反尔，调集重兵又围住了天鼓台，还把金元宝和天鼓台游击队员的亲人又抓了起来。他要把红军斩尽杀绝，解他心头之恨。在他的地盘上，他不容许红军存在，一切都是他说了算，他才是秦南地区的老大。

火娃开始责怪庞光远，庞光远也是满肚子的火，他说我也不当什么抗日反蒋义勇大队的大队长了，散伙吧。火娃说，抗日反蒋义勇大队的大队长不是你想当就当，不想当就不当，革命不是请客吃饭。两人争吵了起来，要不是马剑锋拦着，两人差点就打了起来。

山下传来了枪炮声，枪声很密。

“怎么回事啊？”马剑锋对外面的警卫喊道。

一个红军侦察员匆匆跑了过来说：“白狗子跟山下的红军打了起来，红军包抄了他们的退路。”

“看来是我们的大部队来了，同志们跟我冲下去，包白狗子饺子。”火娃拔出枪说。

山顶的大鼓响了起来，发出了进攻的号召。一道梁、二道梁、三道梁、四道梁的红军和接受改编的国军迅速向白狗子的关口发起了进攻，白狗子被两面夹击，死伤无数，尸体遍地都是，白狗子的马旅长柳政委也被活捉，剩下的无心恋战，纷纷举枪投降。

两军会合，红军军旗插在了白狗子阵地上，高高飘扬。火娃和马剑锋看见了好多老朋友，原来他们是红十师的。师长见了火娃和马剑锋高兴地拥抱了一下说：“我还以为你们死了了，我们一路被白狗子死死咬住，好不容易来到了漩涡街，把这里的白狗子全歼了。后来一个叫梧桐的姑娘告诉了你们被围的情况，我才知道你们还活着。”

火娃哈哈大笑："我们命大，死不了。"

师长说："告诉你们一个好消息，我们红四军已建立了川陕革命根据地，成立了中共川陕省委和省苏维埃政府。"

"我从白狗子当官的嘴里已得知了，还有张国焘、陈昌浩、徐向前等等领导都很好。"马剑锋说，"终于等到你们了，可惜我们的任务没有完成。"

"不怪你们，白狗子太多了，能活着就不错了。"师长说，"在我们来的路上，十多万国民党军队在这里围剿红军，破坏人民政权，实行烧光、杀光、抢光的三光政策，因而很多地方成了庐舍成墟、田园荒芜的无人区，要想建立革命根据地不容易啊。"

"红一军呢？毛主席呢？"

"中央红军占领遵义后，在遵义召开扩大会议。会议着重总结了第五次反'围剿'失败的经验教训，肯定了毛泽东关于红军作战的基本原则，通过了《关于反对敌人第五次'围剿'的总结决议》，制定了红军以后的任务和战略方针。会议改组了中央领导机构，增选毛泽东为中共中央政治局常务委员。并决定仍由中革军委主要负责人周恩来、朱德指挥军事。会后，成立了毛泽东、周恩来、王稼祥三人小组，负责指挥红军的行动。"

"太好了。"

庞光远邀请师长去山上坐坐，师长说等一下大部队还要回漩涡街整顿，等待上级命令，下次有机会一定来坐坐。战场很快打扫完毕，战利品和俘虏跟着大部队去了漩涡街休整。漩涡街的白狗子全部被消灭了，保安队也跑了，漩涡街又成了红军的天下。梧桐组织乡亲们给红军送粮食送蔬菜，红军医疗队人手不够，有的女人主动去帮忙照顾伤员，甚至还有不少年轻人报名要参加红军。

这期间，梧桐又去找过庞光远，因为金元宝又被马啸天抓去了。马啸天抓金元宝就是为了报复梧桐，他要让梧桐每天不安宁，每天都生活在痛苦和担心中，他要慢慢地折磨梧桐。

庞光远说，我已把这些情况告诉了马剑锋，让他转告师长，师长听说了马啸天残杀红军后也非常生气，还派人去县城侦查情况呢，一旦摸清了白狗子火力配置和布防情况，下一步我们可能就要去攻打县城，活捉马啸天呢。

梧桐悬着的心终于放了下来。

好消息接连不断，漩涡街驻扎的红军越来越多了，红十一师也来到了漩涡街，红二十五军向西转移路过漩涡街，两军会合，好多红军战士都认识，他们兴高采烈，拥抱在一起，拉拉家常，叙说各自的战斗经历。

军长程子华、副军长徐海东、政委吴焕先等等，火娃和马剑锋都认识，交谈中，他们才得知，红二十五军开始是准备在伏牛山区建立新的革命根据地，可是进入伏牛山区后，发现该地区人烟稀少，粮食和物资匮乏，加之敌军跟踪而至，在这里建立苏区也很困难。因此，省委再次改变计划，决定建立鄂豫陕革命根据地。红二十五军在鄂豫陕边区的第一次反“围剿”作战连战连捷，使鄂豫陕边区的革命烈火愈烧愈旺。蒋介石大为震惊，紧急调动原进攻鄂豫皖苏区的第六十七军和驻郑州的第九十五师开入秦南，会同第四十军、第四十四师和秦军一部，共三十多个团的兵力，发动第二次“围剿”，并限令在三个月内将红军全部消灭。后来，红军虽然打了不少胜仗，但损失也不小，红二十五军目前只有两千五百余人，所以不得不转移。

攻打汉阴县的计划终于摆上了桌面，庞光远也参加了这次会议。红军两个师加上红二十五军，几万人攻打一个县城，可以说是胜券在握，当然也不能小瞧了这些白狗子，马啸天似乎知道红军要攻打县城，他把其他部队也调了回来，县城里外还驻扎了两万多白狗子。为了减少不必要的伤亡，红军做了一一分工，因庞光远的手下都是本地人，他们先化装成进城的山民，里应外合。火娃和马剑锋带着他的团从城南门发起主攻，为红十一师进城打开通道，红二十五军、红十一师从东门西门和北门同时发起进攻。作战任务下达后，各红军队伍开始出发了。

火娃和马剑锋带着他的团跑在队伍最前面，这一刻他们等得太久了，只想早早活捉马啸天，为死去的红军报仇。

突然马蹄声由远而近，通信兵追上火娃和马剑锋，他气喘吁吁地说：“师长有令，停止前进，队伍迅速掉头，违抗命令者军法处置。”

“什么？回去？”火娃勃然大怒，拔出枪对通信兵说，“你敢胡说八道，小心老子枪毙了你。”

马剑锋拦住火娃说：“情况有变，先回去再说。反正马啸天是我们案板上的一条鱼，我们啥时候想吃就吃。”

火娃不高兴地命令队伍掉头回去。路上遇见红二十五军、红十一师的也在回撤，问他们啥情况，他们也不知道。

火娃火冒冒来到师部，师部正在收拾行李，他看见师长，质问道：“怎么回事，说不打就不打了？”

师长说：“我们刚接到上级命令，要我们立即南下去川陕根据地跟大部队会合。川陕根据地现在遭到国民党几十万大军六路围剿，情况不妙，十万火急！”

“县城说不打就不打了？马啸天杀了那么多红军，我要报仇。”火娃说。

“别急，听我把话说完。中央红军占领遵义后，蒋介石也调集几十万军队分路向遵义地区进逼，企图围歼红军于川黔边境地区。中央红军根据遵义会议确定的方针，准备从四川省泸州以西的蓝田坝、大渡口、江安一线北渡长江，进至四川省西北部创建苏区，在红军第四方面军的配合下转入反攻，争取赤化四川。而我们要尽快赶到四川，打破白狗子对川陕根据地的六路围剿，我们红四军保住了川陕根据地，这样才能配合中央红军大转移。你说攻打县城重要，还是创建和巩固苏区重要？”

“我明白了，红二十五军也要跟我们一块儿走？”火娃问。

“红二十五军有他们的任务，他们接到的任务是西进，去甘肃等地。”师长说，“你们也快去收拾行李，立即出发。”

“是!”火娃敬了一个军礼，孰轻孰重他心里顿时明白了。

红四军的红十师、红十一师和红二十五军依依不舍地告别，一个南下，一个西进。老百姓也来送红军，给他们准备干粮，摆上茶水蛋、馒头让红军们吃。镇上的一些年轻人也跟着红军走了。

火娃和马剑锋带着他们的队伍行走了半个时辰后，马剑锋突然想起了什么，大叫一声：“不好了，我忘了通知庞光远他们了，他们这会儿埋伏在县城里，还在痴痴等我们攻打县城呢，万一他们暴露了怎么办？”

火娃说：“现在通知他们已来不及了，庞光远机灵得很，他又是本地人，应该没事的。”

“不行，我得写一封信给他。”马剑锋立即趴在路边一块石头上匆匆写了几句话，派通讯员立即返回送给梧桐，让梧桐转交给庞光远，免得以后生隔阂。本来他参加红军就有点不太情愿，有点勉强。

通讯员快马加鞭来到了漩涡街，把信交给了梧桐，然后又快马加鞭走了。

红军说好了攻打县城，转眼计划就变了，救儿子的计划落空了，梧桐心里很着急。接到马剑锋信后，她又为庞光远担心起来。立即让算盘给她备上马车，她要去县城，小梅听说后也要陪同梧桐一块儿去。

凤凰山的马路虽然拓宽了，但山高盘道多，上上下下，马都累得快跑不动了，来到靠县城的山脚下，夕阳已下山了，天色慢慢暗了下来。隐隐约约听到了枪声，稀稀拉拉，梧桐的心一下蹦了起来，看来庞光远跟他们打了起来，他百十来人怎么能跟马啸天抗衡，这不是拿鸡蛋碰石头吗？梧桐命令马夫快马加鞭。走了不远，遇到几个人匆匆朝这里奔来，梧桐一看是阿六他们，庞光远被一个人背在背上，梧桐跳下马车激动地问：“他怎么了？快把他放到马车上。”阿六哭丧着脸说：“按照预定时间，没见红军来攻城，我们一等再等，苦苦等了几个小时，结果一个兄弟被保安团巡逻队发现了，发生了枪战，其他白狗子听到枪声就来增援。没办法，我们只好强行从南门杀了出来，死了多半弟兄，大当家也受伤了，我带着大当家在弟兄们的掩护下突围出来了。”梧桐说：“红军早就走了，你们怎么这么傻啊，还在苦苦等待红军攻城。”阿六骂了一句脏话：“什么？走时也不通知我们一声，害得我们白白死了这么多弟兄。”

梧桐看了庞光远一眼，他还在昏迷，浑身都是血。阿六说：“你们带着大当家赶紧回镇上，请郎中，后面还有十几个弟兄在打阻击，我去接应他们。”

上坡路，为了给马车减轻重量，梧桐和小梅下车了，跟在后面小跑。她们气喘吁吁地来到山顶时，后面的枪声才停止了，估计是白狗子怕山上有埋伏，不敢追了。下坡时，马车跑得很快，梧桐和小梅坐上马车增加重量。马车夫在下坡时把车下面的一根木棒放下，在车的后面一个人拉紧系于木棒上的绳子，这根木棒就自然成为一个控制自如的刹车。车需要快一点就拉得松一点；车需要慢一点，就拉得紧一点。马车下了十几个盘道，进入了山谷的平地，庞光远还在昏睡，梧桐紧紧抓住他的手对马车夫喊道：“再快点！再快点！”

马车在镇上张郎中铺面直接停了下来，庞光远被抬进了病房。张郎中看了看伤口，号了号脉搏说：“昏迷了，问题不大，只是这枪伤……”

“怎么了？”梧桐着急地问。

“先要把子弹取出来才行，枪伤我倒会治，只是取子弹还没取过。”张郎中摇摇头说。

“别管那么多了，先救人再说。”梧桐说。

庞光远醒了，他笑着说：“关云长刮骨疗伤时饮酒食肉，谈笑弈棋，全无痛苦之色，来吧，我也学学关云长。”

梧桐说：“别逞强了，嘴里塞块布吧。”

庞光远的背上和胳膊上中了枪，张郎中把小刀在火上烤了烤，开始在庞光远伤口划出小口子，庞光远头上开始冒汗，他忍住没有喊叫，双手握紧拳头，捏得咯咯响。张郎中用夹子小心翼翼地夹住子弹头，夹子好多次才夹了出来，庞光远也晕倒了，然后张郎中给他涂抹上枪伤药，用纱布包上了。

第二天，庞光远醒了，梧桐给他端上了熬制的鸡汤，他感谢地望了她一眼。当庞光远的伤慢慢好了点，梧桐把马剑锋的信念给他听，他听后情绪非常激动，说马剑锋这是黄鼠狼给鸡拜年没安好心，害得他的弟兄差点死完了。梧桐说，这不能怪红军，他们也是临时接到任务，才改变了计划，所以没有来得及通知你们。

庞光远生气地说，红军完全没有把我们放在眼里，不把我们的性命当回事，需要我们时就抱在怀里，现在不需要了就把我们一脚踢到崖下，这笔账我给他们记住了，从今以后，我跟红军断绝关系，我依然当我的土匪。梧桐说，红军他们真是有急事，你要多原谅他们。庞光远越说越激动，梧桐见劝说不了，就不再劝说了。

后来，梧桐为了照顾庞光远，就让他住进了金家大院，经过几个月的调理，庞光远的伤慢慢好了，他又回到了天鼓台，开始招兵买马，等待时机刺杀马啸天。

一个月后，西安事变爆发，蒋介石在西安被张学良和杨虎城扣押。在中国共产党调停和各方面的努力下，西安事变获得和平解决，蒋介石被迫停止"剿共"政策。蒋被迫接受中国共产党停止内战、一致抗日的主张，开始第二次国共合作，共同抗日。

西安事变后，蒋介石下令释放政治犯，马啸天迫于压力，释放了金元宝。金元宝出狱这天，梧桐亲自把他接回家。梧桐为了把金元宝拴在自己身边，就开始托媒人给金元宝介绍对象，梧桐看上了一个女孩，张郎中的小女儿，聪明可爱又懂礼貌，但金元宝反感"父母之命媒妁之言"，他喜欢自由恋爱，但梧桐怕他又跑了，派人二十四小时盯着他，金元宝假装听话乖顺，满口答应，等梧桐放松警惕，他又跑了。直到两个月后，梧桐收到金元宝的信才知道，金元宝跟着他的女朋友去了南京，他女朋友的父亲是位高官，据说是蒋介石身边的红人。

儿大不由娘，梧桐只好作罢。

第三十一章　战死沙场

一九三七年七七事变后，日本展开对中国全面大规模侵略。同年八月十三日至十一月十二日日本侵略军在上海及周边地区展开淞沪会战。淞沪会战结束，上海被日本占领后，日军趁势分三路急向南京进犯。十二月十三日晨，日军攻入南京城，开始了长达四十多天的南京大屠杀，共屠杀南京市民和放下武器的中国官兵三十余万人。日军侵占南京期间还强奸了成千上万的妇女，他们不分昼夜并在受害妇女的家人面前施行强暴。有些妇女被日军强奸了好几次，往往有妇女受不住日军的折磨而死。除此之外，日军还强迫乱伦行为。南京，这座已经“无抵抗的都市”沉没于血海之中。

关于南京大屠杀的消息，梧桐是听人述说和从报纸上得知的，最初她不相信日本人会对身无寸铁的中国人下手，后来一个远房亲戚讲述了他在南京城的所见所闻，他身中数刀，侥幸地从死人堆里爬了出来，被德国人拉贝救了。梧桐信了，日本人简直猪狗不如，她恨死了日本人。梧桐开始担心儿子金元宝的安危了，他该也不会被日本人杀害了吧？她开始茶饭不思，寝夜不安，日渐消瘦。想来想去，她想去南京找金元宝，她就去找庞光远商量，听听他的意见。

这天，庞光远骑着马带着几只野兔和山鸡来到了漩涡街，他是来感谢梧桐在他受伤时对他的照顾。梧桐正要准备出门去找庞光远，没想到他来了，她高兴地请他进屋给他倒茶水，梧桐开门见山地把南京大屠杀的事说了出来，质问为什么没有金元宝的消息？庞光远笑着说：“我儿子这么聪明，你不用心担心他，说不定他早就离开了南京，去了重庆呢。”

“这个兔崽子，有了女朋友就忘了娘，也不给我写封信。”

“人家忙，哪有时间给你写信。”庞光远叹了一口气说。

梧桐听庞光远这么一说，心里一下敞亮多了，心里的阴云一下散了，不用操心这个兔崽子了，她转移话题说：“你的伤好没？”

庞光远拍了拍胸脯，把胸脯拍得咚咚响："早好了，早好了！"

梧桐笑着说："我就放心了。"

庞光远叹了一口气说："狗日的小日本太猖狂了，竟敢跑到中国地盘来撒野。我听说红军被改编成了国民革命军第八路军，简称八路军，我把我的队伍改成了秦南抗日第一军，我随时都可以带着我的队伍出秦抗日。"

梧桐跷起大拇指说："这才是真爷们儿，我喜欢！"

庞光远故意嘿嘿一笑："你喜欢，我今晚就留下来了？"

"想得美！"梧桐笑着说，"你可以留下来，吃饭。"

"吃饭倒算了，还有别的事。"庞光远说，"对了，你的生意最近如何？"

"一般般了。"梧桐笑着说，"我的好多店都关门了，好多生意都被宋小江抢去了。"

"宋小江仗着马啸天给他撑腰，上次我收拾了一顿，他又开始翘尾巴了，要不我给他点颜色看看？"

"算了，我不喜欢玩阴的，我喜欢公平竞争。"

"跟他这种人还讲什么公平？"庞光远说。

"比如我的酱园店经营的是品牌和口碑，无论别人怎么干涉，老百姓就认我的牌子我的口味……"梧桐说。

"人家都把手伸到你的地盘上来了，不能就此罢休。"

"马啸天一手遮天，我还能有什么办法？认命吧。"梧桐说，"我倒要看看他们还有什么招式？"

"如果他们做得太过分了，你就派人来告诉我一声，"庞光远说，"先走了。"庞光远跳上马，扬起鞭子，消失在山路上。

日子如水一样，每天就这样慢悠悠地流淌着。小梅嫁人了，离开了金家大院。阿雅也不小了，也成了老姑娘了，梧桐催了几次，阿雅说要永远留在金家，陪伴梧桐一辈子。梧桐听了非常感动，她就没再说什么了。金家的油坊、布厂倒闭了，金家的长工又陆陆续续走了不少，偌大的金家大院，常常见不上一个人影，大院看上去异常地安静。梧桐在家闲不住，常常让阿雅去搜集报纸或去县城购买报纸，她时时关注着天下大事。

南京陷落之后，日本人疯狂地向中国发起了进攻，中华民国国民政府节节抵抗。但是因为山东省主席韩复榘临阵脱逃，致使黄河防线失守，山东大部失陷，交通要点仅剩鲁南的滕县、台儿庄。第五战区司令李宗仁令川军王铭章所部防守滕县，因无援兵，滕县失守，王铭章师长自杀殉国。李宗仁队以西北军孙连仲第二十六路军在徐州以北的台儿庄与日军反复争夺，以西北军张自忠部五十九军和庞炳勋军团掩护台儿庄的右翼临沂战场，以中央军汤恩伯军团袭击台儿庄日军侧背，最终取得台儿庄战役的胜利，以毙伤日军一万多人的战果成为中华民国抗战以来最大的胜利，但是南北两线日军源源不断增兵，这次胜利没有扭转徐州战场的局势。

台儿庄战役的胜利，让梧桐明白了，原来日本人并没有什么可怕的，同样是两个肩膀上扛着一个脑袋，一枪照样身上打个窟窿。同时她从报纸上得知，什么川军、滇军、桂军、粤军、湘军等等都开始奔赴前线，主动开始抗日了。她现在突然瞧不起马啸天了，心无大志，只晓得贪钱升官发财，像个贪婪、自私和残忍的动物。

不知不觉，又是一年过去了。

马啸天开始插手梧桐的酱园店了，酱园店是梧桐的最后一根救命稻草，任何人都不能触碰，这是她的底线。如果酱园店一旦倒闭，那么金家的产业就彻底地倒塌了。

梧桐心里明白，马啸天把宋小江当剑在用，他不主动出面，让宋小江给他谈收购她酱园店的事，梧桐偏不跟宋小江谈，她要跟马啸天谈。

梧桐悄然来到了县政府，她遇见了马富禄，马富禄说：“你找我哥？他不在。”

“我不找他，随便转转。”

“你找我？”马富禄指着自己的鼻子，得意扬扬地说。

“呸！”梧桐朝他脸上淬了一口。突然她看见一个熟悉的背影，她追了出去，喊了一声：“马啸天，站住！”

那人停了下来，转过身来，果然是马啸天，他说：“你找我什么事？”

“你不是一直想要收购我的酱园店吗，我上门来了，你跑啥？”梧桐质问道。

“这不关我的事，你有啥事就去找宋小江。”马啸天淡淡地说。

“孬种！𡦹货！软包蛋！”梧桐大声说。

“你说谁是孬种𡦹货软包蛋？”马啸天嚷嚷起来。

“你就是孬种！𡦹货！软包蛋！”梧桐声音又提高了一些。

“我怎么？你把话说明白？”

“川军、滇军、桂军、粤军、湘军等等都开始奔赴前线抗日了，你有种，你也带着秦军出秦，你要是提着几颗小鬼子脑袋回来，我就说你有种。”梧桐不屑地说，“你怕了吧？贪生怕死之人！当初我瞎了眼，怎么看上这么一个孬种！𡦹货！软包蛋！”

“你跟我说这些，没用，我不上你的套。”马啸天摆了摆手说。

后来几天，梧桐都来找马啸天，依然骂他是孬种！㞞货！软包蛋！马啸天说：“我知道你亲家是蒋介石身边的红人，我不跟你计较，你想骂就随便骂，我不阻拦你！”

“我发觉你的脸现在比城墙拐角还要厚。”梧桐说，“这么说吧，鸡蛋打在墙上没破，打在你脸上却破了。”

“谢谢，承蒙夸奖！”马啸天晃了晃头，摸了一下脸，仿佛鸡蛋真的打在脸上一样。

梧桐气得鼻子一哼，走了。

几个月后，国军在县城搭起了台子，白蝴蝶、白玫瑰和冯艺梅在台子上边拉边唱，一会儿台下就人山人海。接着一个军官走上台，滔滔不绝讲了几句，人们这才搞明白，原来这不是戏台，是国军来征兵的。

这天，梧桐也来到县城，本来她是来找宋小江的，宋小江躲着不敢见她。她就在县城闲转，刚好她来到了戏台前，她是听见白玫瑰的声音才拥挤进了人群的。她早就听说了马啸天的老婆长得很漂亮，今日一见，果然漂亮。梧桐的目光目送着这三个打扮得花枝招展的女人上了小车走了，然后才把目光落到戏台上，那个人还在大讲特讲当兵的种种好处。

梧桐正要离开，马啸天走上了台，他讲了当前的形势，号召全县和整个地区的男劳力去参军，国家兴亡，匹夫有责。

梧桐冲上台子大声说：“马啸天就是个孬种！㞞货！软包蛋！嘴上说的是一套又一套的，只要你敢带着士兵们去前线打鬼子，台下的小伙子们就敢来参军报名！”

两个警卫想把梧桐拉下台，马啸天摆了手，示意算了。

梧桐举起拳头喊道：“天下兴亡，匹夫有责。你们愿意做个孬种！㞞货！软包蛋吗？”

“不愿意！把小鬼子赶出全中国！”台下的人们挥起拳头喊道。

梧桐说接着说：“日本人很快就会打到家门口了，一个堂堂的军人窝在家里连屁都不敢放一个，算什么英雄好汉！我要是个男人，早就带着部队打上去了。”

马啸天站在台上有点尴尬，台下的人们都在望着他，走也不是，留也不是。台下的观众有的用鸡蛋和烂菜叶朝他身上砸去，马啸天把脖子上的烂菜叶扔在地上，他大声说：“今天在这里当着大家的面，我表个态，我堂堂的马啸天不是孬种！㞞货！软包蛋！从明天开始，我就要带着弟兄们出秦去武汉，为武汉保卫战打出我们秦南人的威风，男儿当战死沙场，马革裹尸而还！”

台下掌声响了起来，人们纷纷报名参军。

日军侵占南京后，国民政府虽西迁重庆，但政府机关大部和军事统帅部却在武汉，武汉实际上成为当时全国军事、政治、经济中心和战时首都。当时中国的军事力量集中保卫武汉，日本政府及中国远征军总部均预期武汉陷落将令中国停止抵抗。于是，日本御前会议决定，迅速攻取武汉，迫使中国政府屈服，尽快结束战争。这时，国共两党为了抵御民族大敌，进一步加强合作，在武汉召开了国民参政会第一届会议。大会庄严宣告："中华民族必以坚强不屈之意志，动员其一切物力、人力。为自卫，为人道，为穷凶极恶之侵略者长期抗战，以达到最后胜利之日为止。"要求全国军民"一切的奋斗，要巩固武汉为中心，以达成中部会战胜利为目标"，中国人民要保卫武汉，坚持抗战，日本侵略者要夺取武汉。结束战争，这就构成了当时中日双方在战略上的一场决战。如此可见，武汉保卫战是多么的重要。

马啸天没有食言,第二天他挑选了三万勇士全副武装地来到了漩涡街的码头，他们准备坐船去武汉。梧桐拿出了库存的几坛子酒摆在了码头上，为勇士们送行。镇上的乡亲们也自发组织了锣鼓队敲锣打鼓为他们送行。

马啸天的几个女人也来为他送行，白玫瑰和雪莲依依不舍，马啸天跟她们告别后，他路过梧桐的身边，望着她微微一笑，算是打招呼了。梧桐端起一碗酒说："等等，先把这碗壮行酒喝了再走！"

"谢谢！"马啸天接过碗，端起来一口干了，然后狠狠把碗砸在地上，"不把小日本赶出中国，我就不回来！"

"我等你回来，我在望江楼为你接风洗尘！"梧桐笑着说。

"一言为定！"马啸天哈哈大笑。

"我知道你喜欢吃豆瓣酱，我为你准备了两箱豆瓣酱和一坛子酒，我把他交给了你的副官马松。"梧桐满眼柔情地说。

"谢谢！"马啸天心里充满了感激，他向梧桐敬了一个军礼，转身上船了。

漩涡街上人山人海，红旗招展，锣鼓喧天，鞭炮齐鸣。

上百条机动船和大货船浩浩荡荡出发了，顺着汉江河而下。

几个月后，武汉会战终于打响了。后来，梧桐从报纸上得知，武汉会战历时四个半月，中国军队浴血奋战，大小战斗数百次，以伤亡四十余万的代价，毙伤日军二十五点七余万，大大消耗了日军的有生力量，日军虽然攻占了武汉，但其速战速决，逼迫国民政府屈服以结束战争的战略企图并未达到。此后，中国抗日战争进入战略相持阶段。

那个黄昏，马啸天回到了漩涡街，他是躺在棺材里的。

梧桐听他的一个手下说，马啸天战死了，那天他们坚守阵地，利用地障，遏敌取捷径攻略武汉，他们打退了鬼子一次又一次的进攻，鬼子彻底被打疯了。他们在飞机大炮的掩护下又发起冲锋，马啸天随后组织全线攻击，各连队组成敢死队，光着上身，冲入敌营，展开殊死搏斗或者身上绑着炸药包冲进敌人阵地。几次反击打下来，马啸天还剩下一个团的兵力了，经七昼夜反复争夺，马啸天带伤坚持战斗，终于牢牢控制该阵地，整整守了十天，比原来预定的守七天整整超了三天。因增援部队被日本人死死咬着，武器弹药和给养又出现了问题，日本人趁机又发起进攻，马啸天带领着士兵跟小鬼子拼刺刀和肉搏，打到最后，把阵地上的鬼子消灭完，马啸天也受伤了，手下剩下不到十个士兵了。马啸天临死说："人在阵地在！"剩下的十几个士兵硬是打退鬼子再次进攻，马啸天也受了重伤，好在增援部队及时赶来，他们终于坚守住了阵地。

"好样的！"梧桐听完后，眼里有泪。以前她跟他有很多恩怨，马啸天也做了非常多的伤天害理的事，但这一次，梧桐的心里充满了感动，原谅他了，马啸天终于做了一回男人该做的事。

马啸天的葬礼很隆重，全镇的人们都出动了。

马啸天安葬在马家祖坟里。

人们都走完后，梧桐一个人来到了马啸天的坟头，她烧纸点燃香，倒了一杯酒，洒在了他的坟头："一路走好，保重！"

起风了，四周的树木和杂草哗哗地响。梧桐隐隐约约听到了欲哭欲诉的声音："风有约，花不误，岁岁如此，永不相负！"

梧桐抬起头，望了望远去的群山，她眼里有泪。

第三十二章　新县长

一九四一年十二月七日，日本偷袭美国珍珠港后，日本的战略重心从中国转变为美国。翌日，美国向日本宣战，并呼吁世界各国对日本实施贸易制裁。十二月九日，中国国民政府正式向德、意、日宣战。不久之后，除了与日本保持中立的苏联以外，英国等同盟国也对日本宣战。从此中国不再独立对日作战，抗日战争正式成为第二次世界大战的一部分。美国加入二战后，通过滇缅公路和“驼峰航线”从缅甸、印度向中国运送了大批作战物资，支持中华民国继续抗战。

那个冬天，飘着小雪。

牛德益回来了。

牛德益回来的消息如一枚炸弹在漩涡街上空爆炸，人们一直以为他早就死在外面了。据见过他的人说，牛德益腿瘸了，走路一拐一拐，拄着一个拐杖，眼睛瞎了一个，戴着墨镜，是个独眼龙。他身穿中山装，胸上挂着民国政府的国徽。人们更没有想到的是，他这次回来是赴任的，被国民政府任命为汉阴县的县长。

这些年来，牛德益去了哪里，干了些啥，没人知道，只有他自己心里最清楚。

牛德益在漩涡街干尽了坏事，自上次马啸天带人冲进牛家大院要杀他，牛德益带着老婆从后门逃跑后，他去了上海投靠沈佩贞，沈佩贞在上海开有夜总会和妓院，黑白两道都有人。在日本华中派遣军的直接操纵下，伪中华民国维新政府在南京宣告成立。定北洋政府时期的《卿云歌》为国歌。牛德益在沈佩贞的引荐下，加入了梁鸿志的中华民国维新政府。牛德益很快勾搭上了一个政府官员的女儿，于是他害死了自己的老婆，跟官员的女儿结了婚。

不久，汪精卫在南京举行所谓“国民政府”还都仪式，正式成立傀儡政权，发表《和平建国十大政纲》。华北临时政府改为华北政务委员会，撤销中华民国维新政府。汪精卫被任命为行政院院长兼代主席，周佛海被任命为财政部部长兼中央政治委员会秘书长，梁鸿志被任命为监察院院长，而牛德益成了苏浙皖三省绥靖军总司令任援道的参谋，他在跟八路军的一次战斗中腿上中了枪，眼睛也被打瞎了，伤好后他进入了汪精卫政府，成了周佛海的得力助手。牛德益心里非常清楚，小日本现在是兔子尾巴长不了，迟早要滚出中国，他要为自己留一条后路。他整天在汪精卫和周佛海身边，接触到了大量情报，他把这些情报卖给了国民党在南京站的军统，他为表忠心，自己还加入了军统，为此还受到了蒋介石的嘉奖。军统在执行一次刺杀汪精卫的秘密行动中，被汪精卫的七十六号特务机构发觉，牛德益见事情败露，逃到了重庆。蒋介石念他有功，看他又上不了前线，就委派他到汉阴县当县长，刚好汉阴县县长的职位一直空着，马啸天死后，本来马富禄有望接替县长一职，但因他强暴民女，被人告状告到了重庆，于是被撤了职。

新官上任三把火。牛德益上任后没有烧火，他像只病猫一样整天待在屋里，很少出门转转，汉阴县是他发家致富的起点，也是他的伤心之地。人们在猜测，他在舔伤口的血，毕竟现在是中华民国，不是当年军阀混战抢地盘的时候了，该收敛就得收敛点了。牛德益虽然很少出门，但某些人的狗鼻子早已闻着味而来了，比如有人看见宋小江提着大包小包偷偷朝县衙跑。还有消失多年的万福也出现了，他们说万福是被牛德益请到府上去的。他们都在说万福现在是个高人，对周易八卦风水算命颇有研究。

飘着小雨的那个下午，牛德益坐着马车悄悄来到了漩涡街，陪同他一块儿来的，是万福。万福满头白发，白胡子白眉毛，有点像道家的仙人。他在牛家大院门前转了一圈，曾经属于牛家的大院如今落到了马家的手上了，成了马家的仓库，大院里杂草丛生，曾经飞黄腾达的牛家如今已破败不堪了，他脑海里冒出了《乌衣巷》这首古诗：“朱雀桥边野草花，乌衣巷口夕阳斜。旧时王谢堂前燕，飞入寻常百姓家。”

牛德益的一举一动，自从他踏进漩涡街开始就被一个人在背后偷偷关注着，他就是马富禄。

马富禄见牛德益回来了，故意装出散步的样子走到牛家大院门前，望了牛德益一眼：“这不是牛县长吗？你怎么回来了？”

“你好像对本县官有意见？”牛德益鼻子哼了一声。

“岂敢岂敢！”马富禄说，“这牛家大院本来就是你们牛家的，既然你回来了，马家就把它送给你了。”

“这怎么好意思呢？我用钱赎回。”牛德益说。

“什么钱不钱的，人一辈子，要那么多钱干吗？要那么多房子干吗？”马富禄说，“马家大院现在没有多少人口了，房子现在空置了很多，房子再多，晚上睡的还是一间。”

“那就谢谢了！明天我就安排人来打扫。”牛德益说。

马富禄主动邀请牛德益和万福到家做客。马家现在是马富禄当家做主了，马少秋和马啸天死后，大太太申红羽地位一下不保了，显然马富禄的亲母——马少秋的三太太成了这家的女主人。马啸天走后，雪莲带着孩子一直住在马家大院，孤男寡女，马富禄早就心猿意马，要不是雪莲拼命反抗，他早就得手了。

牛德益和万福来到了马家做客，马富禄的母亲三太太见了牛德益非常客气，问长问短，旁边的申红羽根本插不上嘴。万福不愧是跑江湖的，他几句话就把三太太逗得非常开心，说老人耳垂又大又厚，颧骨高度又贴近眼尾，这种面相的女人福气很不错，属旺夫益子相。这种面相的女人，金钱运势、朋友运势和健康运势都不错，有了好命不用担心好运自然就来了。这种女人不光自己有福气，家里人也能跟着享福，过着无忧无虑的生活。三太太被万福说得心花怒放。

马富禄的老婆叫麦秵，人长得漂亮，对人很热情，亲自给他们上茶。

聊了一会儿天，马富禄嫌弃家里的厨子饭菜做得一般，便请牛德益和万福去梧桐的望江楼吃饭。这么多年来，望江楼的厨子一直没换人，一直保持着那个味道，所以望江楼的生意一直都很好，成了全县的招牌了，好多人不远千里赶来就是为了品尝地道的家乡菜。

牛德益和万福来到了望江楼，梧果和他老婆还在，只是苍老了许多，岁月对每个人都是公平的。牛德益坐在原先熟悉的那个位子上，触景生情，他想到了沈佩贞、哥哥牛德元、唐县长等等，他情不自禁地脱口而出说：“那个老板娘还是梧桐吧？”

梧果客客气气地说：“正是。”

马富禄笑着说：“这个大掌柜梧桐面子大得很，不是什么人随随便便都能把她请出来的。”马富禄故意这样说，这么多年来，他一直苦苦追求梧桐，结果梧桐从不正眼瞧他一眼，他想看看梧桐的笑话。

“快去派人把她请来！胆子太大了，把县老爷都不放在眼里？！”万福也在旁边煽风点火。

梧果派人去请梧桐，一会儿梧桐来了。漩涡街屁大点地方，牛德益一踏进漩涡街，梧桐就知道了。她心里一直在琢磨，牛德益一回来，汉阴县将又会被他弄得鸡飞狗跳、鸡犬不宁，当初金家的生意硬是被他强行霸占多半的股份，她辛辛苦苦挣的钱大多都交给了牛德益。如今他回来了，该不会故技重演吧？如今日本人占领了大半个中国，生意不好做了，梧桐好多铺面都关门了，唯一盈利的就是酱园店和酒楼，梧桐的酒楼在秦南地区开了十家分店。

“大掌柜，终于把你请来了。”牛德益笑呵呵地说。

“稀客！稀客！”梧桐微微一笑，“他们都说你死了，没想到你还活着。”

“你怎么说话的，人家现在是国民政府任命的县长。”万福说。

牛德益的脸上变了颜色，随即尴尬地一笑：“我属猫的，九条命，死不了。”

梧桐望了万福一眼，故意说：“这位是哪个山上下来的道士？一看就是个高人。”

万福瓮声瓮气地说：“谢谢夸奖！”

梧桐说：“你们坐，我吩咐上菜。”

牛德益说：“不用了，马富禄都已安排好了。”

梧桐只好坐下。

牛德益说：“我要大力发展全县的经济，还要为前线募捐招兵买马，储备军粮，还要征集壮丁修建安康机场和铁路，到时你这个大掌柜一定要支持我的工作哦。”

“没问题。”梧桐爽快地答道，“虽然我的日子不好过，但为了支持前线抗日，我可以尽微薄之力。”

“说得好。”牛德益拍着手说，“后天，我在县城举行募捐大会，邀请了县上有头有脸的人物，到时你一定要参加。”

凉菜开始端上来了，热菜也开始慢慢上来了。酒喝不动，马富禄充满激情，而牛德益说身体原因喝不动酒了，万福和马富禄依然是个酒鬼，主人不喝，梧桐也不喝，他们也放不开，这顿饭顿时吃得索然无味。

牛德益突然问梧桐：“庞光远他现在还好吗？”

梧桐一怔，他怎么突然关心起庞光远来了，也不知道他葫芦里卖的啥药，她说：“好久没跟他联系了，不知道他现在的情况。”

“听说他跟红军关系闹僵后，现在是秦南抗日第一军的队长。”万福自问自答地说，“什么狗屁队长，说白了就是土匪。”

牛德益微微一笑，没说话。

“记得六太太和你在县城的相好，她们都还好吗？”梧桐见万福开始诋毁庞光远，故意揭万福的短。当初她在金家时，万福勾引六太太，想霸占金家财产，后来事情败露，他和六太太被赶出了金家。万福见六太太没有利用价值了，立即另寻新欢。后来跟他的两个女人都莫名其妙地死了。

“都是过去的事了，别提了。”万福的脸色一下变了，“吃饭。”

吃完饭，牛德益和万福就坐着马车离开了漩涡街回县城去了，县城还有一大堆事等待着牛德益去处理。马富禄跟着他们一块儿走的，他想在牛德益手下找份事干，牛德益承诺给他一个警察局长干干。

县城募捐大会这天，马富禄摇身一变，真的穿上了警察服装，他带领着警察维护治安。全县有头有脸的人物都来了，人们一边看戏，一边纷纷捐款，每笔捐款都有人登记。宋小江捐了两万大洋，梧桐捐了五千大洋。庞光远派阿六专门下山来捐了三千大洋。连街上的小摊小贩和学生们都纷纷主动捐款，据说这次募捐共筹资二百多万大洋。

一夜之间，街上又布满了带春字号的商铺，店铺林立，人来人往，让人感觉全县的经济欣欣向荣，国泰民安，人们的日子过得非常舒服和满意。

新官上任三把火，牛德益终于开始烧火了。在万福的煽动和鼓动下，牛德益十分相信利用好风水能使家人“趋吉避凶、趋利避害、趋生避死”，深信把握好风水能让自己“一帆风顺、步步高升、前途无量”，笃信引导好风水能叫地方“脱贫致富、赶超进位、实现跨越”。所以他利用职务之便将县政府的大门改了朝向，还派人重新做了翻修，花二十余万元购置直径达三米多的“转运风水球”置于县衙屋顶。门上斥巨资造两棵“水泥迎客松”，整个迎客松高十五米，树根部打了一点六米的水泥桩，整个树体由槽钢做好钢架后，浇铸混凝土铸成，然后用油漆将“树干”刷成棕褐色松树皮颜色。而松叶则由高仿真塑料松叶一根根插上去的。牛德益听了万福的建议才这么修建的，万福说县衙大门口造两棵迎客松，可以带来好风水、好运气，牛德益也希望自己的仕途能像松树那样四季常青。牛德益办公室的布局都是万福一手策划的，办公桌的摆向，甚至一花一草放在哪里都有讲究，特别是背后的那块“靠山石”，特别醒目。

牛德益还听了大师万福的建议，在汉阴县东向西进入县城中心的交通要道上，修建了一座宏伟的城楼，在城楼广场上，九根约十米高、直径超过一米的大柱呈弧形环立，一块硕大的流纹岩泰山巨石放置在广场前，楼前还有一座约十米高的方鼎。九根圆柱子、一个大方鼎、一块泰山石，寓意“一言九鼎泰山不倒”，光买下这块石头从泰山运到汉阴县，就花了几千万元。牛德益还准备在县城通向外边的四个方向，分别建南天门、北天门、东天门、西天门……万福预测牛德益有当大总统的命，可命里还缺一座“桥”，于是牛德益下令将耗资数亿元的国道改线，只为在水库上架起那座著名的“岱湖桥”，寓意将自己“带起来”，飞黄腾达。同时他还计划将家里老人坟墓迁往县城附近的仙人岭，到时聘请风水先生做道场改风水。

牛德益大搞风水，老百姓虽有意见，但没人反对，因为牛德益在苛捐杂税这一块对老百姓实行了减免。梧桐感觉牛德益这是在胡搞，他哪来的这么多钱？再这样下去，他迟早会出事的。

梧桐心里清楚，牛德益会来找她谈事的，会来找她要钱的。果不其然，牛德益来了，他的真实面目露了出来，牛德益说他想入股梧桐的酱园店和酒楼。

“怎么个入法？”梧桐开门见山地说，“现在是中华民国，是个法治的社会，可不是以前那种人人都可胡作非为的社会了。”

“你误会了。”牛德益说，“你可以继续把酒厂办起来，我入股……”

“办酒厂谈何容易。”梧桐说，“现在老百姓连粮食都没吃的，如何酿酒？再说，日本人占领了大半个中国，销路是个大问题。”

牛德益沉思了一会儿说：“我可以入股酱园店，或者你的酒楼？”

梧桐说：“我做的都是小本生意，自己都养不活自己，你想要钱，你就直说，别绕来绕去了。当初你从我这里捞了不少钱。今非昔比了，我儿子的女朋友可是蒋介石身边的红人，到时我参你一本，别怪我没有警告你。”

牛德益冷着脸走了，本来他是想从梧桐身上弄点钱用的。

梧桐心里清楚，牛德益不会善罢甘休的，还会想办法大捞钱财的，他之所以让马富禄当警察局长，实际上是帮他捞钱。县城的赌场、茶楼、店铺等等，马富禄都要收保护费，同时他们也私下经营商铺、赌场、钱庄、妓院等等，而幕后的真正的大老板就是牛德益。以前牛德益在县城就这样弄过，所以他这次弄起来得心应手。

牛德益这样胡搞倒也罢了，梧桐心里生气的是，她听说牛德益把为前线抗日募捐的二百多万大洋全部贪污挪用了。这个消息是万福酒后不小心说漏了嘴，他在梧桐的酒楼请客吃饭，喝高了满嘴跑火车，结果被一个伙计听见了。万福是牛德益的狗头军师和总管，牛德益非常崇拜他，也非常听他的话，万福说什么就是什么。

为前线募捐的钱财，牛德益竟敢贪污，这可是要掉脑袋的事。梧桐的眼里容不下沙子，天作孽，犹可活，自作孽，不可活。她要把牛德益所作所为告诉给重庆政府，前线战士拼死拼活在打仗，牛德益却在大肆发国难财，他不仅自己搞经营还大量强制入股，大肆收保护费，还贪污国家下拨的各种经费……梧桐找人秘密写举报信，举报信写好后，她让阿雅进城悄悄邮寄走了。

此后的日子，梧桐就待在家里等消息，等待着民国政府派人来调查。一等就是一个多月，没有消息，看来上面官官相护。梧桐心想，下面贪赃枉法、鱼肉当地百姓，政府睁一只眼闭一只眼，这样的政府迟早都会完蛋。

梧桐没有想到的是，这些举报信根本没有离开汉阴县，全落到牛德益的手中。牛德益为了封锁消息，所有寄往外地的信件，都要被秘密检查，凡是对他不利的信件都被扣留了下来。

牛德益开始了疯狂的报复。梧桐的酱园店被莫名其妙地查封了，说什么甜油、豆瓣酱食品检验不合格，全是用发霉变质的粮食等等制作的，对人的身体伤害很大，甚至有出人命的危险。梧桐的甜油、豆瓣酱等产品很快在全县下架，铺天盖地上架的却是宋小江酱园店的产品。

牛德益不罢休，接下来他就从梧桐县城的酒楼开始下手了，他买通厨子下药，好多食客生病住院，梧桐在县城的酒楼被查封了，很快波及其他分店，梧桐的十家酒楼纷纷关门了。

梧桐急了，她去找庞光远商量对策。庞光远听了梧桐的诉说后，心里非常生气，扬言带人下山杀了牛德益。梧桐说，牛德益现在出门都是几个排的警卫，加上寸步不离的保镖，要想杀他谈何容易？庞光远说，继续写检举信，揭露牛德益的嘴脸，我派人把信送到金元宝手里，让他转交给重庆政府。梧桐说，我听说金元宝已离开重庆，去延安了。庞光远叹了一口气说，也不知道这个小子整天在忙啥。梧桐说，是啊，他也不给家里写封信。

如何对付牛德益，两人很迷茫，默默望了一眼，随即目光又分开了。目光落到了远去的连绵的群山上，山上白云悠悠。

第三十三章　抓捕共产党

一九四五年八月十五日正午，日本裕仁天皇通过广播发表《终战诏书》，宣布无条件投降。九月二日，日本外相重光葵在美国军舰密苏里号上正式签署投降书。九月九日，在南京陆军总部举行的中国战区受降仪式上，日本驻中国侵略军总司令冈村宁次代表日本大本营在投降书上签字，并交出他的随身佩刀，以表示侵华日军正式向中国缴械投降。至此，抗日战争胜利结束。

日本人投降了，全中国一片欢腾，举国同庆。汉阴县全县人们敲锣打鼓，鸣放鞭炮，上街游行，盛况空前，欢庆抗日战争的胜利。热闹的场面使梧桐也跟着流下了激动的泪水。

接下来的几天，物价随之猛跌，这样欢庆的场面一直在延续，没有人组织，也没有人策划，完全是群众自发的。锣鼓声通宵达旦，各个街区都张灯结彩，搭台演戏。抗日战争的胜利，那是国家与国家之间的战争，是一个民族的胜利，那种激动的心情，所有的中国人都一样。

在这欢庆的背后，汉阴县上空乌云密布，感觉一场暴雨随时都将要降临。

抗日战争胜利，蒋介石向延安连发三封电报，邀请毛泽东到重庆共商“国际国内各种重要问题”。中国共产党派毛泽东、周恩来、王若飞为代表前往重庆。十月十日，国共双方签订了《双十协定》。一九四六年一月十日签订了《停战协定》。

一九四六年六月二十六日，国民党以三十万军队围攻中原解放区，向解放区发动了全面进攻。全国解放战争由此正式开始。

牛德益开始在汉阴县秘密抓捕共产党，其实他是借抓捕共产党的名义大发横财，宁可错杀三千，不可放过一个，他说你是共产党，你就是共产党。不管三七二十一，先抓起来严刑拷打，要想活命，通知家人来交钱，交完钱你就可以走人了。汉阴县有钱的人家，几乎都被牛德益过了一遍，一遍下来，牛德益赚得金钵满满。

梧桐的产业被牛德益弄垮了，酱园店和酒楼也关闭了，好在以前她存了点积蓄，否则这日子是没法过了。梧桐整天待在屋里很少出门，她感觉国民党反动派整人比土匪还厉害，吃人不吐骨头。她也听说了被牛德益抓进大牢的几个商人硬是被牛德益整得家破人亡，人财两空。

那天晚上，梧桐独自坐在屋里发呆，一个人悄然出现在了她的面前，那人戴着帽子和眼镜，胡须留得很长。

“你是？”屋里灯光很暗，梧桐打量着那人。

“我是马剑锋。”

“你怎么回来了？”

“一言难尽。”马剑锋说，“我跟随大部队长征，后来到了延安，武汉会战后，我被派到重庆做地下工作。如今日本人投降了，国共两党却撕破了脸，中共中央以‘中国人民解放军’名义发表宣言，提出了‘打倒蒋介石，解放全中国’的口号。秦南地区的地下党遭到了破坏，我被派到这里来是想重建地下党组织，发动当地的群众，等待时间解放全县城、解放秦南地区。”

“牛德益这人太贪太坏了，我一直都盼望着共产党回来呢。现在好了，你们终于回来了。”梧桐严肃地说，“你是共产党吗？”

马剑锋笑了笑，没有回答。

梧桐从马剑锋的笑中得到了答案，马剑锋就是中国共产党党员。梧桐认真地说：“以前听你说过，说中国共产党是中国工人阶级的先锋队，是中国各民族人民利益的忠实代表，中国共产党以消灭一切剥削和压迫，实现共产主义为奋斗目标。我可以加入共产党吗？你可以做我的介绍人吗？”

马剑锋微微一笑：“这得要看你的表现了。”

“今后有啥任务，随时吩咐。”梧桐说。

“我现在就有任务。”马剑锋说，“这些年来，我们跟庞光远失去了联系，想必他心里一定憎恨我们，我想去天鼓台拜见他一下，消除当年他跟红军的误会。我们想建立一支游击队，而庞光远是最佳的人选。”

“我知道你的意思。”梧桐说，“你担心他不接见你，是吗？这事，包在我身上，我有办法收拾这头倔驴。”

马剑锋哈哈笑了。

第二天，天还没亮，梧桐和马剑锋就悄悄去了天鼓台。天鼓台没啥变化，依然风景如画，美不胜收。唯独变法的是，庞光远明显老了一截，头上出现了白发。

庞光远见了马剑锋果然爱理不理，显然没有把他放在眼里，当初他差点就死在白狗子的手里。梧桐就把当时情况说了一遍，还说当初红军走时来不及通知他们放弃计划，事后马剑锋还转交给了他一封信，这说明当时红军还是有诚意的。庞光远说，是有诚意，我差点把命都搭上了。马剑锋就开始承认错误、道歉，要不是梧桐在旁边不停地说好话，庞光远是不会原谅马剑锋的。

庞光远心里的疙瘩解开了，他吩咐阿六上酒上菜。梧桐四周看了看，问狗子、豹子和狍子去了哪里，庞光远苦笑了一下说，人往高处走，牛德益回来后，狗子、豹子和狍子耐不住寂寞，过不惯山里的苦日子，他们先后投奔牛德益，吃香的喝辣的去了。

梧桐说："他们本来就是墙头草，有奶便是娘。我早就看他们不可靠，他们最初就在马富禄和牛德益手下混日子，物以类聚，他们这是臭味相投。"

马剑锋说："有些狗是喂不熟的，它的奴性和狼性已深入骨髓！"

庞光远说："怪我看走了眼，这个豹子为了表忠心，等我喝醉了想偷我的金菩萨和金碗送给牛德益，结果被阿六发现了，他就跑了。"

马剑锋谈了自己的计划，他这次回来就是组建凤凰山游击队和地下联络点，希望庞光远能配合。庞光远还没表态，梧桐抢过话说，没问题，庞光远是个爽快之人，加入共产党领导的队伍，打倒国民党反动派，解放全中国，别说他一个大男人，我一个女人也二话不说满口答应。庞光远见梧桐这样说了，只好表态，愿意组建凤凰山游击队。接着做了分工，庞光远任队长，马剑锋任政委，梧桐负责后勤给养等等。

接下来商量组建地下交通站的问题，经过商量，在县城开一家裁缝店，怕引起人们怀疑，最好是生面孔，刚好马剑锋这次带来的人里面有裁缝师傅，刚好又是生面孔。梧桐说，她要在城里开一家茶楼，本来她在城里就有生意，这样也方便同志们落脚和传递情报。马剑锋同意了，他说，牛德益他们都认识我，我不方便在城里露面，我就待在天鼓台上，把情报通过电台传出去。

计划好后，大家就开始分头行动，茶楼和裁缝铺很快就开张营业了。特别是这个裁缝铺挑选得非常好，过去的县城南街，特别是中街、下街，靠东边一侧，由于地势的问题，临街一侧房屋在外面看是一致的，但下面高低不平。建房时因是平房，不需承重，地基多为石凳上立木柱为支撑，在地面上铺上木地板既使地平又是防潮层。木地板下面离地三十厘米到一米以上不等，有的地方下水道还从屋下穿过，铺面下面可以藏人，但只能睡卧，不能站立，活动受限。另外铺面后有一小阁楼，在大街上看不见，所以伙计们他们白天可以睡觉，晚上出来活动，张贴标语等。茶楼的生意也不错，好多都是老主顾，茶楼设有棋牌、麻将等等，茶楼每天请的都有说书人，讲什么三国、水浒等等，还定期请戏班子来唱戏。梧桐不出门，通过一个小小的茶楼，整个县城发生了什么事情她通过这些客人的言谈很快就知道了。

牛德益每天在城里依然在抓捕所谓的共产党。这天，囚车上关押了几个人，敲锣打鼓地在游街，然后押向刑场准备砍头。梧桐这天刚好没事，随着人流拥进了刑场，刑场人山人海。一个人脖子上挂着一个牌子，牌子上写着“牛子清”，名字上打了一个大大的“×”，关于这个名字，梧桐感觉以前听别人说过。

坐在台上的马富禄开始宣读牛子清的罪状，牛子清不仅是罪大恶极的盗墓贼，还是个大汉奸。说到牛子清，还得要从袁世凯说起：

说到袁世凯，很多人都会想到他当初耍阴招坐上大总统之位，还想要当皇帝一事，不过，虽然大家都知道他做的很多事情都令人痛斥，但是极少人知道他也是一个大孝子。袁世凯母亲去世的时候是一九〇一年，正是李鸿章与八国联军签订《辛丑条约》后离世的那一年。慈禧当时依然躲在西安，身为朝廷命官的袁世凯向慈禧请假，希望能够回去为母亲办丧事。慈禧正在为自己的命运惊恐忧虑，自顾不暇，断然不会把旁人的事情放在心上，所以她并没有准袁世凯的假，并且将这件事情直接推到大局定了以后。李鸿章重病之际曾举荐袁世凯当直隶总督，慈禧又加封袁世凯为太子少保。于是袁世凯趁着这个机会又一次提出想要回乡将母亲安葬，慈禧总算是应允了，给袁世凯放了四十天的假，赐给他三千两银子作为治丧费。袁世凯在一九〇二年的八月回项城为母亲办丧事一事，在地方官员之间轰动一时。袁世凯这边将母亲风风光光地下了葬，盗墓贼那边就听到风声，万分垂涎。袁世凯于是心生一计，阻止了盗墓贼挖坟，只不过，这一计很是毒辣。将刘氏下葬五日以后，袁世凯让自己手下的官员朱奎假扮盗墓贼将他母亲的坟给挖了。次日，这件事传遍全城，为此袁世凯还特意上母亲坟头号啕大哭了一场。袁世凯认为自己光哭还不够，为了能够彻底震慑盗墓贼，他便怒骂朱奎看管不利，朱奎并不慌张，他还以为这是袁世凯有栽培他的意思。结果袁世凯越骂越凶，最后还下令要将朱奎斩首。这个时候朱奎依然认为袁世凯只是做做样子，不可能真的将他杀死。直到断头台上，朱奎看到刽子手已经提起了刀，眼看着就要斩下他的头时，朱奎才大喊自己是冤枉的，可惜这也成了他的遗言。眼看袁世凯竟然如此狠辣，连自己的手下都不放过，果然将盗墓贼们吓得不敢再惦记刘氏陵墓。可惜，等到袁世凯死了以后，刘氏的陵墓还是被人挖开了，而挖她陵墓之人正是朱奎的儿子。朱奎的儿子一直想为父亲报仇，长大后，他隐姓埋名，改为牛子清，加入了同盟会，投靠了汪精卫。为了给父亲报仇，牛子清将刘氏陵墓挖开之后，却发现里面并没有刘氏的骸骨，原来这只是一座衣冠冢。其实当初袁世凯费尽心思想要保护母亲的陵墓，不仅在一开始杀人以震慑，还将陵墓设置了机关，将真正的陵墓埋在了最下面的一层，而牛子清以为是一座衣冠冢就烧了这些。袁世凯得知自己母亲的陵墓被挖，差点气死了，他扬言要抓住这个盗墓贼，派人四处抓捕牛子清都没结果，直到袁世凯临死前还在惦记这件事，委托牛德益一定要抓住这个凶手。为了恩人袁世凯的嘱托，牛德益一直把这事记在心里，袁世凯的儿女也来找过牛德益，说只要抓到了凶手将重谢。没想到歪打正着，马富禄那天巡逻，看牛子清是个外地商人，一看就很有钱，马富禄把他抓起来本想敲诈一笔，没想到一顿严刑拷打，他什么都招了。

刽子手手起刀落，牛子清的脑袋滚在了地上。

马富禄继续在杀人，梧桐看了看地上的血迹，她感觉到了恶心，转身走了。梧桐欣慰的是在街上到处可以看到张贴的标语，有些标语还没来得及撕，上面清清楚楚写着“打倒蒋介石，解放全中国”等等。梧桐心里清楚，这些一定是裁缝店那帮人半夜悄悄贴的。

梧桐每天按照马剑锋的吩咐，留意客人的谈话，了解县城的情况及全县的军队驻扎情况。

一个月后，梧桐和裁缝铺张老板来到了天鼓台，给马剑锋汇报情况。

张老板说：“县城到处充满白色恐怖，国民党政府到处抓捕共产党人和进步人士。我的伙计们白天睡觉，晚上出来活动，张贴标语。马富禄和虎子带人来搜查过两次，也没发现什么可疑情况。”

庞光远插话说：“我觉得这个县保安队队长虎子人不错，爱憎分明，有正义感，他跟狗子、豹子和狍子完全不是一条路上的人，可以争取过来。”

“有机会，跟他见见面，好好谈谈。”马剑锋说。

张老板说：“经过这段时间了解，我感觉县城驻扎了三个团，也就一个旅的兵力，三千至四千人。县城外围，听说驻扎了一个整编独立师，因为那些并非正常编制，估计有三万多人。”

“不能凭感觉，要真实的数字。”马剑锋说，“国民党怎么这么多人？”

“他们为了补充兵力，天天都在抓壮丁，现在年轻的小伙子大白天都不敢上街了。”庞光远说，“我的一个弟兄被国民党抓壮丁抓走了，回头我问问他，看看有没有什么有价值的情报。”

“梧桐，你打听到了什么消息没？”马剑锋问。

“没有，什么都没有，都是些鸡毛蒜皮的事。”

“鸡毛蒜皮的事？”马剑锋说，“别小看这些鸡毛蒜皮的事，通过这些小事，也许我们可以获得意想不到的有价值的东西。”

梧桐想了想说：“他们说马富禄的老婆麦孖跟牛德益有一腿，白蝴蝶和白玫瑰跟牛德益关系暧昧，没想到又插进来一个原金家大小姐金枝叶，这几个女人关系好复杂啊。宋小江跟夜来香冯艺梅搞在一起了……”

庞光远笑了，说：“哈哈，你打探的都是些啥小道消息！”

“你可别小看这些小道消息。”马剑锋说，“我们可以在这些上面做文章，马富禄的老婆麦孖跟牛德益有一腿，我们可以利用马富禄来挑拨他跟牛德益之间的关系，激起他们之间的矛盾，让他们自相残杀。我们还可以挑起金枝叶和白蝴蝶白玫瑰两姊妹的关系，让她们争风吃醋，让牛德益心神不安……”

“谈何容易？马富禄和牛德益现在两人穿的是一条裤子。”梧桐说。

“心如欲壑，厚土难填。两人为了利益走到一起，一旦他们的利益产生了矛盾，迟早他们关系会搞僵的。”马剑锋说。

“我明天就找人在马富禄家的墙上门上和警察局墙上画上缩头乌龟，再给乌龟戴上绿帽子，想必他一定会明白这些的。”张老板说。

“把火点得越大越好。”马剑锋说，“牛德益开了不少商铺让马富禄打理，马富禄这人雁过拔毛，他肯定会在这些钱财上做手脚，只要能找到马富禄贪污证据，牛德益一定就会跟他撕破脸。”

张老板说：“我想想办法。”

马剑锋说：“尽快找个机会，我们跟虎子谈谈。”

“这事包在我身上。”庞光远说。

几天后，虎子果然来到了天鼓台。庞光远把马剑锋介绍给了虎子，虎子说，久闻马少爷大名。马剑锋看门见山地说，别叫我什么少爷了，我现在是解放军，奉命来秦南地区摸清国民党布防情况，为下一步解放秦南地区做准备。虎子说，实话告诉你们吧，其实我早就不想当这个保安团团长了，这个团长我干得非常憋屈，如果我不跟他们同流合污吧，就会遭到排斥和打击，祸害老百姓的事，我又做不出来……

庞光远吩咐摆上了酒菜。虎子喝了一口酒，马剑锋问县城的布防情况，虎子说，县城驻扎了三个团，加上他的保安团，四千人左右。县城外围驻扎了一个国民党整编独立师，分别驻扎在平梁、涧池、蒲溪、双乳、汉阳坪、双河口、龙垭、铁佛寺一带，加上安绥军、陕西警二旅、地方保安部队等势力大概有三万人。

马剑锋说：“现在目前的形势你也知道，国民党在节节败退，陈毅在宿北、鲁南、莱芜战役先后获胜，并在孟良崮战役中歼灭国民党精锐部队整编七十四师，张灵甫师长被击毙。中原战场，刘伯承在定陶战役歼灭国民党整三师，陈赓部则围歼了胡宗南的‘天下第一师’的整一旅。西北战场，由于得到内线情报，中共主动从延安撤退。胡宗南率部攻占延安。随后中共连续取得在青化砭、羊马河、沙家店等地的胜利，国民党部队士气下降严重。刘伯承、邓小平率领大军强渡黄河，千里挺进大别山，直接威胁国民政府的统治中心南京和武汉；陈毅、粟裕领导下的华东野战军挺进豫皖苏；陈赓、谢富治兵团挺进豫西。三路大军，互相策应，在黄河与长江之间的广大地区形成了一个‘品’字。照这样发展下去，解放军很快就会解放全中国。”

梧桐说：“虎子团长，你也该为自己想条后路了。”

马剑锋说：“时机成熟，等我们攻打县城时，希望你带着你的保安团作为内应配合我们，里应外合，一举拿下县城。”

虎子说：“没问题，从现在开始，我随时可以给你们提供情报。”

马剑锋说：“太感谢了，以后有啥事，你可以直接找裁缝铺张老板和酒楼的梧桐。”

张老板和梧桐望着虎子笑了笑，大家共同端起酒杯碰了一下。

夕阳映红了天鼓台，夕阳旁边的云霞，一会儿橘，一会儿黄，一会儿粉，一会儿紫，一会儿红，真是色彩缤纷，变幻无穷，山谷更显得静谧和神秘。

第三十四章　刺　杀

女人给男人戴绿帽子，男人往往是最后一个知道。

马富禄的心情烦透了。人们都知道马富禄的老婆麦秈给他戴了绿帽子，马富禄却是最后一个知道的。

那天，虎子满头大汗来到马富禄的办公室，显然他是跑来的，虎子派人跟踪牛德益，得知这会牛德益正在跟马富禄的老婆幽会，虎子神秘地说："马局长，警察局的墙上怎么画了那么多戴绿帽子的缩头乌龟？"

"小屁孩乱画的。"马富禄不以为然地说。

"一看就是大人画的。"虎子左右看了看，小声说，"你真的不知道？他们是在看局长的笑话呢。"

"看我笑话？"马富禄指了指自己的鼻子说。

"算了，不说了。"虎子说。

"别吞吞吐吐的吊老子胃口，快说。"

"我说了，你千万不要生气。"

"快说。"

虎子就把麦秈和牛德益通奸的事说了出来，还说他的嫂子白玫瑰也跟牛德益关系暧昧，马富禄的脸一下绿了，虎子故意煽火："俗话说，朋友妻不可欺。那个瘸子独眼龙（牛德益）真不是个东西，贪得无厌，自己吃肉，连汤也舍不得给弟兄们喝一口。"

马富禄阴着脸把墙上的枪套取了下来，挂在身上，转身朝外走。马富禄在城里置了一套大宅子，他要回家找老婆麦秈算账。

"马局长，你这是要去哪里？"虎子故意问。

"回家收拾那个臭婊子。"马富禄恶狠狠地说。

马富禄回家后，一脚踢开门，看见了床上一丝不挂的牛德益和麦秈，马富禄顿时不知道该怎么办，退也不是进也不是。牛德益不慌不忙地穿衣服，说：“刘备说女人如衣服，兄弟如手足。”

马富禄慌慌张张地说：“对不起，我还有事，你们忙，我先走了。”

马富禄满肚子的火，他在街上溜达了一圈，越想越气，他估计牛德益走了，又匆匆回家。麦秈坐在梳妆台前化妆，看也不看马富禄一眼，仿佛心里没有一丝愧疚，马富禄心里顿时来气，把桌子上的化妆品扔在地上：“丑人多作怪，一天只晓得化妆，勾引男人。”

“你还好意思说我，你本来要当县长的，强暴民女，霸占人家妻妾，被人告状到了重庆，于是被撤了职。要不是我，你一个被开除公职的人能当上什么破局长？”麦秈手舞足蹈地说，“是人都会孤独，都会寂寞，都会有七情六欲，你在外找女人，我自然也可以在外找男人。”

马富禄气得打了麦秈一巴掌。

“你竟敢打我！老娘早就不想跟你过了，离婚。”麦秈发疯一样地喊道。

“谁怕谁啊，离就离，我现在就写休书。”

“谁不离，谁就是王八蛋！”麦秈说，“我早就等你这句话了。我现在就走！”

麦秈收拾完自己的东西，提着皮箱就走了。马富禄没想到的是，麦秈早早就做好了分手的准备，她把马家大院的房契偷了出来，在牛德益的撮合下，卖给了宋小江，然后两人把钱平分了。

马富禄那天回漩涡街，看见申红羽和雪莲被赶了出来，他冲了过去，抓住宋小江，让他们滚蛋。宋小江拿出房契说：“马家大院现在是我的，我花大价钱买下了。”

“谁卖给你的？”马富禄生气地说，“马家大院是我们马家的。”

“牛县长。”宋小江说，“你去找牛县长说理去。”

马富禄只好带着申红羽、雪莲和马啸天的儿子回到县城自己的房子里。一路上马富禄都在琢磨，他明白了，一定是麦秈伙同牛德益把马家大院卖了。他心里恨死了牛德益，恨不得立即杀了他，嘴里不停地骂着奸夫淫妇。

马富禄心情坏透了，他找虎子喝酒，他把心中的不快说了出来。虎子也说他心里也恨死了牛德益，两人不谋而合，寻找机会杀了牛德益。牛德益出门都是几个排的警卫，加上寸步不离的保镖，住的地方又戒备森严，外人难以接近此地，更别提自由出入了。要想杀他谈何容易？马富禄说了各种行刺方案，始终感到难以有效地实施暗杀行动，只好作罢。

马富禄整天精神萎靡，常常把狗子、豹子和狍子叫在一起喝酒。

马富禄说：“我平时对你们如何？”

狗子、豹子和狍子都说不错。

马富禄说：“国军现在节节败退，牛德益在为自己寻找退路，大肆捞钱，你们也该为自己寻找退路。以后抓共党不要太积极了，得过且过。”

狗子说：“请马局长给我们指条道。”

马富禄说：“人为财死，鸟为食亡。牛德益不是个东西，吃人不吐骨头，贪得太多了，会撑死的。他霸占我老婆我嫂子，侵吞马家财产，我现在恨不得杀了他。你们给我说说，有啥好办法，既杀了他，又能全身而退？”

“我看还是算了吧！”狍子说，“现在这个社会当缩头乌龟还能生存。”

狗子和豹子不说话，趴在桌子上纷纷装睡。

第二天，狗子悄悄去了牛德益的府上，把马富禄要杀他的消息告诉给了牛德益。

牛德益冷笑了一下，望着狗子说：“你想不想当警察局局长？”

狗子说：“想，做梦都想。”

牛德益狞笑了一下说：“只要你杀了马富禄，你就接替他的位子。”

“我怎么能杀他？”

“这是你的事，我只要结果。”

“我明白了。”

几天后，人们在河里发现了马富禄的尸体，警察对外公布消息是马富禄喝醉酒后不慎落水而亡。其实是狗子和豹子把马富禄灌醉后，扔进了河里。

狗子如愿地当上了警察局长，而豹子心里非常失落。

狗子怕他害死马富禄的消息泄露，于是栽赃陷害豹子，把他抓了起来，关进大牢。豹子被关进大牢的当天晚上就被里面的狱霸打死了。

马富禄和豹子的死，虎子感觉到了蹊跷，马富禄说要暗杀牛德益，结果很快就死了，难道有人告密？虎子感觉到了自己的处境危险，当时他也说了要杀牛德益，如果这些话传到牛德益的耳朵里，他岂能放过自己？与其被动，还不如主动出击，虎子就去拜访狗子，顺便祝贺他高升。

虎子见了狗子，拱了拱手说：“祝贺高升！请以后多多关照！”

狗子哈哈大笑：“你来得正好，刚好我有事找你。”

“什么事？”

“牛县长准备明天下午两点去剧院给白玫瑰捧场，白玫瑰准备重出江湖，顺便给国民政府‘剿共’募捐，他在县城的安全就交给你了。”

“牛县长这是给自己募捐吧？”虎子笑着说。

“你可别乱说，小心掉脑袋，干好你的本职工作。”狗子眼睛一瞪。

“我没把你当外人，这不是开玩笑嘛，信口雌黄，别介意。”

狗子笑了笑说：“我的任务就是把全县有钱的人家全部请到会场，不掏钱者休想离开。”

虎子哈哈笑了：“你先忙，我也抓紧时间布置明天的安保工作。”

虎子离开警察局，故意左拐右拐，拐进了和平街。他左右看了看，闪进了梧桐的茶楼。

“虎子队长，楼上请！”伙计认识虎子。

伙计领着虎子进了楼上包间，一会儿梧桐进来了，虎子说：“独眼龙（牛德益）明天下午两点去剧院给白玫瑰捧场，白玫瑰准备重出江湖，他想借给国民政府‘剿共’募捐的名义捞钱。独眼龙去剧院，和平街是必经之路，刚好要经过茶楼，要么在茶楼设伏，要么就在剧院刺杀他。”

梧桐说：“我派人把这情况立即上报上去，等我消息。”

虎子站起来说：“告辞了，晚上我们再碰头。”

梧桐说：“好吧，从后门走吧。”

梧桐立即去找裁缝铺张老板，把这一情况做了汇报，张老板立即亲自出城去天鼓台找马剑锋和庞光远。

当天晚上，虎子再次来到了茶楼。张老板、马剑锋、庞光远和梧桐都在，他们正在商量如何刺杀牛德益，是在街上动手，还是在剧院动手，大家争执不已。

虎子说：“如果你们想在剧院里动手，我能想办法让你们混进去。但一旦打起来，要想逃跑就比较困难了，因为独眼龙的警卫连早就把剧院四周戒严，包围了起来。”

庞光远说：“大不了同归于尽。”

“跟这种人同归于尽，不值得！”梧桐说，“我还嫌丢人呢。我还想等着全国解放，过好日子呢。”

马剑锋沉思了一会儿说：“我们就在和平街动手吧，就算刺杀失败，我们逃跑也方便。”

马剑锋把工作做了分工，张老板和阿六化装成小贩，一个用架子车堵住他们的马车，一个用手榴弹朝牛德益马车上扔去，埋伏在街道两边和茶楼的马剑锋、庞光远趁乱用枪对牛德益的马车进行扫射，一举打死牛德益和他的警卫。刺杀只有两分钟时间，不管是否成功，都要立即撤退，要在虎子关闭城门前撤出。一旦牛德益的部队接管城门，要想出城就麻烦了。

梧桐说：“那我干啥呢？”

马剑锋说：“负责掩护大家从茶楼后门撤退，后门离南门很近，要让大家快速出城门。”

虎子走后，马剑锋和庞光远留在了茶楼，梧桐跟他们说了一会儿话，然后各自入睡了。想想第二天就可以刺杀牛德益了，他们兴奋得睡不着。

天终于亮了，转眼到了下午，张老板和阿六化装成小贩在街道两边等候着，街道两边站了不少警察和保安队员在维持秩序。

牛德益的马车终于来了，前面的警卫队在前面开道。马车驶入了和平街，阿六推着架子车突然出现拦在马车前，他趁机滚在一边，几个警卫去推架子车，装在架子车底下的炸药爆炸了，街上血肉横飞。张老板趁机朝马车上扔出几颗手榴弹，马车炸飞了。接着马剑锋和庞光远朝牛德益的警卫队开始射击。

街道上警笛响了起来，突然冒出了密密麻麻的国民党士兵，包围了他们。

“我们好像中计了，快撤！”马剑锋喊道。

庞光远带着人朝城门冲去，城门已关闭，并且架了两挺机枪，要想强冲过去几乎不可能。冲在前面的弟兄纷纷倒了下去，后退吧，后面也是国民党士兵，前后夹击。阿六大声说：“掩护我。”阿六提着一捆手榴弹朝城门冲去，还没冲过去就被扫射的机枪击倒了。庞光远喊着阿六的名字想冲过去，阿六说：“别过来！”阿六已暴露在敌人的枪口下，谁去救谁就将死。后面的敌人也围了上来，把马剑锋包围在窄窄的巷子里，马剑锋说：“想不到今日却死在这里，跟他们拼了。”马剑锋刚站起来打死两个敌人，自己也中了一枪，倒在地上。庞光远扶起马剑锋，躲在一处安全的地方：“你不能死，要死一块儿死！”

这时，突然枪声大作，虎子带着他的保安队在敌人后面发起了进攻。牛德益怀疑虎子跟共党有染，故意放出他要募捐的假消息，试探虎子一下，如果虎子真跟共党有瓜葛，就会把消息吐露给共党，共党就会设伏暗杀他，他就顺便布下天罗地网，实行反包围，把共党一网打尽。虎子知道了牛德益根本没死，炸死的是他替身，他什么都明白了，牛德益在试探他，既然现在已暴露了，干脆鱼死网破，他早就想漂漂亮亮干一场，他带着他的手下疯狂地向敌人发起了进攻。

老奸巨猾的牛德益已安排了三个团的兵力包围了上来，而虎子的几十号弟兄寡不敌众，纷纷倒了下来。

“你们快走！”虎子喊道，他拉响了手榴弹朝敌人扑了上去。

“你们走，我掩护！”马剑锋说。

“你们走，我掩护！”庞光远说。

这时，阿六在地上慢慢移动着，他靠近了城门，他使出吃奶的牛气把一捆手榴弹扔了过去，两挺机枪被炸飞了。

“快走！不要管我！”马剑锋用枪指着自己的头说，“带着我，谁都走不了。再不走，我就开枪了。”

庞光远咬咬牙，冒着枪林弹雨朝城门冲去。在外接应的游击队已炸开了城门。庞光远想冲回去救马剑锋，看见黑压压的国民党士兵冲了上来。

“快走！”张老板喊道。

庞光远边打边退，终于撤出了城，进入了茫茫的凤凰山。敌人追到山脚下就停止了追击，凤凰山山大谷深，沟壑纵横，他们不敢贸然进山，怕遭到游击队的伏兵。

马剑锋被活捉了，本来他要自杀的，结果没自杀成，枪里没有子弹。

马剑锋被押进了大牢，遭到严刑拷打，狗子让他交代地下党组织和同伙，结果马剑锋什么都没说，狗子继续变着花样折磨他，他已奄奄一息。马剑锋虽什么都没说，但牛德益事后又到现场走了一遍，他怀疑到裁缝铺的张老板，因为有人看见他跟着游击队出城了。狗子带着手下包围了裁缝铺，踢开门，结果人去屋空，没发现什么有价值的东西。牛德益又怀疑到茶楼的梧桐，当时有人看见，从茶楼里传出了枪声。

梧桐被请到了警察局，牛德益亲自审问。

“我什么都知道了，如果你老实交代，我可以给你一条生路。”牛德益故意试探，他想套梧桐的话。

“我交代什么？”梧桐说。

“你酒楼里传来枪声是怎么回事？”

“当时我听到爆炸声，吓得躲了起来，街上的人群四处逃窜，好多人慌不择路跑进了茶楼，我哪注意到这些啊。可能是游击队跑进茶楼，然后顺着后门跑了。”

“马剑锋是共党，你知道这事吗？”

“我怎么知道？就算他是共党，跟我有何关系？”

牛德益见问不出什么，只好作罢，命令放了梧桐，派人监视着她的一举一动。

几天后，白玫瑰演出悄然举行，那些有钱的人家全被警察请了来，牛德益说是给国民政府“剿共”募捐经费，演出完毕，那些募捐的人才能离开，没带钱的通知家人带钱来领人。

一个月后，梧桐甩掉了尾巴，悄悄去了天鼓台。她想找庞光远商量如何救马剑锋。庞光远说：“上次我们死里逃生，死了好几个弟兄，现在县城戒备森严，驻扎了不少国民党兵，要想救马剑锋，简直比登天还难。”梧桐生气地说：“这么说，你不打算救了？”张老板也插话说：“再难，我们也要想办法救马政委。”庞光远说：“我又没说不救马政委，你们着急，我比你们还着急。我想来想去，强攻不行，我们来文的，我这里有金菩萨和金碗，牛德益一直想要得到这无价之宝，只要他肯放了马政委，我们就把金菩萨和金碗给他。”梧桐说：“牛德益是个贪得无厌的人，我想他一定会答应的。这事交给我去办，我负责把话带到，你们负责交接。”庞光远点了点头。

梧桐回到县城后直接找到了牛德益，把庞光远想用金菩萨和金碗交换马剑锋的想法说了出来，牛德益一直想得到金菩萨和金碗，何况万福已给他算了一卦，命里缺金，需要金菩萨来保佑，需要金碗来聚金。牛德益满口答应。

经过几次带话，双方约定了在县城三十里外的平梁铺交换。到了交换地点，庞光远带着几个人出现了，牛德益带着狗子准时来到了，牛德益还带了一个团的兵力埋伏在附近。庞光远举起袋子，拿出金菩萨和金碗说：“东西我带来了，人呢？”牛德益手一挥，两个士兵从马车上抬出马剑锋，牛德益说：“不好意思，马剑锋受伤了，又遭到严刑拷打，现在昏迷了，能否活下来就看他的造化了。”庞光远骂道：“你们这帮畜生，猪狗不如！”牛德益哈哈一笑，说：“别那么多废话，把东西送过来。”庞光远说：“我现在不信任你这个老狐狸了，一手交人，一手交货。”牛德益仰天长笑：“好，我答应你。”

两个士兵抬着马剑锋朝前走，狗子走在前面，庞光远提着袋子带了四个人走了过去。狗子和庞光远相隔十米，庞光远眼里冒着火：“我一直把你当好兄弟，没想到你认贼作父，下次见面，就别怪我不客气了。”狗子鼻子哼了一声：“整天待在山上有啥意思，连个女人都没有，你看我现在活得多滋润，吃香的喝辣的，要啥有啥，关键还有油水捞，要不你也下山吧？牛县长说了，只要你肯下山，给你一个旅长干。”庞光远呸了一声：“你可能还不知道吧，辽沈、淮海、平津三大战役，共产党共争取起义、投诚、接受和平改编与歼灭国民党正规军一百四十四个师，非正规军二十九个师，合计共一百五十四万余人。你该为自己想条后路了。”狗子讪讪一笑：“现在鹿死谁手，还不一定，别高兴得太早了。”

庞光远见狗子顽固不化，生气地说：“少废话，现在就交换吧。”

狗子手一挥，两个士兵把马剑锋抬了上去，放在了地上。庞光远把袋子交给了狗子，四个游击队员抬着马剑锋就跑。庞光远用枪指着狗子倒退着走，走了几十米后，快速追上了马剑锋。

狗子带着队伍尾随了上来，埋伏在四周的国民党士兵冒了出来。负责接应的游击队员跟敌人交上了火。

马剑锋被游击队员一口气抬到了山脚下，庞光远喊了马剑锋几声，没有反应，他扶起马剑锋，马剑锋双目紧闭，脸色煞白，身子冰冷，他把手指伸在鼻子下，发觉马剑锋早已没有呼吸了。庞光远大吃一惊，骂了一声独眼龙这个王八蛋。一个游击队员说："看样子，马政委都死了好几天了。"庞光远牙齿咬得咯咯响："怪不得独眼龙这么爽快地就答应了，原来马政委早就被他们折磨死了。"

庞光远拔出枪，想朝山下冲去。两个游击队员拖住了庞光远，因为接应的游击队员正在朝山里转移。国民党士兵追到山谷口停了下来，因为山谷两边森林茂密，悬崖峭壁，适合打伏击，他们不敢贸然进去，在谷口放了几枪就撤退了。

马剑锋被抬到了天鼓台，安葬在一个向阳的山坡上，这山坡上埋葬了不少红军战士和游击队员。安葬这天，梧桐也来了，她掏出玉佩挂在了马剑锋的脖子上，这是当年马剑锋送给她的，她要物归原主。

梧桐哭成了泪人。

庞光远说："县城你也回不去了，就待在这里吧。"

"为什么？"梧桐擦干泪水。

"我送给独眼龙的金菩萨和金碗是假货，上面是镀金的，一旦他发现是赝品，岂能放过你？"

"哈哈，没想到你还有这招。"梧桐笑着说，"原来你一点也不笨。"

庞光远得意地笑了。

第三十五章　县城解放

一九四九年十月一日，中华人民共和国宣告成立，国民党败退台湾。

共产党专门成立了解放秦巴地区的中国人民解放第二野战军第十九军，刘金轩成了第十九军首任军长，下辖第五十五师、五十七师。经中共中央华中局批准，中共汉阴县委、汉阴县人民政府在湖北省郧阳县成立，宋景先任县委书记兼县长。接着成立由五十二人组成的接收汉阴新区工作队，宋景先兼任队长。刘金轩奉命率十九军西进，工作队随部队同行。十九军兵分两路，一路是五十七师沿汉江北岸汉白公路攻击前进，一路是五十五师沿大巴山北麓向镇巴进军。五十七师进抵郧阳，国民党自卫团不战而降，驻县城就地整训。接着，刘金轩命令五十七师乘胜前进，行进途中在郧阳大棕溪建立汉阴县第一个新民主主义青年团支部。

牛德益得知消息开始慌了，开始转移财产，做好了逃跑的准备。虽然国民党二十七军、九十八军、六十五军、新编第四军云集汉阴，他们为了阻击西进的中国人民解放军，汉白公路沿途桥涵多被他们破坏，还在县城附近突击建成七座碉堡。但他们军心涣散，士气低落，也随时做好了逃跑的准备。这么多部队驻扎在县城，吃饭都成了问题，牛德益只好派狗子带着全部警察下去征军粮，这帮警察很懒，他们又强征民夫两千余人帮忙运送粮食，警察下去后跟土匪一样，冲进老百姓家里直接抢粮食。国民党安康警备司令部又向汉阴县派军粮三十一万公斤，军用土布两万匹、棉花两万公斤。牛德益又自派大布九百三十四匹、棉花三百零六公斤，用以制作县自卫团军衣。因为国民党第三军在汉阴县招募新兵一千余人，组建国民独立支队（反共游击队）。三十一万公斤军粮征集完毕，牛德益又命令征调民夫向安康运送军粮。别说民众怨声载道，连牛德益也是满肚子怨言，但上级派给他的任务，他也是没办法。负责征集军粮的县田粮处处长狍子也是怨声载道，他一气之下，拐骗购军粮黄金四十二两四钱六分（约一千三百二十六克）潜逃。

县城开始出现了骚乱，物价飞涨，连警察也开始打砸抢，他们知道解放军随时都可能杀来，他们想趁机捞一把。汉阴县城开始戒严，官绅携家带眷纷纷西逃。

五十七师到达五里，占领了安康机场。国民党二十七军、九十八军、六十五军、新编第四军见大势已去，悄悄离开了汉阴县。五十七师到达蒲溪时，牛德益带着金银财宝和警卫、保镖四十余人乘着夜色逃进了凤凰山。

五十七师到达汉阴县时，驻扎在县城的国民党主动缴枪投降，驻扎在平梁铺、涧池、蒲溪、双乳、汉阳坪、双河口、龙垭、铁佛寺一带的安绥军、陕西警二旅、地方保安部队也纷纷缴枪投降。县城和平解放，解放军凯旋进城，老百姓敲锣打鼓，鸣放鞭炮，欢迎解放军进城。

首先进城的是解放军一旅十八团，走在队伍前面的是他们的团长火娃，年轻的政委金元宝。梧桐也站在欢迎的队伍中，她看见了金元宝，她以为看花了眼，揉了揉眼睛，再仔细一看，却是金元宝，他长高了，又黑又瘦，她心一酸，跑了过去，喊了一声："元宝！"

金元宝见是母亲，高兴得抓住母亲的手，喊了一声："妈。"

梧桐的眼泪哗哗流了下来。

金元宝说："妈，对不起啊，这些年我忙得没时间给你写信，我现在也是一名共产党员了。"

梧桐擦了擦泪水说："没事。这次回来不走了吧？"

金元宝说："部队休整几天后，我们将继续西进，将与解放军第十八兵团在汉中会师，我们的任务是要解放整个秦南地区，然后再进入四川……"

梧桐紧紧抓住金元宝的手舍不得松开，她眼泪汪汪地望着自己的儿子，她眼里充满了依恋，生怕一松手，儿子像小鸟一样又飞走了。

这时一位中年男人走了过来，他拍了一下金元宝的肩膀笑着说："金政委，这位是？"

金元宝不好意思地把手抽了出来，指着这位男人介绍给母亲说："这位就是县委书记宋景先同志，他带着工作队将接管汉阴县。"金元宝又指了指梧桐对宋景先说："这位就是我的母亲。"

梧桐望着宋景先微微一笑："你好！"

宋景先哈哈一笑："你就是梧桐吧，久闻大名！以后县城发展还需要你大力支持！"

梧桐不好意思地一笑："客气了。"

"金政委，我们带领部队现在就出城。"火娃跑了过来对金元宝说。

"发生了什么事？"金元宝问。

“我们冲进县政府，发现牛德益带着人跑了，有人说他们进了凤凰山。首长命令我团一定要活捉牛德益。”火娃急急地说。

金元宝向宋景先和母亲敬了一个军礼，快速地跟着部队出城。

部队来到凤凰山山脚下后，兵分三路，一营、二营和三营分别对通往漩涡街和汉阳坪的道路沿途展开了搜索。庞光远得知消息后，带着游击队也加入了抓捕牛德益的行动。庞光远对凤凰山每一条沟沟岔岔都很熟悉，他猜测着牛德益逃跑的路线，迅速翻过凤凰山，抄近道顺着汉江河行走，然后进入湑溪山谷。次日，行至坪溪乡丫角漩时，发现当地村民围阻了一伙人，庞光远仔细一看，原来是牛德益、狗子和万福等人。他们逃跑时带的全是金银财宝，不敢走大路，走的全是偏僻小路，行动自然缓慢。一路奔跑肚子饿了时才发现没带干粮，行走到一户人家，狗子偷人家鸡被人家发现了，发生了冲突，狗子开枪打死了这个老农。老农的儿子一声吆喝，全村的男男女女扛着家伙都赶了过来，有的还端着土枪，拿着长矛。

一个游击队员想冲过去，庞光远制止了，让大家先埋伏起来，先看看动静再说。如果现在冲过去，难免要发生枪战，他怕误伤了这些村民。

牛德益连忙道歉，掏出一根金条说：“我愿意赔偿，一根金条够了吧？”

老人的儿子本来有点二，见他们抬了不少箱子，又不像做生意的人，估计箱子里全是值钱的宝贝，他狮子大张口说：“给二十根金条，少一根就别想走。”

“人心不足蛇吞象，我再加一根。”牛德益说。

“我再说一遍，二十根金条，少一根就别想走。”

“真是穷山恶水的地方出刁民。”狗子说。

有人认出了牛德益，说：“这不是牛县长吗，你不在县城待着，跑到这穷山恶水的地方干吗？是想跑吧？”

“你们认错了人吧，我怎么会是县长呢。”牛德益对狗子眨了眨眼，他的手摸在腰上的枪上，迅速掏出枪，对准老人的儿子开枪，小伙子倒在地上死了。同时狗子和警卫保镖的枪声也响了起来，村民倒下一大片。

庞光远带着游击队员冲了过去，一阵枪声过后，牛德益的警卫和保镖死了几个，他提着一个皮箱边开枪边撤退。

庞光远从一个队员手里拿过长枪，他瞄准了牛德益，牛德益头一缩不见了，他瞄准了狗子，一口扳机，子弹嗖嗖飞了过去，钻进了狗子的脑袋，狗子一头栽在地上死了。狗子身边的万福吓得跳了起来，庞光远趁机开枪，万福头上出现了一个血窟窿，他歪歪咧咧倒下了。

几个警卫掩护着牛德益逃跑，有的连箱子都扔了，庞光远带着上百人包围了上去，一些村民也扛着铁铲和锄头跟着游击队员冲了上去。牛德益的警卫和保镖扔下他，各自四处逃窜，结果纷纷被打死了。牛德益提着一个箱子还在拼命奔跑。

“我让你跑！”庞光远瞄准了牛德益的脚，扣动了扳机。

“哎哟！”牛德益惨叫一声，倒在了地上，双手还紧紧抱着箱子。

庞光远冲了过去，用枪指着牛德益的头说：“跑啊！怎么不跑了？”

“放了我，这一箱金银财宝都是你的！你几辈子都花不完。”牛德益可怜兮兮地说。

“放了你，做梦去吧！”庞光远一把夺过箱子说。

“嫌少？我这次带了十多个箱子，里面全是价值连城的东西，只要你放了我，这些东西全归你！”

“这都是你贪赃枉法的证据，你等着接受人民的审判吧。”庞光远说。

牛德益垂死挣扎，他不甘心，他把枪对准了庞光远，庞光远抢先一步扣动了扳机，子弹打在了牛德益握枪的手上，他的枪一下掉在了地上。

庞光远对冲上来的两个游击队员说：“把这个独眼龙捆起来！”

牛德益被押到了县城。

庞光远把牛德益交给了县委书记宋景先，并把这次行动成果做了汇报，缴获牛德益金银财宝共十五箱，击毙警察局局长狗子及万福和牛德益的警卫保镖等四十人。庞光远吩咐把这些箱子抬了上来。

宋景先抓住庞光远的手，感激地说：“庞队长，太感谢，新政府正缺经费呢，你真是及时雨宋江啊！”

庞光远说：“我还有金菩萨和金碗，据说是唐朝的，这可是无价之宝，我打算把它交给新政府。这对无价之宝是我当年从牛家抢的，牛德益一直想得到，都没成功。”

“这可是文物啊，应该上缴给国家。”宋景先说，“我代表政府向你表示感谢！”

“这是我应该做的。”

“你们就别待在天鼓台了，新政府成立了，县城的治安需要人手，你就带着你的弟兄回到县城吧！”

“好啊！宋书记，我想参加解放军，解放全中国！新中国都成立了，再不参加解放军就没仗打了。”庞光远说。

“没问题！”宋景先哈哈笑了。

庞光远向宋景先敬了一个军礼。

宋景先接着说："火娃和金元宝虽没抓到牛德益，但他们也收获不小，在上七里的终南寺，搜山的解放军遭遇到了逃跑的国民党陕西省第五区行政督察专员公署专员李静谟，火娃和金元宝带领一营和二营两面夹击，李静谟的保安队全被消灭，李静谟也当场被击毙。"

"太好了。"庞光远说。

牛德益被抓，全城的老百姓鸣放鞭炮，锣鼓喧天，载歌载舞。

几天后，县城召开上万人的群众大会，中共汉阴县委书记兼县长宋景先和群众代表梧桐等登台讲演，宣告汉阴县人民政府正式成立，并发出通知，制止乱打乱杀旧政权人员；迅速召开各区农民代表大会，改造旧政权，建立新政权；全县划为六个区、八十三个村、六百零一个闾。

接着牛德益等国民党反动派、土匪、恶霸、特务等一百零一人被解放军押上了批斗会现场。宋景先宣判了他们的罪行，罪大恶极的牛德益、宋小江等四名罪犯被判死刑，立即枪决。宣判完毕，牛德益、宋小江等四人被解放军绑赴刑场枪毙了。

梧桐远远望了一眼牛德益的尸体，她长长松了一口气，感觉心里一下敞亮了很多。梧桐知道，开完这次审判大会后，金元宝就要走了，她就去找金元宝，金元宝正在收拾行李，梧桐说："这么快就要走了？"

金元宝说："是啊！"

"啥时候能回漩涡街，我亲手给你做一顿你最喜欢吃的饭菜。"梧桐依依不舍地说。

"也许我们很快就回来了，"金元宝说，"我们刚接到二野司令员刘伯承、政委邓小平命令十九军歼灭流窜至大巴山一带的国民党新编第四、第五、第八和第一二七军残部。等消灭了国民党这些残匪，也许我很快就回来了，也许我们还要南下四川，解放更多的县城……"

梧桐说："你那个女朋友呢？"

"我们约定好了，等解放了全中国，我就回到汉阴县，到时在漩涡街你要风风光光给我办一场婚礼。"金元宝笑着说。

"没问题！我早就等着抱孙子呢！"梧桐一脸陶醉状，感觉孙子抱在了手上，她忍不住笑了。

"妈，你个人的事也该解决了吧，我支持你！"金元宝说，"那个庞叔也不错……"

梧桐的脸红了："妈的事你不用操心。"

紧急集合的哨声响了起来。

金元宝说："妈，我先走了，你多保重！"

县城的老百姓自发组织了欢送的队伍，欢迎解放军出城去消灭国民党残部。

金元宝走后，梧桐很快把在县城的酒楼和茶楼重新开张营业了。她的酱园店、油坊也开始恢复生产了。梧桐更多的时间待在县城，经营她的酒楼和茶楼，同时推广宣传她的产品。

一天，庞光远来到了梧桐的酒楼。庞光远带着他的游击队员回到县城，暂时被编为临时保安队，配合公安维持全县的安全。本来，他想加入解放军五十七师，跟随他们解放秦南地区其他县城，但上级考虑他是本地人，县城留下的解放军又很少，县城的治安也需要人，就没有同意他的请求。

"无事不登三宝殿。今日什么风，把你吹来了？"梧桐笑着说。

庞光远四周看了看小声说："公安得到密报，国民党'华中第六挺进纵队'司令高夏玄，带领十余人和一部电台途经汉阴，取道紫阳入川。上级命令我们务必要抓获他们，他们身上有重要情报。"

"我能为你们做什么？"

"宋书记找我谈了话，他说高夏玄这两天就可能来到汉阴县和国民党漏网的特务接头，然后取道紫阳入川。他们来县城肯定要住宿和吃饭，县城每个住宿的地方都安插了公安，宋书记让我选十几个身手好的队员化装成伙计和厨师，加入你的酒楼和茶楼，同时选了几个人充当食客。"

"没问题。我来安排就是。"

庞光远把这些队员带了进来，梧桐对他们经过简单的培训后就正式上岗了。庞光远扮演食客，他贴上假胡须，身穿长褂，戴上墨镜和礼帽，一看就是商人。

一天过去了，两天过去了，还没见国民党特务来。直到第三天的黄昏，一伙商人拉着马车在县城出现了，他们一共十六人，他们都是商人打扮，为首的戴着帽子，但两鬓的白发还是露了出来，手下的人都喊他戴老板。他们是来住店和吃饭的，阿雅热情地招呼他们说吃饭和住宿一条龙。

"我们要八个客房，再弄一桌好菜一壶酒。"其中一个脸上有疤的人说。

"好嘞，我现在就去安排。"阿雅说。

他们开始卸货，把马车上的东西朝屋里搬，店里的两个伙计热情地过去帮忙，脸上有疤的男人把他们一推："别碰我们的东西！"两个伙计退到一边。那个男人接着说："顺便把我们的马牵到后院，用上等饲料把他们喂饱。"在楼上的庞光远看得清清楚楚，他感觉那几个商人就是他们要等的人。那几个商人开始上楼，庞光远赶紧回到了自己的客房。

过了一会儿，他们放好东西开始下楼，十六人围了两桌，他们嘻嘻哈哈聚在一起抽烟说笑。

梧桐吩咐厨师把他们要的菜和酒快速准备好了，伙计开始给他们上菜。梧桐亲自端着托盘走了过去，托盘上放了两壶酒，梧桐说："你们好像是外地商人吧，来做生意的吧？"戴老板打量了梧桐一眼，随即哈哈笑着说："是啊，我们是做茶叶生意的，顺便路过汉阴收点干货，然后去紫阳收购紫阳茶。"梧桐笑着说："我是这里的老板娘，为了欢迎远道而来的客人，我特拿出我多年前开酒坊存的好酒，请品尝！"戴老板一个手下给他斟满酒，戴老板品尝了一口，竖起大拇指说："好酒！"梧桐微微一笑说："你们慢用！"

梧桐上楼后，来到了庞光远的客房，她说这几个人很可疑，他们说是来收购紫阳茶，现在是冬季，不是收购紫阳茶的时候，一看他们就不是生意人。庞光远说，我也觉得他们有问题，你先下楼盯着他们，我一会儿去找宋景先书记，向他汇报一下，看如何行动。

梧桐下楼后，过了一会儿，庞光远从后门下楼，从后院出门上街，来到了县政府。宋景先正在埋头加班加点地看文件和处理手头一些工作。

"宋书记，你这是废寝忘食啊，对身体可不好啊！"庞光远开玩笑地说。

"没办法啊。"宋景先抬起头说，"他们是不是来了？"

庞光远点了点头说："他们一共十六人，我是来向你汇报的，是否对他们实行抓捕？"

"先别急，他们为啥要到汉阴来，恐怕不是路过这么简单，你派人二十四小时盯紧他们，有啥事随时向我汇报。"

"好。"庞光远说。

"你先回去，我现在就安排其他几路人员撤回，化装成便衣和街头小商贩，蹲点在梧桐的酒楼附近。"宋景先说。

庞光远快速回到了酒楼，他透过窗户可以看见酒楼大门进进出出的人，街道的行人也一览无余。夜幕降临了，街道上的行人越来越少了。戴老板和那个脸上有疤的男人出现了，他们叫了一辆三轮车走了。拉三轮车的人其实也是庞光远的手下。庞光远匆匆下楼，叫了一辆三轮车，尾随了上去。

三轮车在街道上拐来拐去，穿过马道巷，进入民主街，再拐入东城街文峰塔附近的一座院子里。庞光远跟了过来，三轮车夫还在门前等候。庞光远小声说："他们进去了。"三轮车夫点了点头。庞光远一看这个豪华的大院，这不就是马啸天的豪宅吗？马啸天死后，他的妻子白玫瑰就一直住在这里。

庞光远让那三轮车夫继续在门口等候，他则坐着三轮车走了。

庞光远来到了县政府，工作人员还在加班，灯火通明。院子里还聚集了几十名解放军在待命。

庞光远向宋书记汇报了情况，刚好公安局局长也在。擒贼先擒王。宋书记命令公安局局长带人包围马啸天的豪宅，但他们来晚了一步，戴老板和那个脸上有疤的男人走了。公安冲进大院，包围了白玫瑰，把她带到公安局一审问，她什么都招了，原来她是国民党特务，那个戴老板就是国民党“华中第六挺进纵队”司令高夏玄，他们到汉阴来就是来口头传达任务，让她组织潜伏在汉阴的特务对新政府准备实行恐怖袭击。

宋书记下令包围酒楼，他亲自带队，半夜时分，公安和解放军包围了酒楼。梧桐悄悄打开大门和后门，他们悄悄摸了进去，庞光远和他的伙计早已做好了准备，八个客房门前站满了持枪的解放军、公安和便衣。

宋书记手一挥，八个客房的门同时被踹开，还在睡梦中的这帮国民党特务就被活捉了。从他们房间搜出一部电台及枪支弹药若干，清点人数，少了一个人，就是他们的司令高夏玄。庞光远一看窗户是开的，他跳了下去，顺着街道追了上去，前面传来了枪声。庞光远跑过去一看，地上躺着一个人，满身是血，他拿过火把一看，原来正是那个化名叫戴老板的高夏玄被解放军击毙了。

当天晚上，公安顺着白玫瑰交代的潜伏在县城的特务名单，解放军将他们一一抓捕了。

几个月后，梧桐来找庞光远。梧桐说：“我想把酒厂办起来，宋景先书记大力支持我呢，我想请你这个酒把式重出江湖。”

“好啊！只要你答应嫁给我。”庞光远一脸坏笑。

梧桐踢了庞光远一脚，笑着说：“想得美！你想趁机敲诈，岂不便宜了你。起码你要请媒人来说媒，然后还要向我求婚……”

庞光远四周看了看，快速跑到院子里摘了一朵美人蕉，他憨厚地一笑：“听说求婚要送玫瑰，院子里没有玫瑰，我摘了一朵美人蕉，你就把它当玫瑰花吧，我送给你。”

“送玫瑰花的爱情，不一定长久，种玫瑰花的爱情，才是真的！”

“明年我专门为你种几亩玫瑰花，让你天天都能看到玫瑰花。”

“别贫了！”梧桐说，“说正事，我已答应了宋书记，所以你这个酒把式必须要来，没有商量的余地。”

“好吧。”庞光远摸了摸头，突然想起来了什么，他高兴地说，“告诉你一个好消息，五十七师连克石泉、西乡，顺利北渡汉江，解放洋县。十九军在汉中以西地区与南进入川的解放军第十八兵团胜利会师。在入川部队的配合下，五十七师接连占领勉县、宁强，直达川陕甘边。十九军在解放了陕南全境后，再进入四川，占领广元、剑阁等县城。在刘金轩指挥下，完成了刘伯承、邓小平下达的作战任务，消灭了流窜至大巴山一带的国民党新编第四、第五、第八和第一二七军残部，歼俘国民党军近两万，金元宝在这次行动中表现突出，被评为战斗英雄。”

“真的吗？太好了。”梧桐咯咯笑了。

“就这么说定了，我明天就去办理酒厂有关手续。”梧桐严肃地说。

“新中国诞生了，老百姓的好日子开始了……”庞光远深有所感地说。

“是啊，老百姓的好日子开始了！”

在县政府的大力支持下，梧桐的酒厂很快又重新开业了。

开业这天，满山的梧桐花争先绽放。幽香的气息在山谷蔓延，飘散到漩涡街上，流淌到每个人的心坎里，流淌到梧桐的心坎里。她微微闭上眼，感觉幸福溢满全身，她忍不住咯咯笑了……

2019 年 2 月 21 日

图书在版编目（CIP）数据

梧桐花开 / 刘万里著. -- 北京 ： 中国文史出版社, 2020.9

（实力榜·中国当代作家长篇小说文库）

ISBN 978-7-5205-2206-9

Ⅰ. ①梧… Ⅱ. ①刘… Ⅲ. ①长篇小说－中国－当代 Ⅳ. ①I247.5

中国版本图书馆 CIP 数据核字(2020)第 162224 号

责任编辑：全秋生

出版发行：中国文史出版社
地　　址：北京市海淀区西八里庄路 69 号　　邮编：100142
电　　话：010－81136602　　81136603　　81136606（发行部）
传　　真：010－81136655
印　　装：北京温林源印刷有限公司
经　　销：全国新华书店
开　　本：787×1092　　1/16
印　　张：18.75　　字数：300 千字
版　　次：2021 年 1 月北京第 1 版
印　　次：2021 年 1 月第 1 次印刷
定　　价：55.00 元